"传奇"传统与20世纪中国小说

张文东 王东 著

Copyright © 2021 by SDX Joint Publishing Company.
All Rights Reserved.

本作品版权由生活·读书·新知三联书店所有。
未经许可，不得翻印。

图书在版编目（CIP）数据

"传奇"传统与20世纪中国小说／张文东，王东著．—北京：生活·读书·新知三联书店，2021.1
ISBN 978 – 7 – 108 – 06939 – 9

Ⅰ．①传… Ⅱ．①张…②王… Ⅲ．①小说研究－中国－当代 Ⅳ．① I207.42

中国版本图书馆 CIP 数据核字（2020）第 151563 号

特邀编辑	柯琳芳
责任编辑	唐明星
装帧设计	刘 洋
责任印制	宋 家
出版发行	生活·讀書·新知 三联书店
	（北京市东城区美术馆东街 22 号 100010）
网 址	www.sdxjpc.com
经 销	新华书店
印 刷	北京隆昌伟业印刷有限公司
版 次	2021 年 1 月北京第 1 版
	2021 年 1 月北京第 1 次印刷
开 本	720 毫米 × 1000 毫米 1/16 印张 23.75
字 数	300 千字
印 数	0,001 – 3,000 册
定 价	69.00 元

（印装查询：01064002715；邮购查询：01084010542）

目　录

001 / 卓具创意的"寻根"之作
　　——《"传奇"传统与20世纪中国小说》序　白 烨

001 / 导论
　　002 / 一、从发生到定型：中国古代小说发展成熟的标志
　　006 / 二、从创作到接受：具有强大影响力的中国叙事经验和传统
　　011 / 三、从参照到借鉴：进入中国现代视野的西方传奇

018 / 第一章
　　从晚清到"五四"："传奇"传统与现代小说叙事的发生
　　019 / 第一节　"新小说"——对传统小说观念的叛逆与承袭
　　023 / 第二节　"五四小说"——在传统与发展中的艰难转变

028 第二章
"中间物传奇":现代小说主流内外的"同质异构"

029 / 第一节　历史传奇——鲁迅《故事新编》的"历史中间物"

029 / 一、决绝背后——魏晋文章与传奇情结

039 / 二、《故事新编》——在历史与现实之间

050 / 三、"随意点染"——"虚实逆造"的"中间物"

062 / 第二节　边城传奇——沈从文"湘西世界"的"现实中间物"

062 / 一、非主流的传奇趣味与目光

074 / 二、"湘西世界"的生命传奇

087 / 三、避"常"取"奇"的叙事模式

102 第三章
现代都市传奇:海派文化与海派文学的大众景观

104 / 第一节　都市浪漫传奇——新感觉派与后期浪漫派

104 / 一、新都市景观与大众文化

111 / 二、大众阅读背景与现代都市写作

122 / 三、另类与特异的都市浪漫传奇

131 / 第二节　普通人的新传奇——张爱玲的传奇世界

132 / 一、普通人里的传奇,传奇里的普通人

141 / 二、"常"与"非常"的"对立共构"

157 / 三、自己的文章——特定语境与特殊选择

163 第四章
革命传奇：现代中国革命历史的英雄叙事

165 / 第一节　现代革命传奇——革命的历史与英雄的传奇

165 / 一、历史与现实的共同呼唤

174 / 二、时代旋律与史诗倾向

179 / 三、共性类型——"革命"的传奇叙事

183 / 四、浪漫传统——"大"与"小"的双重维度

190 / 第二节　"红色经典"——"十七年"文学与"文革"小说

191 / 一、规范的政治话语及大众化方向

199 / 二、从"社会主义现实主义"到"两结合""三突出"

205 / 三、共性传承：英雄的传奇与史诗的意味

221 / 四、"二元对立"与"有机统一"

228 第五章
人生传奇：新时期的文学复归与生命回响

229 / 第一节　现实主义的"人性传奇"——文学与人的复归

229 / 一、现实主义的重新思考与人的重新发现

234 / 二、走出"伤痕"——"殉道者"与"改革者"的传奇

242 / 三、重返浪漫传统的"知青传奇"

248 / 四、"寻根"与地域、市井的传奇

264 / 第二节　新的历史人生传奇——民间的"再现"与历史的"重现"

265 / 一、民间的"再现"——莫言的"红高粱传奇"

272 / 二、历史的"重现"——苏童的"新历史传奇"

281 第六章
大众传奇：20世纪90年代以来的文学转型、消费与映像

282 / 第一节　大众传奇——消费文化背景下的文学转型

283 / 一、主体失落——文学的市场与市场化的文学

293 / 二、从传统走进现代——新都市生活中的"情感传奇"

302 / 三、从现实走向梦想——跨越时空的浪漫传奇

307 / 第二节　传奇映像——泛文学语境中的"大众的梦"

308 / 一、大众狂欢——网络时空与"虚拟传奇"

315 / 二、消费传奇——个体民间与娱乐写作

322 / 三、影视镜像——大众传媒的审美消费

341 结语　故事与批评的"诗性"

349 主要参考文献

366 后记

卓具创意的"寻根"之作

——《"传奇"传统与20世纪中国小说》序

白　烨

中国的小说有没有自己的根脉？什么是中国小说的根脉？对于这些问题，不同的研究者因角度的不同有着不尽相同的回答。

张文东、王东的《"传奇"传统与20世纪中国小说》，围绕着"传奇"的核心概念，爬梳剔抉，穷原究委，得出了"传奇叙事作为一种特殊的中国叙事话语及传统""已经超越了中国古代小说发展本身，早已成为中国古代文学各种体类、各个阶段都难以摆脱的一种叙事模式"这个看似寻常的看法，但它其实并不寻常，它蕴含了极其丰富的内容，具有十分重要的意义。它把学界众说纷纭的看法廓清了，把人们犹疑不决的看法确定了。张文东、王东的这一研究，实际上是为中国小说在叙事传统上寻找根脉，而他们有关"传奇"问题如狮子搏兔一般的推本溯源和探赜索隐，让人们看到"传奇"

在中国小说发展之中的血脉流贯。我以为,这一研究所得,委实是中国小说叙事模式与传统研究方面的一个重大收获。

《"传奇"传统与20世纪中国小说》一作在中国小说的叙事流变与美学传承的研究上多有创获,亮点甚多。阅读之后也感受颇丰,获益匪浅。这里就自己印象最为突出、感受最为深刻的几点略作陈述,以此向读者诸君汇告,与文学同道交流。

第一,厘清了"传奇"的概念。

在唐代出现和兴盛的"传奇",标志着我国古代小说形体的开始独立,也意味着小说艺术发展的趋于成熟。此后,"传奇"常常被用来专指唐代小说。

《"传奇"传统与20世纪中国小说》一作中,作者对这一概念进行了深入的探源与细切的寻踪,把这一概念的发生与发展、内涵与外延、繁衍与流变等,都做了清晰的揭示与概要的勾勒,使得这一概念更具有了历史的意蕴与美学的意涵。

在"导论"一章,作者由"从发生到定型:中国古代小说发展成熟的标志"一节,着重讨论了"传奇"在唐代形成与成熟的演进过程,以及作为中国小说文体显现文坛的标志性意义。从这些论述可以看出,唐代传奇到了五代时期,尤其是南宋时期,已从唐人小说演进为一种小说体类,成为"主要以记述异闻、琐语、杂事、奇趣为内容的叙事性文体"。而在宋元明清时期,小说体类的"传奇"又对当时的文言小说、白话小说,乃至元明清戏曲,都施与了不同程度的影响。由此,作者得出了这样的结论:"在整个中国文学的发展当中,唐人传奇既处于发生学关键阶段,标志着中国小说及其叙事的成熟;同时又居于小说史的核心位置;对后世文学各种体类都产生了巨大影响。"

"传奇"自身在不断更变与拓展,"传奇"又以不断繁衍的方式渗透和融汇于其他文学体类,这样一来,"传奇"这一概念就具有了小说文体和叙事传统的两个重要内涵,使它从原来的"唐人传奇"上升到中国小说的核心地位,成为具有中国文化内涵和中国叙事特点的重要概念。

第二,疏通了"传奇"的流变。

我这里没有使用"梳理",而是使用了"疏通",是因为"疏通"的内涵更能准确表达作者研究的难度与工作的意义。

关于"传奇",较为流行的看法是:"在晚清的近代化转型时期,因为白话文在文学领域取代了文言文,传奇小说这种文体也就随之消亡了。"这种看法自有其理由,但作者张文东、王东却提出了与此不同的另外的看法,那就是"传奇"并没有止步于晚清,相反,中国现代小说在古今交融、中西交汇的背景中,"必然有着向古今中外小说中'传奇'传统的资源借取与特殊承袭"。

作者通过第一章、第二章和第三章,步步深入地论述了"传奇"传统与现代小说叙事的发生,与鲁迅、沈从文的小说的"同质异构",与现代海派文化和文学的内在关联;又通过第四章、第五章和第六章,分别论述了"传奇"传统在现当代文学的革命传奇、人生传奇、大众传奇中的发酵与余响,让人们看到了"传奇"作为叙事元素的核心作用,作为文学传统的深远影响。

说实话,由古代到近代,由现代到当代,这样锲而不舍地去寻索"传奇"行踪与影迹,并着力描画出一幅色彩斑斓又波澜壮阔的文学图景,人们在叹服作者的专心致志的态度与革故鼎新的功力的同时,也不得不叹服经由作者深入细致的寻根探脉,揭示出来的"传奇"作为中国小说叙事核心元素的顽强生机与充沛活力。由此,"传奇"确定无疑地成为了贯穿中国小说发展或显或隐的一条主线。

第三，构建了"传奇"的史观。

要说《"传奇"传统与20世纪中国小说》的真正价值所在，我以为还是在厘清了"传奇"的概念，疏通了"传奇"的流变之外，还构建了以"传奇"为内核的小说史观。

中国小说史的研究著作自鲁迅的《中国小说史略》起，在不同时期已有好多种相继问世。这些著述为中国小说研究起了重要的奠基作用，为今人研究小说所不可或缺。但这些著述各有贡献，又各有局限。鲁迅的《中国小说史略》，重点在于对各类繁多的小说首次给予了类型的划分与界定，为人们的分辨和研究提供了基础。但为数众多的史著在中国小说史的描述与评说上，多倾向于把宋人话本看成是更具标志性意义的"革命性变迁"，并认为由此形成的章回小说与白话小说，构成了中国小说史的主流。与这种小说发展历史研究不同，张文东、王东在《"传奇"传统与20世纪中国小说》里呈现的，是"传奇"一脉相承、一以贯之的小说史发展脉络："传奇"以其"尽设幻语""作意好奇"的虚幻色彩，"无奇不传、无传不奇"的情节化倾向，"游戏成文聊寓言"的寓言意蕴等叙事元素，成为中国传统小说的基本模式，并构成中国小说从古到今的主要文学特征。这里体现的，实际上是一种以"传奇"为核心的小说史观。这种小说史观，既带有鲜明昭著的中国特色，又带有前赴后继的贯穿性，这在某种意义上，既是对旧有的中国小说史观的大胆改写，更是一种新的小说史观的全新创建。

我觉得，对于张文东、王东的《"传奇"传统与20世纪中国小说》，及其"传奇"小说史观，仅在中国小说研究的学术范畴来看，还显得很不够，可能还需予以更高的评估。作者在"导论"中有一段话说道："长期以来在20世纪中国小说的研究当中，人们往往愿意直接以西方的相关叙事理论来确立标准、建构模式、形成判断并'推陈出新',没有更深刻地注意到20世纪中国小说中富有'中国经验'意味的,尤其是承袭中国文学传奇叙事传统的内容。"这些话语掷地有声,也很发人深省。这也告诉人们,作者有着更宏大的追求,更远大的目标,那就是在中国小说史的研究中,力求用中国概念阐说中国经验,用中国理论解读中国小说,建构起具有中国特色的中国小说理论和小说史观。这样的理论意识与学术追求,令人肃然起敬,值得大加赞赏。

在不久前闭幕的全国政协十三届二次会议期间,习近平在看望文艺界、社科界委员时发表了重要讲话,其中特别谈到"更好用中国理论解读中国实践"。用中国理论解读中国实践,用中国话语阐说中国经验,这既是体现中国学者在学术研究中的自主性、独创性的需要,也是建设具有中国特色的学科体系与弘扬中国特色的文化遗产的需要。张文东、王东在他们的有备而来的学术追求中,深怀的学术意图和设定的研究路向,都在于以他们的方式积极践行"用中国理论解读中国实践"。这里所体现的清醒的理论自觉和充分的文化自信,同他们的"传奇"理论成果一起,都因独步一时和自出机杼,令人为之钦佩,让人格外信服。

2019年3月22日 于北京朝内

导　论

　　20世纪中国小说有没有自己的特殊传统与传承？答案当然是肯定的。不过肯定的答案后面，却始终缺少对这一传统和传承的关注和梳理，因而长期以来在20世纪中国小说的研究当中，人们往往愿意直接以西方的相关叙事理论来确立标准、建构模式、形成判断并"推陈出新"，没有更深刻地注意到20世纪中国小说中富有"中国经验"意味的，尤其是承袭中国文学传奇叙事传统的内容。

　　因此，对20世纪中国文学叙事整体精神与中国文学叙事传统之间的内在联系进行全景扫描和深入探讨，即把传奇叙事作为一种特殊的中国叙事话语及传统，重新梳理和认识20世纪中国小说独具特色的中国叙事模式及观念的构建历程，进而更清晰地看到20世纪中国文学整体发展中所必然面对的传统文学语境及影响，厘清20世纪中国小说叙事内在精神发展演变的历史轨迹，深刻认识和把握传统文学与文化在新世纪文学与文化建构中的重要意义，无疑将会对20世纪中国文学研究及其与世界文学的对话产生巨大的积极影响。

　　本文"传奇"和"传奇叙事"等概念，大致是依中国古代小说相关叙事以及叙事传统的含义来界定的;所谓"20世纪中国小说",大体是指19与20世纪之交到21世纪初的这一时间段的中国小说,包含人们通常所说的中国现代文学和当代文学。

一、从发生到定型:中国古代小说发展成熟的标志

如众所知,中国古代小说至唐人传奇始见成熟。"传"即"志"也,就是记录和传述的意思;"奇"即"异"也,就是指奇闻和异事。故所谓"传奇",实际就是对所谓奇闻异事的记录与叙述。不过,"六朝唐宋,凡小说以异名者甚众"[①],这里这个"异",又大多是以"异"来"语其世事特异者"[②],所以"传奇"当然也深深植入了魏晋以来"志人"的因子,也记述奇人、异趣。

就命名而言,作为小说之一体的"传奇",最早出现在中唐,如宋代曾慥编《类说》收录的元稹《莺莺传》(《会真记》)即称"传奇";后来到晚唐裴铏专门作了一本小说集,名字就叫《传奇》。不过当时毕竟还只是一部作品集的名字,还不能算是真正的有关这一独特文体的一种独立认识,应该说小说文体分类的意识还没有形成。

到北宋时,陈师道在《后山诗话》中说:"范文正公为《岳阳楼记》,用对语说时景,世以为奇。尹师鲁读之,曰:'《传奇》'体耳!"[③]这里所谓的"传奇",尽管还是在用裴铏的《传奇》来比代指称,但已有了点"体"的意味,即看到了"传奇"差不多可算是一种小说"体式"。至南宋

---

① (明)胡应麟:《少室山房笔丛·二酉缀遗》(中),上海世纪出版股份有限公司、上海书店出版社2009年版,第364页。
② (唐)李浚:《摭异记序》。
③ 转引自黄霖、韩同文选注:《中国历代小说论著选》(修订本)(上)"直斋书录解题"注,江西人民出版社2000年版,第70页。

洪迈则云,"唐人小说,不可不熟,小小情事,凄婉欲绝,洵有神遇而不自知者,与诗律可称一代之奇",又说,"大率唐人多工诗,虽小说戏剧,鬼物假托,莫不宛转有思致,不必颛门名家而后可称也"①,他这样把"唐人小说"和"诗律"一并都称为"一代之奇"的说法,包括他就"鬼物假托"等表现手法总结出了"唐人小说"之"宛转有思致"的艺术特征,对后来人们对唐"传奇"的艺术上的认识产生了积极的引导意义。所以到今天人们还说,"至晚在南宋初年,'传奇'已经成为类名,人们约定俗成地已经用'传奇'作为中唐以来新兴的一种小说体裁的统称"②。正可谓是自那以后,人们才开始逐渐用"传奇"来概称唐人小说,尤其到元代诸多人等,大抵都依此论。至明胡应麟,则有了更加明晰而系统的关于此前文体分类经验的概括:"小说家一流,又自分数种。一曰志怪:《搜神》、《述异》、《宣室》、《酉阳》之类是也。一曰传奇:《飞燕》、《太真》、《崔莺》、《霍玉》之类是也。一曰杂录……一曰丛谈……一曰辨订……一曰箴规……至于志怪、传奇,尤易出入,或一书之中,二事并载;一事之内,两端具存。"③到这个时候,作为中国古代小说体类之一种的"传奇",方差不多算是真正被人们所认识并明确出来。

由此可见,"传奇"作为一种主要以记述异闻、琐语、杂事、奇趣为内容的叙事性文体,既生成于中国小说发展成熟阶段之后,又在后来作为中国古代小说的一种体类概称演化流传至今,所以今人才说传奇就是"中国古代作家(或文人)用文言创作的一种写人叙事的文学作品,相当于近现代的

---

① (宋)洪迈:《唐诗人有名不显者》,《容斋随笔》,吉林文史出版社1994年版。
② 郭英德:《明清传奇史》,人民文学出版社2012年版,第2页。
③ (明)胡应麟:《少室山房笔丛·九流绪论》(下),上海世纪出版股份有限公司、上海书店出版社2009年版,第282—283页。

中、短篇小说"。①

也许可以这样说，中国古代的叙事文体无论是文言小说，还是白话小说，或者后来的元明清戏曲等，其实都与唐传奇的联系十分密切。"在宋元明清一千多年的实际运用中，'传奇'一词不仅用于指称小说文体，还侵入了民间说话伎艺和戏曲文学的领地。"②比如宋元时期的"说话"，就是一种衍生于传奇并很受当时市民欢迎的专门化、职业化的表演技艺之一。苏轼的《东坡志林》中记载，"王彭尝云：涂巷小儿薄劣，其家所厌苦，辄与钱令听古话。至说三国者，闻刘玄德败颦蹙眉有出涕者；闻曹操败，即喜畅快"③，可见当时"说话"为人们所喜爱的程度及其巨大的艺术感染力。

在"说话"中，从体裁类型来说，"传奇"还是小说的一类。南宋灌园耐得翁曾记道："说话有四家：一者小说，谓之银字儿，如烟粉、灵怪、传奇；说公案，皆是搏刀赶棒，及发迹变泰之事；说铁骑儿，谓士马金鼓之事；说经，谓演说佛书；说参请，谓宾主参禅悟道等事；讲史书，讲说前代书史文传、兴废争战之事。最畏小说人，盖小说者能以一朝一代故事，顷刻间提破。"④这也就是鲁迅所说的，宋元以来，中国古代小说中的白话小说有一脉，即所谓"话本"，它是唐人传奇之后取代了"传奇"，但同时又包含着"传奇"因子的中国古代小说的主流，并由此进而演化出"小说史上的一大变迁"⑤。

与"说话"同时，南宋时诸宫调中也有"传奇"，只不过是按题材类型

---

① 薛洪勣：《传奇小说史》，浙江古籍出版社1998年版，第1页。
② 参见郭英德：《明清传奇史》，人民文学出版社2012年版，第8—10页。本部分有关戏曲"传奇"的资料，亦于该书多有参考。
③ （宋）苏轼：《东坡志林·卷一》。
④ （宋）灌园耐得翁：《都城纪胜》之"瓦舍众伎"条。
⑤ 鲁迅：《中国小说史略·附录·中国小说的历史的变迁》，见《鲁迅全集》第9卷，人民文学出版社1996年版，第319页。

来分别称谓的。宋吴自牧说，"说唱诸宫调，昨汴京有孔三传，编成传奇灵怪，入曲说唱"①，宋周密也说，传奇诸宫调有"高郎妇、黄淑卿、王双莲、袁太道"②。这样，诸宫调还有"说话"等一起，就都与唐人传奇有了一脉相承的意味。

最早以"传奇"称"戏曲"的，是南宋末年张炎在其《满江红》词小序中所记："赠韫玉，传奇惟吴中子弟为第一"③，不过这里的"传奇"，实际上是指南曲戏文。再往后到了金元时期，"北方形成了比较成熟的戏剧，这就是'院本'和'杂剧'，在舞台上用歌舞形式演出人物故事，是'作意好奇'的'变异'之谈，时人也称之为'传奇'"。④等到元钟嗣成在其所著《录鬼簿》中，对元代杂剧作家与作品的分类标题是比较明确的——"前辈已死名公才人，有所编传奇行于世者……"⑤不过其所谓"传奇"，实际就是"杂剧"。由此可见，当时的南戏与杂剧大致是可以并称为"传奇"的。徐渭的《南词叙录》中谈及南戏，时而称之为"戏文"，时而称之为杂剧。至元末明初的高则诚作《琵琶记》时，开篇便以"水调歌头"明志："论传奇，乐人易，动人难。知音君子，这般另做眼儿看"⑥，逐渐地后人效仿者众，这类剧本便都被称为"传奇"了。

"传奇"至唐代作为成熟的小说兴盛以后，便开启了对后世文学的深刻影响之旅。比如宋人"传奇"，无疑即是唐人传奇的延续，而宋以后一分为二来演进的中国古代文言小说和白话小说两支，实际也都与唐人传奇一脉相

---

① （宋）吴自牧：《梦粱录》卷二〇"妓乐"。
② （宋）周密：《武林旧事》卷六"诸色伎艺人"。
③ 张炎：《山中白云词》卷五。
④ 朱承朴、曾庆全编著：《明清传奇概说》，广东人民出版社1999年版，第4页。
⑤ （元）钟嗣成：《录鬼簿》。
⑥ （明）高则诚：《琵琶记》。

承。像明代瞿佑等人的《剪灯新话》《剪灯余话》《觅灯因话》诸作，皆可谓效仿唐传奇而作，再像高启、马中锡、张岱、李渔等明清文人，他们的作品中传奇体的更是不少，等到冯梦龙的"三言"、凌濛初的"二拍"、蒲松龄的《聊斋志异》等等，则更因其中处处可见的"传奇"，而将中国古代小说的发展，无论是文言小说或是白话小说，都推上了一个新的高度。

所以，尽管有人以为"中国小说主潮实际是由宋元话本发展起来的章回小说"①，但我们或许可以直接这样说：在整个中国文学的发展当中，唐人传奇既处于发生学的关键阶段，标志着中国小说及其叙事的成熟；同时又居于小说史的核心位置，对后世文学各种体类都产生了巨大影响；尤其是在作为一种叙事方式以及叙事传统的意义上，"传奇"已经超越了中国古代小说发展本身，早已成为中国古代文学各种体类、各个阶段都难以摆脱的一种叙事模式。②

二、从创作到接受：具有强大影响力的中国叙事经验和传统

"传奇"所谓"志怪"或"记异"，其实就是选择一定题材加以"记述"即进行所谓"叙事"，所以无论是在中国小说的叙事传统上，还是在后来发展的戏曲传统上，"传奇"作为一种具有特殊文体特征的叙事，影响渐大之后，逐渐成为一种特殊的叙事模式。

就题材而言，留存至今可见的唐人"传奇"主要有这样几种类型：一是描写爱情故事，如《霍小玉传》《李娃传》《任氏传》《莺莺传》等；二是描写豪侠事迹，如《虬髯客传》《红线传》《聂隐娘》等；三是描写官场仕途之事，如《枕中记》《南柯太守传》等；四是描写怪诞神异之事，如《郭

---

① 陈平原：《中国小说叙事模式的转变》，北京大学出版社2010年版，第19页。
② 张文东：《"传奇"叙事与中国现代小说发端》，《求索》2007年第10期。

元振》《京都儒士》等。这些表现题材,既体现了唐传奇自身在生活现实与文学虚幻之间的特定价值;同时也形成了我们所谓传奇叙事在生活真实与艺术想象之间的特殊趣味,进而也就形成了"传奇"作为一种特殊文学叙事体类的情感特征。唐人之后的小说以及宋元以来戏曲中的"传奇"其实都如此,即都是因某种"事迹相类"而呈现了共同、共通的"情感"以及"表现"上的承袭和延展。

南宋赵彦卫曾指唐科举中的"温卷"其实为广为应用的"传奇"文体,并强调在"诗笔、议论"之外的"史才",即是"传奇"与"史传"一脉相通的"讲故事"的叙事能力。"唐之举人,先籍当世显人,以姓名达之主司,然后以所业投献,逾数日又投,谓之'温卷',如《幽怪录》、《传奇》等皆是也。盖此等文备众体,可见史才、诗笔、议论……"①其后逐渐地,人们开始意识到唐人传奇以及整个作为叙事文学的小说与戏剧的基本的叙事特征。

胡应麟明确地对传奇小说与志怪小说做出了区分,强调作为小说一体的"传奇",实乃有意记述奇闻异事,借以寄托思想感情,比如他说,"小说,唐人之前,纪述多虚,而藻绘可观。宋人之后,论次多实,而彩艳殊乏。"②然后他还指出,"古今志怪小说,率以祖《夷坚》、《齐谐》。……二书固极诙诡,第寓言为近,纪事为远。……凡变异之谈,盛于六朝,然多是传录舛讹,未必尽幻设语。至唐人乃作意好奇,假小说以寄笔端……宋人

---

① (宋)赵彦卫:《云麓漫钞》卷八,转引自黄霖、韩同文选注:《中国历代小说论著选》(修订本)(上),江西人民出版社2000年版,第68页。
② (明)胡应麟:《少室山房笔丛·九流绪论》(下),上海世纪出版股份有限公司、上海书店出版社2009年版,第283页。

所记乃多有近实者，而文采无足观"。①

对传奇以及传奇小说论证最为清晰而精当的当属鲁迅，他曾详尽地指出："小说亦如诗，至唐代而一变，虽尚不离于搜奇记逸，然叙述婉转，文辞华艳，与六朝之粗陈梗概者较，演进之迹甚明，而尤显者乃在是时则始有意为小说。胡应麟云：'变异之谈，盛于六朝，然多是传录舛讹，未必尽幻设语，至唐人乃作意好奇，假小说以寄笔端。'其云'作意'，云'幻设'者，则即意识之创造矣。此类文字，当时或为丛集，或为单篇，大率篇幅曼长，记叙委曲，时亦近于俳谐，故论者每訾其卑下，贬之曰'传奇'，以别于韩柳辈之高文。顾世间则甚风行，文人往往有作，……实唐代特绝之作也。……传奇者流，源盖出于志怪，然施之藻绘，扩其波澜，故所成就乃特异，其间虽亦或托讽喻以纾牢愁，谈祸福以寓惩劝，而大归则究在文采与意想，与昔之传鬼神明因果而外无他意者，甚异其趣矣。"②鲁迅在这里说明的问题主要有三点：一是说传奇小说"尚不离于搜奇记逸"，是在传统文学特别是志怪小说的基础上发展演进而成的；二是强调传奇小说乃"作意好奇"，是文人的有意识的创作；三是指明传奇小说不仅"叙述婉转，文辞华艳"且"篇幅曼长"，意想丰富，即在艺术形式上有很高的要求。进而鲁迅进一步强调，传奇小说这些"特绝"与"特异"的原因，既是叙事的原因，也是叙事的特征。鲁迅还在论及六朝小说和传奇的区别时指出："神仙人鬼怪物，都可随便驱使；文笔是精细的、曲折的，以至于被崇尚简古者所诟病；所叙之事，也大抵具有首尾和波澜，不止一点断片的谈柄；而且作者往

---

① （明）胡应麟：《少室山房笔丛·二酉缀遗》（中），上海世纪出版股份有限公司、上海书店出版社2009年版，第362—367页。
② 鲁迅：《中国小说史略》，见《鲁迅全集》第9卷，人民文学出版社1996年版，第70页。

往故意显示着这事迹的虚构，以见他想象的才能了。"①故所谓"奇"，就是"奇人""奇事"，即"异想""奇幻"甚至"神异"，"意味着一种对于正统雅文化的经验常识系统之外的'新异'领域的遐想或幻想"。②而传奇小说作为主要讲述人物故事的叙事③，便也从一开始就有着重情节、以记叙描写为主的叙事特点。换句话说，传奇实际上就是要以奇异的情节来动人，所以金圣叹才说，"三国者，乃古今争天下之一大奇局"，作者不过是"以文章之奇而传其事之奇"而已④。

还要看到的是，在唐人"有意作小说"之后，其"传奇"又开辟了另一条走向世情生活的道路。也可以说，唐人传奇在其兴盛发展中，因其"作意好奇"的目的，使中国小说自此真正开始了走向生活化、世俗化乃至言情化的历程，尤其在后来多以小人物、普通人为表现对象的"世情传奇"的意义上，其文学史意义是十分深刻的。实际上，明清戏曲中的"传奇"，其用意和寓意即都是与唐人传奇的这种"世情"的要求一脉相承的，包括晚近一些的像《金瓶梅》《红楼梦》等，也都是在言情的世俗化意义上即以"世情"与传奇相通⑤。

明谢肇淛曾借批评《金瓶梅》总结世情小说的特点："其中朝野之政

---

① 鲁迅：《且介亭杂文二集·六朝小说和唐代传奇文有怎样的区别》，见《鲁迅全集》第6卷，人民文学出版社1996年版，第323页。
② 孟悦：《中国文学"现代性"与张爱玲》，见王晓明主编：《批评空间的开创——二十世纪中国文学研究》，东方出版中心1998年版，第347页。
③ 在唐人传奇现存的40多个单篇中，以人物传记为主以及以人名作为篇名的占绝大多数。初唐时著名的作品有《古镜记》《补江总白猿传》及《游仙窟》三篇。中晚唐之后，记游侠的有《虬髯客传》《红线》《聂隐娘》《柳氏传》等；记才子佳人的有《李娃传》《霍小玉传》《莺莺传》等；记史事的有《长恨歌传》；记佛道思想的有《南柯太守传》《枕中记》《杜子春》等。
④ （清）金圣叹：《〈三国志演义〉序》，转引自黄霖、韩同文选注：《中国历代小说论著选》（修订本）（上），江西人民出版社2000年版，第336—337页。
⑤ 张文东：《在"异构同质"的传统与现代之间——传奇传统与中国现代小说叙事发端》，《江汉论坛》2008年第10期。

务,官私之晋接,闺闼之媟语,市里之猥谈,与夫势交利合之态,心输背笑之局,桑中濮上之期,尊罍枕席之语,驵侩之机械意智,粉黛之自媚争妍,狎客之从臾逢迎,奴伲之稽唇淬语,穷极境象,駴意快心。"①其实说来,这种世情小说的"穷极境象,駴意快心"的境界,就是通过对平常之事、普通之人的市井生活的艺术概括所形成的,而《金瓶梅》中那种因"虚实相半"而引人入胜的"面目各别,聚有自来,散有自去,读者意想不到,惟恐易尽"的情节结构,也恰是小说的独特魅力。曹雪芹在《红楼梦》第一百二十回中径直称自己的作品为"传奇",说"后人见了这本传奇,亦曾题过四句,为作者缘起之言更进一竿云:'说到辛酸事,荒唐愈可悲,由来同一梦,休笑世人痴'",又在《红楼梦》第一回"缘起之言"中说,"致若离合悲欢,兴衰际遇,则又追踪蹑迹,不敢稍加穿凿,徒为哄人之目,而反失其真传者……"于是这又从另一个角度恰好说明了,传奇这种"真传"式叙事的取向,其实还有着"春秋笔法"的"实录"的影响。唐代刘知几的《史通》中说,"实录"就是"爱而知其丑,憎而知其善,善恶必书,是为实录"。而这种"明镜照物,妍媸毕露"的史传文学经验,其实不仅是一种叙事的技巧,也是一种人物描写的辩证法,甚至还很符合"现代小说"对于叙事的要求。这样来写人叙事,既真实而丰满,又自然而深刻,就是正如鲁迅所说的,"盖叙述皆存本真,闻见悉所亲历,正因写实,转成新鲜"。②

总结而言,"传奇"作为中国传统小说的基本模式,其叙事要素无非几点:

---

① (明)谢肇淛:《金瓶梅跋》,转引自黄霖、韩同文选注:《中国历代小说论著选》(修订本)(上),江西人民出版社2000年版,第172页。
② 鲁迅:《中国小说史略·第二十四篇·清之人情小说》,见《鲁迅全集》第9卷,人民文学出版社1996年版,第234页。

第一是"尽设幻语""作意好奇"的虚构色彩。既如王圻、谢肇淛等人所讲的"虚实相半""因虚而活"的叙事描写的特点,亦如胡应麟等人所说的"其事欲谬悠而亡根也,其名欲颠倒而亡实也"①,是有意识创造出来的想象世界。

第二是"无奇不传,无传不奇"②的情节化取向。这既是创作上的题材表现,也是文本中的叙事结构。"世情"也罢,"怪诞"也好,都是"精心剪裁出来的动人故事"。就像传奇一词在现代汉语中的解释一样,不仅指情节离奇或人物行为超越寻常的故事,还要说"以其情节多奇特、神异,故名"③。

第三是"游戏成文聊寓言"④的寓言意蕴。既是李渔所说的"传奇无实,大半皆寓言耳"⑤的寓言笔法,也是胡应麟所说的"作意好奇,假小说以寄笔端"的艺术创造,更是像蒲松龄所说的"集腋为裘,妄续幽冥之录;浮白载笔,仅成孤愤之书"⑥的浪漫主义抒情方法⑦。

三、从参照到借鉴:进入中国现代视野的西方传奇

"传奇"作为一种文体,在欧洲文学史中也是历史悠久。概念上西方所谓传奇一般是指欧洲中世纪骑士文学中一种特殊的长篇故事诗(romance),其内容主要是描写中世纪骑士的冒险、游侠和爱情故事,如《特列斯丹和绮

---

① (明)胡应麟:《少室山房笔丛·岳庄委谈》(下),上海世纪出版股份有限公司、上海书店出版社2009年版,第425页。
② (明)倪倬:《二奇缘传奇小引》。
③ 《辞海》(上),上海辞书出版社1999年版,第605页。
④ (清)尤侗:《钧天乐》传奇第三十二出《连珠》[尾声]。
⑤ (清)李渔:《闲情偶记》卷一"词曲部·结构第一·审虚实",《中国古典戏曲论著集成》(七),中国戏剧出版社1959年版,第21页。
⑥ 蒲松龄:《聊斋志异·聊斋自志》,转引自黄霖、韩同文选注:《中国历代小说论著选》(修订本)(上),江西人民出版社2000年版,第366页。
⑦ 参见王东:《传奇:中国小说的传统与经验》,《古籍整理研究学刊》2012年第5期。

瑟》《奥迦桑和尼柯莱》等。"传奇早在12世纪以前的欧洲就已有了它的先祖,它的生命活力则一直持续到中世纪以后,伊丽莎白时代的人迫切地求助于古希腊的传奇,'西部'小说和科幻小说常常被看作传奇的现代变异。"①吉利恩·比尔还说,古希腊罗马神话的集大成者古罗马诗人奥维德(Publius Ovidius Naso)的《变形记》,其实就是一种传奇,因为它"唤起往昔和社会意义上遥远的时代",并以那些"众所周知的故事",为中世纪小说的创作提供了最好的创作素材,同时也就形成了传奇写作的特殊价值取向:"传奇,无论它的文字水平和道德水准如何高超,它首先是为了娱乐而写作的。它把读者吸引到除此之外便不能获得的经验里。它把我们完全引入到它自己的世界——一个决不会与我们自己的世界充分对等的世界,尽管它必然会使我们联想起前者,假如我们完全了解它的话。就这样,它把我们从我们的禁忌和偏见中解放出来。它超越了那些使生活受到正常约束的限制。"②

在13世纪后,这种"传奇"与"故事"又变成散文体,甚至演变形成了后来的"浪漫主义"和"长篇小说"两词。再从14世纪到16世纪的伊丽莎白时期文学,一直到18世纪的哥特式小说,英国文学的重要体裁和传统之一始终都是这种传奇或者说是故事,它们始终与小说的发展"难解难分",进而不断演化成为一种特殊的叙事方式。浦安迪也说,现在的人们把"romance"译为"传奇",是意译,也并不准确,但是按照作为现代小说概念的所谓"novel"来说,依然可以看作"公认是西方古典文化的大集成"的"史诗"的"后继者",也就是说,"从18世纪末开始到今天,西方的文学理论家经常把'史诗'(epic)看成是叙事文学的开山鼻祖,继之以中世纪的'罗曼

---

① [英]吉利恩·比尔:《传奇》,肖遥、邹孜彦译,昆仑出版社1993年版,第5页。
② [英]吉利恩·比尔:《传奇》,肖遥、邹孜彦译,昆仑出版社1993年版,第4—5页。

史'（romance），发展到18和19世纪的长篇小说（novel）而蔚为大观，从而构成了一个经由'epic—romance—novel'一脉相承的主流叙事系统……史诗的精神气韵深深地印入了novel的血液中，离开了史诗和罗曼史的传统，novel的出现和发展是很难想象的。"①

不过要注意的是，即便一直以来人们已经对传奇本身有着如此一致的理解，但是在所谓"传奇"与"小说"的相关概念和使用上，西方叙事文学传统还是有区别的。比如就小说与传奇的区别而言，英国17世纪的剧作家威廉·康格里夫（William Congreve）曾指出："传奇一般是描写王公贵族或英雄人物坚贞的爱情和无比的勇气，运用高雅语言，奇妙故事和难以置信的行动来予以表现……小说则描写与常人较接近的人物，向我们表现生活中的争斗算计，用新奇的故事取悦读者，但这些故事并非异常或罕见……传奇让我们多感惊异，小说则给我们更多快乐。"②后来韦勒克和沃伦也说，在英语的语境当中，叙述性小说主要有两个基本模式，即分别被称为"传奇"和"小说"的两个模式或传统："里夫（C. Reeve）在1785年将二者做了区别：小说是真实生活和风俗世态的一幅图画，是产生小说的那个时代的一幅图画。传奇则以玄妙的语言描写从未发生过也似乎不可能发生的事情。小说是现实主义的；传奇则是诗的或史诗的，或应称之为'神话的'。……这两种相反的类型显示出散文叙事体的两个血统：小说由非虚构性的叙述形式即书信、日记、回忆录或传记以及编年记事或历史等一脉发展而来，因此可以说它是从文献资料中发展出来的，从文体风格上看，它强调有代表性的细节，强调狭义的'模仿'。另一方面，传奇却是史诗和中世纪浪漫传奇的延续体，它

---

① ［美］浦安迪：《中国叙事学》，陈珏整理，北京大学出版社1996年版，第8—10页。
② 申丹、韩加明、王丽亚：《英美小说叙事理论研究》，北京大学出版社2005年版，第13—14页。

无视细节的逼真（在对话中重现具有个性特色的语言就是这样的例子），致力于进入更高的现实和更深的心理之中。"①

而可能更有意味的是，与英国小说在主流上后来逐渐走向现实主义不相一致，西方文学的"传奇"传统，在现代的意义上却于美国小说发展中得到了较为充分的反映。比如美国19世纪的流行小说作家霍桑（Nathaniel Hawthorne）不仅也像里夫他们那样对"传奇"和"小说"进行区分，而且还始终坚称自己的作品就是"传奇"。他说："如果作家把自己的作品称为传奇，那么毋庸置疑，他的意图是要在处理自己作品的形式和素材方面享有一定自由。如果他宣称自己写的是小说，就无权享有这种自由了。人们普遍以为，小说是一种注重细节真实的创作形式，不仅要写人生中可能发生的偶然现象，也要写常见的一般现象。传奇作为艺术创作，必须严格遵守艺术法则，如果背离人性的真实，同样是不可原谅的罪过，但它却在很大程度上赋予作者自行取舍、灵活虚构的权利，以表现特定环境下的真实。只要他认为合适，可以任意调节氛围，在所描绘的图景上或加强光线使之明亮，或运笔轻灵使之柔和，或加深阴影使之浓重。……如果传奇故事真能对人有所启发，或产生某种有效作用，一般是通过一种非常曲折微妙的方式，而不是表面上的那种直接方式。"②可见，在霍桑等具有现代性的"传奇"小说家的眼里，"传奇"的特点就在于其虚构性应该比一般"小说"更多，"与小说家不同，传奇作者并不受日常现实（'常见的一般现象'）的约束；他可以沉醉于虚幻的和奇异的事物"③，即作为"诗的或史诗的"传奇，实际是"表现了一个在所有人里持久

---

① [美]韦勒克、沃伦：《文学理论》，刘象愚等译，生活·读书·新知三联书店1984年版，第241—242页。
② [美]霍桑：《七角楼·序言》，译林出版社2001年版，第1—2页。
③ 转引自申丹、韩加明、王丽亚：《英美小说叙事理论研究》，北京大学出版社2005年版，第83页。

地存在的世界：一个想象和梦幻的世界"①。

在《批评的解剖》中，弗莱曾明确地指出，不管哪种文学史里，其实始终存在着一种具有普遍意义的"传奇"模式，而一直以来我们所谓的西方现代派文学，实际上就是一种特殊的"现代"神话，传奇如果可以总起来说的话，它完全可以说是介于神话和19世纪自然主义两极之间的、总的文学倾向。弗莱还强调，传奇就是神话的变体，只不过其故事主角已经是由神话中的神被置换为人了，而传奇模式"讲述的是一个与人类经验关系更加密切的世界"，其内容上是"朝着理想方向"，而形式上则趋于程式。因此弗莱才说，"在所有的文学形式中，传奇是最接近如愿以偿的梦幻的。正是由于这一原因，从社会的角度看，传奇起到一种奇妙又矛盾的作用"，所以，"无论社会产生多么大的变化，传奇都会东山再起"，"传奇的那种永葆童真的品格，表现为对往昔的非常强烈的留恋，对时空中某种充满想象的黄金时代的执着追求"。②换句话说，在西方文学理论关于传奇叙事的认识中，传奇不仅是被确认为文学创作的一种文体类型，同时也在文学接受模式和接受心理层面有着更加丰富的内容，即认为传奇一方面是以幻想的姿态填补着社会发展的个人实现感，另一方面还孕育了个人与社会错落有致的风韵。这与中国古代"传奇"及其叙事实际上有着相同的特质。

而从语义来看，"Legend"在语源意义上实有两解：1. A legend is a very old and popular story that may be true. 2. A legend is a story that people talk about, concerning people, places, or events that exist or are famous at the present time. 由此而言，"传奇"的这种语义中实际上同样强调着"故事"（story）

---

① [英] 吉利恩·比尔：《传奇》，肖遥、邹孜彦译，昆仑出版社1993年版，第12页。
② [加拿大] 诺斯罗普·弗莱：《批评的解剖》，陈慧、袁宪军、吴伟仁译，百花文艺出版社2006年版，第268—269页。

和"大众流行"(popular)两点,所以说在中西语境中"传奇"这个概念的共同点就是:首先是就其文体来源来看它并非出于典雅,而是出自于普遍日常生活中的大众;其次是它比一般叙事文学更加讲究故事构成的方式,亦即更加具有梦幻色彩和大众心理补偿机制。进而,正因其起源于日常与大众,并由此有了故事的特殊构成方式以及传奇与社会的错落矛盾作用,于是就决定了传奇的本质,即其内容与表现都是取之于世俗流行并用一种个人的方式呈现的,所以传奇所要解决的问题,始终都不是社会思想的问题,而是大众梦幻和审美补偿问题。

再按照伊恩·P. 瓦特(Ian P. Watt)的梳理和概括,西方现代小说(novel)兴起于18世纪的英国,其标志就在笛福、理查逊和菲尔丁三位伟大的作家那里。他们不仅仅标志着英国小说发展历史意义上的第一个高峰,同时还深刻地改造了西方文学传统的"散文虚构故事"(fiction),并以此为重要转折点和标志,令西方现代小说借此得以真正兴起。不过无论怎么说,即便是现代"小说"(novel)的定义已经有了和古典小说的不同点,但其语词原义仍旧有着"新颖的"和"新奇的"含义,"小说的基本标准对个人经验而言是真实的——个人经验总是独特的,因此也是新鲜的。因而,小说是一种文化的合乎逻辑的文学工具,在前几个世纪中,它给予了独创性、新颖性以前所未有的重视,它也因此而定名。"[①]还要注意到的是,这种"定名"不仅仅是一个概念的生成,其可能还意味着,如果说现代小说的本质仍然是"虚构"的,那么它便可能正是因此才并未与"传奇"传统完全割裂。所以,中外文学史上关于"传奇"的定义始终是一种特殊的"异构同质",

---

[①] [美]伊恩·P. 瓦特:《小说的兴起》,高原、董红钧译,生活·读书·新知三联书店1992年版,第6页。

即其作为一种叙事的最根本的特征，就在于其叙事一定是富于奇异色彩的，"是以想象性的情节营造为核心来讲述具有虚构色彩的故事"①。

再整理看，从魏晋六朝志怪初兴，到唐人传奇真正成熟，及至宋元话本和明清小说的兴盛发展，中国古代小说在其整体的发展中，其实始终没有脱离它一定是作为一种特殊的"虚构性叙事"的文体特征，即始终贯穿着远离事实而更接近抒情的"想象与梦幻"的色彩，亦即"新奇的""新颖的"意味。因此实际上，传奇作为一种古今中外文学中都存在并共同发展起来的叙事体类，不仅其作为中西"小说"的"虚构"的本质属性完全一致，其作为一般文体的"新异的"或"想象与梦幻"的叙事意味也完全相通，完全就像吉利恩·比尔所说的，"所有优秀的小说都必须带有传奇的一些特质：小说创作一个首尾连贯的幻影，它创造一个引人入胜的想象的世界，这个世界由详细的情节组成，以暗示理想的强烈程度为人们领悟；它靠作家的主观想象支撑。就最普遍和持久的层次而言，也许这样理解现实主义小说更为准确，它是传奇的变种而不是取代了传奇"。②所以，无论是中国现代小说的发端，还是20世纪中国小说的发展，中国小说家们既努力借鉴与吸收着西方文学中"小说"的营养，同时还必然向传统进行承袭，乃至转型和创新发展。

---

① 张文东：《在"异构同质"的传统与现代之间——传奇传统与中国现代小说叙事发端》，《江汉论坛》2008年第10期。
② [英]吉利恩·比尔：《传奇》，肖遥、邹孜彦译，昆仑出版社1993年版，第70页。

第一章　从晚清到"五四"：
"传奇"传统与现代小说叙事的发生

　　无论是在现代还是在古代的意义上，任何阶段文学的发展与演变，始终是一种对话的过程，就中国现代小说的发生和发展而言也一样，它始终是在传统与现代之间的、中国与西方之间的一种特殊而又丰富的对话，并始终还是一种进行时的语态。"传统与发展，构成了文学整体的两端。传统的相对稳定性，是识别一国文学与别国文学、一地区文学与别地区文学的根本标准。它偏重于考辨文学的继承性和凝聚性；发展的轨迹，体现了文学史的运动过程，它偏重于研究每一时期、每一作家的独创之处或与前代文学的相异之处。……传统是发展中的传统，发展又是传统在各个时代的变体。"①

　　这也就是在提醒我们认识并且要确认的是，中国现代小说既然是发端于古今交融、中西交汇的背景下，那么其所谓"接受新知与转化传统并重"的"现代化"发生及转型发展，必然有着向古今中外小说中"传奇"传统的资源借取和特殊承袭。

---

① 陈思和：《中国新文学整体观》，上海文艺出版社2001年版，第34页。

第一节 "新小说"——对传统小说观念的叛逆与承袭

如众所知,在长期以来的中国古典文学发展当中,小说作为一种特殊的叙事文体,始终处在一种尴尬的境地,一是地位不高;二是受众不少。从前一点说,自发生那天起,中国小说便始终被置于一种不平等的文学地位。由最初的"小说之祖"庄子的一句话"饰小说以干县令,其于大达亦远矣"算起,中国小说差不多两千年的发展及努力都难有建树并难成大器,或者是桓谭的"丛残小语",或者是班固的"街谈巷语",以及扬雄的"雕虫小技,壮夫不为"等等,小说作为一种特殊叙事文体的特征与魅力虽不断被发现,但又不断被忽视,其与始终被视为正统的"诗""文"主流文学之间的距离一直没有缩短。而从后者说,小说作为一种叙事文学体类,它有着极强的大众化、通俗化乃至市民化的内容和意味,宋元话本兴起之后,尤其是明清以来如《三国演义》《红楼梦》《水浒传》等古典小说在"市井细民"间的广泛流传与普遍认可,使得中国小说不论文言或是白话,都已经在大众接受乃至流行文化的意义上具有了极大的市场和影响,甚至如康有为所说的到了超越经史、八股的地步。

就史实的角度而言,近代中国小说得以开创新局面或者说开篇,大致可以从1897年10月16日至11月18日间天津《国闻报》连载严复与夏曾佑的《本馆附印说部缘起》一文算起。当然,被普遍认同的"小说界革命"口号是后来由梁启超提出的,但在这篇"缘起"之文里,对传统小说内容与功用观念的大胆叛逆,对当下小说现实功用和内容要求的极力强调,已经有了开天辟地的效用和影响。文章中所列举的,是大量的中外文学发展经验,尤其是其中所含的包括政治改良在内的各种史事,不仅极力证明了小说那种"易传行远"的特点是传统"经""史"根本比拟不了的,而且极力强调了小说因此所具备的特殊的社会作用,"夫说部之兴,其入人之深,行世之远,几几出于经史上。而天下之人心风俗,遂不免为说部之所持"。①如此这般地对小说地位与作用的极力提高与强化不仅是标志性的,而且对于近代以来中国文学改良和发展的推动意义和作用也是十分巨大的。

不久之后,梁启超发表了他的著名文章《论小说与群治之关系》②,以社会改良为出发点和落脚点,对小说的重要价值与作用进行了全面而大胆的论述。他说:"欲新一国之民,不可不先新一国之小说。故欲新道德,必新小说;欲新宗教,必新小说;欲新政治,必新小说;欲新风俗,必新小说;欲新学艺,必新小说;乃至欲新人心,欲新人格,必新小说。何以故?小说有不可思议之力支配人道故。"③在他看来,小说所特有的特点和魅力、作用与价值,不仅与人格的养成、社会的构建、政治的改良等密不可分,而且意义巨大,更可贵的是这又是其他各种文学体类都不具备的。所以,梁启超才反复强调,"故今日欲改良群治,必自小说界革命始;欲新民,必自新小说始"。④等到了后来狄平子那里,他还更加夸张地以"吾言虽过,吾愿无尽"的姿态提出:"小说者,实文学之最上乘也"。⑤

像这样极端肯定小说的地位与价值的说法,是在晚清以来的文学批评理论与小说实践中随处可以见到的,其核心首先是一种对于传统小说观念的大胆叛逆,然后是由这种叛逆来初步定位、确立了晚清以来中国小说的具有某种"现代性"意义的"新变"的存在。尽管这些"新变"的背后是有着许多矛盾性的。

第一,我们可以看到的是,新小说家们始终极力鼓吹小说的作用,提高

---

① 严复、夏曾佑:《本馆附印说部缘起》,《国闻报》1897年10月16日至11月18日。
②③④ 饮冰:《论小说与群治之关系》,1902年《新小说》第1卷第1期。
⑤ 楚卿:《论文学上小说之位置》,载1903年《新小说》第1卷第7期。

小说的地位，但是没有看到的是，他们这样做的背后，实际上是一种十分传统的思维定式在起着决定性的作用，即始终把小说（文学）与政治紧紧联系起来的"文以载道"意识。梁启超所有的对小说的拔高和鼓吹，及其所倡导的"小说界革命"，实际上都是原发于政治改良一个出发点，即始终是在以小说为例证和武器，要求文学的政治教化内容来为其政治斗争服务。他说："善为教者，则因人之情而利导之，故或出之以滑稽，或托之于寓言。孟子有好货好色之喻，屈平有美人芳草之辞，寓讽谏于诙谐，发忠爱于馨艳，其移人之深，视庄言危论，往往有过，殆未可以劝百讽一而轻薄之也……在昔欧洲各国变革之始，其魁儒硕学，仁人志士，往往以其身之所经历，及胸中所怀，政治之议论，一寄之于小说……"①

而更为重要的是，有着这种小说为政治改良服务观念的并不只是梁启超一个人，而是当时那个时代整个"新小说"界和所有"新小说"家们共有的，就像有人当时便看到的，"近年以来，忧时使士，以为欲救中国，当以改良社会为起点；欲改良社会，当以新著小说为前驱。此风一开，而新小说之出现者，几于汗牛充栋"。②这样一来，中国传统的"文以载道"的文学观念，便使得"新小说"虽然借此给自己提高了地位，但并没有给这一具有现代意义的地位打好一个更有"文学性"的"新"的基础，以至，渐至后来，直接影响了中国现代小说叙事的一些"非文学"的要素。

第二，在近代小说中，因为"新小说"家们依然以传统的观念将小说看作是"载道"的工具甚至是政治改良活动的"道具"，所以又造成了这些试图走向现代的小说还出现了一种"返祖"现象，即强烈的主观"参与"意识

---

① 任公：《译印政治小说序》，原载1898年12月23日《清议报》第1册，后改为日本柴四郎《佳人奇遇》叙言。
② 天僇生：《论小说与改良社会之关系》，载1907年《月月小说》第1卷第9期。

和对于叙事的主观"决定"行为。"一大批致力于社会改良的志士仁人,正在为开启民智而发愁的时候,'发现'了小说这个极其普及的文艺形式,于是便毅然选定它作为自己的宣传形式,用它来批判社会,宣传民众,鼓吹改良。他们注意的仅仅是宣传效果,而并不在乎小说的本质是什么,小说应该怎样才更具艺术感染力。过于强烈的'参与'意识,使他们根本忘掉了客观这一重要原则。"①换句话说,这一时期的"新小说"家们,出于自己的"启蒙"目的和"教化"要求,不惜以那种"似说部非说部,似释史非释史,似论著非论著,不知成何种文体"②的特殊叙事来消解中国古典小说长期坚守的以情节为中心的叙事表现模式,进而在这种主观动因和目的十分强烈的叙事当中,让作家主体的"参与"造成了"我""讲故事"的主观化模式,使这些所谓"新小说"非但没有新起来,反而更加突出地具有了某种传统的"全知"叙事方式以及浪漫的主观表现色彩。

第三,在"新小说"的后期创作中,"媚俗"成为一种客观取向。如陈平原所说,"作家由以启蒙思想家或带有明显政治倾向的社会活动家为主转为以纯粹卖文为生的文人为主;小说读者由以'出于旧学界而输入新学说者'为主转为以小市民为主;小说创作目的由以启蒙教育为主转为以牟利生财为主。"③这一点其实并不难理解,因为随着中国社会近代以来不断加快的城市化进程,中国不仅有了现代都市,其现代商业生活也逐渐形成并繁荣起来,文学发展也进入商业化的轨迹,所以包括小说杂志的创办与发行、小说观念及其创作、读者以及小说家等等都在内,文学开始逐渐被市场所影响,拜金主义、消闲文化甚至文学消费,也开始成为文学现实的必然样态之一,

---

① 参见宁宗一主编:《中国小说学通论》,安徽教育出版社1995年版,第306页。
② 饮冰室主人:《新中国未来记·绪言》,载1902年《新小说》第1号。
③ 陈平原:《二十世纪中国小说史》,北京大学出版社1989年版,第136页。

"今之为小说者,不惟不能补助道德,其影响所及,方且有破坏道德之惧。彼其著一书也,不曰:吾若何而后惊醒国民?若何而后裨益社会?而曰:吾若何可以投时好?若何可以得重赀?存心如是,其有效益与否,弗问矣。"①直到"五四"新文学运动初起甚至也依然如此,"中国现在做文学(小说,剧本尚少)的人,……他们本来不是研究文学的人;看了一部《红楼梦》几部林译爱情小说便欲提笔写爱情小说了;看了英文的六便士小说便也半通不通的翻译了;现在是侦探小说最时髦,他们就成了侦探小说家;现在是哀情小说时髦,他们就成了哀情小说家;现在是新思潮勃发的时候,他们也就学时髦来做新思想的小说了!"②于是,大众读者的"趣味第一",走市场的小说创作必然要迎合市民阅读口味,因此它原本内在的"消闲"甚至"娱乐"的特征便显露,对于娱乐性、趣味性及由此所造成的"新异"性的大力追求,不仅使"新小说"思想苍白平庸、创作流于形式,而且还不由自主地整体表现了一种对于传统叙事方式即"传奇"的靠拢,一切还是"无奇不传、无传不奇"。

第二节 "五四小说"——在传统与发展中的艰难转变

就"新小说"与"五四小说"在叙事模式上的承袭关系而言,陈平原的阐述是比较明晰而准确的。他首先说:"对于新小说来说,最艰难、最关键的变革不是主题意识,也不是情节类型或者小说题材,而是叙事方式。前三

---

① 天僇生:《论小说与改良社会之关系》,载1907年《月月小说》第1卷第9期。
② 佩韦:《现在文学家的责任是什么》,载1920年1月10日《东方杂志》第17卷第1号。

者主要解决'讲什么',而后者则必须解决'怎么讲'。'讲什么'之间的差异容易被发现,也容易由一方的模仿来弥合;而'怎么讲'之间的差别则一时很难准确把握,即使想模仿也很难不夸张变形。应该说晚清作家之接触域外小说,从'观风俗'到'听故事'到'读小说',步子迈得挺快,而且学习借鉴的意识比较强烈,对域外小说叙事模式的掌握运用也颇见成效。……当然,中国小说叙事模式的转变,新小说家只是开了个头,作了一系列很有意义的尝试,这一转变的初步完成,是在五四作家手中实现的。"①同时他还说:"中国小说叙事模式的转变,基本上是由以梁启超、林纾、吴趼人为代表的与以鲁迅、郁达夫、叶圣陶为代表的两代作家共同完成的。前者以1902年《新小说》的创刊为标志,正式实践'小说界革命'主张,创作出一大批既不同于中国古代小说、又不同于五四以后的现代小说的带有明显过渡色彩的作品,时人称之为'新小说'。后者没有小说革命之类的代表性宣言,但以1918年《狂人日记》的发表为标志,在主题、文体、叙事方式等层面全面突破传统小说的藩篱,正式开创了延续至今的中国现代小说。"②这些论述不仅说明了中国小说叙事模式的转变,而且强调了中国现代小说叙事模式的某种"初步完成"。

不过,必须看到的是,"新小说"也好,"五四小说"也罢,"新文学"的发生与发展历程,其实并不是如人们一直以来想象的那样是以对文学传统的彻底背叛和突破来完成的。

第一,就现代的小说观念的确立而言,"五四小说"和"新小说"一样,仍然被笼罩在传统文学"文以载道"的观念下,甚至还因不断强化的"启蒙"

---

① 陈平原:《二十世纪中国小说史》第1卷,北京大学出版社1989年版,第12—13页。
② 陈平原:《中国小说叙事模式的转变》,北京大学出版社2010年版,第6页。

思想意识，更加突出了文学的"功利性"。比如说鲁迅开创"问题小说"模式，其背后的动因实际是以民主与科学为旗帜的"五四"新文化运动，论其目的，则是因思想启蒙意识而发现问题、正视问题并试图解决问题的思想取向，然后以其现实主义的追求，形成了后来的"乡土小说"等模式，进而导引了"五四小说"以及整个时代文学的看取人生、"揭出病苦"的主体潮流。

罗家伦在《今日中国之小说界》一文中首先强调的是："小说一件事，并非消磨他人的岁月，供老年人开心散闷的。小说第一个责任就是要改良社会，而且写出'人类的天性'Human Nature。"①茅盾也是这样来给文学确定责任的："积极的责任，是欲把德谟克拉西充满在文学界，使文学成为社会化，扫除贵族文学的面目，放出平民文学的精神。下一个字是为人类呼吁的，不是供贵族阶级赏玩的！是'血'和'泪'写成的，不是'浓情'和'艳意'做成的，是人类中少不得的文章，不是茶余酒后消遣的东西"。②由此可见，文学就是要"写出人生的血和肉"进而"改良社会"，这也就是"五四文学""为人生"、"为社会"的整体追求。因此，我们就理解了，为什么以文学研究会为代表的"为人生"派，要始终追求"为人生而艺术""为社会而艺术"的创作道路，并由此极力针对"消遣""休闲"等小说创作予以大力否定和批判。

第二，如众所知，"五四"一代乃至后来的许多知识分子，对传统文学或文学传统都有种"爱恨交织"的矛盾心态，即在决绝反叛传统的同时，又总对传统有着某种下意识甚至有意识的"认同"和"接受"，像鲁迅曾批判过的"二重性"一样："既许信仰自由，却又特别尊孔；既是'胜朝遗

---

① 罗家伦：《今日中国之小说界》，载1919年1月1日《新潮》创刊号。
② 佩韦：《现在文学家的责任是什么》，载1920年1月10日《东方杂志》第17卷第1号。

老',却又在民国拿钱;既说是应该革新,却又主张复古;四面八方几乎都是二三重以至多重的事物,每重又各各自相矛盾。一切人便都在这矛盾中间,互相抱怨着过活"。①当然,这也并不见得都是坏事,就像王瑶说的,"'五四'文学革命在中国小说史上的意义,不仅在于由此开始了现代小说的创造,而且对中国传统小说的价值作出了新的评价"。②所以我们可以这样说,在"五四小说"家们这里,他们一方面借助西方外来的以及中国现实的因素,大胆叛逆,冲破传统,借助新的观念,予小说以新文学之"正宗""主流"的崇高地位;另一方面则是通过对中国文学传统的重新检视,对中国传统小说做出了重新评价,并将传统中积极的、优秀的内容整理出来加以利用,使之成为自身发展的有力基石。

第三,既然文学观念上的"二重性"里还有着某种"理性"的选择,那么,中国社会结构及其意识形态在近代以来的变化,也就有了某种因为读者"市场"而生成的合理化因素了,所以也就看到了从"新小说"到"五四小说"一脉相承的"二重性"了,即现代小说从其一开始,先是要走"正途",即一定要"为人生",要有"启蒙"作用,要将自己的创作视为一种有价值的选择。但同时他们又不得不认识到,这一"正途"如何才能走成功?如何才能完成自己给自己设定的"为人生"以及"启蒙"的目标?当然一定要看到近代以来中国社会开始不断市场化的现实和前景,因此也就不得不有意识地选择某种适合市场甚至迎合市场乃至不惜流俗、媚俗的即能够为中国大众所喜闻乐见的艺术形式,哪怕只是艺术表现的手法或模式。由此可

---

① 鲁迅:《热风·随感录五十四》,见《鲁迅全集》第1卷,人民文学出版社1996年版,第345页。
② 王瑶:《论现代文学与中国古典文学的历史联系》,见王瑶:《中国现代文学史论集》,北京大学出版社1998年版,第319页。

见，传奇，恰好是其可能的选择之一。

长期以来，"不入流"的中国小说在其"民间"化的发展中，"传奇"的表现手法和模式其实早已成为一种阅读"惯例"——引人入胜的情节，婉曲连贯的叙述，栩栩如生的人物，细致入微的情感，等等——它作为小说对象化的存在意义，甚至对小说发展可能有着决定性的作用。[1]正如茅盾和张爱玲等人所说的，"五四时候一般读者读小说还是只看情节，不管什么风格和情调"[2]，"百廿回《红楼梦》对小说的影响大到无法估计。等到十九世纪末《海上花》出版的时候，阅读趣味早已形成了，唯一的标准是传奇化的情节，写实的细节"[3]。所以陈平原对这种现象也分析道："一般工农大众可能读不懂《狂人日记》，而更喜欢《三侠五义》《说岳全传》之类章回小说或者弹词、评书。不能忽略连贯叙述之易于记忆与理解、全知视角之便于叙述与接受，以及情节为结构中心之易于引人入胜，所有这些，对文化水平不高的工农读者来说是十分必要的。"[4]因此也才可以说，既然"五四小说"家们一样是"作小说而有志于社会，第一宜先审察一般读者之习惯，投其好以徐徐引导之"[5]，那么他们不管如何努力"革新"叙事模式，近代以来读者大众的通俗化即"传奇化"的阅读心理要求始终是不可忽视甚至是必须遵从的，所以从整体的意义上说，中国现代小说向中国传统小说的承袭并发展，既是一种必然联系，也是一种必要选择。

---

[1] 张文东、王东：《从"新小说"到"五四小说"——传奇叙事与中国现代小说叙事发端》，《山西大学学报》（哲学社会科学版）2007年第6期。
[2] 茅盾：《评〈小说汇刊〉集二》，见《茅盾全集》第18卷，人民文学出版社2001年版，第244页。
[3] 张爱玲：《国语本〈海上花〉译后记》，见《张爱玲文集》第4卷，安徽文艺出版社1992年版，第356页。
[4] 陈平原：《中国小说叙事模式的转变》，北京大学出版社2010年版，第232页。
[5] 叶小凤：《小说杂论》，转引自黄霖、韩同文选注：《中国历代小说论著选》（修订本）（下），江西人民出版社2000年版，第492页。

第二章 "中间物传奇"：
　　　现代小说主流内外的"同质异构"

在文学这个巨大的场域中，传统有着同样巨大的力量，因此所有文学体类的发生、发展和创新，都将在已有的规范中得到检查和确认，即所有创新其实都是基于传统的创新，中国现代文学以及现代小说的发生、发展和创新也一样。如陈平原所说："促成中国小说叙事模式转变的远不只是外国小说的影响，传统中国文学也远不只是被动地接受改造"[①]，因此我们就能够理解，在现代小说开创发展的意义上，主流内外的鲁迅与沈从文等，都借传奇叙事之形，以悬置于历史与现实之间的不同的"中间物"叙事，来传达现实人生的良苦用意。

---

① 陈平原：《中国小说叙事模式的转变》，北京大学出版社2010年版，第130页。

第一节　历史传奇——鲁迅《故事新编》的"历史中间物"

按照毛泽东对鲁迅的评价——"鲁迅是中国文化革命的主将,他不但是伟大的文学家,而且是伟大的思想家和伟大的革命家"①——鲁迅无疑是巨大的一种存在。不过在我们看来,并不是所有巨大的存在都只能是一个巨大的话题,关于鲁迅,也许从一个更小的角度切入,还可以发现更加有意味的内容。或者说,按照钱理群"从结果转向过程"②的说法,时至今日,我们对鲁迅的认识其实早应也早已有了不同角度和层面的更加丰富的观察和解读。

一、决绝背后——魏晋文章与传奇情结

在从"五四"到整个现代以来的文学思潮中,鲁迅对传统的反叛可以说是最为激烈和最为决绝的。他甚至不怕引起歧义地强调自己创作小说的动因和资源就是"大约所仰仗的全在先前看过的百来篇外国作品和一点医学上的知识","此外的准备,一点也没有"③,即把传统文化和文学视如无物亦毫无借取。但是,真的如此吗?"鲁迅意识的特点是:既有整体性的反传统思想,又对某些中国传统的价值观在认识上、道德上有所承担,二者之间,存在着深刻的、未解决的紧张。……鲁迅虽然是倡导全面否定中国传统的先行者,但他又花费了许多时间来对这个传统进行各方面的学术研究,在他明确的意识层里也有许多方面和这个传统有着积极的联系。这在鲁迅的一生中是具有讽刺意味的一件事。在创作中,他运用许多传统的风格技巧。在个人和

---

① 毛泽东:《新民主主义论》,见《毛泽东选集》第2卷,人民出版社1991年版,第698页。
② 钱理群:《心灵的探寻》,河北教育出版社2000年版,第4页。
③ 鲁迅:《南腔北调集·我怎么做起小说来》,见《鲁迅全集》第4卷,人民文学出版社1996年版,第512页。

美学方面,他欣赏许多传统的因素。"①所以说这绝对是一种悖论性的存在,只不过这种悖论的后面还有着更为深刻的启示,即鲁迅在他决绝的反叛传统的姿态背后,还有着一种怎样的复杂心态呢?

  青年时代的鲁迅,其实是以一种民族主义的思路,来认识和理解中国传统文化和文学传统的,所以就像前面提及的,在青年鲁迅甚至直到后来成熟的意识中,始终有着一种对文化与文学传统的"既恨且爱,又恨又爱"的矛盾但同时又不乏"辩证"的心境。那时候的鲁迅曾在《文化偏至论》中写道:"……中国之在天下,见夫四夷之则效上国,革面来宾者有之;或野心怒发,狡焉思逞者有之;若其文化昭明,诚足以相上下者,盖未之有也。屹然出中央而无校雠,则其益自尊大,宝自有而傲睨万物,固人情所宜然,亦非甚背于理极者矣。"②所以他对于文化与文学传统首先所持的态度并不是简单否定,而是在总体否定的同时,又有意识地、细致地去粗取精,并试图汲取各方面的营养来创造一种全新的属于这个时代的文化:"……明哲之士,必洞达世界之大势,权衡校量,去其偏颇,得其神明,施之国中,翕合无间。外之既不后于世界之思潮,内之仍弗失固有之血脉,取今复古,别立新宗,人生意义,致之深邃,则国人之自觉至,个性张,沙聚之邦,由是转为人国。人国既建,乃始雄厉无前,屹然独见于天下,更何有于肤浅凡庸之事物哉?"③他还在《摩罗诗力说》中强调中国有着"发达"与"特异"的文明,并且提出了"别求新声于异域"的大胆改革要求,要求中国传统文明与

---

  ① 林毓生:《鲁迅意识的复杂性》,见《中国意识的危机》,贵州人民出版社1988年版,第234—235页。
  ② 鲁迅:《坟·文化偏至论》,见《鲁迅全集》第1卷,人民文学出版社1996年版,第44页。
  ③ 鲁迅:《坟·文化偏至论》,见《鲁迅全集》第1卷,人民文学出版社1996年版,第56页。

文化的"复兴"一定要落实在"与世界大势相接"的"新生"上："夫中国之立于亚洲也，文明先进，四邻莫之与伦，蹇视高步，因益为特别之发达；及今日虽彫苓，而犹与西欧对立，此其幸也。顾使往昔以来，不事闭关，能与世界大势相接，思想为作，日趣于新，则今日方卓立宇内，无所愧逊于他邦，荣光俨然，可无苍黄变革之事，又从可知尔。……得者以文化不受影响于异邦，自具特异之光采，近虽中衰，亦世希有。"①

鲁迅这种对传统的态度，既是他认识传统的起点，也是他改革现实的落点，而从一开始，便包含他对传统的悖论般的理解：一方面，因为了解所以热爱，身处其中甚至天然地有着一种对传统文化的自豪和热爱；另一方面，"因为清醒，所以痛苦"，"世界大势"使之对"堕落而之实利"以至"精神沦亡"的中国旧文化不得不坚持着一种反思和批判。所以，"爱之深则恨之切"，"'恰如父母对孩子的痛斥，是与热泪俱下的鞭子'。惟有先生的暴露，才真是从伟大的爱发出来的奔流，是给中华民族的警世名言"②，鲁迅是在对传统的决绝否定中贯注着默默无尽的热爱。因此，在鲁迅决绝的反叛传统的姿态背后，实际上是他的一种特殊继承与发展传统的二重性心态以及悖论式的表现。这也就解释了，为什么对于传统的决绝反叛，并没有让他彻底走向传统的反面，而是有了某种"中国气派"与"中国精神"。所以也才像毛泽东所说，他的方向才会成为"中华民族新文化的方向"。就此，钱理群有着较为详尽的分析："他（鲁迅）在总体上否定了旧时代建立的思想文化体系，又在自己所开创的新系统中科学地汲取了旧思想文化体系中的精华成分，'过去'包容（积淀）于'现在'与'未来'之中，所谓传统不

---

① 鲁迅：《坟·摩罗诗力说》，见《鲁迅全集》第1卷，人民文学出版社1996年版，第99页。
② [日]内山完造：《鲁迅先生》，原载1936年11月16日上海《译文》第2卷第2期。

再是停滞不变的历史僵尸,而是一个生动活泼的不断创造的过程。'不断地破坏'与'不断地创造'正是这同一个过程的两个侧面;'否定'('破坏')是'创造'的前提,'创造'则是'否定'('破坏')的本质。正是在这里,'革新的破坏者'才与'盗寇式的破坏'根本区别开来。"①所以对鲁迅而言,对传统的反叛,并不一定就是对传统毫无丁点认同,即也并非一定要与现实彻底决裂,就像当年鲁迅关于"青年必读书"的说法一样②,其实是像他自己曾说过的,实是因要"作绝望的抗战,所以很多着偏激的声音"③。

回到我们的话题上来,就文学的意义而言,鲁迅的小说、杂文创作甚或其全部的文学创作,始终对中国古代文学与小说尤其是魏晋唐宋文学有着某种"比较的偏向"。据孙伏园回忆说:"从前刘半农先生赠给鲁迅先生一副联语,是'托尼学说,魏晋文章'。当时的朋友都认为这副联语很恰当,鲁迅先生自己也不加反对。所谓'托尼学说','托'是指托尔斯泰,'尼'是指尼采。……鲁迅先生研究汉魏六朝思想文艺最有心得,且他所凭借的材料都是以前一般学人不甚注意的,例如小说、碑文、器铭等等。……因此在他的写作上,特别受自魏晋文章的影响"④。"托尼学说"所指,当然主要是鲁迅的思想渊源,"魏晋文章",则是他作品中特有的风格特色。王瑶也曾指出:"鲁迅作品的风格特色是与'魏晋文章'有一脉相承之处的,特别是

---

① 钱理群:《心灵的探寻》,河北教育出版社2000年版,第10页。
② 1925年1月《京报副刊》征求"青年必读书",鲁迅提出"要少——或者竟不——看中国书",引起纷纷批判。实际上,鲁迅的说法是针对胡适当时给青年人指定的"一个最低限度的国学书目"而言,不应该被视为一种"忘本",而应该被视为一种激烈或决绝的"姿态"——这也和鲁迅那种"拆屋顶"的寓意是一样的。参看《华盖集·青年必读书》,见《鲁迅全集》第3卷,人民文学出版社1996年版,第12页。
③ 鲁迅:《两地书·四》,见《鲁迅全集》第11卷,人民文学出版社1996年版,第21页。
④ 孙伏园:《鲁迅先生二三事:前期弟子忆鲁迅》,河北教育出版社2000年版,第76页。

他那些带有议论性质的杂文"①，王瑶还特意指出，鲁迅是受他的老师章太炎影响开始接近魏晋文章的，而他之所以有对魏晋文章的特别爱好，则是因为他把魏晋文学当作"对于一种社会的成规的革命"来看待②。

鲁迅在其《魏晋风度及文章与药及酒之关系》一文中强调："汉末魏初这个时代是很重要的时代，在文学方面起一个很大的变化"，其中皆是因曹操，方形成了一个"文学的自觉的时代"，进而"影响到文章方面，成了清峻的风格。——就是文章要简约严明的意思"，而当时的社会"还有一个特点，就是尚通脱……通脱即随便之意。此种提倡影响到文坛，便产生多量想说甚么便说甚么的文章"。同时，"更因思想通脱之后，废除固执，遂能充分容纳异端和外来的思想，故孔教以外的思想源源引入"。因此，"总括起来，我们可以说汉末魏初的文章是清峻，通脱"③。如果按照鲁迅这种思路来看，像当年魏晋文章是对两汉以来思想凋敝局面的冲破一样，亦如王国维所言："自宋以后以至本朝，思想之停滞略同于两汉，至今日而第二之佛教有见告矣，西洋之思想是也。"④那么"五四"时代，其实也是一种冲破和反叛，所以鲁迅也是要以"异端和外来思想"，像魏晋文章及其风骨一样来打破"孔教"的禁锢。

鲁迅在众多魏晋文人中最喜爱和推崇的是孔融、阮籍和嵇康，其中尤爱嵇康。据许寿裳回忆："自民二以后，我常常见鲁迅伏案校书，单是一部《嵇康集》不知道校过多少遍，参照诸本，不厌精详，所以成为校勘最善

---

① 王瑶：《中国现代文学史论集》，北京大学出版社1998年版，第6页。
② 王瑶：《中国现代文学史论集》，北京大学出版社1998年版，第9页。
③ 鲁迅：《而已集·魏晋风度及文章与药及酒之关系》，见《鲁迅全集》第3卷，人民文学出版社1996年版，第501—503页。
④ 王国维：《论近年之学术界》，《王国维学术经典集》（上），江西人民出版社1997年版，第96页。

之书。……鲁迅对于汉魏文章,素所爱诵,尤其称许孔融和嵇康的文章,我们读《魏晋风度及文章与药及酒之关系》(《而已集》),便可得其梗概。……为什么这样称许呢?就因为鲁迅的性质,严气正性,宁愿覆折,憎恶权势,视若蔑如,皓皓焉坚贞如白玉,懔懔焉劲烈如秋霜,很有一部分和孔、嵇二人相类似的缘故。"①鲁迅自己也说,在"建安七子"之中最特别的是孔融,"他专喜和曹操捣乱",并且总是"说些自由话"来讥讽曹操。而"嵇康的论文,比阮籍更好,思想新颖,往往与古时旧说反对",只不过"嵇康的害处是在发议论",所以他才又和阮籍的结局不一样②。可见,鲁迅对于魏晋文章的喜欢既是有着对"竹林诸贤"那种"反抗旧礼教"人格的向往,也是欣赏魏晋文章那种"说理透彻,层次井然,富有逻辑性;但那表述方式又多半是通过'据事以类义,援古以证今'的,不只风格简约严明,而且富于诗的气氛"③的气质。

而且,就对于古典文学的态度而言,鲁迅的兴趣当然并不仅在魏晋文章,而是在于整个的中国古典文学的优秀传统。他"因为比较的优秀,大家口口相传"而推崇《诗经》里的《国风》④,因"其文则汪洋辟阖,仪态万方,晚周诸子之作,莫能先也"而称许庄子⑤,盛赞屈原的《离骚》"逸响伟辞,卓绝一世……影响于后来之文章,乃甚或在三百篇以上"⑥,称道司马迁

---

① 许寿裳:《亡友鲁迅印象记》,生活·读书·新知三联书店2014年版,第59—60页。
② 鲁迅:《而已集·魏晋风度及文章与药及酒之关系》,见《鲁迅全集》第3卷,人民文学出版社1996年版,第505页。
③ 王瑶:《中国现代文学史论集》,北京大学出版社1998年版,第6—10页。
④ 鲁迅:《且介亭杂文·门外文谈》,见《鲁迅全集》第6卷,人民文学出版社1996年版,第94页。
⑤ 鲁迅:《汉文学史纲要·第三篇·老庄》,见《鲁迅全集》第9卷,人民文学出版社1996年版,第364页。
⑥ 鲁迅:《汉文学史纲要·第四篇·屈原及宋玉》,见《鲁迅全集》第9卷,人民文学出版社1996年版,第370页。

"不拘于史法,不囿于字句,发于情,肆于心而为文"①,对小说《三国演义》强调其人物与场面描写的"有声有色""如见其人"②,对《西游记》则嘉许它"讲妖怪的喜,怒,哀,乐,都近于人情,所以人都喜欢看"③,尤其对《儒林外史》《红楼梦》等,更是赞誉有加,先说"迨吴敬梓《儒林外史》出,乃秉持公心,指摘时弊,机锋所向,尤在士林;其文又感而能谐,婉而多讽;于是说部中乃始有足称讽刺之书。……既多据自所闻见,而笔又足以达之,故能烛幽索隐,物无遁形,凡官师,儒者,名士,山人,间亦有市井细民,皆现身纸上,声态并作,使彼世相,如在目前……是后亦鲜有以公心讽世之书如《儒林外史》者"④。又说,"《红楼梦》的价值,可是在中国底小说中实在是不可多得的。其要点在敢于如实描写,并无讳饰,和从前的小说叙好人完全是好,坏人完全是坏的,大不相同,所以其中所叙的人物,都是真的人物。总之,自有《红楼梦》出来以后,传统的思想和写法都打破了"⑤。

所以说,"鲁迅是最典型的中国知识分子,他的思想,他的气质,他的思维方式,以至他的爱好都是中国的,都深深地打着中华民族的烙印"⑥。这也就意味着,作为悖论性的存在,站在辩证的立场,正确地"采取新法"以

---

① 鲁迅:《汉文学史纲要·第十篇·司马相如与司马迁》,见《鲁迅全集》第9卷,人民文学出版社1996年版,第420页。

② 鲁迅:《中国小说史略·附录·中国小说的历史的变迁》,见《鲁迅全集》第9卷,人民文学出版社1996年版,第324页。

③ 鲁迅:《中国小说史略·附录·中国小说的历史的变迁》,见《鲁迅全集》第9卷,人民文学出版社1996年版,第328页。

④ 鲁迅:《中国小说史略·第二十三篇·清之讽刺小说》,见《鲁迅全集》第9卷,人民文学出版社1996年版,第221—225页。

⑤ 鲁迅:《中国小说史略·附录·中国小说的历史的变迁》,见《鲁迅全集》第9卷,人民文学出版社1996年版,第338页。

⑥ 张永泉:《在历史的转折点上:从周树人到鲁迅》,文化艺术出版社2001年版,第253—254页。

及科学地"择取遗产",才是鲁迅对待旧传统和创建新文化的整体态度。鲁迅的深刻性其实也就在于此,就像他在其他一系列关于艺术的思考中所阐述的,必须首先确立一种"存在于现今想要参与世界上的事业的中国人的心里的尺"[①]来作为属于自己的标准,同时"采取新法,加以中国旧日之所长,还有开出一条新的路径来的希望"[②],即"采用外国的良规,加以发挥,使我们的作品更加丰满是一条路;择取中国的遗产,融合新机,使将来的作品别开生面也是一条路"[③],才是中国文化艺术建设与发展的正途。

再把话题缩小一点,鲁迅一直以来对于中国古典小说的兴趣,其实就是一种特殊的传奇选择的学养和背景。

按照周启明的说法,少年鲁迅自己买的第一本书是《唐代丛书》[④]——里面有许多唐人的传奇笔记。如果这可以作为一个起点的话,那么这里面可能就有着某种特殊的"情结"。"鲁迅先生对于唐代的文化,也和他对于汉魏六朝的文化一样,具有深切的认识与独到的见解。……鲁迅先生是受过近代科学训练的人,对于某一时代的爱憎,丝毫没有这种不合理的偏见……他觉得唐代的文化观念,很可以做我们现代的参考,那时我们的祖先们,对于自己的文化抱有极坚强的把握,决不轻易动摇他们的自信力;同时对于别系的文化抱有极恢廓的胸襟与极精严的抉择,决不轻易地崇拜或轻易地唾弃。"[⑤]

---

① 鲁迅:《而已集·当陶元庆君的绘画展览时》,见《鲁迅全集》第3卷,人民文学出版社1996年版,第550页。
② 鲁迅:《南腔北调集·〈木刻创作法〉序》,见《鲁迅全集》第4卷,人民文学出版社1996年版,第609页。
③ 鲁迅:《且介亭杂文·〈木刻纪程〉小引》,见《鲁迅全集》第6卷,人民文学出版社1996年版,第48页。
④ 周启明:《鲁迅的少年时代·关于鲁迅》,转引自王瑶:《中国现代文学史论集》,北京大学出版社1998年版,第15页。虽然这种说法并没有得到证实,但是如周作人等所说,鲁迅恐怕很早就有意识地借来并用心阅读《唐代丛书》,应该还是可信的。参见曹聚仁:《鲁迅评传》,东方出版中心1999年版,第23页。
⑤ 孙伏园:《鲁迅先生二三事:前期弟子忆鲁迅》,河北教育出版社2000年版,第63页。

还要看到的是，中国古典小说自唐人传奇始见成熟，因此鲁迅对于唐代文化和唐人传奇的关注和推崇，或许又是他小说理解和创作的一种特殊趣味。而且如众所知，鲁迅在现代小说的创作和对中国古典小说的研究一样，都可以算作"现代第一人"，从资源的角度看，或许他关于中国古典小说的校勘辑录、系统整理和理论研究，都是他现代小说创作的背景甚至动因。

从文学史的意义上来讲，鲁迅对中国古代小说深入透彻的研究，在对中国古典小说的价值与发展有着充分肯定的同时，还由此深刻体察到了其中某些优秀的传统和资源。换句话说，他尤其对"传奇"情有独钟。仅在《中国小说史略》当中，鲁迅对魏晋六朝以来志怪传奇小说的梳理和说明即占了七篇。比如他先强调，"魏晋文章"经"志怪"向"志人"的过渡之后至唐传奇，中国小说才始见成熟："小说亦如诗，至唐代而一变，虽尚不离于搜奇记逸，然叙述婉转，文辞华艳，与六朝之粗陈梗概者较，演进之迹甚明。而尤显者乃在是时则始有意为小说。……实唐代特绝之作也。……传奇者流，源盖出于志怪，然施之藻绘，扩其波澜，故所成就乃特异，其间虽亦或托讽喻以纾牢怨，谈祸福以寓惩劝，而大规则究在文采与意想，与昔之传鬼神明因果而外无他意者，甚异其趣矣。"①然后他又借白行简的《李娃传》赞许其传奇，"行简本善文笔，李娃事又近情而耸听，故缠绵可观；……行简又有《三梦记》一篇，举'彼梦有所往而此遇之者，或此有所为而彼梦之者，或两相通梦者'三事，皆叙述简质，而事特瑰奇，其第一事尤胜"②。

鲁迅还在《唐宋传奇集·序例》中强调，明胡应麟所谓"凡变异之谈，

---

① 鲁迅：《中国小说史略·第八篇·唐之传奇文（上）》，见《鲁迅全集》第9卷，人民文学出版社1996年版，第70页。
② 鲁迅：《中国小说史略·第八篇·唐之传奇文（上）》，见《鲁迅全集》第9卷，人民文学出版社1996年版，第76页。

盛于六朝……至唐人,乃作意好奇,假小说以寄笔端"的说法"其言盖几是也",同时说唐人传奇的价值也正在于此,即"屑于诗赋,旁求新途,藻思横流,小说斯灿"。

在《中国小说的历史的变迁》中,鲁迅针对唐人传奇这样说:"唐人底小说,不甚讲鬼怪,间或有之,也不过点缀点缀而已。但也有一部分短篇集,仍多讲鬼怪的事情,这还是受了六朝人底影响……然而毕竟是唐人做的,所以较六朝人做的曲折美妙得多了。"①所以如此种种其实都是在强调着一点,即唐传奇的出现,既是中国古代小说发展成熟的标志,也是后来中国古代小说一种逐渐蔚为大观的叙事传统。因此,鲁迅在辑录《唐宋传奇集》时,就以自己对中国古典小说的认识为基础建立了一种传奇的眼光和标准,其"唐文从宽,宋制则颇加抉择"的原则即源自他认为宋人传奇不如唐传奇,"宋好劝戒,摭实而泥,飞动之致,眇不可期,传奇命脉,至斯以绝"。②所以鲁迅注重的是唐人传奇鲜明的"文学"特征——想象与创造,情感与性情,志趣与理想,即"文采与意想"——"至宋朝,虽然也有作传奇的,但就大不相同。因为唐人大抵描写时事;而宋人则极多讲古事。唐人小说少教训;而宋则多教训。大概唐时讲话自由些,虽写古事,不至于得祸;而宋时则讳忌渐多,所以文人便设法回避,去讲古事。加之宋时理学极盛一时,因之把小说也多理学化了,以为小说非含有教训,便不足道。但文艺之所以为文艺,并不贵在教训,若把小说变成修身教科书,还说什么文艺"③。

---

① 鲁迅:《中国小说史略·附录·中国小说的历史的变迁》,见《鲁迅全集》第9卷,人民文学出版社1996年版,第315页。
② 鲁迅:《唐宋传奇集·序例》,见《鲁迅全集》第10卷,人民文学出版社1996年版,第141—142页。
③ 鲁迅:《中国小说史略·附录·中国小说的历史的变迁》,见《鲁迅全集》第9卷,人民文学出版社1996年版,第319页。

所以，鲁迅才会反复申说："《诗经》是经，也是伟大的文学作品；屈原宋玉，在文学史上还是重要的作家。为什么呢？——就因为他究竟有文采"①。而实际上，鲁迅对于唐人还始终有着一种不仅仅局限于传奇而是拓展至唐人唐时特殊气度与艺术风格的整体认识："我们有艺术史，而且生在中国，即必须翻开中国的艺术史来。采取什么呢？我想，唐以前的真迹，我们无从目睹了，但还能知道大抵以故事为题材，这是可以取法的；在唐，可取佛画的灿烂，线画的空实和明快，……这些采取，并非断片的古董的杂陈，必须溶化于新作品中，那是不必赘说的事。"②所以我们才能说，鲁迅对于唐代艺术、唐人传奇乃至后来作为一种特殊叙事模式的传奇的基本认识，其实就是鲁迅思想及其小说取向传奇的特殊背景和动因[3]。

二、《故事新编》——在历史与现实之间

鲁迅的《呐喊》《彷徨》和《故事新编》三部小说集中，《故事新编》是最有传奇意味并最能体现"传奇"叙事传统的。

短篇小说集《故事新编》是鲁迅生前出版的最后一部作品集。与此前两部小说集不同，这部小说集可谓是鲁迅对其小说创作的另一种创新尝试。集中共收录作品八篇：1922年12月的《补天》，1926年12月的《奔月》，1926年10月的《铸剑》，1934年8月的《非攻》，1935年11月的《理水》和《采薇》，均作于1935年12月《出关》《起死》。从第一篇1922年的《不周山》

---

① 鲁迅：《且介亭杂文二集·从帮忙到扯淡》，见《鲁迅全集》第6卷，人民文学出版社1996年版，第344页。
② 鲁迅：《且介亭杂文·论"旧形式的采用"》，见《鲁迅全集》第6卷，人民文学出版社1996年版，第23页。
③ 张文东：《"历史中间物"——鲁迅〈故事新编〉中的传奇叙事》，《鲁迅研究月刊》2007年第12期。

(《补天》原名）到第八篇1935年的《起死》，前后历时十三年，写作时间虽差不多贯穿了鲁迅整个的创作生涯，但大部分作品属于后期创作，尤其是《理水》《采薇》《出关》《起死》等几篇，差不多是写成于一个月之内①，在鲁迅小说创作中实具有十分独特的地位。由此可见，《故事新编》应可视为其创作成熟阶段的作品。

《故事新编》的取材就是"搜奇记异"，这与中国古典小说的传奇传统几乎是完全一致的，其八篇小说的题材内容都来自于中国历史上久负盛名的神话、传说和历史记载，里面的大多数人物和事件，起码都有着见诸文字的记载，尤其是作品中的人物无论正反——女娲、后羿、眉间尺、老子、庄子、伯夷、叔齐等——其实都有着历史的影子。所以，以他们为中心进行艺术描写和加工，既像是"客串"一样的表演，又像是虚拟现实的"再现"，人物和故事本身就是极具戏剧性的。按照某种艺术设计对这些人物和事件重新加以整合和再现，既保证了情节结构的完整，又因人物和事件本身的"奇异"而造成了一种特殊的"故事性"，并因这种故事性正处于真实与虚拟之间，便使其在历史的空间中有了更加巨大的"传奇性"。正如王瑶所说："鲁迅之所以坚决反对'非斥人即自况'的看法，就是反对把小说中的古代人物当作比拟或影射现实的写法。他对主要人物的描写还是完全遵循历史真实性的原则的，其中的某些虚构成分也是为了'不把古人写得更死'，是可能发生的情节，这同对那些穿插性的喜剧人物的勾勒是两种完全不同的写法，因而绝不会发生混淆古今的反历史主义问题。"②

---

① 人们常常称《采薇》《出关》《起死》三篇为鲁迅最后所作并将其视为一个系列，而实际上，这三篇小说与《理水》应归为同一个系列——它们是在一个月之内创作完成的。参见《鲁迅年谱》对于作品创作时间的有关记载。

② 王瑶：《鲁迅作品论集》，人民文学出版社1984年版，第181页。

鲁迅在这里首先初拟了一个历史写作亦即小说创作的总体原则，即他是在一个特殊的历史时空当中去发现历史的真实和意味的，由此，他笔下的所有人物和事件，便都要依存于其所理解并创作出来的特殊的历史时空而不是现实的历史逻辑及其真实时空。换句话说，鲁迅《故事新编》的创作，看似是一种历史小说创作的尝试，但这种尝试更多的还是一种艺术形式的创作，目的是想要用某种特殊的真实来展示历史人物的某种特殊的精神面貌，所以这种创新所谓的"从古代和现代都采取题材"，即向历史文献进行题材选择以及加工，就不是去"博考文献"，而是"只取一点因由"，加以点染，小说"故事性"的取材与叙事方式，所要建立的就不是现实与历史之间的直接联系，而是要依靠某种"思想性"的对应关系，来反映某种历史的真实及其在现实中的表现。因此，"历史性"的取材是具有特殊时空意义的，"故事性"的叙事手法也便具有了特殊的手段和手法，于是，《故事新编》也便有了某种不同于一般小说的神话和传说的色彩，进而就形成了一个特殊的具有"传奇"意味的艺术世界。

鲁迅首先说自己这类作品是"神话，传说及史实的演义"[①]，即首先还是给了《故事新编》一个历史小说的定位，"第一篇《补天》——原先题作《不周山》——还是一九二二年的冬天写成的。那时的意见，是想从古代和现代都采取题材，来做短篇小说，《不周山》便是取了'女娲炼石补天'的神话，动手试作的第一篇。……我是不薄'庸俗'，也自甘'庸俗'的；对于历史小说，则以为博考文献，言必有据者，纵使有人讥为'教授小说'，其实是很难组织之作，至于只取一点因由，随意点染，铺成一篇，倒无需怎

---

① 鲁迅：《自选集·自序》，见《鲁迅全集》第4卷，人民文学出版社1996年版，第456页。

样的手腕；况且'如鱼饮水，冷暖自知'，用庸俗的话来说，就是'自家有病自家知'罢：《不周山》的后半是很草率的，决不能称为佳作"①。但是他写《故事新编》，并没有像《三国演义》《水浒传》等传统小说那样对历史事实与历史人物进行"史书"或"讲史"式的创作，而是"从古代和现代都采取题材，来做短篇小说"——是一种对历史事件和人物加以特殊"演义"的"新编"。

这些其实都来自于鲁迅对中国传统小说中历史演义的特殊理解。就像他在《中国小说史略》中所梳理并阐明的那样，中国传统历史小说的发展从"说话"到"讲史书"再到"演史"，形成了中国文学传统中的历史演义的特殊叙事方式，即我们不是完全照搬历史故实或"件件从经传上来"②，而是将已有的"史实"与加工的"虚构"有机融合，"在历叙史实而杂以虚辞"③。因此，我们现在来理解鲁迅的《故事新编》，也就不能在所谓"志"即一般"历史演义"这方面下功夫，而是要在所谓"新编"这方面下功夫，由此，才可能进入鲁迅那汪洋恣肆的想象的历史时空。

实际所谓"新"并非只是"自造"，所谓"新编"也就是按照某种特殊的原则和标准来选择史实并加以改造，就像传统的历史演义本来就都有着创造出来的"传奇"的色彩一样，其"搜奇记逸"的特点本来也就是小说创作

---

① 鲁迅：《故事新编·序言》，见《鲁迅全集》第2卷，人民文学出版社1996年版，第341—342页。
② 鲁迅批评明清两代的许多历史演义不如《三国志演义》的原因是"虽其上者，亦复拘牵史实，袭用陈言，故既拙于措辞，又颇惮于叙事"，并借《东周列国志读法》中的批评，指出"件件从经传上来"实际上是"讲史之病"。参见《中国小说史略·第十四篇·元明传来之讲史（上）》，见《鲁迅全集》第9卷，人民文学出版社1996年版，第127—148页。
③ 鲁迅在对宋人"说话"以来的历史小说沿革进行整理之后指出"是知讲史之体，在历叙史实而杂以虚辞"。同时他还根据残本《五代史平话》考察了这种借"增饰"以演"史事"的方法："大抵史上大事，既无发挥，一涉故敌，便多增饰，状以骈俪，证以诗歌，又杂谑词，以博笑噱。"参见鲁迅《中国小说史略·第十二篇·宋之话本》，见《鲁迅全集》第9卷，人民文学出版社1996年版，第110—114页。

的一种特殊品格,"说书家是惟恐其故事之不离奇,不激昂的;若一落于平庸,便不会耸动顾客的听闻。所以他们最喜欢用奇异不测的故事,警骇可喜的传说,且更故以危辞峻语来增高描述的趣味"①。我们再来看《故事新编》所选取的题材,其实不难发现,鲁迅完全就是遵照自己所确定的一种特殊原则来选取史事、人物的:取材于神话传说的只有《补天》和《奔月》两篇,其余六篇都是取材于历史事实,但都是具有某种传说性质的历史事实,这些历史中的人物如后羿、大禹、老子、庄子、墨子、伯夷、叔齐和这八个(种)神话、传说、史事,实际上都有着一种本质上的共性,即都有着一种超越"平凡"的"特异性"甚或是"神性"。因此,当鲁迅向这些本来就有着某种"传奇"属性的人物与事件去无论怎么样的"取一点因由,随意点染"时,其选材以及加工就显而易见地有着某种"传奇"的性质。

一直以来,鲁迅对中国古代神话与传说始终有着一种特殊的向往,并在长期的理解中,发现了其中所蕴含的特殊想象力,进而由此强调着特殊的创造力与生命力。他先是说"古民神思,接天然之闷宫,冥契万有,与之灵会,道其能道,爰为诗歌"②,然后又说"……夫神话之作,本于古民,睹天地之奇觚,则逞神思而施以人化,想出古异,诳诡可观,……太古之民,神思如是,为后人者,当若何惊异瑰大之"。③他这些早年的思考和发现,等到了《中国小说史略》中,便成为他对于神话传说与人间生命以及文学间的联系的重点强调,"昔者初民,见天地万物,变异不常,其诸现象,又出于人力所能以上,则自造众说以解释之:凡所解释,今谓之神话。神话大抵以一

---

① 郑振铎:《插图本中国文学史》,山东美术出版社2009年版,第794页。
② 鲁迅:《坟·摩罗诗力说》,见《鲁迅全集》第1卷,人民文学出版社1996年版,第63页。
③ 鲁迅:《集外集拾遗补编·破恶声论》,见《鲁迅全集》第8卷,人民文学出版社1996年版,第30页。

'神格'为中枢,又推演为叙说……神话不特为宗教之萌芽,美术所由起,且实为文章之渊源。……迨神话演进,则为中枢者渐近于人性,凡所叙述,今谓之传说。传说之所道,或为神性之人,或为古英雄,其奇才异能神勇为凡人所不及……"①如果回到前面我们关于"传奇"的阐述和理解,鲁迅所说的神话与传说自身"叙说"的"神格",及其"奇才异能神勇"的"人性"的内容,显然都是属于"传奇"的。

"唐人小说中具有神话意味的是很多的,较著名的如王度的《古镜记》,取材于轩辕黄帝所铸造的一只古镜的神话;李朝威的《柳毅》,写柳毅和龙女恋爱的故事,是受了佛经文学和自古相传的鲛人神话的影响;李公佐的《李汤》,写禹擒水怪无支祁,是受了古代夔和山臊(山魈)神话的影响。后两篇作品问世以后,马上又成了新神话,赢得不少人的深信不疑,甚至为他们作了造像,还为柳毅修建了洞庭神君庙。小说戏曲模仿《柳毅传》的,人物形象涉及无支祁的,更是所在多有。"②这也就是说,因为所有的历史与小说其实本质上都是叙事,而不管什么题材和主体的叙事本身又都是具有假定性的,因此,虽然历史叙事是作为某种特定历史时空存在的具体艺术呈现,是可以在一定程度上独立于历史叙事者主体意识之外的,但其最终的确定性还是要为历史叙事者的目的性所左右。所以无论如何,人们所面对的历史,最终必然要成为一种"假定性"的存在。文学与历史也就是这样达成了它们之间在叙事上的一致,都是以"假定性"的叙事来完成历史叙事主体的真实的"现实"目的。于是,《故事新编》作为一部小说集,其中种种的传奇叙事,就是在鲁迅成熟的创作阶段并正因其成熟,首先便因具有特异色彩

---

① 鲁迅:《中国小说史略·第二篇·神话与传说》,见《鲁迅全集》第9卷,人民文学出版社1996年版,第17页。
② 袁珂:《中国神话传说》(上),人民文学出版社1998年版,第51页。

的取材于历史故实中的人、事,创造了一个独立于历史与现实之间的特殊的亦即"传奇"的世界,最终成为一种对于"旧"的故事的重写"新"编。

《补天》的事件与人物来自于"女娲炼石补天"的神话。一开篇便营造了"粉红的天空""石绿色的浮云""血红的云彩""流动的金球""冷而且白的月亮""斑斓的烟霭"等等一系列有着巨大吸引力和震撼力的原始场景,然后让女娲在这样的"奇异"环境,开始了她的创造人类的"伟大"工程。到小说的后半部分,女娲炼石补天的场面比造人的场面更加激烈和壮观,还有像颛顼的禁军在女娲死后于其尸体的肚皮上安营扎寨等过分离奇诡异的情节等[①]。这就像幻想与想象同是浪漫型创作的一个根本要素一样,鲁迅笔下这种题材选取以及场景故事构造同样是"作意好奇"的叙事表征,显然是属于"传奇"的。

嫦娥奔月的远古神话是《淮南子·览冥训》中所记载的,《奔月》取材于此但却故意地对原来的神话故事内容进行了大量的"偏向"性的改造。作者不去写主人公后羿曾经射九日,杀长蛇,为民除害,具有"奇才异能神勇"的这些原本已经具有英雄传奇色彩的所谓史实事件,而是用了大量笔墨去极力渲染他自"英雄"落成"凡人"后的没有那么特异的即"非传奇"的寂寞生活和落寞情怀,到最后,他甚至不得不最终面对学生的背叛、妻子的逃离。小说所遵循的不再是营造特异情节、诡异场面的传奇的叙事原则,而是在某种人生困境中用更有意味的笔法来营造主人公作为"人"的精神世界的传奇,即他从"英雄"到"凡人",再从"辉煌"到"寂寞",乃至于最后遭到来自自己学生和妻子的双重背叛。这实际上是一种更具传奇性的精神

[①] 鲁迅:《故事新编·补天》,见《鲁迅全集》第2卷,人民文学出版社1996年版,第345—354页。

生存的考验和奇迹。所以在小说结尾处，作者又用后羿重拾弓箭的场景来回归传奇的场面，"身子是岩石一般挺立着，眼光直射，闪闪如岩下电，须发开张飘动，像黑色火……"①这实际就是一个"战士的生命"历经涅槃之后的传奇般重生的精神历程。

《铸剑》的人和事来自于干宝的《搜神记》以及曹丕的《列异传》，是属于那种本身就有某种传奇色彩的传说故事，其中有着诸如眉间尺曲折的复仇历程，不寻常的遭逢际遇，宴之敖的神秘举止及其诡异的牺牲方式，等等，都是典型的传奇要素。《非攻》是根据《墨子》一书的几个篇章来重新描写墨子。在这里鲁迅的风格与前三篇小说相比开始发生转变，但就其笔法而言，传奇的意味还是十分一致的。这种传奇意味主要在于两点：一是作者把墨子"哲学家"的精神世界与其"农民"的外在表象传奇般地对立起来了；二是极力书写了墨子与公输般斗智斗勇的这段"神话了的历史"②，虽然笔法可能不如前三篇那样浪漫恣肆，但其单纯朴实的叙事笔法，不仅和墨子的性格特征相一致，其实也是在有意识地塑造一位民间世界的埋头实干的具有另一种传奇色彩的英雄。《理水》的主旨与《非攻》一致，所强调的都是实干。作者把"大禹治水"这段既是历久弥新的民间传奇也同样是"神话了的历史"加以大胆的改写，创造了文化山上的官员、学者的世界与大禹代表的乡下小民的黑色的世界这两个对立的世界，用黑色的小民世界所体现的高大和庄严反衬正统官样世界的渺小与滑稽，营造了作品具有荒诞意味的传奇色彩。

前几篇作品可能更多借用神话传说来营造传奇色彩和效果，但在《理水》之后的《出关》《起死》和《采薇》三篇中，鲁迅则更多以喜剧人物为

---

① 鲁迅：《故事新编·奔月》，见《鲁迅全集》第2卷，人民文学出版社1996年版，第367页。
② 参见袁珂：《中国神话传说》（下），人民文学出版社1998年版，第589—594页。

中心来创造具有某种"滑稽"色彩的传奇故事了。这其实并不是对于具有浪漫主义色彩的传奇的否定，而是一种以"漫画式"的戏剧化的描写来对传奇书写手法的丰富和补充。

《出关》讲的老子出关隐居，本来可以说是"博考文献，言必有据"的，但如果回到鲁迅自己阐述的本意上来，"言必有据"就让位给了"漫画化"的"点染"了，"孔老相争，孔胜老败，却是我的意见：老，是尚柔的；'儒者，柔也'，孔也尚柔，但孔以柔进取，而老却以柔退走。这关键，即在孔子为'知其不可为而为之'的事无大小，均不放松的实行者，老则是'无为而无不为'的一事不做，徒作大言的空谈家。要无所不为，就只好一无所为，因为一有所为，就有了界限，不能算是'无不为'了。我同意关尹子的嘲笑：他连老婆也娶不成的，于是加以漫画化，送他出了关，毫无爱惜"。[①]于是，作品中的老子与史书记载以及传说中的全不一样了，不再是神秘和潇洒的了，而是一个"不利于老子的具象"的不断遭遇尴尬的过程了。小说中处处都是大大小小的喜剧人物以及喜剧性的场景，人物上大到老子、孔子，小到账房、书记以及巡警，场景上从假借"孔子问礼于老子"的戏剧情节到"老子函谷关讲学"的滑稽场面，主人公老子始终处在一种不和谐的狼狈环境，原本历史传说中的史实的某种神圣性彻底被漫画式呈现的滑稽本质彻底消解了。由这种看似调侃的特殊的"故事"性叙事，造成了一种与史实和日常都不同的"奇异"的色彩，因而成了一个具有讽刺性的独特的传奇叙事。《起死》也一样，是一种不利于庄子"具象"的表现，虽然取材于《庄子·至乐》中的寓言，但用的"漫画化"的叙事方式其实与批判老子

---

① 鲁迅：《且介亭杂文末编·〈出关〉的"关"》，见《鲁迅全集》第6卷，人民文学出版社1996年版，第520—521页。

一样,加之这又是一出"独幕剧","使矛盾集中",所以就更加"显出庄子的狼狈处境"——"由于庄子学说本身具有扑朔迷离、故弄玄虚的特点,它的实质常常被一层精致的外衣所掩盖,因此在同一场合用紧凑的对话使矛盾尖锐化的写法,是可以取得有力的艺术效果的"。①《采薇》也是一幅漫画。原来的"史实"是伯夷和叔齐"义不食周粟"饿死首阳山,但实际其背后是一个像作品结尾留下的是一个喜剧性的印象:"好像看见他们蹲在石壁下,正在张开白胡子的大口,拼命的吃鹿肉。"②尤其是这部作品中的两个喜剧人物——小丙君和小穷奇——有着十分丰富的叙事意义。他们戏剧性的表现以及夸张化的语言,还有他们"完整统一"的伪善言行,不仅是一种衬托或对照,还有了直接表达"吃人"与"被吃"意义的叙事功能,进而使历史中原本枯槁无味的故实,忽然间有了十分强烈的具有假定性的"故事"色彩,并因这种"另类"叙述,创造了一种独特的、新颖的历史传奇。所以茅盾才说:"《故事新编》为运用历史故事和古代传说(这本是我国文学的老传统),开辟新的天地,创造新的表现手法。……《采薇》却巧妙地化腐朽为神奇(鹿授乳、叔齐有杀鹿之心、妇人讥夷齐,均见《列士传》《古史考》《金楼子》等书,阿金姐这名字是鲁迅给取的),旧说已足运用,故毋须再骋幻想。"③

如前面所言,鲁迅对中国传统文化是极其熟悉的,同时对其中长期积淀下来的各种神话传说、历史故实以及古代小说中的志怪传奇、历史演义等

---

① 王瑶:《〈故事新编〉散论》,见王瑶:《中国现代文学史论集》,北京大学出版社1998年版,第103页。
② 鲁迅:《故事新编·采薇》,见《鲁迅全集》第2卷,人民文学出版社1996年版,第412页。
③ 茅盾:《玄武门之变·序》,出自孟广来、韩日新编:《〈故事新编〉研究资料》,山东文艺出版社1984年版,第137页。

等,也都是极为熟悉并有深刻研究的。综观《故事新编》中这八篇作品的具体取材,既不难看到这些题材本身就富有传奇性的一面,也不难体会它们经过鲁迅特殊的具有传奇意味的"演义"之后的叙事特色。"之所以为'新编',又正在于大量掺入今人今事以及不肯轻易流露的作者本人的遭遇和心绪,就是说,在于根据某种历史法则的'随意点染'。这一方面是要让读者因为乍见古人和今人走在一起,而觉得突兀、好笑,另一方面也因为作者真正扑到了今人和古人的心坎里面,在古今人事之间看到了实质性的相通,冲破时空隔阂,水落石出,更清楚地看见历史上真实跳动着的中国的心,这才敢于不管年代地打成一片。"[①]由此,再与唐宋传奇比较而言,《故事新编》与其在选材上的原则是有着集中于"奇"和"逸"的共同性的,即都是在"虚"与"实"的"共构"中对已有"故事"进行重新"演义",并于其中安放着作者的"寄意"。不过话说回来,尽管《故事新编》有着不同于此前《呐喊》和《彷徨》的笔法和叙事,但其主旨还是一致的,即对那些"埋头苦干的人""拼命硬干的人""为民请命的人""舍身求法的人"等,鲁迅还是极力给予赞扬与歌颂;而对那些"无所为"的、"无是非"的、"通体矛盾"的人以及"古衣冠的小丈夫"们,他则仍旧是毫不吝笔墨地予以嘲讽。同时,如果说《呐喊》和《彷徨》因为是直接描写现实社会的人与事而显得沉郁的话,《故事新编》则因为是用传奇性的历史故事来进行某种现代性的写作实验,尽管其中也有着许多的现实意旨,但毕竟很少压抑的气氛,让人能在更具有"故事性"的叙事中去更深刻地体会作者的"用意",所以它既是一种"传统"的传奇叙事,也是一种相对于"五四"以来新文学传统而言的"非传统"性,因而在历史与现实之间就成了一种同样具有悖论性并

[①] 郜元宝:《鲁迅六讲》(增订本),北京大学出版社2007年版,第82页。

有着"中间物"色彩的存在，也可算是鲁迅对中国现代小说写作的又一新探索和新贡献吧。

三、"随意点染"——"虚实逆造"的"中间物"

早在当年的20世纪20年代，茅盾就曾这样评价鲁迅的小说："在中国新文坛上，鲁迅常常是创造'新形式'的先锋；《呐喊》里的十多篇小说几乎一篇有一篇的形式，而这些新形式又莫不给青年作者以极大的影响，必然有多数人跟上去试验。"[①]时至今日，这似乎仍然可以作为对鲁迅小说艺术形式创新以及"试验"恰切说明的一种。包括后来的人们也不断地注意到了，"鲁迅是重视文学的社会目的和效果的一个人，但他对技巧问题也极为关注。……比起别的作家来，鲁迅的每一篇小说更是技巧上的大胆创新，一种力求达到内容与形式完美结合的新的尝试"[②]。而依鲁迅自己所说，《故事新编》既然不是"教授小说"或"历史小说"，也不是"博考文献，言必有据"，而是"新编"的"演义"或"传奇"，是"只取一点因由，随意点染"的，那么小说的叙事，其实就是在叙事技巧或者艺术形式等方面所进行的一种新的"关注"与"试验"，并且正因这种特殊关注和试验所达到的高度，使得他的小说写作在其生命的最后阶段以这种特殊的"成熟"达到了一个新文学的新的高度。

按照耿占春的说法，"从神话和史诗中发展而来的叙事结构，既意味着对一系列历史事件的文学化讲述，也意味着一种虚构话语的力量。作为对历史事件的叙述——尽管其中包含着叙事话语所特有的虚构因素——叙事是对

[①] 雁冰：《读〈呐喊〉》，载1923年10月8日《时事新报》副刊《文学》第91期。
[②] [美]帕特里克·哈南：《鲁迅小说的技巧》，见乐黛云编：《国外鲁迅研究论集（1960—1981）》，北京大学出版社1981年版，第293页。

历史人物及其行为的模仿……"①所以让我们真正可以对某种历史小说发生兴趣的，其实并不是因为某些小说描写了某种历史，而是这些小说讲述历史的独特方式。在这一点上，钱理群很早就有了一种要点式的说明："《故事新编》是鲁迅在小说艺术上的新探索，是他突破《呐喊》、《彷徨》小说模式的自觉尝试。例如，打破时空界限，将古今人物、语言熔于一炉；将杂文笔法、戏剧形式运用于小说中；两种（或两种以上）语调（旋律）并存，互相补充、渗透与消解，'翻转'式的结构（小说结尾或后半部分对前文的颠覆）；整体的象征性与细部描写的写实性的结合，等等。这些试验都具有超前性，显示了鲁迅无羁的艺术创造活力。"②不过这些说明对于我们的话题而言，似乎还是没有进入一种更具有叙事策略的问题层面，也就没有能把握到鲁迅作品情节结构以及时空设置诸方面与传统的传奇叙事之间的一致性，所以也就没有能更有效地界定出鲁迅之所谓"故事"的"新编"对于传奇传统的继承、延伸以及现代性转化等等，当然也就没能更深刻地体会到鲁迅《故事新编》以"历史的现实性和人间性"呈现的特殊的传奇品格。

其实不难理解，唐人传奇之所谓"有意为小说"，既有着中国古代小说自身由魏晋以来从志怪走向志人的文学运行逻辑的造因，同时更主要的可能还是由于有唐一代在"闳放"的气度中人们所养成、激发的恢宏的浪漫主义想象，因此他们不但敢对、能对诸多历史悠久的神话、传说以及历史故实进行"回溯性"的情节想象和艺术构思，还敢于并善于在此基础上大胆狂放地对现实的生活以及当前的社会进行着"建设的想象"③和创造性的艺术

---

① 耿占春：《叙事美学：探索一种百科全书式的小说》，郑州大学出版社2002年版，第121页。
② 钱理群：《走进当代的鲁迅》，北京大学出版社1999年版，第136页。
③ 这种说法借取自闻一多《庄子》对庄子想象力的评价，重在"建设"二字之义。参见《闻一多全集》第9卷，湖北人民出版社1993年版，第14页。

加工——那些取自神话传说题材的作品,尽情地发挥着想象,毫不害怕它们的更加虚幻缥缈;那些取自现实和史实题材的作品,则毫不拘泥于故实人事本身,而是同样地大胆用意,幻设情节,尽情描绘,"好奇"地进行想象创造——使得小说创作的传奇性成为一种真正的"有意为之"的奇,"随意点染"的奇。

对《故事新编》的写作,鲁迅自己曾有过许多的说明:《自选集·自序》里说《奔月》与《铸剑》是"神话,传说及史实的演义"[①];给友人信中说写《采薇》等是"在做以神话为题材的短篇小说"[②];《故事新编·序言》中说做《补天》是想从"古代""采取题材,来做短篇小说",并说自己做这种"历史小说"的写法是"只取一点因由,随意点染,铺成一篇",或者说是"叙事有时也有一点旧书上的根据,有时却不过信口开河"[③],等等。这些看似并不系统的阐述,其实还是给了我们理解这部小说集的许多思路和启示。同时让我们不断地明确体会到了,他所谓"故事"的"新编",其实就是一种他自觉地创造"新形式"的"实验"。因此就作品的整体叙事策略而言,所谓"取一点因由"等既然似乎解释了"取材"问题,那么真正具有叙事策略意味的,或许还在其所谓的"随意点染"或"信口开河"上。换句话说,如果说这些"故事"里"旧事"可以算是明确的话,那么"新编"则是具有整体模糊性因而也就更有形式意味。所以,"新编"无非两个内容:一是对所取的"旧事"在内容上加以改造,二是对所改造的"新事"

---

① 鲁迅:《自选集·自序》,见《鲁迅全集》第4卷,人民文学出版社1996年版,第456页。
② 鲁迅1935年12月4日致王冶秋的信,见《鲁迅全集》第13卷,人民文学出版社1996年版,第264页。
③ 鲁迅:《故事新编·序言》,见《鲁迅全集》第2卷,人民文学出版社1996年版,第341—342页。

在叙事形式上予以创新。所谓"改造",当然就是指其"借古讽今""以古寓今"的现实指涉的目的性;而所谓"创新",则就是要有意形成一种与众不同的,尤其要"突破《呐喊》、《彷徨》小说模式"的"新"的叙事模式。

因此,作为对"旧"事的"新"编,《故事新编》便向传奇传统"拿来"了"作意好奇"的基本模式,不是真的"只取一点因由"来十分"随意"地进行"点染",而是恰好相反,始终在整合着、实验着某种按照"传奇"传统来设计的新的叙事模式或叙事策略。如郑家建所说:"为了不使'旧事'在'新'编的过程中,褪去其历史本色;不使'新'事在'旧'编的过程中,失去它尖锐的现实指涉,这就需要文本具有一种相当精心而复杂的叙事策略。"①所以,如果我们不更多拘泥于有关叙事理论的框架,而是尽可能多地关注到鲁迅小说创作与中国古代文学传统尤其是传奇叙事传统之间的联系,我们便完全可能从某种整体策略的分析中,观察到《故事新编》作为一种传奇叙事的特殊模式。

就整体而言,所谓的传奇叙事及其传统叙事模式,其实就是它首先要有"尽设幻语""作意好奇"的"虚构"色彩,然后再将这种虚构按照情节化的取向体现在具体叙事话语当中。《故事新编》的叙事,因鲁迅是向神话、传说和史实取材来写"历史小说",于是与其题材内容上的"复古"一致,同样不得不"回归"传统的"情节"叙事的取向上来,即首先是给我们讲述一个个"特异"的故事。但要注意到的是,制造这些可谓"特异"的故事的,并不仅仅是对善于幻想、富于想象、长于叙述等传奇叙事传统要素的继

---

① 郑家建:《被照亮的世界——〈故事新编〉诗学研究》,福建教育出版社2001年版,第97页。

承，而是一种对小说叙事情节模式真正具有决定性意义的"虚实逆造"的特殊策略。所谓"虚实逆造"，就是指作者按照某种主观意图，将具有"可确定"性质的历史或现实中"先在"的"虚"与"实"，在小说叙事中进行某种逆向性的"再造"，形成另一种在文本意义上发生的具有"新异"特点的"虚"与"实"，从而在这种特殊的"虚实交融"中，呈现出一个具有"特异"意味的"新"的世界。①

这一点可以借曹文轩关于小说的思考来理解："小说确实无所不能，而小说最大的能力，是它能够轻而易举地为我们再造一个世界，……而这一能力的真正可赞颂之处却在于它能再造一个过去没有过将来也不会有的乌有之乡。"②他所说的这个"乌有之乡"，既是一个特殊的"历史"与"现实"之间的"文本世界"，同时也是一个在物质世界、哲学和文学世界之外的所谓"第三世界"③。就"实"的角度而言，历史本来是具有确定的即某种"神性"的真实——神话或者传说的真实是因为它们在长期流传的过程中形成了一定的确定性④——但是当小说的叙事将这种"神性"的存在置放于一种文本虚构出来的现实的日常生活场景当中时，它原本为历史确定性所形成的"神性"，便在它进入文本的那一时刻发生了逆向性的转变，转向"非神性"即日常化了的"人性"，其先在于文本的"实"的属性也在文本本身虚构性的叙述中被"逆向"性地消解，同时在被消解的过程中成为一种文本内在

---

① 张文东：《"历史中间物"——鲁迅〈故事新编〉中的传奇叙事》，《鲁迅研究月刊》2007年第12期。
② 曹文轩：《小说门》，人民文学出版社2010年版，第41—42页。
③ 对于"第三世界"这个概念，曹文轩的说法是："我们可将相对于物质世界的哲学、文学世界称为第二世界，而把哲学、文学中又一度创造出来的乌有之乡称为第三世界。"参见曹文轩：《小说门》，人民文学出版社2010年版，第43页。
④ 韦勒克强调，现代以来的对所谓"神话"的认识，已经有了一种正统的观念，"即'神话'像诗一样，是一种真理，或者是一种相当于真理的东西"。参见韦勒克、沃伦：《文学理论》，刘象愚等译，生活·读书·新知三联书店1984年版，第206页。

的"虚"的"故事性"存在。于是，这种由"实"向"虚"的逆向性的"再造"或"重建"，便因其所建立起的"虚构"的现实的"真实"，打破了原本"确定"的历史的"真实"，同时又恰好"再造"了一个完全"新异"以及"新"的历史的故事性存在。

同理可证，这种"虚"与"实"之间的逆向性的"再造"过程，反向进行亦然，即这一"虚实逆造"的过程始终是一种完全"双向"的运动模式。换句话说，就现实生活本身而言，它首先具有的是日常意义上"人性"的真实，但在小说叙事不断将其"虚构"为"历史"的某种"真实"性存在的同时，它那原本为现实形态所确定的"人性"也必然地发生着逆向性的转化，即转向"非日常"化的"神性"，其"先在"于文本的"实"的属性也在这种"虚构"中被逆向性地消解，并同样在被消解的过程中成为一种文本内在的"虚"的历史性存在。所以，作为一种本质共通乃至形式共同的模式，"日常"的生活在改造着"伟大"的历史的同时，其中原本具有现实场景"真实"意味的日常性存在，同样没有获得"历史"意味上的真实，即同样是被逆向性地"虚"化了，也同样因为它根本不是也永远不会成为"历史"的存在，于是在自己不断上升为一种具有历史的"伪现场"叙事的同时，它的原本在现实生活存在中已经获得的"真实性"，同样为这种所谓历史的叙述所消解了。甚至更加遗憾的是，在这一过程中，它非但没有获得历史的"神性"真实，反而丧失了它原本所具有的现实的"人性"真实——日常生活不是被"历史化"，而是被叙事在历史的意义上给"故事化"了。

尽管仍可以说是一种"历史性"的描述，但《故事新编》这种"虚实逆造"的叙事策略，还是使其所表现的已经既不是一个"历史"的世界，也不是一个"现实"的世界，而是一个"故事"的世界，是一个居于历史与现实之外（也是之间）的、相对独立的、被"悬置"的世界，当然也就是一种

"历史"与"现实"之间的"中间物"存在。正因如此,所有这些"故事"对于历史和"现实"而言同样也是"新异"的。所以,由这种"双向"的"虚"与"实"之间的"逆造",即在"历史生活"被"现实化"的同时"现实生活"也被"历史化"了,由此所生成的所谓"历史小说",便有了一种整体性又具有统摄性的传奇特征。

汪晖曾用鲁迅自己的"中间物"概念来作为理解鲁迅的一种思路,但与其说这是一种所谓的"心灵辩证法",倒不如说作为一种方法论来看更为合适,或者说可以成为我们察看《故事新编》整体传奇叙事策略的一个特殊角度。"'中间物'这个概念标示的不仅仅是鲁迅个人的客观的历史地位,而且是一种深刻的自我意识,一种把握世界的具体感受世界观。'中间物'意识的确立是以承认自身的矛盾性、悖论性和过渡性为前提的,它迫使鲁迅摆脱一切幻觉,回到自身的真实的历史性当中去。当鲁迅以这样一种独特而复杂的眼光打量这个世界时,他的艺术世界的精神特征、情感方式、风格特点以至语言……都表现了一种复杂的、矛盾的特点,而这一切又无不联系着创作主体复杂的主观精神结构。"[1]当然,这种"历史中间物"的意识,肯定不仅仅是鲁迅的"一种基本的人生观念",同时也应该算是他的文学创作得以发生的最重要的先决条件之一。所以说,"如果把鲁迅小说看作是一座建筑在'中间物'意识基础上的完整的放射体系,我们将能更深入也更贴合鲁迅原意地把握鲁迅小说的基本精神特征:鲁迅小说的整体性将不仅体现为它对中国社会的各个阶层和各个生活领域的整体性反映,即不再依赖于外部的社会联系,而且也找到了联结自身的内在的纽带"[2]。

---

[1] 汪晖:《反抗绝望:鲁迅及其文学世界》,河北教育出版社2000年版,第41—42页。
[2] 汪晖:《反抗绝望:鲁迅及其文学世界》,河北教育出版社2000年版,第188—189页。

实际上，以这种"中间物"意识作为一种"内在"的"基础"，鲁迅始终以某种"独特而复杂"的眼光来打量外面的"整个"世界，因此他对"历史"的态度以及由此生成的对于"历史"的书写，必然地也始终贯穿着这种"中间物"意识，并且如前述是按照一种"虚实逆造"的模式，将"旧事""新编"成了某种"历史中间物"，而其所谓的"故事新编"的"传奇"，也就是这样创造出来的一种特殊的"历史传奇"。或者说，鲁迅在《故事新编》中整体的叙事策略及其模式，实际上就是要创造一种"历史中间物"的特殊的传奇叙事。

就文本本身而言，我们仅举一例便大致可以看到鲁迅是如何将神话传说以及史实中的"神"或"圣人"或"英雄"从神坛上拉到"人间"或"地面"上来的："女娲忽然醒来了。伊似乎是从梦中惊醒的，然而已经记不清做了什么梦；只是很懊恼，觉得有什么不足，又觉得有什么太多了。煽动的和风，暖曛的将伊的气力吹得弥漫在宇宙里。"①仅从这个《补天》的开头，我们便完全可以看出，鲁迅在这些"历史故事"及其人物的情节性叙述当中，首先都是对它们进行着一种特殊的"现实"化以及"日常生活"化，消解着这些历史故实的"神性"。其他神话中的后羿也好，传说中的大禹、眉间尺也好，都再也不是高高在上的"非人间"的"神"了，而都与平常人一样，是为各种生活琐事所烦恼的，甚至常常会感到许多无奈的现实中的"人"。其他同样取材于史实传说的小说，都一直贯穿着这种"逆造"的叙事策略。比如《出关》中的老子："老子到了函谷关，没有直走通到关口的大道，却把青牛一勒，转入岔路，在城根下慢慢的绕着。他想爬城。城墙倒

---

① 鲁迅：《故事新编·补天》，见《鲁迅全集》第2卷，人民文学出版社1996年版，第345页。

并不高，只要站在牛背上，将身一耸，是勉强爬得上的；但是青牛留在城里，却没法搬出城外去。倘要搬，得用起重机，无奈这时鲁般和墨翟还都没有出世，老子自己也想不到会有这玩意。总而言之：他用尽哲学的脑筋，只是一个没有法。"①

不过同样要注意的是，尽管这些"神"在某种程度上被改造成了"人"，但他们其实并没有真正丧失"神性"，仍然有着许多"超人"的属性和力量，就像女娲仍然可以顺手"掬起带水的软泥来"，不经意地"同时又揉捏几回"，便造出一个和"自己差不多"的人来②，她实际还是一个"神"。于是在小说的叙事中，所有现实生活的内容及其描写，依然只不过是一种叙事的"假定"，所谓"真实"并没有真正地形成。所以这些"非人非神""亦人亦神"的人物及其故事，便都在这样一种"中间物"的意义上被"悬置"起来，成为一种相对于历史与现实都可谓"新异"的"第三世界"。对于读者来说，这些"新编"出来的"历史"，既不能被视为一种"历史"，又不能被当作一种"现实"，那么只好也只能被视为一种特殊的"故事"即"传奇"了。

既然是一种具有整体性的叙事策略，就会对小说叙事中的时间和空间形式都具有统摄作用，因此《故事新编》中的时空形式，同样呈现出了这种"虚实逆造"的"中间物"意味。

《故事新编》在时间上有着鲜明的"古今杂糅"的特点。茅盾当年在《玄武门之变·序》中就注意到了这一点，后来许多研究者都按照茅盾的思

---

① 鲁迅：《故事新编·出关》，见《鲁迅全集》第2卷，人民文学出版社1996年版，第443页。
② 鲁迅：《故事新编·补天》，见《鲁迅全集》第2卷，人民文学出版社1996年版，第346页。

路,以这种"将古代和现代错综交融"的模式来观察《故事新编》的叙事时间。不过结合前述,其实不难理解,这种所谓"古今杂糅"的时间模式,依然是为鲁迅特有的"中间物"意识以及"中间物"叙事的整体策略所决定并生成的。一方面,鲁迅在《故事新编》中对于"时间"的创造,很大程度上是与他在现实生活中对具体事件和人物进行观察、感受以及得到"刺激"之后紧密联系着的,即来自于他基于"中间物"意识所形成的内心体验,是这些特殊的内心体验在对神话、历史的异化描述中的释放。尤其是在他对历史的体验中,他意识到的始终是一种"吃人"的本质,而在对现实的体验中,他又意识到一种"沉睡"的事实,"试将记五代、南宋、明末的事情的,和现今的状况一比较,就当惊心动魄于何其相似之甚,仿佛时间的流逝,独与我们中国无关,现在的中华民国也还是五代,是宋末,是明季"①。所以他既可谓没有办法也可谓是有意为之,在《故事新编》中,便总是喜欢把现代的人物、事件、现象以及话语等直接移植到神话的、古代的以及历史的语境当中去,或者把现实生活中的事件糅合进古代事件中一起叙述,如小说《补天》中那个"古衣冠的小丈夫"的出现等②;或者是让古人穿越般地讲着现代人的话语,并且在"旧事"的叙述中讲述"今时"发生的事情,如《理水》中"文化山"上的学者以及"水利局"里的官员等。这样就形成了一种特殊的"虚实交错"同时也是"虚实逆造"的时间存在,既无所谓"古""今",当然也就没有什么"历史"与"现实","过去"与"现

---

① 鲁迅:《华盖集·忽然想到·四》,见《鲁迅全集》第3卷,人民文学出版社1996年版,第17页。
② 鲁迅在《故事新编·序言》中曾说过这个"小丈夫"的由来:"不记得怎么一来,中途停了笔,去看日报了,不幸正看见了谁——现在忘记了名字——的对于汪静之君的《蕙的风》的批评,他说要含泪哀求,请青年不要再写这样的文字。这可怜的阴险使我感到滑稽,当再写小说时,就无论如何,止不住有一个古衣冠的小丈夫,在女娲的两腿之间出现了。"见《鲁迅全集》第2卷,人民文学出版社1996年版,第341页。

在"既相互牵涉、指涉又相互消解、变异甚至相互逆转、再造,从而在古代与现代之间形成了一种特殊的时间张力,创造了一种既"玄幻"又"真实"的传奇时间。

《故事新编》的空间也一样,其所有的背景或场景几乎都是一种模糊的"中间物"存在。这不是一个单独属于人或鬼或神的世界,而是一个人、鬼、神在变形中共存的世界,其中的一切场景和生活形式,既不符合或遵循人们生存的现实的生活逻辑,也不遵循或符合人们印象与想象中的神话逻辑,而只是一个按照"虚实逆造"的逻辑来完成的寓意深刻的意象性空间。正所谓"浪漫主义的背景描写的目的是建立和保持一种情调,其情节和人物的塑造都被控制在某种情调和效果之下"①。在《故事新编》中,鲁迅所有对背景的描写,其实同样是一种"情调和效果"的营造——《补天》中天崩地裂的场面,《理水》中的"汤汤洪水方割,浩浩怀山襄陵",《奔月》中"空空如也"的野地,《采薇》中兵危城困的都城,等等,都是鲁迅以自己来自于现实的"切实"的内心体验虚构出来的一个"灾难性"的世界,仿佛他从《野草》中透露出来的心底里最真实的那种"荒原感"——"一大片荒地。处处有些土冈,最高的不过六七尺。没有树木。遍地都是杂乱的蓬草;草间有一条人马踏成的路径。离路不远,有一个水溜。远处望见房屋"。②显然,这种空间是完全意象化的,同样是一个"虚实逆造"出来的"第三世界",也同样是一种"历史的空间"与"现在的空间"之间的相互指涉,相互消解、变异,及其相互逆转和再造,因此,在这样的空间中,所有的神

---

① [美] 韦勒克、沃伦:《文学理论》,刘象愚等译,生活·读书·新知三联书店1984年版,第248页。
② 鲁迅:《故事新编·起死》,见《鲁迅全集》第2卷,人民文学出版社1996年版,第469页。

话世界和英雄世界都不得不堕落于世俗的世界当中，但反过来，凡俗的世界则恰好又在"神话"的意义上具有了一种特殊的"超现实"的意味，于是历史的空间与现实的空间都被充分地相互边缘化、相互替代化以及"中间"化了，从而也就内含了更为深刻的历史意蕴。就像《采薇》《出关》《起死》等作品中的古代圣贤们一样，他们一个个从"神话"走进"人间"之后，却又只能再一个个从"人间"逃离，因为在这种"中间物"意味的空间当中，没有哪个"人"或者"神"能够保持自我而不会陷入彻底的迷惘和无奈。

同样，《故事新编》里仍然是一种按照"中间物"的整体策略来完成的模糊叙事。表面上看来，一方面，《故事新编》是按照传统传奇叙事的基本套路，在整体上使用着"全知视角"；而另一方面，则又"在文本内部又常常十分巧妙而又精心地进行叙事视角的转换和限定"。这实际就是一种"虚实逆造"策略，即是一种"聚焦点的内涵之间构成一种相互否定的动态关系"①。甚至可以说，鲁迅的《故事新编》，实际上一直在使用着一种特殊的"模糊"视角——按照"中间物"创造的要求，遵循着"虚实逆造"的叙事策略，使用着一种极其"不稳定的、不明确的、难于间离的视角"，即一种"具有整合意味的新的'模糊'（ambiguous）的视角"。②所谓的"虚实交融"，所谓的"古今杂糅"，以及所谓的"视角的多样化操作"，都可以在这种"模糊"视角的使用中得到很好的说明。③

---

① 参见郑家建：《被照亮的世界——〈故事新编〉诗学研究》，福建教育出版社2001年版，第114—119页。
② 王东：《模糊是一种功能——对张爱玲〈传奇〉叙事视角的另一种解读》，《文艺争鸣》2006年第1期。
③ 张文东：《"历史中间物"——鲁迅〈故事新编〉中的传奇叙事》，《鲁迅研究月刊》2007年第12期。

第二节 边城传奇——沈从文"湘西世界"的"现实中间物"

在20世纪的中国文学史上,沈从文始终是一个"传奇"。

这里所谓"传奇",一是说沈从文有着"传奇"般的人生经历和文学命运——生于"边疆僻地小城",少年无知却足迹踏遍沅水流域,只身独闯文化古都,自学成才并成为"京派"的领军人物,新中国成立后先遭主流文坛的冷遇、打击而走进深沉幽远的历史博物馆,在中国古代服饰研究中沉寂多年,20世纪80年代以来重获文坛新生并成为文学研究热点;二是说他笔下小说世界有着"传奇"色彩——那个因他的创造也因他的"传奇"而成"传奇"的"边城"以及整个"湘西世界",那个传奇世界里的那些野性的人,那些历久弥新的生命传奇。就像传奇本身都是讲故事一样,身在传奇中的沈从文也许根本不会意识到他自己就是一个传奇或一个故事,但是他所擅长的,也是他最乐于做的,就是给人们讲述着一个又一个浪漫的、传奇的故事。而所有的这些传奇故事,又都发生在他所魂牵梦萦的湘西那一块神奇的土地上。于是,由沈从文为外界打开的同时也是他所创造的湘西世界,早已成为中国历史尤其是20世纪中国文学世界中的一个"传奇"[①]。

一、非主流的传奇趣味与目光

在20世纪中国的作家当中,沈从文既是一个多产的作家,也是一个曾对散文、戏剧、诗歌等领域多有涉足的作家,但论其主体和贡献,却还是以小说创作为主,而且他也是以其小说创作成名成家的。在他大量的小说创作中,有一批充满神秘色彩的关于湘西和边城的具有强烈浪漫主义色彩即我们

---

① 张文东:《"传奇"传统与"边城"想象——论沈从文"湘西小说"中的"传奇"叙事》,《中国文学研究》2008年第1期。

称之为"传奇"的小说,这可能是他真正成为一个文学以及文学史"传奇"的起点和标志。那么,由此我们首先不得不思考,在中国现代小说中,沈从文这种可谓"传奇"的人生和创作,究竟透露着他怎样的文学趣味和目光呢?

从人生的起点来看,沈从文虽然自幼顽劣,包括后来的高小学习也没有毕业,但是在他目前可见的童年启蒙教育中,或许还是养成了很多的习惯和偏好①——"由《楚辞》、《史记》、曹植诗到'挂枝儿'、小曲,什么我都欢喜看看。从小又读过《聊斋志异》和《今古奇观》"②。《楚辞》中纵横恣肆的想象和浪漫主义色彩自不必多言,而《聊斋志异》和《今古奇观》等,则更是直接承续了中国古代小说志怪、传奇这一重要的叙事特征和"传统",一个"志异",一个"奇观",其实都是重在搜集并叙写新奇、怪异之事,其内在精髓不言而喻,就像《聊斋志异》早已被人们称为"唐传奇浪漫主义精神的复活"一样③,不仅其中人物多为妖狐鬼怪、神仙隐士,其故事时空亦大多涉及人间狐境和鬼蜮地狱,故事的内容则更是荒诞神奇,不仅其想象力的奇幻、用笔的出神入化让人叹为观止,而且其所具有的真情实感更是让人"心有戚戚然"。《今古奇观》虽是从"三言""二拍"中选择精品荟萃而成的话本集子,但其内在神韵和全书体制仍然没有脱离"传奇"的路数,都可谓是当之无愧的经典"传奇"之作。

等到再长大些并在去北京之前,沈从文还在当地的土著部队中生活了多

---

① 沈从文的《在私塾》一文,曾经比较详细地讲述过私塾学习的经历,而且其中很多细节又都在《从文自传》(重庆出版社1986年版)中出现,所以,应该可以从中大概看到他自己同样的经历。后面的一些有关个人经历的说法,都是取此思路并参见《从文自传》。《在私塾》,《沈从文文集》第1卷,湖南人民出版社2013年版,第157—179页。
② 沈从文:《〈沈从文小说选集〉题记》,见《沈从文文集》第11卷,湖南人民出版社2013年版,第68页。
③ 林庚:《中国文学简史》,北京大学出版社1995年版,第646页。

年，大多时候是无所事事地漂流于沅水流域大大小小的支流上。其间，他在偶然的机缘中陆续读到了《秋水轩尺牍》《汉书》《天方夜谭》和《四部丛刊》，以及商务印书馆印行的"说部丛书"，等等，甚至还被狄更斯的《冰雪因缘》《滑稽外史》《贼史》这三部"大书"反复占据了"两个月的时间"，像他自己说的："我喜欢这种书，因为他告我的正是我所要明白的。他不像别的书尽讲道理，他只记下一些生活现象。即或书中包含的还是一种很陈腐的道理，但作者却有本领把道理包含在现象中。我就是个不想明白道理却永远为现象倾心的人。"[①]当然，我们似乎不能一下子就说沈从文这种对于现象的"倾心"便是一种文学的认识，但不可否认，他所谓"现象"却是常常会体现出一种故事性的意味的。于是，当我们看到沈从文带着这种"艺术家的感情"，进京以后于"有一顿无一顿是常事"的困窘艰难的生活中，还是在京师图书馆读完了《笔记小说大观》《小说大观》《玉梨魂》等新旧小说时，关于他对于故事以及相关传统的喜爱我们或许是可以认同的了。及至30年代，已经在文坛站稳脚跟且颇有名气的沈从文到青岛大学教授小说史时，曾下力气对六朝志怪、唐人传奇、宋人话本以及大量佛经故事等都做了深入的考察和研究。这些学习、阅读以及治学的经历，不仅证明了传统文学与文化对沈从文宽泛而深切的熏陶，甚至同时可以见出他独特的"传奇"趣味了。

于普通人而言，一个人的阅读趣味可能更多是见出他/她的精神特质和性格特征，但对于一个作家而言，不同的阅读趣味和经历，却可能直接（或间接）地在他/她的创作倾向和审美追求上产生影响甚至是巨大的影响。像沈从文的这些阅读与偏好，其实就与其后来小说创作的"传奇"取

[①] 沈从文：《从文自传》，《沈从文文集》第9卷，湖南人民出版社2013年版，第171页。

向有着直接联系。也许还可以说，这其中不仅仅表明了他对中国文学传奇传统的偏好和认同，而且让他形成了独具特色的"传奇"目光。如其所言："一切作品都需要个性，都必须浸透作者人格和感情，想达到这个目的，写作时要独断，要彻底地独断！"[①]在沈从文这种对于个性的追求中，固然有对文学于政治、商业之外而独立自主的要求，同时也可以认为，若想达到"彻底地独断"，还必须依赖一个作家对自身特性的坚守和坚持，那些模棱两可、摇摆游移的作家是创造不出风格鲜明、卓然独立的优秀作品的。

那么，沈从文究竟坚守的是哪些或哪种"自身"呢？回到沈从文的经历和创作，有意味的是对他而言，他走出湘西、走进北京、走上文坛这一由乡村"走进"城市的不断"都市化"的个性历程，似乎并没有使他真正地走进"现代"，而是愈来愈深地走进了他那个永远的"过去的印象"里面，即他心里和笔下那个同样古老的"传奇"。

首先，沈从文长达20年的湘西生活，已经足以使他充分地养成某种特殊的性格取向或习惯，他就是带着这种可能"原始"的性格或习惯走进北京、走进现代的。在《从文自传》中，沈从文就曾用他自己特有的讲故事的方式，向我们展示了他那一段不乏苦涩亦不乏快乐、充满艰辛亦充满奇迹的"边城"生活以及他那许久都不曾褪色的"原始"记忆。比如前文他所说的那些阅读和那些书，都是一些"小书"，而实际上，他在读着这一本本"小书"的时候，也在同时读着社会和人生这本"大书"，而这些"大书"的意义，又是那些"小书"所不具备的。

[①] 沈从文：《〈从文小说习作选〉代序》，见《沈从文文集》第11卷，湖南人民出版社2013年版，第41页。

初上私塾的沈从文,并没有像他的父亲所期望的那样成为一个好学生,而是"跟从了几个较大的学生,学会了顽劣孩子抵抗顽固塾师的方法,逃避一切书本去同一切自然相亲近"。并且用这些生活奠定了他"一生性格和感情的基础"——这种基础也可以换一个角度来理解,因为正是在这种生活当中,沈从文学会了"用自己的眼睛看世界一切"以及"到不同社会中去生活"。于是,在可以算得上是幸福的童年里,沈从文始终对"生活充满了疑问",同时又都是"自己去找寻解答"。在他逃学的日子里,书本外面的一切或者说是生活当中的一切,便都在他那种"各处去看,各处去听,还各处去嗅闻"的好奇找寻当中,成为他幼小的心灵里"无数希奇古怪的梦","这些梦直到将近二十年后的如今,还常常使我在半夜里无法安眠,既把我带回到那个'过去'的空虚里去,也把我带往空幻的宇宙里去"。①

依弗洛伊德的观点,如果从文学创作的白日梦角度来看,人在睡眠中的"梦"便是幻想,而且因为"幻想的动力是未得到满足的愿望,每一次幻想就是一个愿望的履行",所以"夜间的梦与白日梦——我们都已十分了解的那种幻想——一样,是愿望的实现"。②从沈从文自童年以来的各种"希奇古怪"的、既把他带回"过去的空虚"又把他带往"空幻的宇宙"的"梦"来看,他早已有了后来可以走向传奇的情感因子。他14岁后参加地方土著部队在沅水流域开始军旅生涯,以及他后来离开家乡踏上去北京的独立的谋生之路,似乎都可以找到一些他作为"一生性格和感情的基础"的元素,即那些带着好奇的幻想或者带着幻想的好奇。如我们后来看到的,尽管在土著部队

---

① 这些个人经历的说法参见沈从文《从文自传》"我读一本小书同时又读一本大书"部分,《沈从文文集》第9卷,湖南人民出版社2013年版,第102—114页。
② [奥]西格蒙德·弗洛伊德:《创作家与白日梦》,林骧华译,转引自朱立元、李钧主编:《二十世纪西方文论选》(上),高等教育出版社2002年版,第319页。

里沈从文始终是一个"各式各样的'死亡游戏'的耳闻目睹者、旁观者以及间接的参与者"[①]，但是血腥与残酷的湘西现实，在他敏感心灵中留下的印痕还是十分巨大的。有意思的是，这些印痕一方面从现实上消解着他对于湘西的美好印象，但同时又在记忆的底色上不断深深地刻画着他那些美丽的"边城"幻想，让他在熟悉并习惯了这一切之后，又因生活和生命经验的积累与沉淀，不断生出各种各样的新的好奇与幻想。所以他后来自己也发现了，"既多读了些书，把感情弄柔和了许多，接近自然时感觉也稍稍不同了。加之人又长大了一点，也间或有些不安于现实的打算，为一些过去了的或未来的东西所苦恼，因此生活虽在一种极希望的情况中过着日子，我却觉得异常寂寞……我总仿佛不知道怎么办就更适当一点，我总觉得有一个目的，一件事业，让我去做，这事情是合于我的个性，且合于我的生活的。但我不明白这是什么事业，又不知用什么方法即可得来"。[②]这里所谓的"幻想更宽，寂寞也就更大"，其实就是带着幻想和寂寞去行走，有时甚至把生命当作一个赌注。所以在沈从文还未走出湘西以前，他充满好奇的目光里，就已经蒙上了一层后来才发现是永远无法洗去的人生经验的阴霾，也正是因这一层看不清的阻隔，记忆中的"湘西"反倒成了一个可以不断回望的幻梦般的世界。

其次，当沈从文从湘西走进北京城时，可以说记忆是沉甸甸的，但心灵却是空落落的，尤其令他不安的是他与现代文明之间的遥远距离。凌宇说："从湘西到北京，沈从文跨越的不只是几千里的地理距离，他同时跨越了一个甚至几个时代的历史空间，进入一个陌生的世界。"[③]而这个"陌生的世

[①] 范家进：《现代乡土小说三家论》，上海三联书店2002年版，第124页。
[②] 沈从文：《从文自传》，《沈从文文集》第9卷，湖南人民出版社2013年版，第123、124页。
[③] 凌宇：《看云者：从边城走向世界》，湖南文艺出版社2018年版，第48页。

界",当然不仅仅是带给沈从文以"陌生",因为在这个早已被"五四"新文化运动洗礼一新的古都里,已经充满了现代文明所必然附带着的一切希望的进步和一切逃不开的罪恶。所以在走进所谓"现代"之后的现实当中时,沈从文首先要做的不是别的,而是一定要为自己争取到生存的权利,所以他不得不"委屈"于"窄而霉书斋"之中,以自己那支完全还没有在"五四"新文学的池塘中浸泡过的秃笔,来为自己书写一张可以让自己走进现代文明的入场券。只不过以他的毫无"新"意的文学与文字基础,他与当时新文学之间的距离可能是更大的一种"贫困"。虽然"边城"里的一切早已生成了他丰富的人生经验,但在还没有真正地成为一种"贵重"的文学资源之前,便只能在他前期的赖以糊口的创作当中,直接转化成为一种乡村背景,且不管这种乡村胜景如何引人入胜,还是招来了首开乡土写作风气的鲁迅等人的严厉批评①,这当然又加重了他的压力,并由此进一步加大了他与"五四"新文学主流之间的距离和疏离。

可喜的是,新文学文坛的"四大副刊"之一《晨报副刊》后来由徐志摩接手,而徐志摩从一开始便对沈从文有着特殊的关爱和关照,从此沈从文的作品得到了"经常"的发表不说②,并且还能时不时地得到这位可谓新文学主将之一的徐志摩的高度评价和推介:"这是多美丽生动的一幅乡村画。作者的笔真象是梦里的一只小艇,在梦河里荡着,处处有着落,却又处处不留痕迹。这般作品不是写成的,是'想'成的。给这类的作者,批评是多余的,因为他自己的想象就是最不放松的不出声的批评者。奖励也是多余的,因为

---

① 鲁迅曾在致钱玄同的信中数次批评沈从文等的创作"用了各种名字,玩各种玩意儿""大抵意在胡乱闹闹,无诚实之意"。参见《鲁迅全集》第11卷,人民文学出版社1996年版,第446、452页。
② 沈从文于1980年11月7日在美国哥伦比亚大学的演讲中说:"换了徐志摩先生,我才在副刊得到经常发表作品机会",见《沈从文文集》第10卷,湖南人民出版社2013年版,第321页。

春草的发青，云雀的放歌，都是用不着人们的奖励的——志摩的欣赏。"①

现在看来，除了有对于沈从文"乡村"写作的一种难得的肯定以外，徐志摩的评价里其实还有几个关键词尤其值得注意——"梦""想""想象"。这一组关键词后来不仅逐渐地成了沈从文"边城"创作的关键词，而且还成为人们关注、审视和研究沈从文时的一组关键词。如李健吾评价"沈从文先生便是这样一个渐走向自觉的艺术的小说家"时也是这样说的，"有些人的作品叫我们看，想，了解；然而沈从文先生一类的小说，是叫我们感觉，想，回味……"②如果再考虑到沈从文自幼"自由"的性格以及青年"反思"的追求，那么"五四"以来的新文学的那种充满"现代性"的价值体系与评估机制，可能对于沈从文来说，就更多并不是一种"影响的焦虑"，而是一种现实的"压迫"了。因此，以鲁迅等为代表的对于古老乡土田园生活总是采取批判态度的所谓"现代"小说，不仅没有成为沈从文初登文坛之时无条件信奉的模板，而且成为他思想反叛或者逆向写作的一种对立性存在。如凌宇所说："沈从文对人生的认识，是建立在他的人生经验的基础上的。在他走向都市以前，他就对一切现存观念与秩序感到了深刻怀疑。因为他从扑面而来的真实人生景象里找不出它们存在的理由，他感到扑朔迷离，又没有条件去接受世俗观念以外的新的思想与理论体系，去解释人生之谜，他只有一大堆人生经验。当他有条件去接受某种成系统的思想理论时，他的精神世界早已滋生出一种顽强的拒它力，排斥任何体系，一切外在于他的经验世界之外的观念，只能在经过他的经验世界验证的条件下，局部地融入他的思

---

① 这是徐志摩当时发表沈从文描写湘西苗家赶集情景的散文《市集》时所加的按语，载1925年11月11日《晨报副刊》。

② 李健吾：《〈边城〉》，《李健吾文学评论选》，宁夏人民出版社1983年版，第52页。

想。"①所以,在可以进入主流写作的一条基本道路被否定了之后,顺理成章地,沈从文便将自己对"边城"的重新发现与回想,大胆地置于主流现代写作的另一端,由自己自由地将其敷衍成为一个"另类"的传奇世界。

另外还要看到,对于沈从文来说,所谓现代写作中的"边城"或者"湘西"情结,也许还不仅仅是一种题材与类别的趣味与目光,实际上也是他具有自觉性的对于小说的一种创作理念。

沈从文作品中较为独特的一部是《月下小景》集,他在"题记"中谈到了自己将这些佛经故事敷衍成篇的基本动因:"这只是些故事,除第一篇《月下小景》外,本事全部出自《法苑珠林》所引诸经。我因为教小说史,对于六朝志怪、唐人传奇、宋人白话小说,在形体结构方面如何发生长成加以注意,觉得提到这个问题的,有所说明,多不详尽,使人惑疑。我想多知道一些,曾从《真诰》、《法苑珠林》、《云笈七签》诸书中,凡近于小说故事诸记载,缀辑抄出,分类排比,研究它们记载故事的各种方法,且将它们同时代或另一时代相类故事加以比较,因此明白了几个为一般人平时所疏忽的问题。另外又因为抄到佛经故事时,觉得这些带有教训意味的故事,篇幅不多,却常在短短篇章中,能组织极动人的情节。主题所在,用近世眼光来看,与时代潮流未必相合。但故事取材,上自帝王,下及虫豸,故事布置,又常常恣纵不可比方,只据支配材料的手段组织故事的格局而言,实在也可作为'大众文学'、'童话教育文学'以及'幽默文学'者参考。"②

不难发现,在这一大段说明当中"故事"是其关键词。同时他还有意强调,自己所期望可以作为借鉴的,无非就是一种写"故事"的方法,即"明

---

① 凌宇:《看云者:从边城走向世界》,湖南文艺出版社2018年版,第115—116页。
② 沈从文:《〈月下小景〉题记》,见《沈从文文集》第5卷,湖南人民出版社2013年版,第41页。

白死去了的故事，如何可以变成活的，简单的故事，又如何可以使它成为完全的。"——"中国人会写'小说'的仿佛已经有了很多人，但很少有人来写'故事'"。①

当然，沈从文的小说创作的理论观念并不都是如此在其散文写作中四处散落的。在一篇专门的文论《小说作者和读者》中，他还进一步以唐人传奇为例，通过简单地给小说下定义，来阐明小说创作的"必须以'人性'作为准则"的"恰当"原则："个人只把小说看成是'用文字很恰当记录下来的人事'，这定义说它简单也并不十分简单。因为既然是人事，就容许包含了两个部分：一是社会现象，即是说人与人相互之间的种种关系；二是梦的现象，即是说人的心或意识的单独种种活动。……必须把'现实'和'梦'两种成分相混合，用语言文字来好好装饰、剪裁，处理得极其恰当，方可望成为一个小说。"②当然，沈从文这种所谓的"恰当"，就故事内容而言是无所谓真伪的，因为"要的只是恰当"，而这种"恰当"，如果放在唐人传奇这里，则"又是处理故事时，或用男女爱憎作为题材，或用人与鬼神灵怪恋爱作为题材，无不贴近人情"。所以在沈从文看来，"只要恰当，写的是千年前活人生活，固然可给读者一种深刻印象，即写的是千年前活人梦境或驾空幻想，也同样能够真切感人"。③

这两种紧密相连的说明可以看作是包含着沈从文对文体特征以及艺术构思等小说写作要点的基本看法与要求，或者说可以在这里面看到他在给予"故事"以及唐人传奇如此关注和分析时的深入思考，甚至还可以说这里面

---

① 沈从文：《〈月下小景〉题记》，见《沈从文文集》第5卷，湖南人民出版社2013年版，第42页。
② 沈从文：《沈从文批评文集》，珠海出版社1998年版，第142页。
③ 沈从文：《沈从文批评文集》，珠海出版社1998年版，第144页。

所体现的,其实就是他对传奇传统的感性的偏爱乃至理性的自觉。他不仅偏爱那些充溢着浪漫想象的奇情异事,更欣赏它们在艺术表现上的神妙多姿以及野马般自由驰骋的想象力,这也正是因为他真的体察到了传奇之中所包蕴着的丰富人性。

于是,沈从文的"趣味"与"目光",便不仅仅是一种关注与强调,同时也是一种文体、文学的意识以及这种意识的现实化。如果说这些来自于中国古代传奇传统的阅读喜好与文体认识让沈从文形成或者强化了某种"传奇情结"的话,那么这种"情结"意识,便自然而然地体现在了他的关于"湘西"的小说创作当中,比如关于"姐姐"的那个传奇,"我那时也同时听到了一个消息,就是那个白脸孩子的姐姐,下行读书,在船上却被土匪抢入山中,做压寨夫人去了。得到这消息后,我便在那小客店的墙壁上写下两句唐人传奇小说上的诗,抒写自己的感慨:'佳人已属沙咤利,义士今无古押衙'。义士虽无古押衙,其实过不久这女孩就从土匪中花了一笔很可观的数目赎了出来,随即同一个驻防洪江的黔军团长结了婚。但团长不久又被枪毙,这女人便进到沅州本地的天主堂作洋尼姑去了"。①虽然这个"姐姐"的故事本身就是传奇,但对于沈从文来说,他关注的可能是其"生命"以及"人性"上的意义,所以在他的小说当中,与此相关或类似的情节多次出现过,比如《在别一个国度里》和《雪晴》等。如此种种由有意识地向传奇传统借鉴所形成的"传奇"意识和"传奇"眼光,使沈从文总是非常注重表现对象自身的特异性和传奇性。他的一系列"湘西小说",都是有意地反拨和规避着"五四"以来主流的现实主义文学所着力强调的"日常性"和"平凡性",在现在的"常"和过去的"奇"之间,他毫不犹豫地避"常"而取

---

① 沈从文:《从文自传》,《沈从文文集》第9卷,湖南人民出版社2013年版,第178页。

"奇",由此开辟了一个在主流的新文学传统之外的,与主流传统迥然不同而又异彩纷呈的支流。因这种传奇的趣味与目光,沈从文便在他的"湘西"世界里,精心营造出了一个同样独属于他的"边城",大胆而又绮丽地构建了一个令疲惫的现代人十分向往的"另外一个国度"。这甚至像当年他评价许地山一样,他说:"读《命命鸟》,读《空山灵雨》,那一类文章,总觉得这是另外一个国度的人,说着另外一个国度里的故事。"①这一个国度,当然就是他自己的。

有意味的是,这种对于"传奇"的趣味和目光,不仅在沈从文自己的创作当中表现出来,有时还会成为他丈量其他人创作的一种规格和尺度。他在《论穆时英》一文中便说:"作者(指穆时英)不只努力制造文字,还想制造人事,因此作品近于传奇(作品以都市男女为主题,可以说是海上传奇)。"②可见,"传奇"作为中国小说的最悠久的资源,早已深深融进了沈从文的思维当中,成为他文学思想的一种自觉意识以及自由的价值判断。

沈从文还有一篇创作于1942年的哲理散文《水云》,那是他在创作成熟和丰收的时期,对自己自青岛十年来的创作心路历程所作的一次全面深刻的回顾,甚至带有某种弗洛伊德的精神分析意味。他思想的起伏冲撞、灵魂的诘难辩论以及对生命与人性的叩问追索在文中随处可见,比如其中有这样一段话就很值得我们思考:"你(指沈从文本人——引者注)这个对政治无信仰对生命极关心的乡下人,来到城市中'用人教育我',所得经验已经差不多了。你比十年前稳定得多也进步得多了。正好准备你的事业,即用一支

---

① 沈从文:《论落花生》,见《沈从文文集》第11卷,湖南人民出版社2013年版,第103页。
② 沈从文:《论穆时英》,见《沈从文文集》第11卷,湖南人民出版社2013年版,第201页。

笔来好好地保留最后一个浪漫派在二十世纪生命取予的形式，也结束了这个时代这种情感发炎的症候"①。这也就意味着，沈从文心中早已明白，眼前的"这个时代"已经完全不同于远古，身边的这个社会也已经完全不同于湘西，所谓的"神"遭到了破坏并解体，只是他自己仍然坚定、自觉、执着地要做"最后一个浪漫派"，用自己手中的笔为这个"神"早已离去的世界尽一己微薄之力，即保留"神性"在人间。这实际是一种明知其不可为而偏欲为之的悲壮情怀，沈从文也正是用自己特殊的"乡下人"的眼光和最后一个浪漫派的偏执，打量审视着眼前的一切，随时记录下纯真人性的点滴显现，用矢志不渝构建着的"边城"里的"传奇"城堡来寄寓着自己的信仰。

二、"湘西世界"的生命传奇

杰姆逊说："文化从来就不是哲学性的，文化其实是讲故事。观念的东西能取得的效果是很弱的，而文化中的叙事却具有很重要的作用和影响。"②从某种意义来说，沈从文的"传奇"也许只是他讲述故事的一种特殊方式而已，但我们对他这种"传奇"的阅读，却始终是一种对话，是与沈从文之间的跨越时空的灵魂对话，所以，当我们走进他小说世界里最具风采的瑰丽万方的"传奇"村落时，所完成的还有可能是一次关于"湘西"文化以及"边地"精神的探险。就像当年李健吾已经看到的，"在《边城》的开端，他把湘西一个叫做茶峒的地方写给我们，自然轻盈，那样富有中世纪而现代化，那样富有清中叶的传奇小说而又风情化的开展。他不分析；他画画，这里是

---

① 沈从文：《水云——我怎么创造故事，故事怎么创造我》，见《沈从文文集》第10卷，湖南人民出版社2013年版，第287页。
② 杰姆逊：《后现代主义与文化理论》，唐小兵译，北京大学出版社1997年版，第60页。

山水，是小县，是商业，是种种人，是风俗是历史而又是背景"①。沈从文采集和择取湘西生活中那些最充满浪漫性和最具有传奇性的"人事"来作基石、作材料，搭建出了一个具有奇异、非常甚至怪谲的传奇文化色彩的"湘西世界"。在这"别一世界"里，他对典籍佛经故事和早期氏族神话进行了深情演绎和优美诠释，对原始生命形态与边地奇人异事作了生动描述和热烈赞颂；在这"别一世界"里，他让我们见到了位于绵长历史河流上游的瑰丽奇光，见到了完全有别于现实都市的神奇故事。在这种乡土的感情以及乡土的孕育中，沈从文以他那极其浪漫的想象，为我们创造了这个神奇的湘西世界，而在这个同样充满田园风物的世界里，为我们演绎了几种生命以及人性的传奇。②

（一）"湘西"传奇中的"佛经演义传奇"

1921年，沈从文从川东回到湘西在一个"治军有方的统领官身边作书记"，那时正是他需要人倾听他"陈述一份酝酿在心中十分混乱的感情"的时候，恰好遇到了一个姓聂的姨父，是"那统领官的先生"，由他那里接触了一点有关佛教文化的东西。"可以说，沈从文从自在状态的同时代的一般'乡下人'中脱离出来走向自觉自为的人生历程，从大的时代背景上看，是受了五四新文化运动的感召，从深层次的传统文化根源来看，则也得益于佛经文化中的优秀因子如'大乘''因明'对于沈从文内在精神状态的启迪与触动。也就是说沈从文在广泛地吸取五四时期各种新文化思想的同时，亦以一种潜隐的、隐性的方式凭借佛学的文化思想来思索自己在湘西世界所经历

---

① 李健吾：《〈边城〉》，《李健吾文学评论选》，宁夏人民出版社1983年版，第53页。
② 张文东：《"传奇"传统与"边城"想象——论沈从文"湘西小说"中的"传奇"叙事》，《中国文学研究》2008年第1期。

的人生现象,浸润自己在青年时期的心理因素与人格修养。"①由这一点慧根,等到1931年8月沈从文由徐志摩推荐到杨振声时任校长的青岛大学,再到1933年暑假随杨振声一同去北平,两年青岛大学的任教期间里,沈从文不仅讲授了包括六朝志怪、唐人传奇、宋人白话小说等内容的中国小说史,还大量阅读了《真诰》《法苑珠林》《云笈七签》等佛经典籍,并从唐朝高僧道世撰写的《法苑珠林》中选取了十二篇佛经故事进行了重写,加上开篇根据西南少数民族风俗虚构而成的《月下小景》,结成《月下小景》集,以"新十日谈"为副题出版。

  对这本集子沈从文很是重视,专门为它写了一个长长的题记来向读者说明自己的创作原因和目的:"我想让他(一个爱讲故事的亲戚张小五——引者注)明白一二千年以前的人,说故事的人已知道怎样去说故事,就把这些佛经记载为他造出若干篇,加以改造,如今这本书,便是这故事一小部分。"②这只是浅层的写作目的的说明,后来他又在《水云》中进一步阐明了自己创作这些佛经演绎故事的深层心理动因,"我想除去那些漫画印象和不必要的人事感慨,就重新使用这支笔,来把佛经中小故事加以放大翻新,注入我生命中属于情绪散步的种种纤细感觉和荒唐想象。我认为,人生为追求抽象原则,应超越功利得失和贫富等级,去处理生命与生活。我认为,人生至少还容许用将来重新安排一次,就那么试来重作安排,因此又写成一本《月下小景》。"③由此可见,正是沈从文作为创作主体的自身文化心理结构

---

① 龚敏律:《论沈从文〈月下小景〉集对佛经故事的重写》,《中国现代文学研究丛刊》2004年第2期。
② 沈从文:《〈月下小景〉题记》,见《沈从文文集》第5卷,湖南人民出版社2013年版,第42页。
③ 沈从文:《水云——我怎么创造故事,故事怎么创造我》,见《沈从文文集》第10卷,湖南人民出版社2013年版,第267页。

与佛经文化两相契合，才有了《月下小景》这本集子，这也是他的"湘西传奇"的第一种类型——佛经演义传奇。

《月下小景》集在《〈月下小景〉题记》外，还收有《月下小景》《寻觅》《女人》《扇陀》《爱欲》《猎人故事》《一个农夫的故事》《医生》《慷慨的王子》等九篇小说。除第一篇是根据西南少数民族风俗虚构而成之外，其余诸篇均是根据佛经故事加以引申、铺陈而来，但它们却不是简单的佛法演说，也不是通常的佛理阐释，虽也称得上是"佛经"演义，但更多还是继承了志怪、传奇中的"佛经故事"的传统，以"故事"来"演义"佛理，进而托物以言志。"对那些佛经故事，他的立意也不在原有的说教，而是从陈腐的教训与荒唐无稽的情节里，提取某些关于人类美德的'抽象原则'。既保留了这些佛经故事原有的'荒诞外壳'，又根据自己的审美需要，加以适当的改造。"①和传统意味上的传奇总是将人的行为中的某些特征加以夸张、集中甚至变形来再造特定故事情境的做法一样，沈从文这一类传奇也是从这种"再造"当中获得某种特定的意义及题旨。而原本便已很是"荒诞"的外壳，更因为作者"说故事"的审美需要，演绎成为一种"再造"出来的佛国的人间传奇。

首先，沈从文总是把这些佛经故事中既可以为仙亦可以为人的"人物"安置在一种常人匪夷所思、叹为观止甚至难以想象的奇境异域中，让读者所看到、听到的以及所感受到的，仿佛都是来自于一个极为"神秘化"的"大自然"。比如那个"金狼旅店"，东南西北的旅客，在一个夜晚聚集到这里，以大家讲故事的方式来排遣寂寞。而更有意思的是，这个在金狼旅店里讲故事的"故事"还是一个"故事"中的"故事"，如果我们认为小说的

---

① 凌宇：《看云者：从边城走向世界》，湖南文艺出版社2018年版，第282页。

故事本身是虚构的,那么故事中的故事则超越了虚构,转而成为一种真正的"奇谈"了。在这群旅客中,有贩骡马的商人、秀才、珠宝商人、猎户、成衣匠等普通人,还有不知来自何处的美男子和同样不知来自哪国的国王。他们既是文本故事的叙述者,同时又是被"讲述"的故事的主人公,时空架构不仅不遵循现实逻辑,而且带有一种强烈的模糊性和虚幻感。让读者完全搞不清楚这里究竟是城市还是乡村,是过去还是现在,一入其中,便不由而生游移不定、若明若暗、恍若梦中的奇妙之感。就像最后一个故事讲完时作者偏偏又游笔而出:"那时节山中正有老虎吼声,动摇山谷,众人闻声,皆为震慑。"①营造的似乎已经是一种现代世界里的"聊斋志异"!

不仅如此,《月下小景》的"传奇"色彩还体现在人物所经历的奇情异事上,而且那些离奇神妙的故事情节,又总是以一种色彩斑斓、光怪陆离的姿态呈现出来,令人耳目一新甚至瞠目结舌。显而易见,这种极端化、夸张化的呈现方式以及超验的浪漫主义手法对小说叙事的成功极有功效,一方面它使这些佛经故事摆脱了冰冷呆板的道德说教,另一方面则充分显示出人性的不同侧面所能达到的某种"神性"。《扇陀》写于1932年10月,是八篇佛经传奇中创作时间最早的一篇,也是传奇色彩最为浓厚的一篇。人物是人鹿同生的候补仙人,"住身山洞,修真养性,澹泊无为,不预人事","年纪虽小,就有各种智慧,百样神通,又生长得美壮聪明,无可仿佛,故诸天鬼神,莫不爱悦"。可是偏有一天,他因为"波罗蒂长国中所盼望的大雨"而不小心"倾跌一跤,打破法宝一件,同时且把右脚扭伤",故"心中不免嗔怒","口中念出种种古怪咒语",致使波罗蒂长国境内三年不雨。遭此厄

---

① 沈从文:《月下小景·慷慨的王子》,见《沈从文文集》第5卷,湖南人民出版社2013年版,第181页。

运的波罗蒂长国举国恐慌，无奈之下只好悬赏招募能人。偏巧国中有一出身名门的女子扇陀，"长得端正白皙，艳丽非凡，肌肤柔软，如酪如酥，言语清朗，如啭黄鹂"，应征前往山中降服候补仙人。候补仙人最初丝毫不以为意，"尚以为这类动物，不过兽中一种，爱美善歌，自得其乐，虽有魔力，不为人害"，但不到一月便对扇陀露出呆相，后又经扇陀种种款待，一颗顽心终被降伏，发誓"从此做驴，驮扇陀终生，心亦甘美，永不翻悔"。之后还随扇陀下山，"住城少久，身转羸瘦，不知节制，终于死去"，临死时向天所发志愿还是"心愿死后，即变一鹿长讨扇陀欢心"。①这个故事的本源来自佛经《智度论》，原是借候补仙人之例要求人们实行禁欲。但是到了沈从文的笔下，原来一本正经的佛经本文被"演义"成了一个离奇幻想、基调欢快的有关情感甚至情欲的传奇故事，并且大大地改造了佛经的主题。其他像《医生》中为训练自己的牺牲精神、含冤忍辱救白鹅的医生，《猎人故事》中为寻找那会说话的雁鹅做了十六年猎鸟人、跑遍了全国凡有雁鹅之处的猎人，《慷慨的王子》中乐于施舍甚至被放逐山中仍将自己妻子施舍于人的王子……这些人物在各自一波三折、奇异怪诞的经历中所显现的，都是人性的某一方面所能达到的最大限度和最高境界。沈从文曾在《〈看虹摘星录〉后记》中说："我不大明白真和不真在文学上的区别，也不能分辨他在人我情感上的区别。文学艺术只有美或丑恶，道德的成见与商业价值无从掺杂其间。精卫衔石杜鹃啼血，事即不真实，却无碍于后人对于这种高尚情操的向往。"②所以说，沈从文正是用这些神奇怪异的"佛经演义"，为我们展示

---

① 所引原文均出自沈从文《月下小景·扇陀》，见《沈从文文集》第5卷，湖南人民出版社2013年版，第82—97页。
② 沈从文：《〈看虹摘星录〉后记》，见《沈从文文集》第11卷，湖南人民出版社2013年版，第47页。

了一幅幅光怪陆离、风采万千的传奇景观，让我们随着他的神思进入到那个人、鬼、神相通的艺术世界里去，呼吸"新"的空气，品尝"鲜"的果实，感受"奇"的气韵。

（二）"湘西"传奇中的"原始人生传奇"

沈从文在为萧乾的第一个短篇小说集《篱下集》写题记时说过这样一段话："我崇拜朝气，欢喜自由，赞美胆量大的，精力强的。一个人行为或精神上有朝气，不在小利小害上打算计较，不拘于物质攫取与人世毁誉；他能硬起脊梁，笔直走他要走的道路，他所学的或同我所学的完全是两样东西，他的政治思想或与我的极其相反，他的信仰或与我的十分冲突，那不碍事，我仍然觉得这是个朋友，这是个人。我爱这种人也尊敬这种人。这种人也许野一点，粗一点，但一切伟大事业伟大作品就只是这类人有份。他不能避免失败，他失败了能再干。他容易跌倒，但在跌倒以后仍然即刻可以爬起。"①在后面他还接着说道，"至于怕事、偷懒、不结实，缺少相当主见，凡事投机取巧媚世悦俗的人呢，我不习惯同这种人要好，他们给我的'同情'，还不如另一种人给我'反对'有用。这种'城里人'仿佛细腻，其实庸俗；仿佛和平，其实阴险；仿佛清高，其实鬼祟。这世界若永远不变个样子，自然是他们的世界。右倾革命的也罢，革右倾的命的也罢，一切世俗热闹皆有他们的份，就由于应世技巧的圆熟，他们的工作常常容易见好，也极容易成功。这种人在'作家'中就不少。老实说，我讨厌这种城里人"②。之所以如此大段引用沈从文的原话，是因为由此我们可以更加清楚地发现他对"人"

---

① 沈从文：《〈篱下集〉题记》，见《沈从文文集》第11卷，湖南人民出版社2013年版，第32页。
② 沈从文：《〈篱下集〉题记》，见《沈从文文集》第11卷，湖南人民出版社2013年版，第32—33页。

的喜厌爱憎。沈从文是一个始终关注"生活"但更加关注"生命"的作家，他创作的具有根本意味的出发点、切入点和落脚点，都是对"人"的"认识"。他在标榜自己是一个"乡下人"时不止一次地说过，他讨厌城里人的自私、冷漠、虚伪、做作、清高以及圆滑等等，而与此相反的那些"乡下人"的正直、热情、真实、诚恳、善良，方才是他理想中的人生形式。他的写作目的也只有一个，就像他在《边城》中创造以及强调的那样，就是要创造一种"优美、健康、自然而不悖乎人性的人生形式"①。因此，他虽来到了城市并从此再也没有离开城市，但他的情感、目光和笔却始终没有走出那个乡下的田园所在——湘西，并且一直在湘西的土地上寻找"生命"，在湘西的生命中寻找"人性"，在湘西的人性中寻找"传奇"。

  沈从文有一批创作于1929年前后，以湘西苗族或南方其他少数民族的风俗习惯、人情人事为依托的作品，比如《龙朱》《神巫之爱》《媚金、豹子与那羊》以及《月下小景》等，这些作品充满着奇异色彩和浪漫想象，是一个个原始神话般的人生或爱情传奇，构成了沈从文湘西传奇小说系列的第二种类型——原始人生传奇。

  这些原始人生的传奇故事，无论是环境还是人物，都有着一种强烈的浪漫色彩，而其中的故事即小说的情节，则更是极度夸张甚至极度虚幻。这样一来，在人们眼中本来就是"传奇"的边城异地的少数民族的人和事，尤其是发生在他们氏族生活初期的形形色色的故事，便成了地地道道的传奇，而且，他所汲汲追寻的优美人性和健康人生也就在这里。

  在这些原始人生传奇中，作者在按照自己的"神"性标准净化人物性格

---

① 沈从文：《〈从文小说习作选〉代序》，见《沈从文文集》第11卷，湖南人民出版社2013年版，第44页。

的同时,将人物的形体、相貌作了极为夸张的净化和美化处理。1929年作于上海的《龙朱》,是沈从文自己比较偏爱的一个短篇,因为他不但给自己的长子取名为"龙朱",还将这篇作品作为他亲自编选、翻译介绍给西方的三个故事之一。龙朱是白耳族苗人中的美男子,也是一个极端完美的人,是被作者"神化"了的人,完全就是作者湘西世界的理想人格、美好人性的典型。他是人们心目中的偶像,是民族的神,是人性美到极致的代表。同时,对于龙朱以及龙朱一样的具有神性的美好,沈从文从不吝惜自己以及他人的赞美,而这种田园诗、赞美诗一样的描写也体现在许多美丽女子的身上,这里有寨主之子傩佑的恋人,还有那些如"白脸苗中顶美的女人"媚金①一样的女人。同龙朱一样,她们都是沈从文极端"浪漫"的创造。在这种创造中,作家怀着对"人"的巨大热情,把可以发现的人性中所有"优美、健康"的因素都注入了这些"传奇"的人物,甚至执意地将人物"神话"化,使其甚至成为一种可以照耀整个人类的神性所在。虽然不无遗憾地说,理想化的人物"被置于原始社会背景下,那些没有丝毫阶级社会的因素,甚至连原始社会野蛮的一面也被剔除了"②,从而使这样的湘西难免有着与人间的疏离,但无论如何,沈从文也正是用他的巧手,通过搭建这个远离喧嚣社会的、极度被净化的宽广舞台,才使他所钟爱的龙朱、神巫、豹子、媚金、傩佑等,在这个巨大的人生舞台上,成功演绎了一幕幕的生命的传奇。

  沈从文这些生命的传奇一直是关于"爱"和"死"的,也是诠释着"爱"和"死"的。面对这样两个人类永恒的话题和文学永恒的主题时,有人选择思想的陈述,有人选择哲理的阐释,有人选择现实生存的观察和

---

① 沈从文:《龙朱·媚金、豹子与那羊》,见《沈从文文集》第2卷,湖南人民出版社2013年版,第426页。
② 王德威:《现代中国小说十讲》,复旦大学出版社2003年版,第152页。

剖析，沈从文选择的则是传奇。所谓的"无奇不传、无传不奇"在这里其实意味着，传奇中的"爱"与"死"也许会因为"传奇"而扑朔迷离、亦真亦幻，但也正因为"传奇"而至纯至美、至情至性。比如《媚金、豹子与那羊》讲述的是一个神秘凄婉的爱情故事：女主人公媚金是"白脸苗中顶美的女人"，在与豹子的山歌对唱中爱上了对方，两人心心相印，相约夜间到山洞里约会。媚金梳洗打扮一番后早早来到了洞中等候，而深爱着媚金的豹子因为"预备牵一匹小山羊去送女人"，四处奔忙找到一只纯白山羊后，已经耽误了相会的时间。媚金在对豹子的久久等候中误以为自己受骗上当，伤心之下竟然用刀自杀，而姗姗来迟的豹子见到奄奄一息的媚金后，也"把全是血的刀子扎进自己的胸脯，媚金还能见到就含着笑死了"。显然，这是个一对爱人因"偶然"或"误会"而导致双双殉情的悲剧，但这个悲剧中的"爱"与"死"的方式却超越了悲剧以及悲剧的传说本身，有着一种对于原始人性中的神性的塑造，尤其是对于现代爱情所产生的震撼意义。即如作者在小说中自己写到的："地方的好习惯是消灭了，民族的热情是下降了，女人也慢慢的像中国女人，把爱情移到牛羊金银虚名虚事上来了，爱情的地位显然是已经堕落，美的歌声与美的身体同样被其他物质战胜成为无用的东西了。"①沈从文的浪漫想象，不仅是构建了一个传奇给后人欣赏，更是追怀了一种美好给后人温暖。因此凌宇才说："作为一种浪漫的传奇，这些作品的美学特征既不表现为故事情节的真实性，也不表现为人物间现实关系的深刻性。而在于从作品情境里透射出来的人生情绪的理想性。这是一种幻美，似云中虹霓，如海市蜃楼，一种从现实人生关系中孕育而出，通过虚构的

---

① 沈从文：《媚金、豹子与那羊》，见《沈从文文集》第2卷，湖南人民出版社2013年版，第429页。

幻影折射而出的理想追求。因此，在这些作品的字里行间，跳跃着一种欢快的旋律。"①可以说沈从文通过"传奇"的外形传达出的是并不"传奇"的理想——人，应该具有对生命本体的执着坚守和对人性本质的热情追求；人，应该像龙朱、媚金他们一样拥有自然、刚烈、真诚、勇敢和忠贞的高贵品质。

（三）"湘西"传奇中的"边地人事传奇"

正所谓"文变染乎世情，兴废系乎时序"②，传奇作为一种更具有浪漫性、想象性的传统文体和叙事特征，其内在精神和涵养气韵其实是承接了原始神话传统的，因为人类从原始的神话时代进入现代文明时期的过程是不断世俗化的，而在传奇那里，正弥足珍贵地保留了人类内心深处对已经远去的神性时代的怀恋与眷望。当然，不断走进现代的传奇，不仅已经具有了现代叙事的外在形式，其故事的主人公也早已不可能再是各种神话传说的英雄，而是世俗化成为了滚滚红尘中的普通男女。但在20世纪上半叶的湘西，却仍然有着神奇诡异、超出常人想象的故事在某时某地不断地上演着，其间的至情至性仍体现着人类的闪光神性，仍充满着人类对神性世界的诗性追问。

湘西传奇的发生，首先来自于它位置偏僻，长期处于与世隔绝的封闭地理环境，这里是传统文化的边缘地带，但也恰是产生"传奇"的理想场所；再从人文景观上说，湘西本来就是多民族杂居之地，居民构成较为复杂，且大多属于未开化的自然状态，又因古属楚地，在浓厚巫鬼文化的浸染之下，长期以来沉淀、保留了较多的原始习俗，也造就了风格各异的各种神灵信仰和祭祀仪式，这都是生产"传奇"的良好土壤。回到沈从文这里，则又正如

---

① 凌宇：《看云者：从边城走向世界》，湖南文艺出版社2018年版，第284页。
② 刘勰：《文心雕龙·时序》。

王德威所言："他的故乡——荒蛮多山的湘西——及他在军阀部队中的传奇经历，为他提供了写作神秘恐怖故事的最佳背景，正如沈从文在《湘西》中描述的那样，他所浸润的楚文化是一个充满想象的天地，各种鬼怪精灵充盈其间，与人类休戚与共。另一方面，楚文化饶富各种歌赋舞乐、仪式传说——那是个富有多样诗意想象和宗教仪式的世界。当沈从文搜寻小说素材时，很自然的，那些山岭岩洞的幽暗意想、鬼魅似的人物和难以索解的文化礼俗便悄然袭上他的心头。"①沈从文的小说中有一类书写的就是这种边地奇异环境中"日常"里的"异常"，和湘西"普通"人事中的"异人异事"，如《夜》《山道中》《三个男子和一个女人》《山鬼》《在别一个国度里》《旅店》等等，即他传奇小说的第三种类型——边地人事传奇。

南楚故地，巫风衰而未泯。沈从文用他的特殊叙事，黏合着迷信与宗教，通过大量交杂着神性与魔性的奇异民俗事象的渲染，让这些"人间"的故事，充满神秘浪漫的巫楚气息，被包裹于湘西楚地特有的带有巫蛊精神的氛围之中。沈从文曾在《湘西·凤凰》中写道："苗人放蛊的传说，由这个地方（指凤凰——引者注）出发。辰州符的实验者，以这个地方为集中地。三楚子弟的游侠气概，这个地方因屯丁子弟兵制度，所以保留得特别多。在宗教仪式上，这个地方有很多特别处，宗教情绪（好鬼信巫的情绪），因社会环境特殊，热烈专诚到不可想象。……湘西的神秘，只有这一个区域不易了解，值得了解。"②他还接着描述了"放蛊""落洞"等凤凰习俗，又将这些带到了他的小说中，如《凤子》一篇对巫术祭祀活动的大肆渲染铺排和《阿黑小史》中神巫为阿黑打鬼驱邪治病的场面描写，实际都来源于此。

---

① 王德威：《现代中国小说十讲》，复旦大学出版社2003年版，第152页。
② 沈从文：《湘西·凤凰》，见凌宇：《沈从文散文选》，人民文学出版社1982年版，第272页。

这类小说既不是佛经故事的演义和改编,也不是取材于人、神混沌的神话传说,但其浪漫想象中诡异的气氛、离奇的故事、神秘的民俗等还是与前两者一脉相通,因其近乎神话或类神话的特征而彰显出强烈的传奇色彩。作者在创作这些边地人事的故事时,似乎是为了强化和突出其巫楚遗风和传奇色彩,又总是愿意在这些原本就已经十分怪戾、神奇的自然与人事之中再极力地挖掘奇中之奇、怪中之怪,令人不免在耳目一新之后心战胆寒。

比如《说故事人的故事》,讲述的是一个军人与被捕入狱的女匪首之间的奇异恋情。男主人公是弁兵头目,因为一心倾慕女匪首夭妹的胆识与美丽,不仅大胆进入并非本部的川军狱中,于大天白日做了"那呆事情",还同这个被囚困的女山大王密谋一道上山落草,不料事败,被本部师长下令枪毙。这是一个在沈从文的自传中关于"一位大王"的故事,他一直念念不忘,最终还是将其敷衍成篇,从中我们可以看见作者那"自己乡亲的辩护人"的影子。情节相类似的还有《在别一个国度里》,作品的副题是"关于住八蛮山落草的大王娶讨太太与宋家来往的一束信件"。乍一看题目,便给人以不同寻常的感受,故事本身也不同寻常,讲述的是一位受过教育的富家小姐嫁给了被招了安的山大王,是一个本来因极端化的"错位婚姻"而敷衍出的传奇。然而更奇的是,在这场极端错位的婚姻中,小姐非但没有感到丝毫的不适与痛苦,反而有着常人所无从享受的无限幸福之情:"他什么事都能体贴,用极温柔驯善的颜色侍奉我,听我所说,为我去办一切的事。(他对外是一只虎,谁都怕他;又聪明又有学识,谁都爱敬他。)他在我面前却只是一匹羊,知媚它的主人是它的职务。他对我的忠实,超越了我理想中情人的忠实。……一个女人所应得到的男子的爱,我已得到了,我还得了一些别的人不能得到的爱。"①应该说,如此"非常"的故事,也的确只能发生在沈从文的"别一个国度里",也只有沈从文这样的"别一个国度",才会存在如此的人生传奇。而沈从文自己忧郁的人生情思以及精神风格,则一如当年李健吾曾经给他的那个美丽的譬喻和解析,"这是串绮丽的碎梦,梦里的男女全属良民。命运更是一阵微风,掀起裙裾飘带,露出永生的本质——守本分者的面目,我是说,忧郁。……这就是作者特异的地方,他用力来体味人生的全部,不是倾心于一个现象,便抹杀掉另一个现象,最后弄出一个不公道的结论"②。

三、避"常"取"奇"的叙事模式

早在20世纪30年代,沈从文就曾被冠以"文体家"或者说"文体实验家"的称号。尤其是在他创作的初期,总是有意识地用各种体式来尝试创作小说,如日记体、书信体、游记体、寓言体、传奇体等都用过。所以1934年苏雪林在《沈从文论》中才批评他:"我常说沈从文是一个新文学界的魔术师,他能从一个空盘里倒出数不清的苹果鸡蛋;能从一方手帕里扯出许多红红绿绿的缎带纸条;能从一把空壶里喷出洒洒不穷的清泉;能从一方包袱下变出一盆烈焰飞腾的大火,不过观众在点头微笑和热烈鼓掌之中,心里总有'这不过玩手法'的感想。沈从文之所以不能如鲁迅、茅盾、叶绍钧、丁玲等成为第一流作家,便是被这'玩手法'三字决定了的!"③现

---

① 沈从文:《在别一个国度里·在别一个国度里》,见《沈从文文集》第8卷,湖南人民出版社2013年版,第161页。
② 李健吾:《〈篱下集〉》,见《李健吾文学评论选》,宁夏人民出版社1983年版,第67—68页。
③ 苏雪林:《沈从文论》,见王珞编:《沈从文评说八十年》,中国华侨出版社2004年版,第193页。

在来看,显然当初苏雪林所谓沈从文不能成为"第一流作家"的断言是错了,但这并不妨碍我们仍然将沈从文看作一个文体实验者。正如他1929年在《〈石子船〉后记》里说的:"我还没有写过一篇一般人所谓小说的小说,是因为我愿意在章法外接受失败,不想在章法内得到成功。"①这段话,完全可以佐证他是如何不为固定模式的条条框框所束缚,对自己的创作理念和手法有着清醒的认识和固执的坚持,强调艺术形式创造的自由和独创性的可贵。

  沈从文是20世纪中国文学家中很擅长讲故事的人,也是极爱讲故事的人,正如他自己所说,"中国人会写'小说'的仿佛已经有了很多人,但很少有人来写'故事'",所以他坚持"人弃我取"的理念,始终高举着"故事"这面大旗。更有意思的是,常常并不遵循固定小说创作或者故事范式的他,在讲故事的时候,却总是在技巧运用方面有着非同一般的讲究。就像他在1935年专门写的一篇《论技巧》的文章中提醒人们"莫轻视技巧"并对"数年来技巧二字被侮辱,被蔑视"的情况表示了很大不满那样,他自己还在技巧上全力以赴地身体力行,在创作中精心营构,在故事中力求出新,包括可以镇定地面对自己技巧尝试的失败:"作品失败了,不足丧气,不妨重来一次;成功了,也许近于凑巧,不妨再换个方式看看。"②由此可见,沈从文总是对其笔下的故事煞费常人所未见的苦心,对他所钟爱的传奇则更是如此,甚至由此形成了一些可以不仅仅作为技巧来看的传奇叙事模式。

---

① 沈从文:《〈石子船〉后记》,见《沈从文文集》第3卷,湖南人民出版社2013年版,第86页。
② 沈从文:《〈从文小说习作选〉代序》,见《沈从文文集》第11卷,湖南人民出版社2013年版,第41页。

（一）传奇叙事模式中"说—听"故事场的特殊结构

《月下小景》这个故事集开篇还有一个副标题——"新十日谈之序曲"。如众所知，薄伽丘《十日谈》有着一种人为设置的"说—听"式的框架叙事模式。这一叙事模式既来源于欧洲小说的叙事传统，同样也见于阿拉伯民间故事集《一千零一夜》以及文艺复兴时期英国作家乔叟的《坎特伯雷故事集》等当中，是讲故事的传统模式之一。如果说《月下小景》这个集子可算是沈从文在尝试形成一个较为完整和系统的故事框架的话，那么从这么明确的副标题来看，这应该是他对于西方传统叙事模式的一种有意识的且极为认真的"模仿"，或者可算作他"玩手法"的又一个新的企图。其实沈从文自己对此也曾坦承过："这些故事照当时估计，应当写一百个，因此写它时前后者都留下一个关节，预备到后来把它连缀起来，如《天方夜谭》或《十日谈》形式。"① 可见，对这本故事集沈从文的最初构想是个宏大的计划，而并非像我们今天所见的薄薄的一本小书。不过"时间精力不许我那么办""内容前后不大接头"，所以最终没有完成，只写了9篇11个故事。后来为了使集子中各篇故事在体例上更趋一致，看起来更加协调以及符合框架故事的规范，沈从文还曾对其做过多处修改，比如结集时让《月下小景》以整部框架故事集的序曲身份出现，因此给它填上了"新十日谈之序曲"的字样，而且又在其他一些篇章中将讲述故事的地点都由"××"改为统一的"金狼旅店"，使一个原本并不固定的场景变成了一个确定的场所，使之更像一个规范成熟的框架故事集。

简单地说，所谓框架故事，就是"因为某一种因由，比如阻止某事发

---

① 沈从文：《〈月下小景〉题记》，见《沈从文文集》第5卷，湖南人民出版社2013年版，第43页。

生,或用故事进行争辩、反驳,使几十、上百个故事从不同叙述者或一人嘴里说出"①。具体到《月下小景》中,其实就是一群来自天南海北的旅客聚集到"金狼旅店"中,围坐在"火焰熊熊"的柴火旁,"为了能使大家忘掉了旅行的辛苦"而"都想用动人奇异故事打发这个长夜"。这种讲述完全是随性而为的,既没有确定的主题,也没有固定的主持者,众人都是神思任意驰骋,故事任意发挥。不过,"自愿"和"放任"固然毫无规矩可言,但却带来了一种率性的天真、可爱之气以及自然、清新之感。而这一点,也恰好符合故事讲述者(有时又是故事中的人物)自在自为的生命状态和作者本人欲要表达的中心题旨。如果可以浪漫一些的话,我们完全可以想象崎岖山路上的一列大篷车中一群指天画地的流浪汉、清凉夏夜里篝火旁一群谈古论今的江湖客,这种神秘而又旷达、奇异而又畅快的诱人情境,当然也就是沈从文所要营构的传奇境界。如他所说,"山高水急,地苦雾多,为本地人性格形成之另一面。游侠者精神的浸润,产生过去,且将产生将来"②。他拟定的故事交由这类流浪汉、江湖客来编撰,来讲述,再配上他们个性鲜明的体态特征、言行举止,简直就是天衣无缝的完美组合!由此一来,小说故事的虚构是其特征,也是其本质,当然更是其动因和目的,虚构增加了故事的吸引力和传奇性,产生了风姿绰约的艺术魅力。沈从文正是以这种超凡的幻想能力,在"五四"以来现实主义作家们积极谋求以现实本来面目来反映人生和社会的大潮中,独树一帜并扯足风帆地来了个海阔天空的大回转,让所谓"玩手法"不仅成为一种自觉,而且成为一种经验。因此,这种框架故事形态的运用,实际并不是"画蛇添足",而是恰因它对小说表现对象强大的幻

---

① 刘洪涛:《沈从文小说的故事形态及其现代文学史意义》,《郑州大学学报》(哲学社会科学版)2006年第4期。
② 沈从文:《湘西·凤凰》,见《沈从文散文选》,人民文学出版社1982年版,第285页。

化力和改造力，使整部作品焕发出了更加耀眼夺目的传奇光彩。

框架故事结构实际就是"说—听"结构的故事"场"。这里存在着故事的讲述人和若干个听众，并且二者"说"和"听"的角色功能可以随时变换；这是一个在讲述人和听众之间虽看不见但却感受得到的无形的"场"，其间所容纳的便是所"说"及所"听"的一个个故事。《月下小景》故事集里作者便设置和建构了一个这样的由自由叙述人和自由听众所组成的"说—听"故事场，他们自由讲述并相互穿插对话，在每一个故事讲完之后，听故事的人都会对故事发表意见，作为对上一个故事所进行的补充或者反诘，再由另一个人接下来讲其他的故事。例如讲述《寻觅》这一故事的起因，便是前一个故事使大家觉得"悒郁不欢"，因此有一个人被指定来说说自己"快乐的旅行"；而《女人》的故事则是由于《寻觅》故事中前一个讲述者提到了金像和银像，使接下来的讲述者想起了自己也有个与金像和银像有关的故事。不仅如此，在这个"说—听"故事场里，每个人还常常可以随时对其他人所讲述的故事进行评价和议论，甚至可以如《慷慨的王子》中的珠宝商人一样，认为"今夜里一共听了四个故事，每个故事皆十分平常，也居然得到了许多赞美，因此心中不平，要来说说他心中那个传说给众人听听"[①]，即可以对前讲述者所讲述的故事及其叙述的能力加以肯定或否定。于是整个故事集便"由此形成了一个由叙述人逞强斗嘴形成的张力场，唇枪舌剑，你来我往，每一种得到叙述者肯定的品格、行为，都受到了来自相反论点的挑战，因此金狼旅店的听众始终没有形成一致的舆论"[②]。

[①] 沈从文：《月下小景·慷慨的王子》，见《沈从文文集》第5卷，湖南人民出版社2013年版，第156页。
[②] 刘洪涛：《沈从文小说的故事形态及其现代文学史意义》，《郑州大学学报》（哲学社会科学版）2006年第4期。

讲述者和听众之间是可以变换角色的，甲在讲故事时充当的是讲述者，其他的时候则是听众，这就意味着"说一听"场内部的结构关系是可以随时调整变化的。此外，除了这两种身份以外还可以有第三种身份，即所讲故事中的主人公。如《寻觅》讲述了一个年轻人放弃一切去寻找朱笛国，找到之后方知该国的国王也同他一样，出去寻找比自己国家更为美妙的白玉丹渊国了。后来年轻人在与刚刚返国的朱笛国王交谈中产生了新的想法和疑问，便决定自己也"在全中国各处走走"，于是"一直漂泊了二十五年"。一直到故事结尾的时候，作者才有意点出了讲述者原来就是故事的主人公。其他如《猎人故事》和《女人》等也是如此。这种在现实上有些不可思议的叙述人和故事主人公之间的替换关系，在某种叙事的意识上使得故事的可信性得到了更大的确认。所以说沈从文采取这样的叙事结构就是在努力加强故事的传奇色彩，让每个讲述者都在制造自己的奇遇并不断消解他人的奇遇，每一个故事都必须面对各种偶然性的破坏和偶然的重建，每一次现实的讲述都是在期待着另一个奇迹的出现。故事因虚构而生成的传奇性不但没有被打破，反而被无限而又连贯地放大了。同时，这种身份角色间的替换穿插，还使古代的国王、秀才、美男子与现代的贩马商、珠宝商、猎人等奇迹般地聚集到一起对话、交流，就像是一场穿越时空的奇幻剧在上演，由此，特定的结构本身形成了一种特定时空的穿梭，并由此呈现出了这种穿梭所特别赋予的传奇叙事的现代性。

沈从文的众多"湘西"小说里，每每都存在着一种"说一听"模式的故事场，并有着增加传奇氛围的营造意义。这就与传统小说叙事中的"说书人"的身份几乎一致，但却不仅仅是在讲述故事，而且是在有意地讲述着某种"已经作了一些编辑加工，他显然为这传说挑选了各种结局"的故事，比如"边地人事传奇"中《三个男子和一个女人》《媚金、豹子与那羊》等都是具有"说书人"特征的叙事,通过将作者与读者一起置放于一个特殊的"说—听"场中,赋予故事神话或者传说意味,这就使民间故事的传奇色彩最大化了。

(二)传奇叙事模式中"新—旧"对立中的特定时空关系

"进化论"在晚清以来的中国渐成思潮并蔚为大观,在文学上深受"进化论"影响的具有"现代性"的小说叙事逐渐占据主流位置。因此,现代作家们肯定、接受甚至笃信着"进化论",不约而同地将时间意义上的"过去"和"未来"与价值意义上的"旧"与"新"直接对应起来,且普遍以为前者代表着落后、腐朽,一定要否定和淘汰,而后者则代表先进、正确,一定要肯定和争取。所以,全身心地对"未来"的热切渴望和无限向往,就使这些现代小说家在自己的小说创作中普遍地否定并抨击"过去"的一切,包括社会制度、生活方式、习俗风气等等,甚至连"过去"之人的精神品质也一并否定,由此而高声讴歌"未来"之万物。这种现象遍及20世纪20年代的"文学革命"、20世纪30年代的"革命文学",以及"五四"以来的现实主义创作等等,无一幸免,所有主流小说差不多都在叙述结构方面隐含了这样一种时间意识和思想观念——"新"定胜"旧"、"新"必代"旧"、"进步"定胜"落后"——由此形成了一种"光明在前方"的整体叙事结构。

在这个特殊时代里,20年代初走进北京并努力走上文坛的沈从文,却始终是一个"异类"。其"异症"之一就是他以自己的小说创作化解了"新"与"旧"之间的对立模式,颠覆了这两个时间概念所承载的具有"进化"性质的价值判断。在他的眼中,只有过去的"印象"中的世界才充满着富有美好意义的高尚的事物,就像"优美、健康、自然而不悖乎人性的人生形式",它们才是真正值得肯定和延续的。而现在以及未来,在他所界定的某种"时代"的意义上,却似乎总是有悖于他对人性和生命的理解,以及对于艺术个性的追求。"近几年来，如果有什么人还有勇气和耐心，肯把大多数新出版的文学书籍和流行杂志翻翻看，就必然会得到一个特别印象，觉得大多数青年作家的文章，'都差不多'。内容差不多，所表现的观念也差不多。……凡事都缺少系统的中国，到这种非有独创性不能存在的文学作品上，恰恰出现个一元现象，实在不可理解。这个现象说得蕴藉一点，是作者大都关心'时代'，已走上了一条共通必由的大道。说得诚实一点，却是一般作者都不大长进，因为缺少独立识见，只知追逐时髦，所以在作品上把自己完全失去了。一个作品失去了自己的见解，自己的匠心，还成个什么东西？这问题，时代似乎方许作者思考。"①这种与"左翼"时代相对抗的姿态及"不合时宜"向后看的目光与"五四"以来整体"进化"的时间观念之间有着鲜明的对比和对照，所以在一片时代高歌的背景下，沈从文才显得卓尔不群却发人深思。

沈从文所建构的"湘西"这一独特的空间存在，分属于两个时间段落：一个是未受现代文明侵袭的原始古朴的湘西，另一个是现代文明侵入下已经开始发生着蜕变的湘西。由于长篇小说《长河》的创作及出版一波三折，最后只完成原计划四卷中的第一卷，问世的短篇也仅有《乡城》《虹桥》和没有最后写完的系列短篇《雪晴》等，显然"未见更大的后劲和更出色的表演"②，所以关于沈从文的湘西世界的理解，主要还是针对沈从文的"原始古朴"的前一类湘西。

《龙朱》这一类传奇小说中的时空是属于一个久远的时间和空间即原始的湘西的，它像一口古泉一样在沈从文的心中和笔下永远存留着，并为他的

---

① 沈从文：《作家间需要一种新运动》，见《沈从文批评文集》，珠海出版社1998年版，第29页。
② 范家进：《现代乡土小说三家论》，上海三联书店2002年版，第158页。

生命和作品提供新鲜甘甜的泉水。沈从文极力搜寻并尽情描写原始湘西的原因其实只有一个：那是一个"神尚未解体的时代"，也正是在这个时代里，"他透过宗教仪式的外衣，看到的是产生这种宗教信仰的社会土壤——人生情感的素朴、观念的单纯以及环境的牧歌性"。[①] 几乎可以说，是对"原始湘西"这一特定时空的深沉迷恋，使沈从文创造了原始神话般的人生传奇；也正因这种迷恋，沈从文的人生传奇才有了原始神话般的传奇色彩。

这一类传奇都是以"过去时态"叙述的作品，近于"氏族神话"，如《龙朱》《神巫之爱》《媚金、豹子与那羊》《月下小景》等，其中的游于人神之间的神巫、白耳族王子、痴情至死的白耳苗族青年男女，以及为逃避文明甘愿回到山洞自得其乐的野人等，都在一种特殊的原始古朴的时空当中，遭遇和上演着"时代"的常态社会中永远听不到看不见当然更不可能亲身经历的传奇人生——亦真亦幻，或悲或喜，却都是一幕幕真正属于"原始的湘西"的传奇。

"原始"属于时间概念，"湘西"则是空间概念。"原始"意味着一切环境不带有人工的痕迹，人类本身也未经过文明的开化，所有的人与环境都以自然、本真的状态存在着；而"湘西"所代表着的，又恰是一个天远地偏、民族杂居、文化落后的处所。这就为沈从文的传奇世界提供了最佳的背景和场景，并让这个世界里的所有人，可以尽情地自由释放他们传奇的人生。

在原始湘西这一特定时空中，沈从文有时还会有意设置特定的约会地点即环境背景来推动情感叙事。不过他这时所设置的环境，与传统小说叙事环境设置不同，不是情节的支配性背景，而是情感在背景上的延展。我们知

[①] 凌宇：《看云者：从边城走向世界》，湖南文艺出版社2018年版，第120页。

道,"如果空间想象确实是人类的特性,那么,在素材中空间因素起着重要作用也就不足为奇了"①。尤其是在叙事的意义上,所有丰富的、似乎与情节发展无关的环境描写的细节,实际上都是"用来承担巨大的情感重量的"②,就像在媚金与豹子约会的那个"宝石洞"里的场景布置一样:大青石做成的床,上面"铺满了干麦秆草,又有大草把做成的枕头,干爽的穹形洞顶仿佛是帐子,似乎比起许多床来还合用"③;傩佑和恋人约会的古碉堡里,有无数野花铺就的大青石板,而在"山坡上开遍了各样草花,各处是小小蝴蝶,似乎对每一朵花皆悄悄嘱咐了一句话",山坡下面则是"长岭上有割草人的歌声,村寨中有为新生小犊作栅栏的斧斤声,平田中有拾穗打禾人快乐的吵骂声。天空中白云缓缓地移,从从容容地动,透蓝的天底,一阵候鸟在高空排成一线飞过去了,接着又是一阵"。④一个整体性时空中的山洞、碉堡等地点的确认,便在一种"异域"的意义上,成为传奇叙事的特殊因子。

(三)传奇叙事模式中神秘与特异的现实"故事"演绎

如果将传奇叙事放在传统的意义上来看,"情节离奇"是其至为关键的要求,但这个意图在中国小说的现代化进程中受到了严峻的挑战:"'情节曲折离奇',这评语对于'新小说'家来说可能是很高的赞赏,可在五四作家听来却颇有挖苦讽刺的味道。……并不是五四作家缺乏构思情节的能力,而是他们把淡化情节作为改造中国读者审美趣味并提高中国小说艺术水准的

---

① [荷]米克·巴尔:《叙述学:叙事理论导论》,谭君强译,中国社会科学出版社1995年版,第49页。
② [美]W.C.布斯:《小说修辞学》,华明等译,北京大学出版社1987年版,第67页。
③ 沈从文:《媚金,豹子与那羊》,《沈从文文集》第2卷,湖南人民出版社2013年版,第429—430页。
④ 沈从文:《月下小景·月下小景》,见《沈从文文集》第5卷,湖南人民出版社2013年版,第47页。

关键一环,自觉摆脱故事的诱惑,在小说中寻求新的结构重心。"[①]这也就是说,"五四"以来的作家们多认为,小说若要实现其现代化,首要任务之一便是打破情节中心的传统即消解故事和情节,而转为现代意义上的刻画人物及其性格。所以尽管他们对小说三要素中的人物和环境依然态度友好,却对"情节"叙事缺乏更多的兴趣。显然,在"五四"大潮过去之后才走进现代作家行列的沈从文,在这一点上又是一个"异类",因为他不但极其爱讲故事,而且十分擅长讲故事。早已被"五四"作家放弃的"古代"的故事情节这类东西,沈从文始终都十分倾心与注重。但有意思的是,虽然沈从文的大部分作品仍然以情节叙事为重点和中心,但他在情节本身的演绎方式上,却从来没有那么多的巧妙、机智或者复杂。沈从文总是喜欢将一处场景、一个事件、一种人生原原本本地娓娓道来,常常既没有剧烈冲突的矛盾斗争,也没有大起大落的起承转合,总是平铺直叙不说,甚至极少用到倒叙、插叙、补叙等手段,很少用人为调整的"故事时间"来改变"叙事时间"。同时,沈从文也很少处心积虑地进行所谓布局谋篇,甚至不怕人说他缺少"构思情节的能力"。但问题是,在缺少了这些一般情节化的追求之后,沈从文的小说却仍旧有着难以摆脱的魅惑,原因难免令人深思。

如果按照一般叙事学的理解,米克·巴尔讲的"素材"与我们通常所谓的"故事"相对应,是指作品叙述按现实逻辑和时间顺序排列的事件,而其"故事"则与我们通常所谓的"情节"相对应,是指对这些素材加以创造性的变形。由此可见,沈从文自己所强调的"故事",不论是不是在现代的意义上,有时并不在大家所共同遵循的所谓"情节"的概念上,而更多地会停留在米克·巴尔所说的"素材"的意义上,即他的"故事"指的是作品叙述

---

① 陈平原:《中国小说叙事模式的转变》,北京大学出版社2010年版,第111页。

按实际逻辑和时间顺序排列的事件。

于是我们似乎可以首先肯定一点，如果说沈从文并没有遵从一般"情节"的理解对自己原本丰富的生活经验加以创造性的变形的话，那么，他的传奇叙事便是在这种生活经验作为"故事"也就是所谓"素材"的意义上让"故事"本身在说话，并由此重新或者说更深刻地形成了一种独特的"情节"。而这，既有着特殊"取材"的意义，同时也还有着特殊叙事技巧的意义。

沈从文是个非常善于利用自身固有生活经验"材料"[①]资源的作家。他的湘西生活的多年经验，以及对那里的人情世故的深刻了解，在当时的文坛上，本就是一种巨大的宝藏。即便是来到北京并开始创作，沈从文的文学资源，实际上一直也都是在从他的湘西记忆中努力搜寻那块荒疆边地上的奇异之事，所以他所写种种，便都是在普通人的生活阅历与日常经验之外的新奇与特异，尤其对现代的都市中人来说，无不都是一种新鲜和刺激。"在他的忧郁和同情之外，具有深湛的艺术自觉，犹如唐代传奇的作者，用故事本身来撼动，而自己从不出头露面。"[②]这是一种极准但又极高的评价。用"故事本身来撼动"，而不是更多使用"创造性的变形"，这就让生活中原本便具有"传奇"意味的事件或材料得到了展示，并正是因为其自身的特异性，即使在朴实无文的平铺直叙当中也大放异彩。这也许并不是技巧，但也可能恰恰是最好的技巧[③]。

沈从文当然也会有重视"手法"技巧的一面，不然也不会被人称为是

[①] 为了区别于米克·巴尔的"素材"，这里不得已使用了"材料"来界定一般意义上的生活材料。

[②] 李健吾：《〈篱下集〉》，见《李健吾文学评论选》，宁夏人民出版社1983年版，第67页。

[③] 刘颖慧、张文东：《〈边城〉的传奇叙事——兼论沈从文小说叙事的"中国经验"》，《东北师大学报》（哲学社会科学版）2012年第2期。

"玩手法"的了。所以他也偶尔甚至时常会在平铺直叙中布置一些巧合、伏笔和悬念，于平淡的事件发展的紧要处卖个关子，给本已神秘莫测的故事再增加一层扑朔迷离的气氛，使之更富有传奇色彩。例如《三个男子和一个女人》，本来写的就是极为少见的"尸恋"，故事进行得稳稳当当便足以"传奇"，所以沈从文在很长一段时间的叙述中都是平淡而琐碎的，直至结尾当"我们"明白了一切之后再回过头看时，才会发现故事在前面的平淡叙述中其实早已隐伏着多处伏笔和暗示："我"同瘸脚号兵在谈论姑娘时，豆腐店的青年老板，总是有点神秘地微笑着；当商会会长的女儿出现在门口时，他又在"似乎第三次"检查石磨的中轴了；而那女孩自杀后，他也"有点支持不住"，当有人来买豆腐时，竟然请"主顾自己用刀铲取板上的豆腐"……每个细节其实都在暗示着年轻老板同女孩之间不同寻常的关系。于是，当得知女孩尸体被盗后，"我"便"忽然想起一个人来了"，而第二天早上，"不见那年青老板开门"，所以"昨晚上我所想起的那件事，重新在我心上一闪"，最后听说尸体在山洞中被发现后，"我们知道我们那个朋友作了一件什么事情"[①]。其实，神秘如果可以按照一种悬念来设计的话，那么它一定不是一种没有任何蛛丝马迹的隐蔽，而必须是一种若有若无的暗示，只不过当暗示还没有被真正明确之前，一切都只能是猜测与担忧，甚至是恐怖的等待。所以，当沈从文有意在叙述中将故事的某些细节和过程一笔带过，同时又有意将某些细节和过程凸显出来时，实际上他就是通过精心设置一系列的悬念、伏笔和暗示，使故事的呈现忽明忽暗，似隐似现，让人觉得平静的水面下定会有不为人知的暗涛涌流，进而使小说更加变得传奇而又耐人寻味。

[①] 沈从文：《游目集·三个男子和一个女人》，见《沈从文文集》第6卷，湖南人民出版社2013年版，第25—47页。

在沈从文的"湘西传奇"中，除了伏笔和暗示等设计之外，可能还有一类叙事的技巧值得我们重视，即结尾的"突转"。苏雪林当年在《沈从文论》中就曾提到过这点，说沈从文的小说"结构多变化"，而"每篇小说结束时，必有一个'急剧转变'"，接着举了《虎雏》《夜》《牛》《冬的空间》等作品为例，最后讲道："全篇文字得这样一结，可以给人一个出乎意外的感想，一个愉快的惊奇。"[①]后来一些学者的研究文章也曾说，"在沈从文的此类作品中，情节的逆转显得相当突出"[②]。从叙事的角度看，"突转"作为一种突变，不论是出于偶然或出于巧合，或是出于某种处心积虑的谋划，总是人事在某一个关节点上所发生的突兀的转折和变化，它的突然袭来总是会使之前种种预划好的一切瞬间瓦解或陡然毁灭，让人顿感惊愕、失重以及难以置信，常给人一种恍若梦中的不真实感。应该说，这种突转本身就是具有某种传奇意味的，所以沈从文便巧用这一叙事技巧，让他的传奇在"材料"以及"悬念"的基础上，因突转所带来的不真实感而显得更加地离奇和神秘。比如《山道中》写三个同乡人从军队辞差回家，在到处是蛇、山鸡、破屋、残墙、死尸、乌鸦的山道中赶路，于一个庙前休息时与另一批人相遇，但他们没有停下，而是又赶路到了一个寨堡住了一夜，一路无事也一夜无事。等到第二天收拾行李准备上路时，却忽然从主人处听到了"一件严重的事情"，说昨天遇到的那另一批人遭到了抢劫，而且有两个人死了[③]。在结尾处来了个陡然起落，同时又极少对其来龙去脉、前因后果做出解释性的

[①] 苏雪林：《沈从文论》，见王珞编：《沈从文评说八十年》，中国华侨出版社2004年版，第191页。

[②] "这类小说"其实与"边地人事传奇"之类相同或近似。参见刘洪涛：《沈从文小说的故事形态及其现代文学史意义》，《郑州大学学报》（哲学社会科学版）2006年第4期。

[③] 沈从文：《新与旧·山道中》，见《沈从文文集》第6卷，湖南人民出版社2013年版，第240页。

描写和说明，于是在留下无数的疑问和令人遐想的广阔空间的同时，还使本来就"非"常态的传奇故事，平添了许多突然、突兀和奇异。

沈从文从浪漫主义情怀和乡土"传奇"情结出发，创建了他自己的"传奇"国度，在中国传统农业社会不断解体和西方工业文明不断侵入的大背景上唱响了一曲自然、生命、人性、道德的挽歌。可以说，他的传奇小说从题材内容上填补了中国现代文学的一个"空白"——于都市题材创作而言，它是一个与之对立存在的崭新世界，它的虚幻、怪异、奇诡以及朴素的生命形态，都让久困于"病态都市"中的读者呼吸到了一股新鲜的空气，感受到了一种完全不同的阅读境界；于乡土题材创作而言，它是一个与现代主流相邻并置的奇妙天地，它带着遥远"边城"的原始气息和符号，携着古楚的巫风神雨，在江浙小镇、白山黑水、巴蜀之地以外，卓然挺立起了一个美丽的湘西、传奇的湘西；再于技巧上来看，它又是现代文学反拨某些西化、主流化以及现代化的一种有益的对立，它的故事、悬念以及突转等等，虽不都是其个人的首创，但在现代小说"五四"以来追求抒情性、淡化故事性以及意识形态化的"时代"大潮当中，还是具有了某种超越"时代"本身的意义；尤其是，它在文学因宏大的政治历史使命而不得不沉重地"载道"的尴尬处境下，开启了现代文学原本应该具有的空灵飘逸、神采飞扬的一面，中国现代文学因此而免于单调变得丰富多彩起来——而沈从文的"传奇"，也因此成就了中国现代文学的"传奇"①。

---

① 参见张文东：《"传奇"传统与"边城"想象——论沈从文"湘西小说"中的"传奇"叙事》，《中国文学研究》2008年第1期。

第三章 现代都市传奇：
　　　海派文化与海派文学的大众景观

在20世纪中国社会的现代化进程中，上海完全可以说是一个最核心的、最不可被忽视的现代都市，早在20世纪三四十年代，她便以与当时中国的社会现实相去甚远的种种神秘、颓废色彩，以及洋溢着的西方现代气息，在中国有着十分特殊的地位和优势。尤其是对于西方而言，"二三十年代，上海成为传奇都市。环球航行如果没有到过上海便不能算完。她的名字令人想起神秘、冒险和各种放纵。在那些航向远东的船上，人们用'东方妓女'这样的故事来蛊惑乘客。他们描述中国强盗，永不关门的夜总会和有售海洛因的旅馆。他们熟稔地谈论军阀、间谍战、国际军火交易和在上海妓院的特别享受。还没靠岸，女人们已在梦想神话般的商店，男人们则早已把欧亚混血美人凝想了半个小时"①。正因这种特殊身份和地位，上海还往往使作家们因置身其中而成为文学史上时代的"另类"。在中国现代文学的历程中，上海一

---

① 哈丽特·萨琼特：《上海》，转引自李欧梵：《上海摩登——一种新都市文化在中国（1930—1945）》，北京大学出版社2002年版，第4页。

直是各个"新文学"流派争夺的阵地,不仅大大小小各种刊物、报纸风起云涌,并且它们又最终都以都市生活为主要描绘对象,每种文学样式也都是以寻找"现代"理念为艺术追求的。这种具有特殊意味的文学史现象,就直接创造了以政治意识形态为代表的阶级社会与文学里的现代都市"传奇"。

在文学史上,本没有作为社团或流派的"海派"或"海派小说"的"规范性"概念,人们只是在文学研究当中一直笼统地使用着,因此,对于这些概念本身,还是沿用比较宽泛的认定较好。因此我们所谓的"海派"或"海派文学",一方面是指当年活跃在上海文坛的,包含着各种类型、流派以及文学思想在内的一大批作家如曾朴、曾虚白、施蛰存、刘呐鸥、穆时英、杜衡、黑婴、禾金、章克标、曾金可、徐讦、张爱玲、苏青、施济美、谭惟翰、东方蝃蝀、林徽因、丁谛、崔万秋、黄震遐、予且等等[①];而另一方面,是在前者的基础上,根据自己研究的方向和侧重,按照自己的理念重新界定并使用这一概念,如李今所使用的概念即比较有代表性,"最能代表海派作家群的价值观、人生观、文学观,最能反映海派文化的新信息和本质特征,最能标志海派文学的独特成就的作家:刘呐鸥、施蛰存、穆时英等新感觉派,还有40年代的张爱玲、苏青、予且等"。[②]这样一来,我们既可以用"海派小说"来指称前述的两类作家,同时又把张爱玲作为一个特殊存在单独进行探讨。这种颇显笼统的概念使用的意思很简单,就是说在以上海为代表的现代都市文化兴起的背景下,海派小说与张爱玲等一样,都是用新的媚俗手法来夺取广大的读者,以传奇叙事形成了传统与现代之间、雅与俗之间的"对立共构"。

---

① 参见吴福辉:《都市漩流中的海派小说》,复旦大学出版社2009年版,第54—82页。
② 李今:《海派小说与现代都市文化》,安徽教育出版社2001年版,第5页。

第一节　都市浪漫传奇——新感觉派与后期浪漫派

上海之所以能够在近代以来中国社会缓慢的现代化进程中迅速崛起为一个"现代大都市"，首先得益于西方资本模式的"介入"以及西方文明模式的"移植"。"在清代社会还处于中世纪状态时，当清朝统治系统还没有出现近代城市的管理体系时，上海城市的近代化，就从租界移植西方近代城市的发展模式开始，逐渐完备起来。随着上海城市近代化的拓展，由租界肇始的这套近代化城市模式的影响不断地延伸。"①与此同时，在上海，中国现代都市意识形态以及现代都市生活景观的形成，还为现代中国及其现代文学的发展提供了一种可能算是个案的"新都市文化"背景。由此，上海作为一个世界性、都市性以及华洋交错的现代性共同融合的巨大的经济文化体，亦作为当时中国社会最发达的一个城市，其作为都市文化的背景便成为现代都市大众及其文学阅读生成的根本动因之一。

一、新都市景观与大众文化

经济与文化的背景对于文学而言，不仅仅是一种生成的因素，同时也是一种决定的因素。因此，如果我们要认识文学的发生与发展，特定经济文化背景即上海这个现代大都市的经济及文化要素，便是可能的依据。其实人们早就认识到了，"20世纪，上海经济成了中国经济的火车头，也成了晴雨表，新式工业、商业、金融业透过上海和全国经济结合生根。英商发现上海以前只是一个贸易场所，现在它成为一个大的制造中心；上海的民族资本，无论在数量、资本额或产值上，都占全国的一半以上。其发展迅速的金融

---

① 唐振常：《近代上海探索录》，上海书店出版社1994年版，第138页。

业，更常常对全国政局有着重要的影响。……从1843年开埠，至20世纪初年，上海在几十年间，已发展成为华洋杂处、具有多元文化的近代大都市。随着经济不断发展，上海的文化事业也齐头并进，西学东渐，上海率先扮演桥头堡的角色，充当了解西方、学习西方的媒介。在近半个世纪内，上海已先后建立了一系列传播西方知识的组织，如翻译馆、学会、新式学堂、医院、出版社等，而不少以报道新知识为任的刊物也以上海为出版基地。站于吸收西方知识的前哨位置，上海又发展出独一无二的'海派'文化，渗透于文学、戏剧，甚至生活模式里。上海被称为启蒙、开创、融会与发挥新知识的'中国大门'或'中国熔炉'，实在当之无愧"。①20世纪初期的上海，已经成为现代中国资本主义经济、文化、意识乃至生活方式等得以滋生的摇篮，被称为"远东第一大都会"，尤其是中西结合背景下的现代消费环境，对于"海派小说"来说，简直就是得天独厚的资源和优势。"……西方文化大量东渐，都是通过上海而辐散于全中国。所谓西方文化，包括了器物、制度与意识诸层面。它们首先进入上海，与传统文化在上海撞击。上海成了西方文化输入的窗口。所谓海派，正是在中西文化撞击并相融下的特殊产物。它不中不西，与西方有同有异，与传统亦有异有同。它是中西文化汇合的产物，是城市商业社会的产物。概而言之，'融合进取'四字庶几近之。"②所以从一般文学研究的角度看，不论如何定义"海派"或"海派文学"，其独特的上海都市文化背景意义都是不可忽视的，因此一直以来对于"海派文学"的研究思路也是基本一致的，就像吴福辉在他《都市漩流中的海派小说》一书所指出的一样，在"海派文化"作为一种新兴文化的不乏"开放"

---

① 唐振常主编：《近代上海繁华录》，商务印书馆国际有限公司1993年版，第14—15页。
② 唐振常主编：《近代上海繁华录》，商务印书馆国际有限公司1993年版，第256页。

与"扭曲"的同时,"海派小说的佼佼者可称为东西方两种文明错落中迸发出的一点生气勃勃的奇迹"。①李今在她的《海派小说与现代都市文化》中也以"二三十年代上海都市现代化发展的'黄金时代'"为主要思路,通过对上海在近代以来以"租界"为起点和示范的现代化城市进程的梳理,阐发了在这种具有"建筑"意义的进程中"海派小说"所形成的独特的想象空间:"海派小说可以说是上海时髦的镜子或者速写,他们对于现代都市的理解和文化想象也是最先从这些物质的形式开始的。对于他们来说,现代都市的风景不仅仅是小说人物活动的舞台和背景,而是取得同等重要位置的小说要素,其本身即成为小说的新题材、新主题和新技巧的来源,在他们的文化活动中取得了中心的位置。"②这种研究最有成果的是李欧梵,他在《上海摩登——一种新都市文化在中国（1930—1945）》中,重绘了一张作为"都市文化背景"的上海文化地图,并将他视为重要的诸如百货大楼、咖啡馆、舞厅、外滩建筑和"亭子间"、公园和跑马场、电影院、杂志与广告以及城市和游手好闲者等等"公共构造和空间"进行了详尽的描绘,说明了现代文学尤其是"海派文学"当年所面对并进入的实际就是"一个奇异的新世界"。③

当然,现代社会中"文学与城市之间始终有密切的联系",同时城市也是"海派文学"乃至各种文学的城市化发生的支点,如马尔科姆·布雷德伯里等人所说的,"……城市并不只是偶然会聚的地方。它们是新艺术产生的环境,知识界活动的中心,的确也是思想激烈冲突的主要地点。它们大多具

---

① 吴福辉:《都市漩流中的海派小说》,复旦大学出版社2009年版,第53页。
② 李今:《海派小说与现代都市文化》,安徽教育出版社2000年版,第21页。
③ 参见李欧梵:《上海摩登——一种新都市文化在中国（1930—1945）》,北京大学出版社2002年版。

有确定的人本主义作用，传统的文化艺术中心，以及艺术、学术和思想的活动场所。但它们也往往是新的环境，带有现代城市复杂而紧张的生活气息，这乃是现代意识和现代创作的深刻基础。文学和城市之间始终有密切联系。城市里有文学所必需的条件：出版商、赞助者、图书馆、博物馆、书店、剧院和刊物。这里也有激烈的文化冲突以及新的经验领域：压力，新奇事物，辩论，闲暇，金钱，人事的迅速变化，来访者的人流，多种语言的喧哗，思想和风格上活跃的交流，艺术专门化的机会"[1]。而上海的迅速崛起本身就是一个"传奇"，这个"传奇"发生的过程当中以及其后所形成的特有的"海派"文化背景，其实就是一个从物质到文化，从文学到市场，从作家到读者都被融入其中并被其所左右的极大的"传奇"性空间。因此可以说，上海这一独特的"都市文化背景"，就是一片不断制造并宣泄着现代都市生活"新感觉"的"传奇的天空"。

再从另一个角度看，如有人指出的，"沦陷区的作家大部分必须以稿费和版税为生，读者的反映对于他们而言即是生计的来源，米珠薪桂是任怎样超然的人也不可能超脱的现实"。[2]如果不算上那些政治意志坚定的文学家，只是针对"大上海"的另一大批文学家而言，现实的生存意志早已占了上风。就像沈从文曾经说过的那样，"寄生于书店报馆杂志期刊"的"新感觉"一类作家，是靠着卖文为生的。包括像有"鬼才"之称"孤岛"时期留居上海的徐訏，其以笔耕为业其实就是一种在文学之外的自觉选择，如徐訏自己所说："家庭实在是最能使人陷于平凡可怜庸俗微小的境界，它不但会将人们的视线缩短变狭，有时候似乎会使人只有一点动物的本能，一保自己

---

[1] 马尔科姆·布雷德伯里：《现代主义的城市》，见［英］马·布雷德伯里：《现代主义》，［英］詹·麦克法兰，胡家峦等译，上海外语教育出版社1992年版，第76页。
[2] 范智红：《世变缘常——四十年代小说论》，人民文学出版社2002年版，第48页。

的后代，留积一点过冬的粮食罢了。"①所以，徐訏便当仁不让地，以保障生存底线为最原始的动力推动，一举成为那个年代最耀眼的畅销书作家。"新感觉派"也好，"后期浪漫派"也罢，不管他们创作出的是怎样的一种"都市传奇"，"海派文学"与上海这一特定时空所签下的，始终都是一种商业化的契约。

对于海派文学来说至关重要的，可能是上海的都市化繁荣所带来的庞大的现代市民阶层。这个阶层关联着整个现代都市文化结构的生成，同时它也是都市文化传播体系建设的核心阶层，它既决定着现代社会结构中的主体，也决定着文化消费市场中的主体，同时当然也就决定了服务于这一阶层的报刊，以及为其低俗的趣味所左右的通俗化倾向。如吴福辉所指出的："海派作家本质上是一种报刊作家。……因为海派须臾离不开现代文明产物之一的报刊，他们是依附于报刊为生的一群。这种依赖性，具有近代的历史背景。……海派如要以文学谋生，把小说'卖'给报刊先行发表，或者干脆自编刊物'推销'作品，是很自然的事。"②由此可见，大部分海派作家的必由之路，就是以报刊为工具和阵地在商业化的市场中从事创作。这也就意味着，海派作家从事创作的思想理念离不开商业化和市场化，这也是他们创作的本质之所在。可以说，从诞生伊始，海派文学便是以商品规律运行的，无论何时何地，它都只能作为大众文化的一种代表出现，同时再借助于大众媒介（当年甚至现在都主要是报刊和电影）的引导，使这类小说不可取代的第一追求始终都落在通俗化上。"大众文化是以大众媒介为手段、按商品规律

---

① 徐訏：《一家·后记》，转引自《杨义文存（第二卷）·中国现代小说史（下）》，人民出版社1998年版，第457页。
② 吴福辉：《作为文学（商品）生产的海派期刊》，《中国现代文学研究丛刊》1994年第1期。

运作、旨在使普通市民获得日常感性愉悦的体验过程，包括通俗诗、通俗报刊、畅销书、流行音乐、电视剧、电影和广告等形态。"①而根据威廉斯的见解，通俗的文化应至少包含四个维度，即"众人喜好的文化，不登大雅之堂的文化，有意迎合大众口味的文化，实际上大众自己创造的文化"②。由此可见，所有对通俗文化的定义都有一个共同的出发点，就是将其定义为一种广泛受欢迎，或受众人喜好的文化。既然海派文学的作家们想在商业大潮中分一杯羹，受众的接受与否，对于他们便有着十分重要的意义，如徐訏自己就说："艺术的本质就是大众化的"③。

"大马路的时代和四马路的时代迥异，它已不是封建社会文化在新形势下的恶性膨胀了，是受西洋文明与中国资本主义商业的双重挤压，而生成的把社交功利、休养愉悦、文化审美熔于一炉的现代消费环境。"④应该说，新感觉派与通俗文化的结合，最集中的表现就是在消费主义的蔓延上。换句话说，消费主义文化是基本可以概括20世纪30年代新感觉小说的主要特征的。我们知道，当经济高度繁荣、物质产品已经能够满足人们所需时，人们所追求的另一种消费商品就变成了精神性的文化。新感觉派都市小说就是通过对以中产阶层为主的都市特定人群的生活方式具有目的性的描写，为大众读者提供一种想象中产阶层生活模式的可能和空间，由此来满足着大众读者窥视中产阶层的欲望。这些作品中所展示的生活，已经不再仅仅是与现实相对应的物质性生存，而是表达了中产阶层的物质与精神诉求相统一的一种特殊生

---

① 王一川：《大众文化导论》，高等教育出版社2004年版，第8页。
② 参见［英］雷蒙·威廉斯：《关键词：文化与社会的词汇》，刘建基译，生活·读书·新知三联书店2005年版，第356页。
③ 转引自钱理群等：《中国现代文学三十年》（修订本），北京大学出版社1998年版，第518页。
④ 吴福辉：《都市漩流中的海派小说》，复旦大学出版社2009年版，第24页。

活模式。也正是他们在小说中对这种生活模式的细致描摹，才充分刺激了大众读者的现实欲望与想象，从而使大众读者们完成的不仅是文本的消费，同时也完成了对中产阶层甚至更高阶层生活的假想性消费。

新感觉派小说的生产、运作方式具有消费社会商品生产、运作的特点，但更主要的还是作品本身所体现的消费性特点，以及由此所传达的消费文化观念及其所崇尚的消费社会原则，包括其所倡导的消费社会的生活理想。旧上海的消费、娱乐场所始终都是新感觉派都市小说故事发生的背景，作家们也是极尽所能地描写"十里洋场"的满眼繁华。也正因其背景总是设置在咖啡馆、电影院、舞厅、公园等标志着都市消费文明的载体身上，便为大众读者勾勒出了一种普通人尤其是外埠中国人不常经验、却异常向往的现代都市生活。因此，频频闪现在小说描写中的奢华生活场景所标明的便不仅仅是故事发生的地点，而是这些生活场景所附载的生活模式，借其在大众读者心目中形成一种理想化的生活想象，造成了小说的一种特殊的阅读吸引。

这种基于消费主义的商业化意识同样影响着后期浪漫派，只不过像徐訏这些更具有市场意识的作家，更多地把对通俗文化的理解体现为对"言情"的发展和应用上。徐訏的小说往往从哲学、伦理、宗教的角度去探寻爱情的本质，这就恰好符合了大众的审美需要，真正走进人们内心，使小说不再仅是政治意识形态的代言而是一种大众的通俗。无名氏也说过，"那些矫揉造作的政治小说，那些刻板的公式化作品，青年人似乎早已厌倦了，开始想呼吸一些新鲜空气，渴望从人类心灵自然流露出的艺术品，那些确能表现生命内在情感的小说。……我认为'北极'、'塔里'这类书，只是'小玩意儿'，它们的成功，仅由于当时市场小说太缺少真实情感，而文字技巧又不大讲究。不少作家并不肯在艺术表现上下苦功，更不尊重读者的欣赏能力。"①这就不仅道出了无名氏（卜乃夫）创作《北极风情画》和《塔里的女人》等作品的成功秘诀，也揭示了他们在文学市场化过程中体会到的一种规律——"用一种新的媚俗手法来夺取广大的读者"②——即用曲折离奇的爱情故事、一见钟情的叙事模式等通俗文学的写作规范和叙事策略来获得大众的认可。

二、大众阅读背景与现代都市写作

对于大众阅读而言，只有故事才是造成吸引的根本来源，想要最大限度地满足广大读者的阅读爱好，就只能做一个合格的"讲故事"的人，尤其是在有着快速节奏与娱乐目的的现代都市里，这才是达到通俗的最合理有效的方法。正如福斯特所认为的："故事是小说的基本面，没有故事就没有小说。这是所有小说都具有的最高要素。"③

与"故事"相对应，是否具有"吸引"，是判断小说被读者所接受的程度的准则，故事性越强，吸引性越强，对大多数的普通读者来说的所谓故事性的强弱，则又常常体现为故事本身的传奇性。因为在20世纪三四十年代的中国，上海以其现代都市特有机制，形成了一个逐渐成为社会核心力量的市民大众群体。包括从思想意识到现实生活，民族资本的扩张，新式教育的普及，西洋文化的移植，以及外埠移民的涌入，等等，都极大地影响着上海走向现代都市的进程，其影响表现之一，就是由市民大众来形成消费主流并担任消费主体。按照李今的说法："资本家、商人和职员以及受过现代教育的

---

① 无名氏：《我心荡漾》，江苏文艺出版社2001年版，第235页。
② 司马长风：《中国新文学史》（下），香港昭明出版社1978年版，第103页。
③ [英]爱·摩·福斯特：《小说面面观》，苏炳文译，花城出版社1984年版，第20—21页。

中产阶级构成了二三十年代在上海崛起的现代新市民阶层，正是他们的口味和力求生活方式现代化的潮流为海派小说不仅提供了素材和动力，也制约着同化着他们的审美取向。"①同时，由于租界的存在，西方文化的渗透，又使世界各地的种种文化资讯与政治思潮能够迅速地传进来，便使上海成为一个各色人等、各方思想、各种文化、各派文学汇聚表演的平台。而最重要的是，尽管生存与文化是各种各样的，但其中心都倾向于实用，浓郁的商业气氛又熏陶出了一个具有强烈商业意识的平民阶层。加之都市经济的迅猛发展所诱发的上海文化深植的注重个人"实惠"的遗传基因，便形成了整个上海社会风气的重利实用，这必然地体现在上海文人的审美心理当中。

上海的市民性即其以市民意识为核心的海派文化性格的核心是"趋时务实"。"不同的海派作家虽有不同的转向目的，但基本的形态是着眼于读书市场，追赶新潮。……这种求新求变的人文性格，自然造成海派不甘寂寞，创新意识强，对市场反应快等特长，如果稍稍走偏，便是一副赶时髦、看风头、圆滑的习气。"②这种实用功利的结构特征，在市民的日常生活以及城市的现代都市文化建设中常常充分地体现为消费享乐需求。当年邹韬奋接编《生活》杂志时，便标明为市民服务，"以民众的福利为前提"，办"有趣味有价值的周刊"。这种市民群体的文化价值观念，既充分体现了上海文化内在的"二重性"特质，即市民阶层世俗生活中实用功利的价值原则和消费享乐欲望，同时也成为"雅俗共存"的现代都市大众文化及其诉求得以产生的基础。"海派的雅俗善恶二元混杂，来源于上海这个商业都市的二重性。一方面是新生的，有活力的现代都市；另一方面，因为有旧文化的多层包

---

① 李今：《海派小说与现代都市文化》，安徽教育出版社2000年版，第303页。
② 吴福辉：《都市漩流中的海派小说》，复旦大学出版社2009年版，第86页。

围,因为现代性质的文化消费并不能排除消极面,现代文明也能媚俗,它就呈现出善恶兼备的形态,又由于读书市场的商业趋利作为重要动因,海派如想无限地求新求奇,就要发展自己的先锋性;如从众、从俗、从下,就会追求趣味、反对崇高,扩大自己的通俗特征。"①因此,无论是刘呐鸥、穆时英,还是徐訏、无名氏,他们都接受并适应了现代都市这种充分市场化的商业写作环境,甚至本身也作为文化大众的一分子,开始异常重视小说故事的"吸引性""传奇性"了。朱自清当年说:"读者群的扩大,指的是学生之外加上了青年和中年的公务员和商人。这些人在小学或中学时代的读物里接触了中国现代文学,所以会有这种爱好。读者群的扩大不免降低了文学的标准。"②

就特殊的上海城市文化而言,大众文化本身还是具有一种深刻的矛盾性的。尤其是对于"大上海"的"传奇"般崛起而言,这个现代都市中读者们的生存却往往是"非传奇"化的,从某种意义上说,这种矛盾性的结构模式便成为现代海派小说不得不走向传奇的另一决定因素。

上海滩这个所谓"冒险家的乐园"的背后,其实普通市民都还是"里弄"式或"亭子间"式的生存。往远了说,虽然早在19世纪后期以来,西方大众文化的各种娱乐方式便已经进入了上海,但在相当长的时间里都独属于"洋人",所谓"洋人赛马,华人看热闹",华人以及普通市民参与的机会很少③,交际舞也是长期局限于洋人的沙龙或夜总会的圈子里,更不用说"租界"那些"华人与狗不得入内"的歧视了。甚至直到20世纪初,中国人的娱

---

① 吴福辉:《海派的文化位置及与中国现代通俗文学之关系》,《苏州科技学院学报》(社会科学版)2003年第1期。
② 《朱自清全集》第3卷,江苏教育出版社1996年版,第50页。
③ 参见曹聚仁:《上海春秋·跑马厅今昔》,生活·读书·新知三联书店2007年版,第397页。

乐活动仍主要集中于妓界、伶界、茶楼、烟馆当中，大多与西人的娱乐活动无关①；及至后来，随着民族资本的发展，市民阶层自身的努力，在上海虽终于有了属于自己的物质与精神生活，但却仍然是一种如张爱玲所说的"大阳光晒着"的"满眼的荒凉"②。

往近处说，作为"上海文学生活的附属物"的"一个典型上海作家生活和工作的地方"③的"亭子间"其实更为局促。所以就整体而言，上海市民阶层的现实生活其实远不是像人们想象的那样高贵和雅致，而是一种生存及文化多重"错位"的挣扎。"从晚清、民国到20世纪的20、30年代，上海形成的初步现代物质文明，落在了中国大陆广袤的'农业'文明包围之中，这是一重的文化错位。此种错位也决定了第二重错位，即上海新兴文化内部的不平衡性。就是，上海既有古老的华界，也有新起的租界；在租界形成的历史过程中，既有贴近华界的华洋过渡型的文化社区，也有在租界'腹心地带'形成的全新的由国外引进的现代型文化社区。华界和华洋过渡地区，即清末的上海县城（今南市区）和五马路、四马路地区，就是鸳鸯蝴蝶派文学赖以生存之地；租界中心区以20、30年代的南京路（大马路）、霞飞路为代表的，即是海派的诞生地。重要的是后者并不能完全取代前者，因为有第一重的大文化错位圈在。这情景到了30年代的中期，随着上海现代文化环境的移植成功，就显得格外显眼。"④新感觉派以及后来的浪漫派，就是在这种"错位"的结构中重新给自己定位的。他们对这个现代大都市的一切新奇事物以

---

① 李今：《海派小说与现代都市文化》，安徽教育出版社2000年版，第18页。
② 张爱玲：《茉莉香片》，见《张爱玲文集》第1卷，安徽文艺出版社1992年版，第49页。
③ 李欧梵：《上海摩登——一种新都市文化在中国1930—1945》（修订版），毛尖译，上海三联书店2008年版，第38页。
④ 吴福辉：《海派的文化位置及与中国现代通俗文学之关系》，《苏州科技学院学报》（社会科学版）2003年第2期。

及感官刺激的描写，实际上都来自于一种同样"错位"的文学想象，即欢快沉醉的都市体验与生存压迫的充分释放所结合而成的一种"新感觉"，是对于大众的情感补偿与宣泄，便以一种对立性的"吸引"演化为都市"传奇"的制造。①

这种所谓对立性的"吸引"，不管其心灵动因是否是严肃的，其表现手法总是通俗的，当然这也就是消费主义文学的基本特征之一，如穆时英在《公墓·自序》中说的："在我们的社会里，有被生活压扁了的人，也有被生活挤出来的人，可是那些人并不一定，或是说，并不必然地要显出反抗，悲愤，仇恨之类的脸来；他们可以在悲哀的脸上戴了快乐的面具的。每一个人，除非他是毫无感觉的人，在心的深底里都蕴藏着一种寂寞感，一种没法排除的寂寞感。每一个人，都是部分地，或是全部地不能被人家了解的，而且是精神地隔绝了的。每一个人都能感觉到这些。生活的苦味越是尝得多，感觉越是灵敏的人，那种寂寞就越加深深地钻到骨髓里"。②因此，新感觉派作品的故事性往往偏离于左翼主流意识形态，把目光自觉限定在消费场所和在这些消费场所中获得的"新奇"感受上，精心描摹光怪陆离的现代都市生活，展示具有"消遣""游戏"意味的都市人的情感与生存状态，吸引"租界"内外和"里弄""亭子间"里的大众，让那些早已在市井生活中充分走向个人主义的人们，终于又有了一种新的想象和渴望。就像我们在穆时英、刘呐鸥作品中随处可以看到的，人的赤裸裸的欲望、多元及多变的情感追求，现代都市特有的压抑，以及"游戏"般的情节与叙述，都使得小说有了强烈的因"传奇"而生的"吸引"。

---

① 张文东：《论"新感觉派"小说的传奇叙事》，《求索》2008年第12期。
② 穆时英：《公墓·自序》，见《穆时英小说全集（下）·附录》，时代文艺出版社1998年版，第718—719页。

如果说新感觉派常是以"新奇"的"感觉"而不是以"奇异"的"情节"来书写"传奇"的话，那么到了徐訏、无名氏等新浪漫派这里，则是把"感觉"转化为叙述"形式"的新奇别致，来最大限度地迎合市民阶层的阅读心理与趣味了。所以他们的座右铭甚至可以说是："文学创作不是仅为发泄作者心灵的冲动，更希望能博得读者的接受和共鸣。"①无名氏对都市大众的阅读趣味和心理需求的认识与徐訏一样，即也是"立意用一种新的媚俗手法来夺取广大的读者，向一些自命为拥有广大读者的成名文艺作家挑战"②。这种"媚俗"手法的基因并不是完全新鲜的，就像李贽认为《水浒》脍炙人口的关键就在于人物形象的传神描绘和故事情节的"真""奇""趣"上一样，"传奇"也许是它唯一的根本。吉利恩·比尔说得更加清楚："传奇的中心乐趣是惊异。……小说更多全神贯注于对一个熟知的世界的再现与解释，传奇则使那个世界中隐藏的梦幻得以显现。"③于是，无论是新感觉派告别意识形态的欲望叙说，还是后期浪漫派引人入胜的新奇叙述，都在依据大众阅读趣味的基础上，对于小说"故事性"有着充分的强调，由此所形成的现代都市小说的形式化追求，便与"传奇"在本质上相通，同时又受现代都市的消费环境决定，成为一种强调都市氛围与寓意建立的自觉选择。

不过一般而言，伴随着都市人的感伤思考，现代都市性得以建立，或者说是"纯"都市性得以建立。就像我们从刘呐鸥、穆时英、施蛰存的小说中可以感受到都市生活的喧哗与浮嚣、热烈与疯狂的同时，更加可以感受到的其实还是都市中人灵魂的扭曲和精神的倦怠。比如刘呐鸥在《都市风景线》

---

① 转引自潘亚暾、汪义生：《徐訏简论》，见《台湾香港与海外华人文学论文选》，海峡文艺出版社1988年版，第202页。
② 司马长风：《中国新文学史》（下），香港昭明出版社1978年版，第103页。
③ [英]吉利恩·比尔：《传奇》，肖遥、邹孜彦译，昆仑出版社1993年版，第19—66页。

中，总是愿意用新异的笔法描绘现代都市生活所特有的"樱桃儿似的唇"、"柔滑的鳗鱼式"的肢体、"红绿的液体"以及"纤细的指头"等充满诱惑的旖旎风光，并以一种陌生化的手法展示着都市中人本来并不陌生的景致。穆时英被称为"中国新感觉派圣手"，更是从整体上对20世纪二三十年代"十里洋场"纸醉金迷、熙攘喧嚣、畸形发展的都市生活和市风进行着准确描绘，并于其中凸显着都市生活错乱的生存状态。所以他说的"上海，造在地狱上的天堂"①便成为最震撼人心的一句话。施蛰存在都市取材上更为宽广一些，艺术表现也有较大的"实验性"，但同样，他笔下的仍旧是如巴黎大戏院一样的充满着摩登色彩的都市诱惑。1933年3月他出版短篇小说集《梅雨之夕》，里面主人公多是都市里的中青年男子，在"力必多"的作用下，用种种方式寻求性欲的快感和发泄的途径。这也就意味着，新感觉派作家是更愿意一起将目光聚焦于都市人灵魂的躁动状态，以繁华的都市风景来折射或呈示都市中人的生存悖论的。

　　与新感觉派的"展现"不同，后期浪漫派是站在都市的背后思考更为伤感和形而上的都市内涵的。徐訏的长篇小说《风萧萧》《江湖行》《时与光》中的主人公虽然是在尘世中、人群中流浪，但却怀抱着寻找生命意义的共同理想。这就意味着作家已经摆脱了欲望表面的束缚，在进一步地思考着流浪的生命能否指引人类走向理想的"彼岸"世界等形而上的问题了。无名氏也一样，他已经开始用完全理性的思考来超越一般言情作品了："新的艺术不只表现思想，也得表现情绪，不，应该表示生命本身。生命原就是川流不息的大江河，汹汹涌涌直奔前去。艺术必须得借情绪来象征这种大生命的

---

① 穆时英：《上海的狐步舞》，见《穆时英小说全集》（上），时代文艺出版社1998年版，第271页。

奔流。就这一点说艺术不只是思想、颜色、线条和浮面描画,而必须有一种内在的情绪力量,叫读者不仅知道,还得感到。"①所以说,他是"将自己心爱的生命意识吹进爱情故事的躯壳里,他要透过男女的感情世界探讨'人'的'个体生命'的秘密"。②

当然,任何颓败的展示或思考甚或最后的逃离,都离不开身处都市的作家们"先进"的思想观念和"新鲜"的创作手法,因为他们是在一种"敏感、亢奋而骚动"③的审美文化心境当中,比其他作家更加细腻地体会着来于都市繁华与市井大众共同营造的现代氛围,并用最能让对立的共建双方都可以接受的"传奇"手法表现出来。应该说,在中国文学史上,还没有谁能像这一批都市的传奇作家一样,真正将"现代"都市的氛围完全展示出来,并将巨大的"世纪伤感"寓言于这种都市声光丽影的浮华背后。

新感觉派与后期浪漫派这两类作家,虽然在城市进程、战乱纷争、阶级斗争以及中外文学观念之间的吸收与冲突等所处的时代及文学背景上有所不同,他们创作的内容取材和风格也都有自己的个性,但是他们的创作,却在现代都市的整体规范下表现出了许多一致的方向和追求,即我们所谓的作为现代都市写作或通俗文学的"传奇"意味。

第一,这种现代都市的传奇呈现出了一种具有转型意义的"传奇化"的审美心态。

一直以来,作为一个宗法制的农业大国和诗的国度,中国传统文学史当中出现密度最高的是自然(山林)意象,而不是城市(都市)意象。换句话

---

① 无名氏:《无名氏集:沉思琐语》,汉语大词典出版社1996年版,第135页。
② 钱理群:《〈北极风情画〉、〈塔里的女人〉研究》,《中国现代文学研究丛刊》1990年第1期。
③ 杨义:《京派海派综论》(图志本),中国社会科学出版社2003年版,第59页。

说，因社会城市化进程以及其中城市文化建构的相对滞后，中国传统文学对都市的描绘总是比较模糊的。人们对都市的熟悉和了解是随着上海这类现代都市的迅速崛起、发展而逐渐形成的。鲁迅也曾说，中国"有馆阁诗人，山林诗人，花月诗人"，而"没有都市诗人"①。这就表明，中国的文化与文学要从"小桥、流水、人家"转向"摩天大楼、夜总会、赛马场"，肯定需要一个过程，而都市文学的发展又可能要比都市的发展缓慢得多，就像上海及其文学。"不像巴黎、维也纳、柏林和纽约这些主要都会是西方现代主义的土壤和象征性世界——就像威廉姆斯和其他学者所认为的那样，上海在现代中国的文学想象中扮演着一个不那么显要但更暧昧的角色。以鲁迅和其他作家为代表的'五四'文学中的小说风景线，勾画的主要还是乡村或小镇。只在很少一部分的小说里，比如茅盾的《子夜》，上海才作为一个'光暗交织的都市'浮现出来。"②不过也要看到，或许正是在这点上，现代都市传奇的诞生才在中国小说审美历史上具有里程碑的意义，即其第一次让人看到了现代繁华都市的真面目，也让人看到了都市中人的"都市"心态！而实际上，这种审美态度的转变本身就具有传奇色彩，即所谓因为"新鲜"，转而"生动"。

第二，这种现代都市的传奇追求的是一种大众阅读背景下的"传奇化"的故事。

明代吉衣主人（袁于令）曾说："传奇者贵幻：忽焉怒发，忽焉嬉笑，英雄本色，如阳羡书生，恍惚不可方物。"③中国大众读者对小说的要求，往往都是"故事"，即追求"故事"本身的"起""承""转""合"，要

---

① 鲁迅：《集外集拾遗·〈十二个〉后记》，见《鲁迅全集》第7卷，人民文学出版社2005年版，第311页。

② 李欧梵：《上海摩登——一种新都市文化在中国（1930—1945）》，北京大学出版社2002年版，第202—203页。

③ （明）吉衣主人：《隋史遗文·序》。

求"故事"要完整连贯,"情节"要曲折离奇。因此在中国传统文学的意义上,"小说"其实就是"传奇",其中奇异的故事和异常的人物永远都是不可或缺的条件。包括当时最有代表性的心理小说作家施蛰存自己也承认:"无论把小说的效能说得如何天花乱坠,读者对于一篇小说的要求始终只是一个故事。"[①]在着眼并立足于现代都市生活的新感觉派和后期浪漫派这里,他们所创造的现代都市的"传奇",便常常是因对立性的吸引而形成的对特殊人群生活的一种特殊描绘。

城市人群其实是由异质性人员构成的群体,所以都市社会特征有一种"异质性"的意义,而中国现代都市传奇则是将这种异质再发挥成为一种"异端",进而去描绘都市的某个横断面。就此意义而言,新感觉派小说最基础的潜在结构之一,就是都市男女的快速聚散。沈从文当年便已注意到了这一点,他认为穆时英作品中的故事有某种程式化:"男女凑巧相遇,各自说出一点漂亮话"[②]。只不过这种"相遇",即使在当今社会,也仍然是一种美丽的意外。也正因永远最富有传奇性的都是欲望与情感的"故事",所以在后期浪漫派的特定模式的言情叙述中,这种"相遇"极其特殊的"美丽"更是在"新异"的渲染中被发挥到了极致。

第三,这种现代都市的传奇所完成的是一种具有建设意义的"传奇化"的现代写作。

如杜衡所说:"中国是有都市而没有描写都市的文学,或是描写了都市而没有采取了适合这种描写的手法。"这大概就是中国都市文学一直以来的尴尬状况。但是"海派小说"是由中国现代最大的都市所酝酿生成的,所以

[①] 参见吴福辉:《都市漩流中的海派小说》,复旦大学出版社2009年版,第73页。
[②] 沈从文:《论穆时英》,见《沈从文文集》第11卷,湖南人民出版社2013年版,第203页。

它的都市传奇的意义，不仅是讲述了一个又一个离奇的故事以及现代都市浪漫氛围的渲染，而且是他们大胆借鉴和使用了西方现代主义的写作手法，由此致力于寻找一种描绘现代都市的适当方式，并已经获得了极具建设性的成果。杨义把20世纪30年代的都市文学概括为三种类型：以茅盾为代表的左翼都市文学、以老舍为代表的古都都市文学和以新感觉派为主体的洋场都市文学。应该说，在书写方式上，前两者的意识形态意味比较浓重，其书写往往更具有现代都市中的现实性和批判性，或者说是由于这一点而没有具备我们所讲的传奇特征。而对于新感觉派的书写来说，"新感觉派小说家更值得瞩目的成绩在于他们创造了真正的都市文本形式，从而把都市风景线的外在景观和对都市的心理体验落实到小说形式层面，或者说，他们获得了把体验到的都市内容与文本形式相对应的诗学途径"①。

与新感觉派相比，后期浪漫派的创作方式更加具有传奇的构造形式。他们已经不是对西方现代主义的单纯演绎，而是将其与东方传统承袭性地进一步融为一体，异域的梦想、浪漫的奇情、奇人与异事、"异型"中的现实人生等等，共同构成了一个独具现代都市魅力的"传奇"世界。他们是在用一种梦幻与传奇相结合的更独特的现代方式，在一个如梦似幻而又真实可感的世界讲述故事，以虚实相生制造着超越的美感，仿佛刘勰所说的"酌奇而不失其真，玩华而不坠其实"一样②。尤其是当他们按照作者的意愿纵横驰骋、无拘无束、游刃有余地以梦境来作为小说的框架自由抒写时，现代都市人生的种种压抑与挣扎，便又都有了一个"梦想式"即"传奇性"的美丽结局③。

---

① 程光炜等主编：《中国现代文学史》，中国人民大学出版社2000年版，第192页。
② （南朝·梁）刘勰：《文心雕龙·辨骚》。
③ 参见张文东：《论"新感觉派"小说的传奇叙事》，《求索》2008年第12期。

三、另类与特异的都市浪漫传奇

基于上述都市文化背景，新感觉派及后期浪漫派在文本上便形成了富有浪漫色彩以及采取现代叙事模式的现代都市传奇叙事。

首先，这些现代都市传奇往往选择"另类"人物来表现新奇怪异的事件。刘呐鸥、穆时英等"新感觉派"作家们，总是选择上海"十里洋场"中的都市"畸形寄生虫"作为自己小说的主人公，为都市文本提供了一种另类的"新人"形象，他们里面多的是荒唐的资本家、妖艳的舞女、出轨的妻子、老练的交际花、性变态的城市下等职员，以及这个城市里的"游手好闲者"[1]等，并且用这些往往在人们日常生活视野中被视为"另类"的人物及其行为，将现代都市的形象塑造得更加立体可感，不但衬托出现代城市生活繁华富丽、骄奢淫逸的色调，也在文本内外洋溢着忧郁而又不失沉迷的商业消费文化气息。

徐訏小说中的人物尤其具有别样的奇异性，因为哪怕是在较有现实性的作品中，他也常愿意以"神异"之笔来加以点染，使人物形象总要带上一点"怪异"性。比如他所刻画的有一类是寻常世界中的"特异性"人物，他们大多是具有诗人或哲人气质、理想道德气质或极端情感气质的人，是超越于一般饮食男女甚至人类的特殊人群，他们对于精神世界的丰富性、完美性、极端性以及悲剧性的追求和注重，远远大于对一般世俗的关注与眷恋。如《鬼恋》中的"女鬼"就是这一类的代表。另一类则是神巫灵鬼等具有"神怪性"的形象，或是心理变态失常者，如《离魂》中的"妻子"等等。总之他的小说中的"传奇人物"或者长相奇异（如《盲恋》中的陆梦放等），或

---

[1] 这是李欧梵的说法，其实是将现代艺术家本身在作品主人公的意义上视为一种"漫游者"以及"窥视者"的存在。参见李欧梵：《上海摩登——一种新都市文化在中国（1930—1945）》，北京大学出版社2002年版，第43—50页。

者心理奇异（如《精神病患者的悲歌》中的白蒂等），或者天性奇异（如《鸟语》中的芸芊等），或者行为奇异（如《鬼恋》中的黑衣女子），或者如仙似鬼（如《园内》中的漂亮女子等），或者具备特异功能（如《气氛艺术的天才》中的老者）等，不一而足，并都在其身上体现出理想化与现实性纠缠暧昧的特点。

无名氏的作品中也总是充斥着大量的异常之辈。比如《塔里的女人》中的觉空道人就是一名卓尔不凡的音乐天才，能在山川明月之中演奏美丽而缥缈、充满对生命彻悟、如梦境一般的小提琴曲。《野兽、野兽、野兽》中师范学校品学兼优的学生，为了"探究生命，寻找生命"而"冲出黑暗洞窟、投到旷野的喊声里"，被捕入狱后以坚定的信念和顽强的毅力经受住了酷刑的折磨、美色的诱惑和铁窗的孤独，其超常的行为和野兽般的个性，都显出奇异的特质。不过有意思的是，这个学生却在《金色的蛇夜》中，又堕落入魔道，认定生命就是一场赌博，开始疯狂地追求金子和女人，泯灭了理性，放逐了灵魂，成为一个精神完全畸形的人。

其实，"传奇"在叙事的意义上就是特殊人物的"冒险"与"奇遇"，所以在现代都市传奇当中，与人物本身的"特异"和"极端"相对应的，便是他们"极端"而且"另类"的生活与生存方式。

刘呐鸥的《都市风景线》中，充斥着被都市欲望腐蚀而感情生活极端混乱的人物。比如《游戏》中的女主人公就将爱情当成游戏，玩弄人生，不仅同时与两位男性来往，而且当她决定与其中的一位结婚时，却把自己的贞操献给了另一位；《风景》则讲述某县长太太在去县城陪县长度周末的途中，在开往乡间小镇的火车上偶遇素不相识的青年，两人竟然中途相邀下车，在美妙的乡间风景中放纵野合。其如此种种欲望化的生存态度与方式，以及作家毫无批评的道德纵容，即使是在今天的小说市场上，也都可谓是大胆和

"另类"的。在其他新感觉派作家的笔下同样的生活场景也频频出现,比如穆时英的《被当作消遣品的男子》《上海的狐步舞》《CRAVEN "A"》和施蛰存的《花梦》等小说中,男女主角都是追求纯粹的肉感刺激,将性当作娱乐和游戏,沉湎于原欲宣泄的欢乐之中。

后期浪漫派以"女鬼"为代表的表现中,"怪人"们的生活比新感觉派更加极端而神秘。女杀手在看透人生后,居然过上了半人半鬼的生活,这种对生命超越与生命自由的向往,构成了难得一见的浪漫漂泊的形而上意义,与其说这是一种极端的生活方式,倒不如说它是一种生存的维度,或一种存在的方式,而且当埋没在混沌的社会革命洪流之后,其绝对化的"另类"形式,便只能成为整体社会背景影响下极少数人的选择。

"极端化"的个人生活,是一种与都市市民生活 "日常化"对立起来的传奇存在,也常常呈现出一种背离于时代现实的形式。20世纪三四十年代的中国,其实很少有都市传奇描述的繁华景象,反倒是处于多事之秋。这一点在使左翼文本成为不可替代的主流的同时,也同样成全了我们所谓的现代都市传奇的文本,因为它们常常是文本生活、作家生活同社会生活的二重背离的产物,而且其中突出呈现出来的,其实就是对社会政治局势的疏离。"刘呐鸥、穆时英等人把注意力集中于都市的外在景观,集中于那里的色彩、声响、气味、节奏。他们往往并不致力于从整体上感受世界,而是通过一个特殊的视网膜或色谱仪把洋场景观分解成七零八落、五光十色,在爵士乐一般喧腾活跃的节奏中摇落出种种烟酒味和脂粉气。他们的审美感觉和表现手段是时髦的,花哨的,富有刺激性的,在当时中国文坛上又是极为新颖的。"[①]所以说,新感觉派小说中的生活与表现,完全隔离了当时人们所必须面对的

---

① 杨义:《京派海派综论》(图志本),中国社会科学出版社2003年版,第141页。

战争的动荡和创伤，展现在读者面前的只有都市的繁华以及粉色的情欲，从色彩斑斓的咖啡厅、跑马场到舞厅和电影院，男女间的追逐欢娱都只是在关注自身感觉以及欲望，并成为都市男女赤裸裸的性欲和变态心理的再现。当然，徐訏等人也曾在其小说中试图通过对理想世界的描述，表达出在战乱中对自主自由生存环境的向往，但与其他人一样的是，他们这种"在梦中求真实的人生"的尝试，正是要通过对自由世界和完美的自在人物的倾心描写，来实现在长期现实中受到压抑的"生命力"的自由释放和自我心理的满足。

无名氏也一样，他笔下的个人与社会、文本与现实、生存与存在，表现出更加背离的意味，或者说他的逃离更加明显。比如在《塔里的女人》中，无名氏设计的"老道"便在"过去"的体验上有着一种历尽人间沧桑的意味："它虽是简单的曲子，却是一阕极美丽而忧郁的乐曲。乍听起来，它的内容似乎单纯，但越听下去，会越觉得深沉、复杂。它仿佛一个饱经忧患的衰老舟子，经过各式各样的大海变幻，风暴的袭击，困苦与挣扎，到了晚年，在最后一刹那，睁着疲倦的老花眼，用一种猝发的奇迹式的热情，又伤感又赞叹的唱出他一生经历：把他平生的感情与智慧都结晶于这最后的声音。"① 这种"过来人"勘破人生世相式的描述，在悲怆氛围中把整个故事展开，自然地透射出了一种悲情的意味和基调，甚至洋溢着一种宗教式的隐逸思想。

其次，这些传奇中人物及事件的"另类"性存在，其意义还在其"特异"的叙事方式上。

现代都市传奇叙事中首要的也最具有传奇色彩的，是其"情节"叙事的

---

① 无名氏：《塔里的女人》，见《无名氏代表作》，华夏出版社1999年版，第160—161页。

技巧。或许在这点上会有人说新感觉派与后期浪漫派有着完全不同的情节取向，但如果我们认真探究其表现形式的结构核心，便会发现，他们其实有着"异质同构"的一致性。这并不是因为他们有着同样一种故事性"情节"结构的选择（虽然新感觉派常常是以"内在心理"来结构"情节"，后期浪漫派则常常是以"外在事件"来结构"情节"），而是恰恰相反。换句话说，如果不是一定要在"外在"的"事件"的意义上来理解"情节"的话，那么"内在"心理存在的特殊变化形态，便同样可以成为所谓"情节"性的存在。因此，在以寻求"特异"性为中心的结构模式上，在把"内在心理"与"外在事件"都视为某种"情节"化存在的意义上，新感觉派与后期浪漫派的两类看似不同的创作反倒凸显了他们共同的以"情节"为核心的结构模式，以及这种模式所呈现出来的特异性。

故事性的情节在新感觉派的小说中，是一种"首先"但并非"主体"化的存在，因为在新感觉派的都市文本中，所有的"风景"其实"首先"都是"故事性"的，不管是夜总会里面落魄的人生遭际，还是"游戏"里面荒唐的性爱经历，或者是对古典人物形象的颠覆，都不过是一些"特异"的"故事"而已。当年沈从文就曾针对这一点说穆时英："所长在创新句，新腔，新境，短处在做作，时时见出装模作样的做作。作品与人生隔了一层。……作者不只努力制造文字，还想制造人事，因此作品近于传奇（作品以都市男女为主题，可以说是海上传奇）。……作者适宜于写画报上作品，写装饰杂志作品，写妇女、电影、游戏刊物作品。'都市'成就了作者，同时也就限制了作者。"[1]其实问题可能是出在另一面，即在新感觉派文本中这种"故

---

[1] 沈从文：《论穆时英》，见《沈从文文集》第11卷，湖南人民出版社2013年版，第201—204页。

事性"存在的同时，还有着另一种更重要的存在——感觉。因此，"外在"的事件性的"故事"显然并不是新感觉派小说构成叙事的核心，小说最终的意趣是在于营造并渲染某种气氛，以便传达出作家对都市生活的独特感觉。或者说，新感觉派小说家为了传达他们对都市的感觉，所刻意追求的是对人物深层心理现实的逼视，即通过对人物心理心态透视和感觉的书写，来折射都市人生与世界万象，表现现代都市生活的情绪体验。换句话说，在新感觉派这里，心理呈现是建构小说心理—情绪结构的基本框架，是小说反映世界的轴心。施蛰存曾在他的一篇小说《残秋的下弦月》中借作品中人物之口说过："现在是，只注意情节的小说已经不时行了"，于是在新感觉派尤其是施蛰存等人那里，便尽可能地开始淡化小说叙事情节，转而去刻意地描摹人物繁复的意绪、丰富的感觉和复杂的心态。像《魔道》，就是一篇典型的摆脱传统小说情节模式的心理结构小说，正像楼适夷所指出的："无疑是中国文学上一个新的展开，这样意识地重现着形式的作品，在我的记忆中似乎并不曾于创作文学里见过。"①

穆时英的《PIERROT》中，也是以大段大段的内心独白来表现潘鹤龄的内心痛苦、人格分裂和自我斗争的。刘呐鸥的《残窗》也一样，即带领我们走进主人公霞玲的内心世界，让她的遭遇和经历、愿望和追求、失望和忧郁都在自己的意识流动中浮现出来，不再注重情节的纵向推进，叙述进程靠人物的心理推进，意识活动决定着小说的叙述。可以说，这种"向内转"，即由情节结构发展为心理结构，是中国文学借新感觉派小说试图走进现代化的一种尝试。所以当我们从总体上来体会这些"新"的"感觉"时，便会发现，实际上那是一种骚乱躁动的情绪氛围，而这种骚乱而喧嚣

---

① 参见楼适夷：《施蛰存的新感觉主义》，《文艺新闻》1931年第33期。

的情绪氛围是来自都市化的现代社会本身，作者不过是把它突出和放大了而已。"新感觉"的现代人一面尽情地享受着现代文明的物质条件，一面又在心理上对其产生无可奈何的排拒，所以当施蛰存们以这种悖论式的现代意识来结构其"心理—情绪叙事"时，那些"大胆地把弗洛伊德、蔼理斯、萨德的性欲理论，以及大量的有关病态心理、神秘主义和神话学的西方作品"融入自己的理念和创作的艺术表现，便都成为一种"追求色情和怪异的小说实验"了。①

与新感觉派的"内在"不同，后期浪漫派小说叙事被置于首要位置上的一直是情节的"奇"和"异"。如徐訏所说："故事与人物的健全与活跃，还是小说艺术里最基本的条件，我是不敢有疏忽的。"②所以在他的小说中，有相当数量的作品都是有奇异色彩的，既有以神灵鬼怪等非人世、非现实的事物为素材的，也有以梦幻形式构成的非现实性的题材，以及在奇异的幻想框架中改装的现实故事，或者以离奇、特异色彩较浓的情节点染现实的故事的，它们共同构成了一个充满神秘、梦幻色彩的亦幻亦真的"传奇"世界。正如有学者评价的，他"尤其善于编织那种奇幻虚渺、扑朔迷离的故事，这实际上也是对'五四'以来许多现代小说家忽视故事情节的一种反拨"。③即便生活中多的是凡人凡事，徐訏也善于从中挖掘出别有意趣的奇人异事，或者说是"畸人异事"，即有奇异的性格行为和经历的人与古怪离奇的事。比如会爱上美如天仙的盲女的相貌奇丑的男子（《盲恋》），爱上乡下通鸟语的"白痴"女子的城市的读书人（《鸟语》），视自己培育的鲜花如娇妻爱

---

① 李欧梵：《上海摩登——一种新都市文化在中国（1930—1945）》，北京大学出版社2002年版，第162页。
② 徐訏：《〈风萧萧〉后记》，后收入《风萧萧》，怀正文化社1946年版。
③ 罗成琰：《现代中国的浪漫文学思潮》，湖南教育出版社1992年版，第190页。

女的花匠（《花神》），家庭富有却偷窃成癖的美貌女子（《秘密》），穷数十年之功钻研嗅觉艺术的特异功能者（《气氛艺术的天才》），等等，都有着重情节而轻意识形态的追求。

无论是故意淡化还是刻意渲染，无论是"内在"的还是"外在"的，其实两类作家始终努力营造的都是具有"奇异"特性的情节模式，并试图以此来获得大众的审美认同。如果借用什克洛夫斯基有关"陌生化"的理论，可能会对我们视两类创作为"异质同构"的同一种"传奇"模式有启发："艺术之所以存在，就是为使人恢复对生活的感觉，就是为使人感受事物，使石头显出石头的质感。艺术的目的是要人感觉到事物，而不是仅仅知道事物。艺术的技巧就是使对象陌生，使形式变得困难，增加感觉的难度和时间长度，因为感觉过程本身就是审美目的，必须设法延长。艺术是体验对象的艺术构成的一种方式；而对象本身并不重要。"①这种对于审美感受的充分关注以及"化平常为奇异"的艺术技巧上的要求，实际上与我们所熟知的"美在于距离"的说法是一致的。就像朱光潜所认为的，艺术家和审美者之所以不同于一般人，就是在于"他们知道在美的事物和实际人生之中维持一种适当的距离"。②又如徐訏等人所说："所谓美的距离，就是说任何美东西必须保持一个距离，否则太近了就破坏了美；海浪极美，但太近了就会发生怕感，于是就无所谓美，画幅用镜框，雕像用座台都是为了与实世界保持一个距离的缘故。"③

按照一般的叙事理论，在小说情节叙事的后面，制约着不同"讲述"方

---

① 什克洛夫斯基：《作为技巧的艺术》，转引自朱立元：《当代西方文艺理论》，华东师范大学出版社1997年版，第45页。
② 朱光潜：《谈美》，见《朱光潜美学文集》，上海文艺出版社1982年版，第457页。
③ 徐訏：《照相的美与真》，见《徐訏全集》第10卷，台北正中书局1967年版，第229页。

式及其内容的是时空，其作为一种叙事的背景或场景，尤其在传奇的创造上，更有着不可忽视的意义，即传奇往往是在特异的时空当中才可以成为传奇。

新感觉派小说的时空是特异的，主要是20世纪30年代的上海及其"十里洋场"的种种娱乐场所，同时这个时空在上海滩上的人和事都可被视为一种"欲望之城"中的"狐步舞"的意义上，还有着一种跨越物质现实并且流动多变的意义。传统小说因为其叙述时间常常使用的是线性的自然物理时间，其叙述一般是以情节或人物为中心，讲究叙述连贯、情节有致，故事环环相扣，时空转换清楚。但新感觉派的小说则打破了这一点。他们为了表达瞬间的感觉，不惜把情节线索割开甚至割碎，并更多地使用着更心理化的时间，不仅时序颠倒、并列，场景切割和突然转变，有时还故意拉长时间使时间暂停，中断其正常延伸，加强横切面的开展，甚至使作品中人物、事件的演进时空和作者的叙述时空以及阅读者的接受时空相互渗透，来营造文本叙述以及阅读感觉的特异。

在后期浪漫派这里，大跨度的时空背景有着更充分的表现，徐訏和无名氏都一样，小说的时间跨度以及空间转换都是异常广阔甚至离奇的。可以时而是中国的上海、南京等都市，时而又是欧洲的巴黎、柏林等名城；时而是白雪皑皑的西伯利亚，时而是子夜时分的华山之巅；时而是看惯离别的黄昏，时而又是神鬼相异的两重天。《阿拉伯海的女神》《禁果》《风萧萧》《北极风情画》等，莫不如此。巴赫金在《小说的时间形式和时空体形式》一书中曾写道："在文学中的艺术时空体里，空间和时间标志融合在一个被认识了的具体的整体中。时间在这里浓缩、凝聚，变成艺术上可见的东西；空间则趋向紧张，被卷入时间、情节、历史的运动之中。时间的标志要展现在空间里，而空间则要通过时间来理解和衡量。这种不同系列的交叉和不同标志的融合，正是艺术时空体的特征所在。"①巴赫金认为希腊传奇小说的特点之一便是"情节展开在非常广阔多样的地理背景"上。其实，正是向西方现代小说叙事理论与技巧的学习和借鉴，才使20世纪三四十年代的都市文学作家们，超越并改变了"五四"以来"独白"、主观抒情、情节淡化、结构单一、性格粗糙的小说叙事方式，把空间看作故事发生的地点和叙事必不可少的场景，利用空间来表现时间，利用空间来安排小说的结构，甚至利用空间来推动整个叙事进程；由此以其跨越时间的空间整合，使小说呈现出"立体""交叉"的叙事时空，形成了"奇"与"异"的绝对叙事优势，并令自己作为一个特殊的文学叙事的"瞬间"存留于中国现代文学的历史"时空"当中。

第二节 普通人的新传奇——张爱玲的传奇世界

张爱玲是20世纪中国小说史上最突出的一个"传奇"。

像一颗流星一样，20世纪40年代的张爱玲，曾"太突兀、太像奇迹"地划破了上海滩的文学天空，但从20世纪50年代起，在其后的中国大陆的文学世界里，张爱玲又离奇地消失了差不多30年，一直到20世纪80年代初，她才再一次被大陆学者发现，经过由"专业阅读"静悄悄地关注所引发的大众阅读热点，进而又形成了一个张爱玲研究的热潮。及至20世纪90年代以后，随着张爱玲再次成为大众文化的宠儿，她便终于又演绎出了一个穿越时空的传奇。

---

① 《巴赫金全集》第3卷，河北教育出版社1998年版，第274—275页。

"当我们一次又一次地重新阅读一部作品并且认为我们'每读一次都在其中发现了新的东西'时,我们通常所指的并不是发现了更多的同一种东西,而是指发现了新的层面上的意义,新的联想形式,即我们发现诗或小说是一种多层面的复合组织。"[1]正是从这个意义上讲,我们才说张爱玲是丰富的,因为每一次对她的阅读以及每一点新的"发现",都会使我们更加清醒地认识到她的巨大丰富性。正像米兰·昆德拉所说的:"小说历史的延续不是因为作品的增加,而是'发现'的连续不断。"[2]于是,在我们的话题上,便可以张爱玲的小说集《传奇》为样本来完成对其传奇叙事的研究。

《传奇》是张爱玲最具有代表性的小说集,不仅是她小说创作的高峰,也是她小说创作的主体。1944年8月15日由上海杂志社初版,收入张爱玲于1943年4月至1944年2月写作的十篇小说,依次为《金锁记》《倾城之恋》《茉莉香片》《沉香屑 第一炉香》《沉香屑 第二炉香》《琉璃瓦》《心经》《年青的时候》《花凋》《封锁》。1946年11月《传奇》增订本由上海山河图书公司出版,增收新作六篇,依次为《留情》《红鸾禧》《红玫瑰与白玫瑰》《等》《桂花蒸 阿小悲秋》及散文《中国的日夜》。实际上,当我们把目光集中在《传奇》的叙事层面上时,对一部《传奇》小说集的解读其实也是对张爱玲小说创作"传奇叙事"的整体性解读。

一、普通人里的传奇,传奇里的普通人

在1944年出版的小说集《传奇》的扉页上,印着张爱玲自己的题词——

---

[1] [美] 韦勒克、沃伦:《文学理论》,刘象愚等译,生活·读书·新知三联书店1984年版,第278页。

[2] 转引自戴清:《历史与叙事》,学苑出版社2002年版,第41页。

"书名叫《传奇》,目的是在传奇里面寻找普通人,在普通人里寻找传奇"。这就意味着,张爱玲已经以"传奇"做出了在传统与现实的一种发现和选择,借"传奇"找到了她认识生活和介入生活的一种角度,即以"传奇"标明了她在小说叙事上的一种理解和姿态。

从个人的角度看,张爱玲的天分和文学功底都是极高的,加之她深受中国古典文学的熏陶,对近代小说阅读又十分丰富,就像她说的,"熟读《红楼梦》,不同的本子不用留神看,稍微眼生点的字自会蹦出来"[①],而像《金瓶梅》《海上花列传》等具有传奇性的作品,对她创作的影响也都极大。由此也在她身上积淀了地道的中国传统文人的趣味——"我是熟读《红楼梦》,但是我同时也曾熟读《老残游记》《醒世姻缘》《金瓶梅》《海上花列传》《歇浦潮》《二马》《离婚》《日出》……一直就想以写小说为职业,从初识字的时候起,尝试过各种不同体裁的小说,如'今古奇观'体、演义体、笔记体、鸳蝴派、正统新文艺派等等……"[②]因此也有人以为,"《传奇》世界表面上的涉世之深,并不得自于作者的深谙世故,实际上倒是常常依赖于从《金瓶梅》《红楼梦》到《歇浦潮》《海上花列传》等传统小说的帮助,影响张爱玲创作的这些'潜在文本',同时也使创作小说时的她显得比实际上更富于人生经验"。[③]所以首先应该确认的一个事实,是张爱玲从一开始便有着对于中国文学传统或"本土文学"的极大兴趣,而她所谓的"传奇",则与中国古典文学传统意义上的"传奇"紧密相连。

---

① 张爱玲:《〈红楼梦魇〉自序》,见《张爱玲文集》第4卷,安徽文艺出版社1992年版,第329页。

② 《女作家聚谈会》,原载《杂志》第13卷第1期,转引自金宏达主编:《昨夜月色:回望张爱玲》,文化艺术出版社2003年版,第94—95页。

③ 张新颖:《20世纪上半期中国文学的现代意识》(修订版),复旦大学出版社2009年版,第140页。

张爱玲曾说她是"为上海人写了一本香港传奇",而在她眼里,"上海人是传统的中国人加上近代高压生活的磨练",到处可见其与香港人的差异:"香港的大众文学可以用脍炙人口的公共汽车站牌'如要停车,乃可在此'为代表。上海就不然了。初到上海,我时常由心里惊叹出来:'到底是上海人!'……"①像这样仅从日常生活中就可以看到不同的"历史感"和"文化感",张爱玲所力求发现和已经发现的,其实就是上海与香港之间的文化差异,"最初的用意是这样:写上海人心目中的浪漫气息的香港,已经隔有相当的距离;五十年前的香港,更多了一重时间上的距离,因此特地采用了一种过了时的辞汇来代表这双重距离"②。作为一种相对于上海文化"经验常识系统之外"的"新异"的领域,即带有异域情调的"陌生化"的故事,便成为《传奇》的一个"奇"的卖点。张爱玲还说:"写它(指《传奇》)的时候,无时无刻不想到上海人,因为我是试着用上海人的观点来察看香港的。"③这种所谓"上海人"和"上海人的观点"其实也就是张爱玲所谓"传统的中国人"的自我认同,而这种认同反映在其对传奇的理解上,才有了"传统的中国人"的意味。就像后来张爱玲在谈到《红楼梦》等对其阅读趣味的影响时所说的——"百廿回《红楼梦》对小说的影响大到无法估计。等到十九世纪末《海上花》出版的时候,阅读趣味早已形成了,唯一的标准是传奇化的情节,写实的细节。"④

---

① 张爱玲:《到底是上海人》,见《张爱玲文集》第4卷,安徽文艺出版社1992年版,第19页。
② 张爱玲:《自己的文章》,见《张爱玲文集》第4卷,安徽文艺出版社1992年版,第177页。
③ 张爱玲:《到底是上海人》,见《张爱玲文集》第4卷,安徽文艺出版社1992年版,第20页。
④ 张爱玲:《国语本〈海上花〉译后记》,见《张爱玲文集》第4卷,安徽文艺出版社1992年版,第356页。

张爱玲是一个主动贴近大众的通俗小说家,因为她对情节的"传奇化"和细节的"写实化"是有着十分的自觉的。正如她在《论写作》中说的:"文章是写给大家看的,单靠一两个知音,你看我的,我看你的,究竟不行。要争取众多的读者,就得注意到群众兴趣范围的限制。"① 同时,传统意义上的"传奇"本就是"特异"与"本真"的统一,所以张爱玲所谓"普通人"的传奇,其实就是与中国小说"传奇"传统之间的一种"暗合"或"亲和"。于是对张爱玲而言,以"传奇"为"叙事",就是她具有"跨越特定的经验和想象的界限的意味"的、富有独创性的一种自觉追求。

　　当然,对张爱玲的传奇叙事也有来自现代理解的质疑,比如艾晓明因张爱玲在文本意义上的"冷嘲的、反讽的态度"认为其传奇是"反传奇"②,戴清则以是否"传奇"可以把《传奇》中的作品分成"传奇""反传奇"与"非传奇"三类③,李今则又认为张爱玲的传奇实际上是一种对传奇的

---

① 张爱玲:《论写作》,见《张爱玲文集》第4卷,安徽文艺出版社1992年版,第82页。

② 艾晓明从作品篇名《倾城之恋》所暗示的"非凡的爱情传奇"并没有发生这一角度入手,称其是一部"张爱玲版本的'娜拉走后怎样'"的"反传奇的故事",认为"张爱玲用这样一个故事对'倾城之恋'的阐释,不能不说是对古往今来男性文本建构的爱情神话的嘲讽"。这种分析充分意识到了张爱玲在文本意义上的"冷嘲的、反讽的态度",但却没有意识到这恰好是张爱玲的"传奇"叙事的一个构成质素,因而没有在叙事层面上给予张爱玲的传奇以更有说服力的反证。见艾晓明:《反传奇——重读张爱玲〈倾城之恋〉》,《学术研究》1996年第9期。

③ 以是否"传奇"为标准,戴清把《传奇》中的作品分成三类:"第一类是带有传奇因素的作品,如《金锁记》《沉香屑——第一炉香》《茉莉香片》等名篇,以及《沉香屑——第二炉香》《心经》《色戒》等作品;第二类是以表面上传奇的故事套子来解构古典传奇,可以称之为'反传奇'。比如《倾城之恋》反写'倾城'佳人的命运、《封锁》反写'一见钟情'、《红玫瑰与白玫瑰》反写爱情的热烈纯洁,《霸王别姬》反写英雄美人的悲剧等,第三类则根本就不是什么传奇,甚至也不包含传奇的任何因子,倒接近鲁迅所说的'几乎无事的悲哀',可以用'非传奇'概括它们。比如《桂花蒸 阿小悲秋》写女佣和洋主人之间并无浪漫的日常琐事,《等》写几个待诊的太太间的闲谈,虽然不无悲凉,但也只是普通人家常的哀乐"。因此,写了所谓的"反传奇"或"非传奇",才是张爱玲的更大的"艺术贡献",也"正是这位超越了以往海派作家的女才子的高明之处"。 这种分析虽然并没有过分限制论者对张爱玲的传奇世界做出有意义的解读,但显然还是没有真正把握到问题的实质。见戴清:《历史与叙事》,学苑出版社2002年版,第46页。

消解①。

其实，张爱玲的传奇既不是"反传奇"，也不是"非传奇"，当然更不是对传奇的"消解"，而是一种按她自己的独特理解来重新定位、结构而成的"新传奇"。

在《自己的文章》中张爱玲这样写道："我发现弄文学的人向来是注重人生飞扬的一面，而忽视人生安稳的一面。其实，后者正是前者的底子。又如，他们多是注重人生的斗争，而忽略和谐的一面。其实，人是为了要求和谐的一面才斗争的。……强调人生飞扬的一面，多少有点超人的气质。超人是生在一个时代里的。而人生安稳的一面则有着永恒的意味，虽然这种安稳常是不完全的，而且每隔多少时候就要破坏一次。但仍然是永恒的。它存在于一切时代。它是人的神性，也可以说是妇人性。……文学史上素朴地歌咏人生的安稳的作品很少，倒是强调人生飞扬的作品多，但好的作品，还是在于它是以人生的安稳做底子来描写人生的飞扬的。……"②其实"超人的""时代的"文学注重"斗争的"或"注重人生飞扬的一面"，因而是属于历史的、英雄的"宏大"叙事，但这种"五四"以来的主流话语并不是张爱玲所注重的，她所注重的是人生"有着永恒的意味"的"安稳的一面"，即人生的"底子"，她注重并要表现的是与"飞扬"对立的"和谐"，她要做的是"素朴地歌咏人生的安稳"的"妇人性"的文学。在《谈女人》中张爱玲还曾对"女人"和"超人"及其关系所反映出的"文明"进行过说明：

---

① 李今分析张爱玲对"爱情神话""男性神话"和"女性神话"的消解时也说：张爱玲"站在'俗人'的立场为任何理想的神话形态增添上世俗的内容，为任何人生的传奇涂上平实的色彩，从而消解其绝对性、纯粹性和高尚性"。认为张爱玲的传奇实际上是一种对传奇的消解。这种分析在意识形态上的价值是充分的，但是在理解张爱玲的传奇的叙事意义时，则显得先入为主，也可算作是一种误读。李今：《张爱玲的文化品格》，《香港作家》1998年第3期。

② 张爱玲：《自己的文章》，见《张爱玲文集》第4卷，安徽文艺出版社1992年版，第172页。

"我们想象中的超人永远是个男人。为什么呢？大约是因为超人的文明是较我们的文明更进一点的造就，而我们的文明是男子的文明。还有一层：超人是纯粹理想的结晶，而'超等女人'则不难于实际中求得。在任何文化阶段中，女人还是女人。男子偏于某一方面的发展，而女人是最普遍的，基本的，代表四季循环，土地，生老病死，饮食繁衍。女人把人类飞越太空的灵智拴在踏实的根桩上。……超人是男性的，神却带有女性的成分。超人与神不同。超人是进取的，是一种生存的目标。神是广大的同情，慈悲，了解，安息……"[①]

张爱玲的这种文学的"底子"的理解与她人生的"底子"的理解是一致的，所以她对现实生活的物质层面上的"真实"和"生命的本身"也极为关注。她说："生在现在，要继续活下去而且活得称心，真是难，就像'双手掰开生死路'那样的艰难巨大的事，所以我们这一代的人对于物质生活，生命的本身，能够多一点明了与爱悦，也是应当的。"[②]可见，从"超人"到"人"以及到"女人"，从"飞扬的人生"到"安稳的人生"以及"物质的人生"，张爱玲对于"生命的本质"的认识始终是十分"实际"的、"日常的"，甚至是十分"细节化"的，即现实的、普通人的日常生活。

"实际的人生"是属于普通人的，而这些普通人则往往是一些"不彻底的人物"，所以她说，"极端病态与极端觉悟的人究竟不多。……所以我的小说里，除了《金锁记》里的曹七巧，全是些不彻底的人物。他们不是英雄，他们可是这时代的广大的负荷者。因为他们虽然不彻底，但究竟是

[①] 张爱玲：《谈女人》，见《张爱玲文集》第4卷，安徽文艺出版社1992年版，第70页。
[②] 张爱玲：《我看苏青》，见《张爱玲文集》第4卷，安徽文艺出版社1992年版，第228页。

认真的。他们没有悲壮，只有苍凉。悲壮是一种完成，而苍凉则是一种启示。……而且我相信，他们虽然不过是软弱的凡人，不及英雄有力，但正是这些凡人比英雄更能代表这时代的总量"。①所以在张爱玲看来，这不是一个时代的伟大的"悲壮"的完成，而是承载了这时代的"广大的负荷者"的日常生活中所体现出的"苍凉的启示"。所以正是对现实人生的真切关注，张爱玲才有意识地选择了"英雄"的对面——"不彻底的人物"，因为他们在一个"沉没"的时代里，深刻地感受到了被时代抛弃的恐怖。

"这时代，旧的东西在崩塌，新的在滋长中。但是时代的高潮来到之前，斩钉截铁的事物不过是例外。人们只是感觉日常的一切都有点儿不对，不对到恐怖的程度。人是生活于一个时代里的，可是这时代却在影子似的沉没下去，人觉得自己是被抛弃了。为要证实自己的存在，抓住一点真实的，最基本的东西，不能不求助于古老的记忆，人类在一切时代之中生活过的记忆，这比瞭望将来要更明晰，亲切。于是他对周围的现实发生了一种奇异的感觉，疑心这是个荒唐的，古代的世界，阴暗而明亮的。回忆与现实之间时时发现尴尬的不和谐，因而产生了郑重而轻微的骚动，认真而未有名目的斗争。"②所以在"回忆与现实之间"的"尴尬的不和谐"中，人生以及人生的本质才有了甚至"荒唐"的"奇异的感觉"，于是在张爱玲这里，对时代、文明、前途的绝望，在物质的细节上更加有了"真实"的意义："中国文学里弥漫着大的悲哀。只有在物质细节上，它得到欢悦……细节往往是和美畅快，引人入胜的，而主题永远悲观。一切对于人生的笼统观察都指向虚

---

① 张爱玲：《自己的文章》，见《张爱玲文集》第4卷，安徽文艺出版社1992年版，第173—174页。

② 张爱玲：《自己的文章》，见《张爱玲文集》第4卷，安徽文艺出版社1992年版，第174页。

无。"①于此，张爱玲所谓"回忆"与"现实"之间，"英雄"与"凡人"之间，"飞扬的人生"与"安稳的底子"之间，"传统"与"现代"之间，以及"主题"与"细节"的对立和统一，才终于都在所谓"常"与"非常"的意义上，"笼统"但又"统一"地指向了一个明确的目的——"在传奇里面寻找普通人，在普通人里寻找传奇"。

《传奇》增订本由上海山河图书公司于1946年出版，张爱玲在卷首《有几句话同读者说》的一段文字中，借对封面画面的描述，进一步阐述了自己关于"传统"与"现代"的理解："封面是请炎樱设计的，借用了晚清的一张时装仕女图，画着个女人幽幽地在那里弄骨牌，旁边坐着奶妈，抱着孩子，仿佛是晚饭后家常的一幕。可是栏杆外，很突兀地，有个比例不对的人形，像鬼魂出现似的，那是现代人，非常好奇地孜孜往里窥视。如果这画面有使人感到不安的地方，那也正是我希望造成的气氛。"②这里有一个特殊的"张力场"，是现代与传统之间因"特异"与"本真"互视并互动而形成的，所以有人认为，张爱玲在这个画面中，"创造了两个视线的对视，两种经验领域的交锋"。一方面，对于晚清仕女图作为"家常的一幕"的常态生活而言，"像鬼魂出现似的"突兀的"现代人"形象——一团没有面目的灰色块面——则属于"奇"与"异"的范畴，但与此同时，从这现代人的眼光看过去，仕女图"家常的一幕"又变得不那么"家常"了，似乎是某种罕见的奇景，使人"非常好奇地孜孜往里窥视"。"这样，张爱玲的描述激活了一个画面内的对于'奇幻'世界的双重判断和双重期冀，从而在'室内'与

---

① 张爱玲：《中国人的宗教》，见《张爱玲文集》第4卷，安徽文艺出版社1992年版，第111页。
② 张爱玲：《有几句话同读者说》，见《张爱玲文集》第4卷，安徽文艺出版社1992年版，第259页。

'栏外'、'家常一幕'与'鬼魂'、'传统'与'现代'之间创造了双重奇观。这封面连同评语重新发掘出的是一个新奇想象力的出发点：新传奇的想象力是一种跨越双重界限的想象力。"①而事实上，这恰好也是张爱玲于细微处见出人生的内蕴、于热闹中感受生命的苍凉的把握这个世界的独特方式，即她所"希望造成的气氛"，其实就是这样一种以常见奇、以新见异的想象和发现，即在常态生活上体现着非常态意义的"奇异的感觉"②。

张爱玲自己有着十分特殊的"传奇"观念，其中有着"双重"结构特征以及"二元对立共构"意味，体现在两个可能并不完全对等的层面上：一是传奇的表层的一般语词意义，即情节离奇或人物行为超越寻常的故事，核心在"奇"上，即"奇人、奇事"；二是传奇的深层的叙事意义，像中国古典小说传统的"世情传奇"，核心在"底子"上，即"从描写现代人的机智与装饰中去衬出人生的素朴的底子"。表层是张爱玲走向通俗、迎合阅读的"写作"的姿态，深层则是张爱玲注重人生"安稳"的"永恒"的"人的神性"的"文学"理念。这显然并不是所谓的"通俗性与存在性的结合"③的美学特征，因为这种深层与表层的不同理解，实际上"是一个'特异'与'本真'在非常态与常态之间双重否定并重新建构的过程"，"常"是"安稳"和"永恒"，是对"奇异"的否定和重建，这种否定和重建体现在世俗生活原生态的"日常的一切"上；"非常"即"奇异"，则是对"安稳"和"永恒"的否定和重建，这种否定和重建主要体现为"回忆与现实之间"时时发

---

① 孟悦：《中国文学"现代性"与张爱玲》，见王晓明主编：《批评空间的开创：二十世纪中国文学研究》，东方出版中心1998年版，第348页。
② 参见张文东：《隐喻·主题·记忆——论张爱玲小说的政治叙事》，《中国文学研究》2011年第1期。
③ 刘锋杰：《想像张爱玲——关于张爱玲的阅读研究》，安徽教育出版社2004年版，第389页。

生的"奇异的感觉"——这种"常"与"非常"的"对立"和"共构",才形成了张爱玲的"新传奇"①。同时,张爱玲不仅是以故事本身的"奇"来形成了"传奇"的"现实"效果,还在《红鸾禧》《留情》《红玫瑰与白玫瑰》《等》《桂花蒸 阿小悲秋》等其他作品中通过平凡的人生和写实的细节来体现"虚无"的时空和"无事"的悲哀,进而使普通的生活在生活本身的"原始"味道出来之后,又于宏大的历史叙事语境之中因获得了"奇异的感觉"而具有成为"传奇"的可能。所以,张爱玲的《传奇》世界是"常"与"非常"的"二元"间的"对立共构",而其所说的"传奇",实际上就是"普通人"在"日常的"生活中的"奇异的感觉",其内质是"参差"的"苍凉",而不是"奇幻"的"悲壮"。

二、"常"与"非常"的"对立共构"

按照米克·巴尔的理解,"故事"②来源于"历史",由一系列的事件构成。在故事中,"事件被界定为过程。过程是一个变化,一个发展,从而必须以时间序列(succession in time)或时间先后顺序(chronology)为其先决条件。事件本身在一定时间内,以一定的秩序出现"。③所以在叙事学的理解上,"事件本身的一定顺序"属于"故事时间",叙事作品就是这样一种时间流的记录;而作为"讲故事"的作者按照叙事策略加以重新结构的

---

① 张文东、王东:《"滚滚红尘"中的"新传奇"——论张爱玲的"传奇"理念》,《社会科学战线》2007年第1期。
② 米克·巴尔的"素材"与通常的"故事"相对应,"故事"则与通常的"情节"相对应,我在本文中使用其情节(suzjet)和故事(fabula)的说法,即"故事"指的是作品叙述中按实际时间顺序排列的事件,而"情节"则指对这些素材加以创造性的变形——故事时间和叙事时间也接近此义。参见米克·巴尔:《叙述学:叙事理论导论》,中国社会科学出版社2003年版。
③ 米克·巴尔是把对于时间的分析放在素材(即我们所说的故事)的分析中来进行的。参见米克·巴尔:《叙述学:叙事理论导论》,中国社会科学出版社2003年版,第249页。

故事的"时间",属于"叙事时间",它是用来描绘"故事时间"的"作品时间",因此又常常属于讲故事的"心理时间"。张爱玲的《传奇》创作,总体上属一种回避宏大时代叙事和历史叙事而多为个人叙事或私人叙事的叙事策略。她的"传奇"里的"时间"总是特殊的个体的、私人的,具有脱离现实"时间"意义的"过去的"甚至"退化的"性质,与作为主流现实背景下的时代、历史的那种具有整体性、"进化的"以及"进步的""时间"性质不同,里面活跃着的人物故事,与时代、历史、民族以及政治的生活没什么关联,一切的爱情故事和家庭生活仿佛就是"从来如此"的离合悲欢和陈陈相因,从不因时代历史的变化而产生"底子"上的变化,所以在她的小说中,所谓"日常",实际有着一种"时代和社会的背影"上的心理意义。

在这一点上《倾城之恋》是一个典型的例子,因为它一开始就设定了一个与现实完全不同的时间情境——"上海为了'节省天光',将所有的时钟都拨快了一小时,然而白公馆里说:'我们用的是老钟。'他们的十点钟是人家的十一点。他们唱歌唱走了板,跟不上生命的胡琴。"[1]这种游移于"回忆"与"现实"之间的时间情境"陈旧而模糊"。《金锁记》的开篇也一样,而在《沉香屑 第一炉香》中借用的"家传的霉绿斑斓的铜香炉"的意象,《沉香屑 第二炉香》中叙事者以两个不同的身份营造出不和谐的"阅读过去"与"讲述现实",以及《茉莉香片》中"二十多年前"的那把"生了锈了"的刀等等,都是同一种策略和方式,包括如《封锁》中的吕宗桢与吴翠远的偶遇和相爱不过是"整个的上海打了一个盹",而《花凋》中的川嫦则是和"这可爱的世界"一起"一寸一寸地死去了"等。于是在这种"陈

---

[1] 张爱玲:《倾城之恋》,见《张爱玲文集》第2卷,安徽文艺出版社1992年版,第48页。

旧而模糊"的时间里,"现在"的意义被昨天的"回忆"消解了,所有的故事和故事里面的人便都没有了"明天"。

张爱玲的"传奇"有两个时间系统,一个是现在,一个是过去,曾经完整的"时间流"是被她的叙事截断的。当同时代的"新文学"的主流作家们还在力图把握时代脚步和社会变化时,张爱玲却只从"现代"的意义上发现了"过去",进而形成了她与这个时代及其叙事的对立和差异。在她的故事里,私人时间取代了具有"集体记忆"性质的历史时间,它只指向过去,而不指向现在,更不指向未来。回到故事时间的角度,她作品里的故事的背景时间便都是模糊的了,唯有"过去时态"是肯定的。就像一幕幕中国古老大家庭发生在一天、一年甚至一百年、一千年间的生活场景永远都是"过去时"的甚至是亘古不变的"没有光的所在"。因此艾晓明说:"看张爱玲的作品,与看那一时代许多作家的作品感觉不同,这种不同的感觉概言之,是时间差。"①这种"时间差",实际上就是张爱玲基于对时代和社会的一种发现所生成的小说故事与时代关系的感受。"Michael Angelo 的一个未完工的石像,题名《黎明》的,只是一个粗糙的人形,面目都不清楚,却正是大气磅礴的,象征一个将要到的新时代。倘若现在也有那样的作品,自然是使人神往的,可是没有,也不能有,因为人们还不能挣脱时代的梦魇。"②

"在影子似的沉没下去"的时代里,张爱玲对这个时代的书写不仅"没有"其实"也不能有"对于"一个将要到的新时代"的"象征",因为她所发现和书写的只是这个时代的阴暗混沌的"背影",是没有前途的"过去",是冰山在水面下的"没有光的所在"。所以这种"不能挣脱时代的梦

---

① 艾晓明:《反传奇——重读张爱玲〈倾城之恋〉》,《学术研究》1996年第9期。
② 张爱玲:《自己的文章》,见《张爱玲文集》第4卷,安徽文艺出版社1992年版,第174页。

魇"的生存感觉就是张爱玲在这种"过去的"时间中所体现的人生经验和感悟,由此,张爱玲传奇的叙事时间就是在"凝固""退化"的意义上与"进化"的时代的主流时间形成了一种张力,渗透出无处不在的"奇异的感觉"。

对于在艺术表现上,通过"时间"的变异来传达"人生经验的本质和意义",张爱玲是有着自觉的认识的。"白公馆有这么一点像神仙的洞府:这里悠悠忽忽过了一天,世上已经过了一千年。可是这里过了一千年,也同一天差不多,因为每天都是一样的单调与无聊。"①"一天的现实"与"一千年的过去"之间的等同,打破了时间的物理概念的规定性,即并不是描述"事件"的时间,而是与小说中人物相关实际更与作者人生理解相关的心理时间。它不仅是一种时间差,而且是一个在没有"现在"的"过去"里越走越远并渐沉下去的背影,是张爱玲用心理时间消解时间物理意义来完成叙事时间的一种策略。

虽然张爱玲的"传奇"故事的发生、发展以及终止,一般是具有时间顺序的,其故事时间甚至是连贯的、明晰的,如曹七巧"披着黄金枷锁"的"三十年"以及范、白两人的"倾城之恋"的开始与结束等,故事时间仿佛都是属于生活本身的"常态"时间,但是当她在叙事中截取生活片段,走进微观化叙事时间以后,那些被从时代、社会中切割出来的人物及其生活经历的叙述,形成的却是一种被割裂、扭曲的特殊叙事时间。在这种叙事时间里,原本"延绵不断"的"时间流"被切割成一个个片段,或者大段的时间被压缩,或者瞬间的时间被延长,都是一种"非常态"的叙事时间。如果说

---

① 张爱玲:《倾城之恋》,见《张爱玲文集》第2卷,安徽文艺出版社1992年版,第53、54页。

在"常态"的故事时间里一切都按照生活本身的逻辑"日常"变化的话,那么在"非常态"的叙事时间里,"每个人的自私,和偶然表现出来足以补救自私的同情心"却从来没有丝毫的变化,一种永恒的心理意义便消解和重建了原本的变动不居,社会与生活在日常中便也形成了不平常的意义,原本"无事"的生活因此转成了"无事的悲哀",现实时空在自私而又绝望的心理意义上彻底成为一种本质上的虚无。而正是在这种故事时间与叙事时间的"常态"与"非常态"的"对立共构"中,张爱玲模糊、扭曲甚至颠覆了时间的价值和意义,使许多原本平淡的情节因为叙事时间的扭曲和变形具有了特殊的魅力,使现实生活中人物和故事成为一种文学阅读中的"奇"。

《金锁记》中有一段常被研究者引用的文字:"季泽走了。丫头老妈子也都给七巧骂跑了。酸梅汤沿着桌子一滴一滴朝下滴,像迟迟的夜漏——一滴,一滴……一更,二更……一年,一百年,真长,这寂寂的一刹那。"[①]这段描写一直被视为20世纪中国文学中最精彩的心理描写之一,其中,一瞬间的时间被无限地延长了,一生的爱和痛苦也在一瞬间爆发了——"无论如何,她从前爱过他。她的爱给了她无穷的痛苦。单只这一点,就使他值得留恋。多少回了,为了要按捺她自己,她迸得全身的筋骨与牙根都酸楚了。今天完全是她的错。他不是个好人,她又不是不知道。她要他,就得装糊涂,就得容忍他的坏。她为什么要戳穿他?人生在世,还不就是那么一回事?归根究底,什么是真的,什么是假的?"[②]于是,"常态"的时间被打破,人物心理便在一瞬间飞扬起了一个个的深刻而永恒的追问与自问,七巧的心在"一刹那"间沉入了永恒的黑暗,而一生的爱和希望,便也都在"一刹那"

---

① 张爱玲:《金锁记》,见《张爱玲文集》第2卷,安徽文艺出版社1992年版,第105页。
② 张爱玲:《金锁记》,见《张爱玲文集》第2卷,安徽文艺出版社1992年版,第105页。

间如云烟随风散去。在这个人物心理变态的关键转折点,"非常态"的叙事时间使故事在"一刹那"间便展示出了人生永恒的"恐惧"和"荒诞"。"描绘内心生活的主要问题,本质上是个时间尺度的问题。个人每天的经验是由思想、感情和感觉的不断流动组成的。"①因此,叙事时间与故事时间之间的变异所带来的叙述时间速度的改变,也带来了对故事的独特理解,从而体现出作者对于生活的特殊理解和深刻的历史视野,其中所传达出的作者对于生活的深刻体验,也就使"日常"的生活具有了一种"奇异的感觉"。

毋庸赘言,传奇叙事以情节为结构中心,是中国古典小说的基本模式和传统。不过,在中国现代以来注重自我或注重"表现"自我的时代意义上,作者都是通过"讲故事"即叙事的方式把"人生经验的本质和意义"传示给他人,于是各种本质和意义在"偶遇"和"巧合"中的存在,便多少是缺乏了某种必然的。因此,在"将文艺当作高兴时的游戏或失意时的消遣的时候""已经过去"的"五四"以来的现代文学叙事中,便逐渐形成了一种"非情节化"的结构意识,有了一种"切近日常生活、表现平民百姓喜怒哀乐"的文学取向。比如叶圣陶是冷静地解剖小人物灰色的生命,郁达夫是细腻地袒露"零余者"惶惑的心态,而鲁迅则是让大众麻木的目光和知识者痛苦的灵魂同时展示出来。所以鲁迅说:"这些极平常的,或者简直近于没有事情的悲剧,正如无声的言语一样,非由诗人画出它的形象来,是很不容易觉察的。然而人们灭亡于英雄的特别的悲剧者少,消磨于极平常的,或者简直近于没有事情的悲剧者却多。"②也正因此,现代的人们和文学发现,想

---

① [美]伊恩·P.瓦特:《小说的兴起》,高原、董红钧译,生活·读书·新知三联书店1992年版,第215页。
② 鲁迅:《几乎无事的悲剧》,见《鲁迅全集》第6卷,人民文学出版社2005年版,第383页。

要表现人生的真相，就必须丢掉巧妙而且有趣的"悬念""发现"和"突转"，不是用"善与恶，灵与肉的斩钉截铁的冲突那种古典的写法"，而是用"参差的对照的写法"来在日常的生活中表现小人物的悲剧。[1]于是，普通人的日常生活成为主要表现对象，场面的描写和心理的解剖取代了"故事性"的叙述，对近乎无事的悲剧的关注，使现代小说从以情节结构为中心转为以人物心理为结构中心。

张爱玲所处的20世纪40年代的上海，是一个既不需要亦无法创造英雄的写作环境，因此，尽管在小说的情节、人物（或性格）及背景（或环境）三个要素之间以"情节"最具有"娱乐性"，而张爱玲也充分意识到了"情节的传奇化"的阅读要求，但是，对于时代和社会有着深刻理解，对于"自己的文章"有着充分自信的她，还是自觉不自觉地体现出了与"五四"文学叙事"非英雄化"相一致的"反英雄化"取向。再回到张爱玲自己的定义上来——"在传奇里面寻找普通人，在普通人里寻找传奇"——在摆脱了因"英雄"的"传奇"生涯而形成的"情节离奇"的诱惑之后，张爱玲自觉地以普通人的日常生活为表现对象，着眼的自然也只能是"近乎无事的悲剧"。于是她的"传奇"的焦点便从外在的故事情节转为内在的人物情绪，"传奇"本身成为服务于人物主观感受的一种心理传奇。从这一点上，当张爱玲把人物性格尤其是心理情绪作为结构的中心时，就打破了人们传统的或者思维常态上的对于传奇的理解，给了人们一种具有"奇异的感觉"的不一样的"新传奇"。[2]

所谓"在普通人中寻找传奇"，就是一种化生活为结构，融结构于生活

---

[1] 张爱玲：《自己的文章》，见《张爱玲文集》第4卷，安徽文艺出版社1992年版，第175页。

[2] 张文东、王东：《论张爱玲〈传奇〉之叙事模式》，《社会科学战线》2009年第10期。

的结构原则,所以对于传统的结构模式而言,张爱玲对"传奇"的结构的理解就是于无结构中求结构,是要更加接近生活的原生态。比如在《封锁》中,在封闭的时空间里情节线索的意义丧失了,故事在相对静止的生活空间中即停驶的"电车"中发生,叙事结构也是以"电车"为中心的线索即按照电车外(运行)—电车内(停驶)—电车外(到站)展开的。如众所知,"电车"作为一种现代都市生活中普遍的运输工具,其固定的轨道、方向和终点,是定时、定向甚至是不可逆的。选择"电车"作为叙述线索的中心,张爱玲就是要在小说的叙事结构中以"电车"的上述属性形成无所不在的规定性。"开电车的人开电车。在大太阳底下,电车轨道像两条光莹莹的,水里钻出来的曲蟮,……就这么样往前移……没有完,没有完……如果不碰到封锁,电车的进行是永远不会断的。封锁了,摇铃了。……每一个'玲'字是冷冷的一小点,一点一点连成了一条虚线,切断了时间与空间。"[1]叙事是从运行着的电车(电车外)开始的,这实际是"经过近代高压生活磨练的"上海人日复一日、年复一年的奔波、忙碌着"往前移"的日常形态。吕宗桢和吴翠远是普通的上海人,所以他们的日常生活或者前移轨迹也不例外,由此说,在结构上这一开端是有突出意义的,甚至有象征的意味。但是"封锁"的出现,打破了日常的生活状态,也中断了"前移"的叙事线索,造成了叙事时间在空间意义上的凝固,凸显出结构的焦点,叙事主体开始转移,进入静止的车厢内,这其实是转入了人的内心世界,于是主人公悄然出场,一个没有预谋的调情计划"不声不响地宣布了"。由此不期然地,"封锁"的空间使"封闭"的心灵具有了短暂的"开放"的意义,但因电车本身空间的封闭,所以人物的心理还是无法超越相对固定的空间,所有短暂的快乐和

---

[1] 张爱玲:《封锁》,见《张爱玲文集》第1卷,安徽文艺出版社1992年版,第97页。

自由最终只能被生活本身的结构所束缚,就像是"整个的上海打了个盹,做了个不近情理的梦"。所以当"封锁"结束了,电车恢复正常行驶,曾经扭曲或变形的叙事便也重新回到原来的轨迹上,"乌壳虫不见了,爬回窠里去了"。

不过要注意的是,这种叙事结构并未因生活原生态结构的散乱性而进入混乱,反倒借助生活原生态的"显层结构"与人物心理上的"隐层结构"完成了一种同样的"常"与"非常"的"对立共构",形成了富有张力的二元结构特征。

按照生活原生态所具备或应该具备的故事线索来结构生成的单元叙事的组合形态即"显层结构",是把"传奇性的大线索结构"加以平凡化和模糊化,尤其是使之"日常化""家庭化",按照主要人物生活进程进行单元式叙事。当然,某几个叙事成分的简单编配并不是结构的本质意义,只有在不同叙事形态的意义上,才能获得作品结构的生命感,并在生活的厚度和意蕴的深度中获得补偿。所以,张爱玲传奇叙事结构的总体追求,是在"平凡"的故事中具有"不平凡"的心理力量,即平凡的人物、情节与不平凡的心理挣扎和极具深度的道德主题之间的双重建构,因而其"隐层结构"即主要体现为人物心理力量作为功能性的要素,借助其与显层结构要素的对立中所形成的"张力",决定着作品意义的生成。比如从《沉香屑 第一炉香》,我们就能清楚地看到这种叙事结构的"显""隐"两层是如何相互生发并相互转化的。

《沉香屑 第一炉香》写的是涉世未深的少女葛薇龙逐步走向沉沦的故事。这个故事即有两个结构层面:显层是葛薇龙进入梁太太府邸—进入梁太太的社交圈—爱上乔琪乔—发现自己被欺骗—走向堕落等几个叙事单元。这个结构具有情节上的合理性,但其独立存在并不能构成深刻的生活意蕴,因为其前后因果式的叙事顺序实际上是被人物心理力量和状态的变化决定的，即隐性的心理发展轨迹决定着显性的叙事线索，是隐层结构里葛薇龙的精神状态、心理活动即"灵魂的挣扎"推动着显层"情节"的发展，结构功能在不同的叙事单元上体现出来。比如在第一单元中，葛薇龙虽是"无知"少女但进取心和独立意识尚在，与梁太太的交际花式的灵魂和生活相比，她的单纯、自信的精神内质在本质上是与其对立的，所以当她进入梁太太家时，其原在的"单纯"或"无知"，便与梁太太的"污浊"之间产生了一种"张力"。不过在两个对立灵魂的交战中，"无知"使她并没抵抗住梁太太的"接纳"，埋下了她走向沉沦的因子，至于后来的种种"生活流"的情节变化，其实都可以从第一单元中这种富有张力的显隐结构中找到线索。在进入了社交圈子的第二单元中，葛薇龙日常生活的主题是"应酬"，灵魂上的游移和挣扎使具有高尚意味的读书目的被"新"的原本"属于"梁太太的价值观和人生观所逐渐取代，自我的丧失使她又在心理上产生了报复的欲望，灵魂的挣扎使生活的天平开始出现明显的倾斜，她与梁太太之间逐渐地由对峙转为"争风吃醋"。可见，作为隐层结构的心理力量本身并不是情节要素，但它在借助于显层的叙事获得体现的同时也决定着显层结构的平衡和变异，而在二者的整合性的共构中，叙事作品本身的文化容量和隐喻功能得以呈现。同时在以日常的"平衡"状态体现着隐层结构时，显层结构的叙事单元还激发出隐层结构的"不平衡"的心理力量，使隐层结构在心理结构和力量的变化发展中，逐渐上升并成为显层结构，重建一种心理结构上的平衡，由此通过"显""隐"两个结构层次的转化形成新的叙事结构。第三个叙事单元也一样。在经历了幻想的贬值、自信的破灭之后，物欲的诱惑终于战胜人性的力量，葛薇龙终于自觉地沉沦于深渊之中。就是通过这种"自我保有—自我挣扎—自我丧失"的"灵魂挣扎"的隐层结构与"平衡—平衡被打破—重新平衡"的显层结构之间的"共构",小说形成了叙事结构的双层性。

因叙事结构本身的双层性,张爱玲的传奇还体现出叙事策略的两端取向,并形成了叙事结构的双构性,而实际上,这种双构的两端并不是一般所说的"新"与"旧",而是暗合了"常"与"非常"的"传统"与"现代"。比如《倾城之恋》的叙事结构,其实就不是空间或行为意义上的,而依然是按照生活结构来完成的心理性结构,同时在这一具有心理意味的结构中,作者还以对"传统"与"现代"的独特理解,使叙事在传统意识与现代精神之间反复游走,体现出了反讽式的两端取向。[①]就像白流苏的"出走""需求""匮乏",其实首先都来自于生活结构的不合理,而不合理的"前在"因素则是传统意识,即封建性的社会心理内容。所以她的"出走",尽管也可算是对传统家庭的反叛,但却并没有真正走出封建传统的意识框架。从范柳原看也一样,"洋场气"及现代意识十足的他,把白流苏从一个封建的家庭中挖出来后,并没有与她进入传统的爱情与婚姻理解中,他给她的是还在现代洋场中的"高级调情"而不是"爱情"。于是,一个"现代"浪子与一个"传统"女子之间就形成了一种不和谐,"新派"的情感游戏与"古老"的爱情信念之间的对立,便构成了小说叙事反讽式的两端。

实际上,这种反讽的双构性结构,在《金锁记》中是曹七巧"没有光"一样地把现代社会的"开放性"封闭起来,在《沉香屑 第二炉香》中则是主人公对于"性"及人性的不同理解,等等。所以在张爱玲这种结构方式中,"封闭"与"开放"、"反叛"与"皈依"、"传统"与"现代"是始终交织在一起的,并以二者"常"与"非常"所构成的"张力场",形成了

---

① 张文东、王东:《论张爱玲〈传奇〉之叙事模式》,《社会科学战线》2009年第10期。

某种十分深刻的间离效果，使叙事在"双构"内容的纠缠、对比和撞击之中产生哲理的升华，形成了对世界意义的强烈而深刻的理解。

  作为叙事性文学的要素之一，背景即环境，它并不仅仅是"故事发生的地点和地方特色"，而是要"建立和保持一种情调，其情节和人物的塑造都被控制在某种情调和效果之下"①。如果说张爱玲的传奇是要传达一个"苍凉的启示"的话，那么她在对立和错位中完成的背景，则集中呈现出"荒凉"的主题意蕴。傅雷曾这样描述张爱玲的小说世界："遗老遗少和小资产阶级，全部为男女问题这噩梦所苦，噩梦中是淫雨连绵的秋天，潮腻腻、灰暗、肮脏、窒息与腐烂的气味，像是病人临终的房间。烦恼、焦急、挣扎，全无结果。噩梦没有边际，也就无从逃脱。零星的折磨，生死的苦难，在此只是无名的浪费。青春、幻想、热情、希望，都没有生存的地方。川嫦的卧室，姚先生的家，封锁期间的电车车厢里，扩大起来便是整个的社会，一切之上还有一只瞧不及的巨手张开着，不知从哪儿重重地压下来，要压瘪每个人的心房。这样一幅图案印在劣质的报纸上，线条和对照模糊一点，就该和张女士的短篇差不多。"②在这段描绘性的论述中，傅雷对《传奇》叙事中背景的由大到小的把握是相当准确的。如其所言，现代都市大背景下社会与时代的内容本来是极其丰富的，甚至其"广阔"与"喧嚣"是让人眼花缭乱的。但在张爱玲的"传奇"中，这些"正常"的社会和时代的大背景被模糊了，她想给人的常常是具有"非常"感觉的"具体"背景，要么是封闭的、没落的旧家庭，要么是中西杂交的"怪胎"式的生存环境，以及由此生成的"非理性"文化氛围。

---

  ① [美] 韦勒克、沃伦：《文学理论》，刘象愚等译，生活·读书·新知三联书店1984年版，第248页。
  ② 傅雷（迅雨）：《论张爱玲的小说》，《万象》月刊1944年5月第3卷第11期。

《金锁记》中的姜公馆,《倾城之恋》中的白公馆,《留情》中的杨太太家、《茉莉香片》中的聂传庆家等,是封闭的没落的旧家庭这种特殊环境的代表。它们有着相似甚至相同的基本品格,即都曾拥有过一段辉煌时代,但随着社会和时代的巨变,原来的"姹紫嫣红"都已"似这般付与断井颓垣",现代的"大阳光"下只剩"满眼的荒凉"。这种环境里的遗老遗少们,坚守着一种自成体系的与时代相背离的封闭与沉沦,曾经的"开通"转成回忆的"梦魇",其自私、残酷、守旧和冷漠的心理特征,与死气沉沉、破败、荒凉的封闭环境浑然一体,在对立和错位中走进"没有光的所在"。"家庭内景,可以看作是对人物的转喻性的或隐喻性的表现。"[①]所以,住所是人物的"延伸",遗老遗少们在这种与世隔绝的背景里,便总也走不出那种弥漫着"鸦片烟香"的生活,由几代人共同演绎出了一幕幕的"现代鬼故事"。就像曹七巧一样,在封闭、没落的旧家庭的明争暗斗中,这个曾经天真的姑娘不仅给自己戴上了"黄金的枷",还"用那沉重的枷角劈杀了几个人,没死的也送了半条命"。

张爱玲在现代社会里的"传奇",与在封闭的旧家庭上的"非常"意义不同,更多是为人物提供了一种在"荒诞、精巧、滑稽"的殖民文化环境下的"畸形"的生存环境。同样作为人物的延伸,这种生存环境与社会、时代的"对照"与"参差",既体现为中西杂糅的家庭背景,也形成了人物活动的非理性的文化氛围。

《沉香屑 第一炉香》的开篇有对梁太太家中花园极为细致的具有情感内蕴的描写:长方形的草坪,矮矮的白栏杆,齐齐整整的常青树,种着艳丽

---

① [美] 韦勒克、沃伦:《文学理论》,刘象愚等译,生活·读书·新知三联书店1984年版,第248页。

的英国玫瑰的疏疏落落的两个花床,开着鲜亮的虾子红花朵的一棵角落里的杜鹃。这只"乱山中凭空擎出的一只金漆托盘"的外面,是轰轰烈烈开着红色杜鹃花的荒山,浓蓝的海,白色的大船……尤其重要的是,"这里不单是色彩的强烈对照给予观者一种眩晕的不真实的感觉——处处都是对照;各种不调和的地方背景,时代气氛,全是硬生生地给搀糅在一起,造成一种奇幻的境界"①,而且梁太太家也同样是"不调和"的"对照",所以"这里的中国,是西方人心目中的中国,荒诞,精巧,滑稽"②。正是这种生存环境的"畸形",才造就了梁太太、乔琪乔们人生的"畸形",同时他们又在与这种背景的统一中,主动扮演着一种制造"畸形"的角色,并最后完成了对葛薇龙的"畸形"改造。因为"两栖性"的行为造成了生存环境的"怪异",而中西杂糅的"畸形"文化则更是造成了现代洋场中"怪胎"式的人物,所以张爱玲"新传奇"的"理性"思考,其实就产生于这种"非理性"的背景与"非理性"的人物之间的"和谐"中。其他如《阿小悲秋》中的哥尔达家、《红玫瑰与白玫瑰》中的佟振保家、《心经》中的许小寒家等,都与此相同或相通,而像《沉香屑 第二炉香》中罗杰的死,实际是这种"非理性"环境对"现代"人物的典型性扼杀。

作品的背景,实际上都与作品的叙事视角直接相连。从叙事学的角度来看,所谓叙事视角,就是叙事人站在何种角度、以什么方式来叙事。借用鲁迅的观点,传奇叙事作为中国传统小说基本模式,在志怪小说的基础上演进而来,其所谓"搜奇记逸""作意好奇""叙述婉转""意想"丰富等,都

---

① 张爱玲:《沉香屑 第一炉香》,见《张爱玲文集》第2卷,安徽文艺出版社1992年版,第1页。
② 张爱玲:《沉香屑 第一炉香》,见《张爱玲文集》第2卷,安徽文艺出版社1992年版,第2页。

是其"特绝"而"特异"的叙事要素①。因此传奇叙事一直是多使用"全知视角"的,这种视角的叙事优势在于可以自由出入于生活与心理空间,便于自由剖析众多人物心理和展示多元生活场景,尤其利于"情节的传奇化"。不过,由于全知视角与历史叙事关系亲密,所以在它历史"真实"的同时,有时会失去普通人日常生活中的"感觉"真实,这不仅对于现代的读者来说是可疑的,而且所"预留"的联想空间也有限。因此,中国小说在现代化进程中,为了传达好对人生的"理解",便借鉴西方小说叙事技巧,打破"全知叙事"视角,代之以"限知视角",即借人物之眼来看世界,力图使叙事回到"感觉"上的真实。②

如果我们可以注意到,"以作者的身份讲故事,不知不觉中就渐渐过渡到从人物的角度进行描述,接着又以同样的方式恢复到作者的身份进行讲述;而且一篇小说中这样的转换可以出现几次"③,那么这种不明确的、不稳定的、难于间离的视角本身是不是一种具有整合意味的新的"模糊"(ambiguous)的视角形态呢?而实际上,当张爱玲《传奇》里叙述者有意识地从现实层面介入生命层面、从情节层面进入心理层面的时候,模糊便成为一种功能。表面看,张爱玲所采用的大都是全知视角,比如她借用说书人的口吻来进行叙述,《沉香屑 第一炉香》《沉香屑 第二炉香》和《倾城之恋》等,都是这种"一般"的全知视角。但实际上张爱玲所谓"传奇",是"在传奇里面寻找普通人,在普通人里寻找传奇",即是在"摆脱了因'英雄'的'传奇'生涯而形成的'情节离奇'的诱惑之后,自觉地以普通人的

---

① 鲁迅:《中国小说史略第八篇·唐之传奇文(上)》,见《鲁迅全集》第9卷,人民文学出版社2005年版,第73页。
② 陈平原:《中国小说叙事模式的转变》,上海人民出版社1988年版,第90—95页。
③ [苏]谢·安东诺夫:《短篇小说写作技巧》,白春仁等译,重庆出版社1985年版,第113页。

日常生活为表现对象，着眼于'近乎无事的悲剧'"，其"传奇"的焦点"便从外在的故事情节转为内在的人物情绪，'传奇'本身成为服务于人物主观感受的一种心理传奇"①。因此，当张爱玲选择"向后看"，以人物心理情绪为结构中心时，其"常态"与"非常态"的"对立共构"中，便使故事的叙述从现实生活空间进入了具有心理空间意味的模糊背景中。这种叙事视角，就在摆脱了空间形态束缚之后，呈现着心理空间意义的模糊形态。

张爱玲的传奇，在要求生活真实即注重"细节的写实化"的同时，更注重"感觉"和"人性"的真实，于是她的限知叙事首先有着突出的意义。如《沉香屑　第一炉香》中涉及葛薇龙初进梁府遭到奚落独自在客厅不免心酸时写道："薇龙一抬眼望见钢琴上面，宝蓝瓷盘里一棵仙人掌，正是含苞欲放，那苍绿的厚叶子，四下里探着头，像一窠青蛇，那枝头的一捻红，便像吐出的蛇信子，……薇龙不觉打了个寒噤。"②这种从葛薇龙的眼睛看出去的叙事视角，使仙人掌象征性地喻示着葛薇龙自己的"感觉"以及未来的命运，虽不是"全知"叙事对于人物心理的剖析，但在"见得"的意义上却是具有"全知"意味的限知视角的运用了。

高恒文把张爱玲在《沉香屑　第一炉香》中的叙事视角使用看作是一个小说的"套子"，"由一个很有个性特征的叙述者开始讲故事，但故事的实体真正开始时，叙述视角就马上从'限知视角'的叙述转换为'全知视角'的叙述，直到小说的结尾，故事情节全部结束之后，才回到开头的这种叙述形式上来"。③但实际上，这种"说书人"与人物的双重叙事，并不仅仅是

---

① 张文东：《常与非常——张爱玲〈传奇〉叙事之结构模式》，《吉林大学社会科学学报》2005年第6期，第39页。
② 张爱玲：《沉香屑　第一炉香》，见《张爱玲文集》第2卷，安徽文艺出版社1992年版，第8页。
③ 高恒文：《论〈传奇〉与〈红楼梦〉的叙述艺术》，《红楼梦学刊》1999年第1期。

一种视角的转换，而是一种有意识的模糊，即是在"全知"与"限知"整合转换的基础上的一种既"全知"亦"限知"而又既不"全知"亦不"限知"的模糊视角。比较典型的是《留情》中敦凤在杨太太家时，有一个重复出现的"隔壁人家"电话响起的叙事细节。如果说第一次铃声响起，"使"敦凤"为它所震动"尚是"全知视角"的话，那么马上就被"意识流"上"自卫"延伸而来"凄凉"的"空"所消解，这就是一种视角的模糊。敦凤"忽然听得"第二次铃声，是限知视角，但是随之而来的"看到"，感觉上的置换再一次模糊了叙事的视角，又使限知视角有了全知的意义。两次电话铃声的响起，作者用的叙事视角不同，其传奇叙事的视角就具有了双重视角的"整合"的意义，即全知与限知在整体意义上的具有"模糊性"的"整合"，这大概也可谓是她的一种"参差对照的写法"吧。

三、自己的文章——特定语境与特殊选择

傅雷说张爱玲："在这样一个低气压的时代，水土特别不相宜的地方，谁也不存什么幻想，期待文艺园地里有奇花异卉探出头来。然而天下比较重要的事故，往往在你冷不防的时候出现。"①确实，抗日战争时期沦陷区的上海，是"丧失主体的都市"，时代正处在"梦魇"般生死未卜的暧昧纠缠之中，张爱玲这样"太突兀，太像奇迹"地出现在"荒凉"的上海文坛，又在几十年后以其特殊的"传奇叙事"重新在中国文坛占据特殊的地位。所以，柯灵把张爱玲的出现归结为一种时代的特殊："我扳着指头算来算去，偌大的文坛，哪个阶段都安放不下一个张爱玲；上海沦陷，才给了她机会。日本侵略者和汪精卫政权把新文学的传统一刀切断了，只要不反对他们，有点文

---

① 傅雷（迅雨）：《论张爱玲的小说》，《万象》月刊1944年5月第3卷第11期。

学艺术粉饰太平,求之不得,给他们什么,当然是毫不计较的。天高皇帝远,这就给张爱玲提供了大显身手的舞台。"①这是很有道理的。但在张爱玲的"传奇叙事"的意义上,或许还应有更加深刻的合理解释。

从张爱玲的个体生存体验来看,她家族背景显赫,有新潮而又冷漠的母亲和遗少般的父亲但却没有父母的爱,也从没有真正意义的家。童年记忆里的家是和父亲一起"沉下去,沉下去"的"怪异的世界","楼板上的蓝色的月光"是"那静静的杀机"。母亲所谓西方文明的教育是"一个失败的经验",当"罗曼蒂克"的"爱"被毁灭之后,她便"赤裸裸地站在天底下了,被裁判着像一切的惶惑的未成年的人,困于过度的自夸与自鄙"。②尤其是在香港经历的战争痛苦,她更深切感受到了"烬余"的文明那种"无牵无挂的虚空与绝望"③。于是对"生命"的感受是"生命是一袭华美的袍,爬满了蚤子"④,对"时代"的感受则是"时代是仓促的,已经在破坏中,还有更大的破坏要来"⑤,"人是生活在一个时代里的,可是这时代却在影子似的沉没下去"⑥。她在现实的世界里看到的只是"什么都完了"的"虚空与绝望"。宋家宏认为张爱玲的创作心态是一种"失落者"的心态,被沉落的家族所"裹挟着一起失落于时代",战争的阴影把她和所有的人笼罩在一个"也许注定要被打翻的"角落里,"决定了她对人性的悲观,对历史文明发展的悲观,也就是她精神上的悲观气质"。因此她只是"冷冷地告诉人们:

---

① 柯灵:《遥寄张爱玲》,《读书》1985年第4期。
② 本段关于张爱玲的童年生活所引资料均见张爱玲《私语》,见《张爱玲文集》第4卷,安徽文艺出版社1992年版,第99—110页。
③ 张爱玲:《烬余录》,见《张爱玲文集》第4卷,安徽文艺出版社1992年版,第57页。
④ 张爱玲:《天才梦》,见《张爱玲文集》第4卷,安徽文艺出版社1992年版,第18页。
⑤ 张爱玲:《〈传奇〉再版序》,见《张爱玲文集》第4卷,安徽文艺出版社1992年版,第135页。
⑥ 张爱玲:《自己的文章》,见《张爱玲文集》第4卷,安徽文艺出版社1992年版,第174页。

人间无爱,至多有一层温情的面纱",正是这种主观的情绪基调和客观上的战乱岁月投影在心理上,使她的传奇有了弥漫的"荒凉"。①这种"失落者"心态分析是有理由的。而当我们把这种对于"孤立的个人的专注",扩大到整个沦陷时期的上海时,便可以看到上海人已经在"政治、经济、文化、精神方面都陷入更加绝望的境地……","使早已变得暧昧的身份,如今愈加不确定"。②这当然又是一种弥漫了整个社会和时代的"失落者"心态了!

于是,天才与敏感的张爱玲,其个体"失落"的心态与整体"失落"的心态相契合,把琐细的趣味、现世的快乐和平凡的人情物理一起幻化成"乱世"的人在"失落"的时代里的"平凡"的热情,使得"普通人的平凡人生"在"传奇"意义上可以走进一个特殊的时代"阅读"。同时,张爱玲的"出名"情结也来自于这种"失落者"的心态,甚至还在"更广大"的"乱世之感"中充分地得以扩张,使她在这个情结中急匆匆地走上上海的文坛。第一本小说集《传奇》出版后四天便销售一空,旋即再版,在《传奇》再版序中,张爱玲便掩饰不住自己心头的喜悦和对于出名的热切盼望了:"呵,出名要趁早呀!来得太晚的话,快乐也不那么痛快。最初在校刊上登两篇文章,也是发了疯似的高兴着,自己读了一遍又一遍,每一次都像是第一次见到。就现在已经没有那么容易兴奋了。所以更加要催,快,快,迟了来不及了,来不及了。"③只不过是她在"出名"的喜悦中也依旧无法摆脱那种"骨子里"的"悲观","个人即使等得及,时代是仓促的,已经在破坏中,还有更大的破坏要来。有一天我们的文明,不论是升华还是浮华,都要成

---

① 宋家宏:《张爱玲的"失落者"心态及创作》,《文学评论》1988年第1期。
② 邵迎建:《〈传奇〉文学与流言人生》,生活·读书·新知三联书店1998年版,第6页。
③ 张爱玲:《〈传奇〉再版序》,见《张爱玲文集》第4卷,安徽文艺出版社1992年版,第135页。

为过去。如果我最常用的字是'荒凉',那是因为思想背景里有这惘惘的威胁。"①这种宿命般的彻悟之感,包含了强烈的"自我"在"惘惘的威胁"中的迫不及待,它既来自于对"时代"的了解,也来自于对整个文明的认识。因此说,这就是张爱玲的一种特殊的时间观念、独特的价值观念、深刻的生存体验。也正因这种体验,张爱玲才有了因"作家的第二视力"所发现的"常"与"非常"的对立统一:"当人们的第一视力看到'文明'时,她却看到'荒原';当人们看到情感的可能时,她却看到不可能;而当人们看到不可能时,她却看到可能。……张爱玲的作品具有很浓的苍凉感,而其苍凉的内涵又很独特,其独特的意义就是对于文明和人性的悲观。"②当然,也正是张爱玲的这种"超越空间(都市)和超越时间(历史)"的"哲学家"特点,才使得她的传奇叙事有了特殊的传奇的命运。

普通人的家庭生活和爱情故事是张爱玲传奇的主题,如果说"失落者"心态是她如此选择的主观因素的话,那么客观因素,则并不是柯灵所说的"毫不计较"的时代的"宽松",而恰好相反,是来自于时代的"严酷",即沦陷区时上海文坛的"高压"及其所造成的"荒凉"。③

当年《杂志》的"再度复刊的话"中曾写道:"在如此这般窒息与庞乱的氛围中,许多的声音都在喧嚣,我们还有若干不甘缄默的人。"而1943年10月,女作家苏青创刊《天地》月刊时也曾特别提醒大家注意严格的检查制度,说:"只要检查处可以通过的话,便无不可说。"所以在一个"封

---

① 张爱玲:《〈传奇〉再版序》,见《张爱玲文集》第4卷,安徽文艺出版社1992年版,第135页。
② 参见刘再复:《评张爱玲的小说与夏志清的〈中国现代小说史〉》,李陀、陈燕谷编:《视界》第7辑,河北教育出版社2002年版,第178页。
③ 参见张文东:《"自己的文章"的背后——张爱玲〈传奇〉的政治叙事》,《文艺争鸣》2010年第13期。

锁"的时期，几乎所有的文章"都使人感觉到那个时代所特有的'疏离'气氛"。[①]在这种"疏离"的气氛中，"沦陷区的文字的主要功能从'国家、政治'这一形而上的话语转移到民生、民食等形而下的话语"，等到张爱玲这里，作家们普遍关注的都只是"饮食男女"而已[②]。因此可以说，在这样一个时代与人生纠缠不清的特殊的文学环境中，张爱玲已根本无法定位自己和自己的作品，她所急于确立和突出的自己的文化立场和文学个性，便在其具有浓厚个人主义的心态的驱使下，走向了与"国家、政治"距离较大的"普通人的日常生活"。对张爱玲而言，"五四"以来的主流文学传统，显然是一个"影响的焦虑"。所以她曾在一篇散文中借谈音乐谈到了"五四"运动的影响："大规模的交响乐自然又不同，那是浩浩荡荡五四运动一般地冲了来，把每个人的声音都变成了它的声音，前后左右呼啸喊嚓的都是自己的声音，人一开口就震惊于自己的声音的深宏远大；又像在初睡醒的时候听见人向你说话，不大知道是自己说的还是人家说的，感到模糊的恐怖。"[③]柯灵在这一点上是对的，张爱玲恰好赶上了"深宏远大"的声音遭到抑制而停歇的时机，于是她"大显身手"地发出了自己的声音。

这个声音就是张爱玲自己的传奇叙事。尤其是她与海派、新感觉派以及鸳鸯蝴蝶派有着一种共同的对市场的自觉意识，即在回避"五四"话语的同时，选取"传奇"作为书名并将其结构为叙事模式。她作为一个自觉地迎合大众阅读趣味的作家，对自己的文学要求并不高，像具有"消遣文学观"性

[①] 此处所引有关《杂志》与《天地》资料均见邵迎建《传奇文学与流言人生》，生活·读书·新知三联书店1998年版，第10—13页。另，《杂志》是张爱玲小说的主要发表刊物，《天地》则是她散文的阵地。
[②] 邵迎建：《传奇文学与流言人生》，生活·读书·新知三联书店1998年版，第15—19页。
[③] 张爱玲：《谈音乐》，见《张爱玲文集》第4卷，安徽文艺出版社1992年版，第164—165页。

质的"轻松""有意思"等定位,她也没觉得不妥。"我的作品,旧派的人看了觉得还轻松,可是嫌它不够舒服。新派的人看了觉得还有些意思,可是嫌它不够严肃。但我只能做到这样,而且自信也并非折中派。我只求自己能够写得真实些。"①所以在这个意义上张爱玲是能够把自己与传统的文人做出清醒区分的:"从前的文人是靠着统治阶级吃饭的,现在情形略有不同,我很高兴我的衣食父母不是'帝王家'而是买杂志的大众。"②所以用她自己的话来说,她的传奇在"新"与"旧"的意义上,是在雅俗共赏的角度上,形成了"旧小说情调与现代趣味的统一","我喜欢素朴,可是我只能从描写现代人的机智与装饰中去衬出人生的素朴的底子。……我不把虚伪与真实写成强烈的对照,却是用参差的对照的手法写出现代人的虚伪之中有真实,浮华之中有素朴……"③这就已经不再是"浮华"与"素朴"、"真实"与"虚伪"的隐喻与象征,而是一种近乎高尚的让"作品成为永生的"写作理念。也正是在这种理念的支配下,张爱玲才义无反顾地走上了"在传奇里面寻找普通人,在普通人里寻找传奇"的叙事道路,在"常"与"非常"的"对立共构"的叙事模式之中,创造了一种新的"传奇",并借此给了人们无尽的"苍凉"的启示。

---

① 张爱玲:《自己的文章》,见《张爱玲文集》第4卷,安徽文艺出版社1992年版,第175页。
② 张爱玲:《童言无忌》,见《张爱玲文集》第4卷,安徽文艺出版社1992年版,第87页。
③ 张爱玲:《自己的文章》,见《张爱玲文集》第4卷,安徽文艺出版社1992年版,第175页。

第四章 革命传奇：
现代中国革命历史的英雄叙事

众所周知，"启蒙"与"救亡"是"五四"以来社会时代所赋予中国现代文学的特殊使命和规范时空，也是中国现代文学发展中主流的意识框架。在这个框架之下，各种各样的文学思想及其体式，在中国现代文学中便不可拒绝地有了"主流"与"非主流"的位置和价值，由此一来，中国现代的历史政治形势的变化，便常常成为文学发展是否为"主流"的决定因素，就像柯灵说的那样，"中国新文学运动从来就和政治浪潮配合在一起，因果难分。五四时代的文学革命——反帝反封建，30年代的革命文学——阶级斗争，抗战时期——同仇敌忾，抗日救亡，理所当然是主流。除此之外，就都看作是离谱，旁门左道，既为正统所不容，也引不起读者的注意。这是一种不无缺陷的好传统，好处是与国家命运息息相关，随着时代亦步亦趋，如影随形；短处是无形中大大减削了文学领地。……抗战胜利以后，兵荒马乱，剑拔弩张，文学本身已经成为可有可无……"①柯灵这种线索性勾勒所提供的

---

① 柯灵：《遥寄张爱玲》，《读书》1985年第4期。

对于"主流"的认识是相当准确的。因此所谓"主流"文学的基本发展与流变也就是这样一个脉络，即"五四"时期的反帝、反封建文学即"为人生"的新文学；20年代以来的无产阶级文学即"革命文学"；30年代以来的无产阶级文学即"左翼文学"；40年代的抗战文学及解放区文学，后者既是左翼文学的发展，也是社会主义文学的初生。

在中国现代社会时代及其发展的意义上，"主流"的文学当然就是文学的"主流"。但是，也正因其与中国现代以政治斗争为核心的历史发展是紧密相连的，所以对这一"主流"的界定与思考，首先也是意识形态性的，甚至可以用另一个概念"革命叙事"①来概括这种具有强烈现实阶级斗争功利要求的所谓"主流"文学的存在与性质。

从本质意义来说，革命传奇是革命叙事的派生物，革命是它们共同的本质属性。因此，革命传奇在思想性质和内容上必须首先是"革命"的文学，然后才是艺术表现意义上的"传奇"。革命传奇作为革命叙事的共性存在形式之一，本身具有被革命叙事所决定的双重内容：一方面，表现宏大的革命事件与进程，与时代的主流意识形态话语密切统一；另一方面，表现革命中的英雄人物，展现革命中人们的选择、情感和命运。而同时，革命传奇作为革命叙事的特殊艺术表现方式之一，也同样有着双重意味的存在形态：一是从20世纪的20年代到40年代，以至到中华人民共和国成立后的"十七年"，革命传奇一以贯之地存在于整个革命文学的发展进程当中；二是作为革命叙事重要的艺术表现形式之一，革命传奇自身叙事模式的形成与完善，又在不同的时代要求和文学语境当中，表现出不同的特点和发展。所以，革命传

---

① 实际上这仍是一个比较接近蒋光慈那种"叙述'革命'及以'革命'的名义来叙述"的"革命文学"的概念，但是为了区别于二三十年代作为特指的"革命文学"，所以本文采用了这种"以革命生活为表现题材与内容"的、更广义的"革命叙事"的概念。

奇也还常常因其主题、事件以及人物的不同,用随时变换着的诸如"英雄传奇""战争传奇""红色传奇"以及"革命历史传奇"等等说法,来表现着同样的革命叙事①。

第一节　现代革命传奇——革命的历史与英雄的传奇

革命传奇或革命叙事作为一种特殊的讲述革命故事的方式,在中国20世纪文学中的出现,有着十分复杂而深刻的原因。这里既有创作主体即作家对于小说文体不断加深认识并顺应社会时代特殊表现要求的考虑,也有文学接受者即普通大众(尤其是工农大众)的阅读欣赏习惯以及对某种理想生活与人物的渴望所形成的背景动因。所以,创作者的形式创造与时代表现、接受者的阅读习惯与审美期待这两个方面的背景,就使革命传奇的发生与发展,从一开始就没有离开中国小说传奇叙事传统的影响。

一、历史与现实的共同呼唤

"说话"作为一种说唱形式,出现在北宋,至南宋开始发达。耐得翁《都城纪胜》所记载的"说话"的"四家"当中,除"小说"外,另两个"说铁骑儿"和"讲史书"后来发展和影响都较大,其中也都有属于"历史演义"的"战争""史事"以及隐含的"英雄"的内容,"说铁骑儿"即近于后来的英雄传奇。

严敦易认为"说铁骑儿"是英雄传奇的源头,"'说铁骑儿'是自北宋

---

① 参见张文东、王东:《中国现代文学革命叙事的"大众化"取向》,《求索》2009年第12期。

灭亡以来，民间艺人们所津津乐道，与夫广大听众所热切欢迎的，包括了农民暴动和起义以及发展为抗金义兵的一些英雄的故事"①。胡士莹也以为，"'说铁骑儿'的具体内容很可能是《狄青》、《杨家将》、《中兴名将传》（张、韩、刘、岳）以及参加抗辽抗金的各种义兵，直至农民起义的队伍……'说铁骑儿'显然是以民族战争中的英雄为主体而不是以一朝一代的兴废为主体的。"②而且，其"多虚少实"的特点与"讲史书"的"真假相半"不同，属于小说范畴即谓传奇的一种。③

数家"说话"后来到元中叶，逐渐发展成长篇"平话"即话本，如《全相平话五种》——包括《武王伐纣书》三卷，《乐毅图齐七国春秋后集》三卷，《秦并六国秦始皇传》三卷，《吕后斩韩信前汉书续集》三卷，《三国志平话》三卷等。④前两种是大量的神怪仙佛故事附会，甚至将历史战争演变成为仙人斗法；中间两种尚较尊重历史事实，少了许多无稽谣传；而《三国志平话》则进入因果报应、世事轮回的老路，由此演化了一场三国之争。可见当时有着"讲史"意味的话本相当地混乱，有一定的数量和市场，但同时又史、事不清或仙、人难辨。

显然，这种"平话"类型的模糊及内容的混乱主要有两方面的原因：一是讲述故事的"平话"的文学性的叙事观念不确定——小说也好，传奇也罢，这一时期还没在叙事上明确做出内容与表现类型的区分；二是民间流传的"平话"因其集体创作与加工的背景，很难有统一创作意图和单一叙事方式。尤其是，在尚未形成一种文人创作之前，"话本"更多是作为一种"现

---

① 严敦易：《水浒传的演变》，作家出版社1957年版，第69页。
② 胡士莹：《话本小说概论》，中华书局1980年版，第113页。
③ 参见张锦池：《〈大唐三藏取经诗话〉"说话"家数考论——兼谈宋人"说话"分类问题》，《学术交流》1989年第3期。
④ 这五种书的成书具体年代和成书先后已无从考据，只能大概断定最晚者当在元中叶前。

场"化的"说书"形式存在,因此它是说书人"说"给听众"听"的。如郑振铎所言:"说书家是惟恐其故事之不离奇,不激昂的;若一落于平庸,便不会耸动顾客的听闻。所以他们最喜欢用奇异不测的故事,警骇可喜的传说,且更故以危辞峻语来增高描叙的趣味。"①

于是,这种具有现场表演性的讲述形式,便形成了"讲述"活动的"无奇不传""无传不奇"。明代以来,大量的章回体小说出现,其主体的历史演义和英雄传奇都是以民间叙事为根基,以虚构史事为故事,充满了传奇色彩。尤其是《三国演义》和《水浒传》,其讲述故事的特别、读者接受的普遍,包括对后来的革命传奇产生的直接影响,都是最大的。"然自元明以降,小说势力入人之深,渐为识者所共认。盖全国大多数人之思想业识,强半出自小说,言英雄则《三国》《水浒》《说唐》《征西》,言哲理则《封神》《西游》,言情绪则《红楼》、《西厢》,自余无量数之长章短帙,樊然杂陈,而各皆分占势力之一部分,此种势力,幡结于人人之脑识中,而因发为言论行事,虽具有过人之智慧、过人之才力者,欲其思想尽脱离小说之束缚,殆为绝对不可能之事。"②

不过一般以为,《三国演义》属历史演义,《水浒传》属英雄传奇,二者在取材、用意等方面还是有所区别的,并因这些区别使英雄传奇较之于历史演义实际有着更为广阔的书写和读者空间。所以如果从不同的表现内容和方式上来区分传奇与演义的话,那么英雄传奇实际更有表现内容和方式上的"虚构""想象"甚至"戏剧化"等特点。在中国20世纪尤其是上半期这样一个以"革命"为中心特征的时代里,无论是"夺取政权""重建社会

---

① 参见郑振铎:《插图本中国文学史》,北京出版社1999年版,第710页。
② 梁启超:《告小说家》,《中华小说界》1915年第2卷第1期。

秩序"的革命斗争要求，还是在"社会危机"中能够"挺身而出"的革命人物追求，历史与现实的"着眼点"其实与传统的传奇或英雄传奇基本是一致的，甚至更因这个"激进"的时代所赋予的"传奇"的色彩，令中国现代以来的小说创作，直接接受英雄传奇的叙事模式，上演出属于革命者自己的"革命英雄传奇"。所以，"英雄对于文学作家而言，永远是一个创作上的巨大诱惑。无论是古希腊史诗、古罗马戏剧，还是唐代的传奇、宋元的话本，民间传奇式的侠义英雄一直都是文学作品中的主角"。①只不过现代意义上的革命传奇既然是在古典传奇传统的整体影响之下，因此它便既有历史演义中的某些情节模式，又有英雄传奇中人物塑造的某些特点。

精英知识分子们在中国近代以来落后挨打的现实历史情境之下，最初追求的是民间传统意义上的"侠客"与侠义精神。就像秋瑾曾自命为"鉴湖女侠""汉侠女儿"，而鲁迅也曾自号"嘎剑生"等。这种自觉的"侠客"名号，实际上就是一种时代共同的对于"侠客"（英雄）的呼唤和期盼，同时也是一种"侠客"（英雄）的创造要求。"20世纪是中国历史上的一个特殊时期：在深重的民族文化危机情境中，各种'卡里斯马'人物横空出世，风云际会，各显英雄本色。这种英雄姿态也在这时期的小说中获得有力的象征性形式，这就是现代卡里斯马典型。20世纪中国小说的一个贯穿始终的显著特色，便是创造这种典型。"②而与古代英雄传奇中"侠客"形象相一致的潜在心理追求，便尤其使中国现代小说中的革命英雄具有着强烈的浪漫与理想色彩，即异常强烈的正义感和反抗精神，超人般的意志品质及革命本领，

---

① 宋剑华、戴莉：《传统与现代：论革命英雄传奇对民间英雄传奇的历史演绎》，《社会科学辑刊》2002年第4期。
② 王一川：《中国现代卡里斯马典型——二十世纪小说人物的修辞论阐释》引言，云南人民出版社1994年版。

可以战胜一切艰难险阻的顽强人格，揽天下为己任的自觉革命要求。他们要不就是时代精神、社会理想的先觉者，要么就是冲锋陷阵、奋勇杀敌的战斗者，要么还是毫不利己、专门利人的献身者。应该说，首先出现在20世纪上半期革命文学以及左翼文学中的英雄人物，往往是一批有着浪漫的共产主义理想的知识分子，他们可能拖着孱弱的身体，但却是工人与农民运动中的精神领袖；而出现在解放区文学中的英雄主人公，则往往是在党的培养和领导下飞速成长起来的工农兵代表，虽出身于普通群众阵营中，但革命造就了英雄，英雄推动着革命，他们以非凡的本领和对党和人民的无限忠诚，在革命斗争中百战不殆、战无不胜。所以，这种审美心理结构与传统传奇叙事模式之间的一致性，便与传统传奇一样，使现代革命传奇在艺术上体现出了英雄人物塑造的类型化、夸张化。

李渔在讨论传奇所用的素材时有一段论述："传奇所用之事，或古、或今，有虚、有实，随人拈取。古者，书籍所载，古人现成之事也；今者，耳目传闻，当时仅见之事也；实者就事敷陈，不假造作，有根有据之谓也；虚者，空中楼阁，随意构成，无影无形之谓也。人谓：'古事多实，近事多虚。'予曰：'不然。传奇无实，大半皆寓言耳。欲劝人为孝，则举孝子出名，但有一行可纪，则不必尽有其事，凡属孝亲所应有者，悉取而加之，亦犹待之不善不如是之甚也。一居下流，天下之恶皆归焉。其余表忠、表节与种种劝人为善之剧，率同于此。'"①而按这种类型化的理解，也可将其作为一种传奇创作的原则，即，欲劝人救国革命者，则举革命之一切，不必尽有其事，凡属爱国者所应有者，悉取而加之，而被革命者，则天下之恶皆

---

① 李渔：《闲情偶寄》，《中国古典戏曲论著集成》（七），中国戏剧出版社1959年版，第20—21页。

归之。

就像我们从身体叙事的意义上看到的,作为一种对人物思想和行为完全化改造的过程,革命传奇还包含了对于革命者身体本身即外貌描绘的改造,即"使其更符合革命的要求"①。浓眉大眼、身材魁梧往往是革命英雄的标准像,相反,各种各样的反动人物的标准像则是相貌丑陋、表情猥琐。所以,如传统传奇中的忠奸脸谱意识一样,形态性的阶级成分成为决定相貌美丑的叙事因素。再从行为叙事来看,革命英雄和传统传奇中的英雄人物一样②,往往出身贫寒、深受压迫、历经磨难、奋起反抗,不但经历丰富,甚至身怀绝技。如《少年漂泊者》中的汪中,是一个全家被地主逼死的流浪儿,做过书童、乞丐、学徒、店员,后来接受先进思想,辗转成为工人,参加罢工而被捕入狱,最后终于参加军校并战死沙场。主人公的经历本身即是传奇,不仅在经历各种身份时遭遇着各种各样的歧视和剥削,还有着各种各样的艰难和曲折,甚至连爱情生活也因阶级斗争而破碎了。当然,革命传奇中的英雄形象与传统小说中的梁山好汉、杨家将等英雄形象在本质上是不同的:革命英雄不是李逵也不是林冲,没有江湖草莽气,虽然也曾有不甘压迫而奋起反抗的经历,但他们在革命传奇中所突出的,更多还是革命战士的高尚品质和崇高觉悟,所以说,思想和内容决定了革命传奇的艺术与形式。在小说形式上,革命传奇虽然在20世纪二三十年代还时常体现出"五四"新文学传统的"新形式",但到解放区文学中,便更多回归传统了,即继承传统章回体小说的叙事模式。其一是使用章回体形式叙事,如柯蓝创作的《洋铁桶的

---

① 参见葛红兵:《现代文学叙事体系中"阶级的身体"——革命时代的身体意识形态》,《郧阳师范高等专科学校学报》2005年第2期。
② 革命传奇中的英雄人物与传统传奇中的英雄人物常有一点出身上的不同,革命英雄往往出身贫寒,备受压迫,而传统英雄则往往因其民间背景被正统化,虽也有如梁山好汉等出身市井之辈,但在流传加工的基础上,还是更多具有仿佛"天生"的英雄气质。

故事》，全书分为四十段（即章回），题目为"洋铁桶投奔八路军，母猪河枪打乌龟头""白士正做贼心虚，洋铁桶黑夜遇害"……均使用传统章回目次的对仗工整形式。其二是运用说书人的叙事语态，不但体现为第三人称叙述的全知视角，并在形式上根据情节转折的关节点来进行章回设计，如《洋铁桶的故事》第二十三回的结尾，先是"（白士正）便赶忙从窗纸破烂的地方往里望了一眼，只见洋铁桶正从靠窗的办公桌前站起，把手里的毛笔一丢，抬起头来，说时迟那时快，白士正看得明白，手一提，对着洋铁桶啪的一枪，只听见哎哟一声"。故事在此作为上一段叙述戛然而止，转回来在第二十四段开头紧承前文，"第二十三段说到白士正暗杀洋铁桶，黑夜溜到窗外，朝着洋铁桶猛打一枪，只听见哎哟一声，白士正抬起头往窗里一看，说时迟，那时快，只见洋铁桶骂了一声：'好小子！'就把胳膊一扬，一颗子弹打在白士正的脸上，从左颊斜穿了进去，打得白士正连哎哟也没喊出来，马上栽倒在地上了"。[1]其三是使用通俗化的叙述语言，大多是朴素流畅的口语，甚至还带有地区方言。如陈登科的《杜大嫂》里在刻画杜大嫂的形象及其语言时写道："杜学华的老婆杜大嫂，生得一身精壮大汉子，两腿像木杠子，走起路来像走骡子，差不多的男人不是她的对手，耕田耙地，播种撒麦，样样全套。"[2]

需要注意到的，可能也更具有决定性的是，革命传奇的出现及其发展，始终与现实意义上的中国现代文学不断走向民间化、大众化的立场和要求密切相关。尽管如陈思和所说，自"五四"以来的"文艺大众化"还带有较强

---

[1] 柯蓝：《洋铁桶的故事》，见康濯主编：《中国解放区文学书系·小说编》第3卷，重庆出版社1992年版，第1897页。

[2] 陈登科：《杜大嫂》，见康濯主编：《中国解放区文学书系·小说编》第2卷，重庆出版社1992年版，第812页。

的知识分子"自语"的色彩,但是这种"大众化"的底层立场和要求,必然会成为一种有影响的取向,"从'五四'文学革命到当代大众文化,'文艺大众化'是纵贯20世纪中国文艺思潮并占据主流支配地位的思潮观念"。①

首先,从"五四"白话文运动开始,"白话文"作为"国语"便已经使"国民"(当然也是"大众")具有了成为新的国家主体的意义。因此,陈独秀的"三大主义"、周作人的"平民文学"以及"为人生"的"五四"文学等等,事实上也就有了面向"大众"的姿态和表现。其次,如果说"五四"时期的"大众化"还停留于观念层面并因其欧化的非大众化而遭到质疑的话,那么在二三十年代的"革命文学"与"左翼文学"当中,"大众化"则已经成为一种现实的文化要求和文学表现。尤其是到"左联"成立之后,关于"文学大众化"的问题更加被作为一个重要问题来研究,一大批左翼作家都给予了充分的强调,并且在从革命文学到左翼文学的历程中,"大众化"问题从一开始便印着无产阶级的烙印。"文学——就连一切艺术——应该是属于大众的,应该属于从事生产的大多数的民众的。可是从来这大多数的民众,因为生活条件所限没有和文学接近的机会。文学从来只是供资产阶级的享乐,不然便是消费的小资产阶级的排遣自慰的工具。"② "左联"理论家们便强调,大众文学是大众能欣赏的文学,也是大众能创作的文学。抗日战争时期,"文艺大众化"进入了陈思和所说的"民间"阶段,革命文学为在新的形势下适应抗战文学的迅速开展,强调文学必须宣传抗日并为广大人民群众所接受,于是开始讨论如何利用旧形式以及民间形式。其中茅盾

---

① 尤西林:《20世纪中国"文艺大众化"思潮的现代性嬗变》,《文学评论》2005年第4期。
② 郑伯奇:《关于文学大众化的问题》,见《文艺大众化问题讨论资料》,上海文艺出版社1987年版,第14页。

的看法较有代表性:"大众所能懂的形式,我以为是包含下列的原则的:(一)从头到尾说下去,故事的转弯抹角处都交代得清清楚楚。(二)抓住一个主人翁,使故事以此主人翁为中心顺序发展下去。(三)多对话,多动作;故事的发展在对话中叙出,人物的性格,则用叙述的说明。"① 甚至可见,茅盾总结的旧形式几乎完全是从我国古典小说中归纳出来的。

从某种意义来讲,经过前面的实践,到解放区文学时期,关于文艺大众化的问题基本得到了解决,即被彻底纳入政治意识形态。毛泽东在《新民主主义论》中明确地将"新民主主义文化"定义为"民族的科学的大众的文化",又于《在延安文艺座谈会上的讲话》(以下简称《讲话》)中"将'五四'以来争论不休的'文艺大众化'归结为一个枢纽性的关键:文艺家改造世界观使自己工农兵化"。② 不但明确了文艺工作者的无产阶级和人民大众的立场,也明确了文艺工作的对象是工农兵及其干部、文艺工作者要在作品中赞扬人民、讴歌人民的军队、赞美人民的政党等问题,进而还从艺术上强调了解放区文学要既有"新民主主义"内容,又有"民族形式"的"新鲜活泼的,为中国老百姓所喜闻乐见的中国作风和中国气派"。③ 这种确定的文艺指导思想直接影响革命传奇的形成和创作,并因历史条件和地域因素以及政治体制、文化培养等,使革命英雄传奇在以延安为中心的解放区最终走向成熟。

---

① 茅盾:《文艺大众化问题》,见《文艺大众化问题讨论资料》,上海文艺出版社1987年版,第383页。
② 尤西林:《20世纪中国"文艺大众化"思潮的现代性嬗变》,《文学评论》2005年第4期。
③ 毛泽东:《在延安文艺座谈会上的讲话》,见《毛泽东选集》第3卷,人民出版社1991年版,第848—850页。

二、时代旋律与史诗倾向

20世纪的前50年,是中国历史上最动荡的年代。帝国主义入侵,半封建半殖民地社会性质加深,西学东渐的大潮,传统文化的失落与彷徨,马克思主义传播,以及军阀割据,国内革命,抗日战争,解放战争……历史的走向、国家的政局、个人的前途和精神信仰,都在经受巨大考验的同时,发生着翻天覆地的变化,时代本身即在制造着各种各样的"传奇"。同时,特殊时代里严酷的政治环境和生存条件,对中国现代以来的作家们,有着无休无止的考验以及艰难抉择的要求。很多人并不是一开始就自觉选择了文学,而是最终在启蒙与被启蒙、革命与被革命、创造与被创造的双重意识结构中决定写作,因此对于他们自身来说,选择文学可能又是一种传奇。既然时代现实为人生的书写提供了可"传"之"奇",而生命的选择同样是时代要求下的"传奇"的必然,那么中国现代以来的作家,便在拥有着不可复制的人生"传奇"的同时,又以他们的心灵笔墨创造出让这个时代更丰富多彩的历史传奇。

按照黑格尔的说法,史诗与传奇有着天然的联系,"史诗就是一个民族的'传奇故事','书'或'圣经'"[1],同时,"'史诗'在希腊文里是Epos,原义是'平话'或故事,一般地说,'话'要说出的事物是什么,它要求有一种本身独立的内容,以便把内容是什么和内容经过怎样都说出来。史诗提供给意识去领略的是对象本身所处的关系和所经历的事迹,这就是对象所处的情境及其发展的广阔图景,也就是对象处在它们整个客观存在中的状态"[2]。因此,具有史诗性质的小说,都是完整的故事——起因、发展、高

---

[1] [德]黑格尔:《美学》第3卷(下),商务印书馆2009年版,第108页。
[2] [德]黑格尔:《美学》第3卷(下),商务印书馆2009年版,第102页。

潮、结局——有完整的叙事经过，因而史诗叙事的内容往往是对这个国家和民族的历史有着非同凡响的意义的事件，使对象处于广阔的社会关系中，以重大的历史事实为背景，在真实性中蕴含着"诗意"，即常常试图揭示历史的本质，进而在艺术上以其庞大的时空跨度和英雄主义的氛围营造，完成宏阔的历史叙事。所以从某种程度上来说，战争是史诗最好的题材和主题，而大部分战争题材的小说，也都具有史诗性质。中国现代文学中的革命传奇，除了与英雄传奇相统一，还主动契合着现实革命斗争的史诗性，在传奇心态和传奇思维的引导下，既保留了传奇的"浪漫"追求，又淡化和舍弃了传统中"作意好奇"的"虚构"色彩，以一种正史心态，把传奇性和史实性结合起来，形成了既充满浪漫色彩，又具有鲜明政治倾向与现实指向的革命历史传奇。

端木蕻良的小说向来被评论家认为有史诗色彩，特别是他的被认为带有自传体性质的长篇小说《科尔沁旗草原》。小说叙事借助一个古老的传说，讲述了一个具有传奇色彩的家族发迹史。作品有意设置了巨大跨度的历史时空，将沙俄入侵与"九一八"事变等重大历史事件，以具有蒙太奇意味的形式在大草原上广阔地展开，描绘了战争的危亡时刻对一个家族的破坏性影响，反映了中国自然经济的瞬间瓦解，以及像"老北风"、大山这些传奇人物的生存奇迹，形成了一种"史诗与譬喻的规模"（epic and allegoric dimensions）[1]。当然，端木蕻良小说的史诗性还来自于东北"传奇"的地域文化和自然风情，这片流放者的土地"顶顶荒凉"，"顶顶辽阔"，"畅快得怕人"，而又"宽阔无边"。这片土地"比沙漠还要幽静"，"比沙漠还要简单"，在这片土地上生活的人们，也多的是一些原始的气息。

---

[1] 夏志清：《中国现代小说史》，复旦大学出版社2005年版，第397页。

在革命历史传奇作家们的眼中,革命和战争具有永恒的价值和正义,也代表了历史的主体与未来的趋势,因此,从文学反映论的角度来说,史诗的真实性与长篇小说的真实性便可以联系甚至等同起来了。于是,革命历史传奇的作家们,便普遍有着一种崇高的正史心态以及严肃的"史传"艺术追求,甚至一直到后来的解放区文学当中,这种心态依旧是一种革命历史传奇得以产生的基本动机——就像《吕梁英雄传》作者简单的创作动机一样:"在那艰苦的战争年代里,我们和吕梁山区的人民群众一块战斗,共同生活,亲历了革命征程中的'血'与'火'的锻炼与考验,耳闻目睹了许许多多英雄人物的英雄事迹。所有这一切,就象(像)狂飙一样在我们的周身翻卷着,就象(像)春潮一样在我们的胸中鼓荡着,使我们的内心里常常有一种按捺不住的冲动,总觉得应该把敌后抗日军民在伟大领袖毛主席领导下,与日本帝国主义、汉奸走狗斗争的英雄事迹记载下来,谱以青史,亢声讴歌,弘扬后世。"①

其实,中国现代以来的小说家们大概都有这种正史心态,因为在中国传统知识分子忧国忧民、愤世嫉俗的道德传统以及感发志意、文以载道的文学精神中这是一种首要的传统。"中国古代没有留下篇幅巨大叙事曲折的史诗,在很长时间内,叙事技巧几乎成了史书的专利。……实际上自司马迁创立纪传体,进一步发展历史散文写人叙事的艺术手法,史书也的确为小说描写提供了可资直接借鉴的样板。"②因此,借比附史书以提高小说地位并以"史传"叙述为手法,实际上是中国小说家这种姿态本身的"入世"的理

---

① 高捷等编:《马烽 西戎研究资料》,山西人民出版社1985年版,第44页。
② 陈平原:《中国小说叙事模式的转变》,上海人民出版社1988年版,第221页。

念，也在小说家们心中郁结了一个"文章合为时而著，歌诗合为事而作"的现实主义情结。尤其是在特定的中国革命历史语境，小说家便顺理成章地自觉充当起了"社会历史学家"的角色。

还必须看到的是，可能正因革命历史传奇这种史诗追求以及正史心态，还使革命小说家们往往追求着一种"无名"与"共名"的统一叙事[①]。一方面，作为革命历史传奇的写作者，首先必须体现为"个别"意义上的"个人化"写作，才可能成为一个现实或者历史"传奇"的描述者，因此作者独特的生活经历、观察视野、生命体验以及描写方式，便使革命历史传奇首先具有个性色彩。如早期"革命文学"中蒋光慈、洪灵菲、华汉等人，其个人化叙事都具有强烈"自叙传"色彩，孙犁的具有"荷花淀"意韵的小说，也仍然是个人的"无名"状态。另一方面，革命历史传奇的作者们在书写"传奇"时，永远不会忘记他们作为"历史"的"记录者"的责任，因而使这种"历史"永远不局限于"个人"的"历史"。所以，革命历史传奇叙事所描述的不仅是革命斗争的发展史，同时也是革命英雄人物的成长史，其将个人英雄主义转化成为革命英雄主义的艺术追求，即是始终处于时代和阶级"共名"要求下的历史叙事，从而也就导致了"无名"被"共名"取代的最终道路："'阶级性'淘汰了'人性'，'我们'取代了'我'——个体形象的阶级群体化特征和艺术典型化意义，构成了左翼文学与'五四'新文学完全不同的审美价值取向。……20世纪30年代的中国现代文学渐渐褪去了个人主义的喜怒哀乐情调，逐渐加重了它政治意识形态的革命色彩；作家本人也不再作为独立自为的个体艺术家而存在，他们集体转变了'五四'以批判'国

[①] 这是借用陈思和的一种说法，主要是用以表现一种"个人叙事"与"集体叙事（或者说是意识形态化）"的对立内涵。参见陈思和：《中国新文学整体观》，上海文艺出版社2001年版。

民性'为己任的思想立场,进而成为工农大众根本利益的政治代表或阶级斗士。"①所以,虽然倾向于民间与大众的形式追求的革命历史传奇还尽可能保持了传统意味的"类型化"叙事取向,并没像主流文学一样走向所谓"典型化",但是革命历史传奇还是按照现实意识形态的规范,最终走上了"共名化"的道路,即"有相当多的新英雄人物的个性意识或自我灵魂被置换或者被阉割成了政治意识形态主流话语的传声筒或形象化符号,作为英雄人物的'我'在文本中所发出的声音不是出于内心的个性化的声音,似乎代表一个政党或某个社团或某些群众来言说的政治意识形态话语"。②即如我们所看到的,如果说20年代革命文学当中李初梨的《爱的劫掠》、蒋光慈的《少年漂泊者》、洪灵菲的"流亡"主题系列等还多多少少有着一种"无名"的倾诉个人苦恼与感伤的浪漫情调的话,那么在左翼文学中的甚至原本曾有个性的丁玲,也以《田家冲》等作品对主观意图的"传声筒"式的革命叙事,消解了"个性化"的写作。在解放区文学当中,以《讲话》所大力提倡的"新的人物"或"完全新型的人物"为标准,新的革命历史传奇,便也有了如《新儿女英雄传》中的杨小梅等人接受革命的宣传、摆脱了受虐待的家庭关系、走上革命的道路并成为一名妇女干部新的表现形态。因此说,文学的"共名"要求与特征,是在新的革命前提下所形成的中国现代文学一种具有政治意识形态性质的文学规范,是现实主义发展到阶级文学阶段上的必然产物,其现实奋斗与崇高理想相结合的宏大叙事形式,也必然消解着文学自身的"无名"的努力。

---

① 宋剑华:《论左翼文学运动的人文价值观》,《福建论坛》(人文社会科学版)2006年第1期。
② 朱德发:《革命现实主义文学"英雄理念"的反思与阐释》,《烟台大学学报》(哲学社会科学版)2005年第1期。

三、共性类型——"革命"的传奇叙事

如果不是刻意强调所谓历史或者英雄的区别表现的话,我们还可以简单地用革命传奇来统称中国现代文学史上的这种特殊革命叙事形式,甚至包括中华人民共和国成立后的革命英雄与历史叙事,尽管其有着一种阶段性上的不同要求和体式。

革命传奇伴随中国现代文学中的左翼思潮及其文学的发生、发展而发生、发展起来。在20年代的"普罗小说"、"左联"成立前的"革命文学"、30年代的"左翼文学"和"东北作家群"小说创作,以及40年代的"解放区文学"中,始终贯穿着革命传奇的文学样式,甚至这种文学样式和叙事模式一直贯穿到了当代文学当中。当然,在不同的历史时期,按照不同的时代要求,反映着不同的文学思想,革命传奇作为一种特殊的叙事形式,其结构模式、控制机制、意象修辞等方面都呈现出了不同的特点。但为了方便理解,我们将这种模式化的说明放在下一部分,而在此之前,先对各个时期革命传奇的内容及表现形态做一个简单的梳理,并根据革命传奇自身的发展历程,有意把说明的重点放在40年代的解放区文学当中。

20世纪20年代,作为革命文学的一种表现形式的革命传奇,首先来自于"普罗思潮"的背景,只是当时还停留在观念提倡的层面上。沈泽民、郭沫若及萧楚女、邓中夏、恽代英、瞿秋白等共产党人,都在国际"普罗"思潮的影响下,提出了关于革命文学的一致见解。因此也可大概以为在这种观念与社会的共同追求下,即从1924年以来,在张闻天的《旅途》、李初梨的《爱的劫掠》以及蒋光慈的《少年漂泊者》中,已经体现出"革命文学"的追求,其中初具形态的"革命加恋爱"模式及其"革命的罗曼蒂克"的艺术表现色彩,都可以作为一种"前"革命传奇来看待。至1928年,创造社、太

阳社的作家们开始集体大力倡导革命文学，并由此引发一场大规模的革命文学论争及创作，其中尤以蒋光慈为代表，形成了20年代主要的革命传奇。

如众所知，蒋光慈的革命经历及工作与他的文学创作始终相辅相成，他首先是一个革命家，然后才是一位作家，所以他的作品中始终具有饱满激昂的革命情感，以及革命的宣传和鼓动性。中篇小说《少年漂泊者》是蒋光慈的第一部作品，运用了书信体的形式，通过主人公汪中写给进步作家维嘉的书信，描写了贫民的儿子汪中在曲折、艰难的斗争中逐渐走上革命道路的一生，是一部以主人公汪中的孤儿流浪记所结构而成的"前"革命传奇。而作为革命者的爱情传奇的《鸭绿江上》和《碎了的心》等，一方面，小说表现有着鲜明的革命主线，如《鸭绿江上》是革命者与侵略者之间的战斗；另一方面，小说主体以现实生活为基础，如《碎了的心》说"此稿成于北京惨案之后9日"。尤其重要的是，小说中革命言说与爱情叙事紧密结合的"革命加恋爱"叙事模式的初步形成，对其后发展中的革命文学叙事产生了巨大的影响。

简单说来，20年代的革命文学作为革命传奇主要有两个特点：其一是"革命加恋爱"的情节模式。钱杏邨说蒋光慈的《野祭》是这一模式的始作俑者，"现在，大家都要写革命与恋爱的小说了，但是在《野祭》之前似乎还没有"[①]，大概不错。不过从"五四"新文学到革命文学，"从礼教与恋爱冲突，到革命与恋爱的冲突"[②]，其实始终都是特殊的时代背景使然。其二是大多带有作家的自叙传性质，并因这种具有知识分子自我政治想象的表现情绪，时常将革命、战争概念化，使人物语言以及叙述语言有一种主观浪漫化

---

① 钱杏邨：《〈野祭〉》，《太阳月刊》1928年2月号。
② 茅盾：《关于"差不多"》，见《茅盾全集》第21卷，人民文学出版社1990年版，第311页。

的生硬表现。就像蒋光慈在《少年漂泊者》里写到还是小学生的汪中面对父母的惨死时，竟然完全按照自己的主观情绪运用了带有大量意象和修辞的成人话语来表达强烈情感，把小说叙事主观化了。

30年代"左联"成立后广泛宣传和译介马克思主义的文艺理论，左翼文学有关革命现实主义的创作理论发展加快，在一定程度上清算和遏止了革命文学中"革命的罗曼蒂克"的功利主义倾向以及"革命加恋爱"叙事模式的泛滥。以丁玲的《水》为转折点，开始了"唯物辩证法创作方法"意义上的写实化，不但涌现了大量的反映工农运动的作品，具有"革命浪漫主义"色彩的革命传奇叙事也进一步地发展壮大。其中作为"东北作家群"一员的端木蕻良，以其早期反映东北沦陷和东北人民抗争精神的作品，塑造了一个个特殊的传奇英雄形象。如在《遥远的风沙》中写抗日小分队收编当地土匪武装，在两支队伍中都设计了传奇的英雄形象——"双蝎子"和"黑煤子"。双蝎子像传统"侠客"，武艺超群，有勇有谋，肝胆照人，不惜以生命掩护战友，是正面的"英雄"；而"黑煤子"则土匪出身，有诸多恶习，但在最后的关键时刻仍能大义凛然，舍生取义，是另类的"英雄"。他们都带给我们强烈的震撼。可以清晰地看到，贯穿于二三十年代的革命传奇，始终都在反映中国人民的斗争现实，尤其是在日本帝国主义的侵华战争不断扩大的背景之下。

艾芜的《南行记》同样是一部充满人生奇遇与传奇色彩的作品，其笔下到处是咆哮的深山、奔腾的江水和原始森林；淡漠的商人、马帮和盗马贼，异国的友人和旅伴，以及不知来历不知姓名却一样落魄的流浪者。作者饱含浪漫情绪地叙述了自己漂泊于中国西南边境和缅甸等地的特殊经历，作品充满不为中国内陆熟知的异域情调。虽严格说来它也许不是一部"革命"的传奇，但实际上作者还是表现出了创作态度的格外严肃和真实，有着左翼文学特征的意识形态性,即革命文学特点。

革命传奇至40年代在解放区文学中获得成熟。首先,文本中总是出现善恶对立的两极势力,工农群众是善的一方,地主阶级以及日本侵略者是恶的一方,两种势力之间的对立既是不可调和的,其对立斗争也不是观念上的,而是你死我活的现实战斗。按照这种斗争主线所形成的叙事模式,这种革命斗争中的革命英雄,完全转变为小说叙事的唯一主体。其次,故事的结局总是革命斗争取得胜利。在善、恶势力的对立斗争中,善的一方最初总是弱小的,但通过发展、斗争并因历史的必然性而取得最后胜利;恶的一方则总是最初强大,最后会因与历史背道而驰招致灭亡。所以解放区革命传奇的结局是按照人们已经"意识到"的历史规定性来确认的光明和胜利,尽管革命过程可能出现反复甚至失利,但曲折的道路最终必然通向光明的前途。第三,革命传奇在内容与形式的创造上,为了更好表现这种英雄及其历史力量,都采取了更加接近普通民众的大众化的叙事姿态,选取人民群众所熟知的民间故事及现实事件,吸收老百姓喜闻乐见的传统样式和表现手法,按照人民群众的审美欣赏习惯来结构情节或塑造人物。如新歌剧《白毛女》就是借太行山地区广泛流传的"白毛女"的民间传说,讲述了一个颇具传奇色彩的故事,在其诞生意义上,作为民间"传奇"的叙事要素,不仅仅是民间传奇故事,也是民间戏曲表现形式,与其"旧社会把人变成鬼,新社会把鬼变成人"的时代主题一起,成为解放区革命传奇的一个经典文本。不仅如此,解放区革命传奇的这些特点,还渗透在各种题材和样式的作品中。比如《吕梁英雄传》,描写了抗日战争时期康家寨组织民兵取得对敌斗争胜利的故事。从创作意图来看,是试图通过对一个村庄的叙事,反映出整个晋绥地区人民在抗日战争中的牺牲和斗争;从小说形式来看,作品采用了章回体的传统形式,围绕着斗争桦林霸、反扫荡、分化伪军势力、合围日军据点等核心情节展开了一个个传奇故事；从人物塑造来看，作品有意识地通过对雷石柱、孟二楞、张有义、康明理等不同个性人物的描写，试图勾勒出民兵英雄的群像，同时还塑造了与鬼子同归于尽的张忠老汉、急中生智掩护老武的康大婶等善良、勇敢的群众形象，同时小说还成功地塑造了作为革命对立面的反动群像——凶残成性的日本侵略者，奸诈、阴险的"桦林霸"康锡雪，狠毒、狡猾的康顺风，吝啬、刻薄的"小算盘"，等等。尤其是人民群众在斗争中表现出的革命品质，在严酷的斗争环境下具有崇高的意义和难以磨灭的价值。

四、浪漫传统——"大"与"小"的双重维度

贝尔西是这样来区别"历史"叙述和"话语"叙述的："历史"叙述是看不出讲话者的干预的，历史叙述不涉及"你"和"我"，是"事件似乎自身在叙述"；反之，"话语"叙述则假定有一个讲话者和一个听众，是"你"与"我"之间的对话。① 从这个意义上来讲，革命传奇既然总是存在着一个讲话者和一个听众即是一种"话语"叙述，那么不同讲话者的态度、方式、预期目的以及在听众中产生的现实效果，也必然会形成一种机制并按照这种机制来重新界定，这就是我们要讨论的革命传奇的叙事模式问题。

在"新小说"家与"五四"作家刻意回避和改造了传统小说（包括传奇）的叙事模式之后，革命传奇的小说家们，因为"大众化"以及"化大众"的革命文学的现实功利要求，更多有着民间意义上的文学通俗化取向，他们并不承袭"五四"以来新文学的"文人化"特性，而是继承并发展中国古典小说的"大众化"传统，形成了为普通老百姓所喜闻乐见的传奇叙事

---

① 参见［英］凯·贝尔西：《批评的实践》，胡亚敏译，中国社会科学出版社1993年版，第93页。

模式。

革命传奇包含了很多具有对立性质的要素和欲求,比如文学的意识形态性与审美特性、作家的正史心态与文学的虚构本质、宏大叙事的要求与个人的不同境遇等等,都体现在革命传奇的叙事话语中,并在革命传奇中形成了一种独特张力。从一般性的角度来看,传奇是虚构的叙事,追求与日常生活不同的奇异性,强调个人化的体验和奇遇,但是革命传奇的叙事话语则更多是宏大的革命历史或英雄叙事,因而独立性的、个人化的奇遇在革命的背景下往往被忽略了。换句话说,极端放大的是个人的社会性而不是个人性,社会群体的需求替代了个人的欲望,个人的追求只有符合国家、民族利益时才是合理的。因此,革命传奇中始终都有着"大"与"小"的两个辩证因素,即"大"与"小"的双重叙事维度。所谓"大叙事",即叙事时间跨度大,空间领域广,反映了社会现实和历史要求,通过社会集体行为实现群体理想;"小叙事"则是个人的品格和意志、行为和情感,个人的独特体验和独立话语,但革命传奇中的"小"对"大"是一种补充和支持,而不是疏离或悖离①。

首先,被革命运动或斗争本身作为一个时间长、地域广、人数多的社会历史过程所决定,革命传奇的故事往往是在一个相对长的时间、相对广阔的空间里完成的。因此,革命传奇的故事时间②总是显得比较漫长。比如在《新儿女英雄传》的开头,牛大水二十三岁,还没有结婚,而到小说的结尾,牛大水已经和杨小梅历经几年的磨难而终成伴侣,并且有了孩子;在《漳河

---

① 参见张文东、王东:《中国现代文学革命叙事的"大众化"取向》,《求索》2009年第12期。

② 这里所说的"故事时间"更多指"事件时间"以及"生活时间",而"叙事时间"更多指"演述时间"或"讲述时间"。

水》中，从荷荷、苓苓、紫金英少女时代的描写算起，经历她们婚后生活的不幸，直到在新政权的帮助下自由选择婚姻，重新过上幸福的生活，应该也是一个十几年的生活时间；即使像在一个晚上的谈话就讲完故事的《兄弟夜话》《鸭绿江上》等，其故事时间仍然也是几年甚至更为漫长的。于是，革命传奇便常常使用压缩性的叙事时间框架，来解决革命传奇故事时间漫长本身所造成的难题。同时，革命传奇或者是革命事件的发展史，或者是英雄人物的成长史，其叙事时间往往是线性的，革命作为一种过程的起因、经过和结果，自然地转化为小说的情节线索，故事时间的结束也往往是叙事时间的终点，以追求一种历史感。

因此，在革命传奇当中，也许体现在叙事时间上最大的特点，便是通常将叙事时间在漫长的故事时间上设立一个精确的刻度，在一定规模的叙述中讲述一个完整的事件，以及这个事件本身的顺序发展。比如蒋光慈、端木蕻良等几乎在每一部小说后面都注明时间以作为读者的参考，如《少年漂泊者》的故事时间起点是民国四年九月十五日，然后叙事时间由此将向后推移十年之久的故事时间进行线性压缩。《吕梁英雄传》开场交代的时间起点是"一九三七年七月七日"，《地雷阵》也明确写出故事发生在1943年。如众所知，"在叙事学中，'刻度'这个概念仍然是指人们对时间流程的标志。清晰的刻度往往意味着人同世界的密切联系，因而常常具有一种强烈的现实感，反之则带有某种虚幻性。所以，小说家对故事中时间刻度的强调，有助于提高作品的似真性"。[1]所以，革命传奇的内容决定了革命传奇在叙事时间上的精确，革命传奇为了营造历史的真实感以完成其特定的现实针对性以及宣传鼓动性，就必然在"大"的时间范围内明确一个比较"小"的时间点。

---

[1] 徐岱：《小说叙事学》，商务印书馆2010年版，第282页。

其次，革命传奇的叙事空间作为展开事件及人物关系的处所存在，往往有着社会背景和人物活动的一"大"一"小"两种空间模式。大的社会背景下，传奇故事发生在民族矛盾、阶级矛盾尖锐突出的战争年代，时代的特性总是充满变化与开放性；小的人物活动传奇的经历也总是发生在充满对立以及这种对立的极具变化的运动过程当中，按照斗争模式必然区分出两种角色性质，即敌人与革命者。因此，在开放的空间内，人物始终处于一种"活动"当中，一方面是流动的地点空间，如《少年漂泊者》的空间是流浪者漂泊的轨迹：安徽T县P乡—桃林村—小镇—H城—W埠—汉城—上海—黄埔等；另一方面，流动的空间形式中始终又有一个作为"活动"的连接方式的"道路"的存在，并且成为一种具有象征意味的空间形式。如巴赫金所说的，"道路"完全可以看作是某种"生活之路"和"历史的道路"的隐喻——"'道路'是那些邂逅的主要场所。……在这里相遇的人们可能是在精神道德上被社会等级的空间距离分开的。在这里可能会发生任何对比，各种命运可能在此相碰和交织"。① 由此，"道路"还可以成为革命斗争的历程、英雄人物的成长的一种隐喻，在这种"道路"的隐喻当中，"任何对比"以及"命运相碰和交织"的"各种可能"，便都可以看作是传奇得以必然发生的空间。因此，多变的地点处所营造着事件与人物的传奇的可能性，而道路作为一种隐喻则又恰好规定了这种传奇叙事作为革命斗争的特殊性质。在很多作品当中我们都可以看到这种"道路"的存在，如《吕梁英雄传》中描写康家寨、桃花庄、望春崖三个村庄的鼎足之势，而《鸡毛信》的故事则完全发生在将"道路"作为空间形式的意义上，让"在路上"这样

---

① [苏] 米·巴赫金：《时间的形式与长篇小说中的时空关系：结论》，见吕同六主编：《20世纪小说理论经典》（下），华夏出版社1995年版，第178—179页。

一个开放的、可能发生多种情况的空间所在，表现出海娃的灵活、机智和勇敢，成为主人公性格描写的一种成长性"隐喻"①。

第三，作为叙事要素存在的时间或空间，还都有一个叙事视角的问题。简单而言，革命传奇的叙事视角大部属于传统的非聚焦型视角。"非聚焦型又称为零度聚焦，这是一种传统的、无所不知的视角类型，叙述者或人物可以从所有的角度观察被叙述的故事，并且可以任意从一个位置移向另一个位置。它可以时而俯瞰纷繁复杂的群体生活，时而窥视各类人物隐秘的意识活动。可以纵观前后，环顾四周，'思接千载，视通万里'。总之，它仿佛像一个高高在上的上帝，控制着人类的活动，因此非聚焦型视角又称'上帝的眼睛'。"②中国传统小说叙事模式使用这种非聚焦型的视角是普遍的，不管是早期的文言传奇小说，还是后来的白话"四大名著"，基本都是用"上帝的眼睛"观察人生、表述人生。在中国传统的文学接受上，人们也习惯于这种说书人全知全能的观察和叙述方式。它的优势还在于在故事规模庞大、事件人物众多、情节线索复杂的宏大叙事中，可以控制复杂局面，展示多种人物，表述不同线索以及自由出入于客观与主观世界，因此成为革命传奇理所当然的选择。

当然，在早期的革命传奇当中，"五四"新文学反传统的努力还影响着蒋光慈等人的传奇写作，第一人称或限制视角的使用比较常见，如《少年漂泊者》便是汪中以第一人称的限制视角叙述，他与维嘉的通信，实际上是一种个人的对话。不过这并没有更持久地见于后来的革命传奇写作，而是和整个现代小说的发展趋势一致，"大略经历了一个从全知叙事到第一人称

---

① 华山：《鸡毛信》，见康濯主编：《中国解放区文学书系·小说编》第1卷，重庆出版社1992年版，第502—529页。

② 胡亚敏：《叙事学》，华中师范大学出版社2004年版，第25页。

叙事,再到第三人称限知叙事的过程",即按照陈平原的抽样分析来看,"1917年—1921年刊登在《新青年》、《新潮》、《小说月报》上的57篇创作小说中,第三人称限知叙事只占百分之十八(10篇),而在1922年—1927年刊登于《小说月报》、《创造》、《莽原》、《浅草》上的272篇创作小说中,第三人称限知叙事所占比例上升到百分之三十一(85篇),跟第一人称叙事比例(38%)接近。而到了三十年代,第三人称限知叙事甚至取第一人称叙事而代之,成为中国现代小说最主要的叙事角度"。① 在《洋铁桶的故事》《鸡毛信》《小英雄雨来》等解放区革命传奇中,运用非聚焦视角的几乎占了作品的全部。这种前后时期创作上的视角变化,对于革命传奇而言具有历史的必然性。前期的革命传奇常常带有作家自叙的色彩,其传奇叙事凸显的往往是个人的作用和价值,但在革命斗争与文学要求不断上升为阶级的整体要求与活动之后,尤其是在《讲话》发表之后,个人主义力量被显著削弱,取而代之以集体的智慧和英雄的群像,个人的情感也不再是革命文学要着力表达的对象。因此文学中工农大众的生活和战斗便以广阔的生活内容和叙事要求,将文学的视角重新扩展为一种全知的形式。对革命生活进行观察与表现的"小"与"大"内容和意义,甚至决定了叙事视角的"小"与"大"。

第四,革命传奇讲述的是革命斗争进程及英雄人物的成长历程,其中敌我对立的斗争性质,决定了建立在"大"与"小"的力量对比与转化当中的小说情节发展,并由此形成了一种特殊的人物与事件都是按照革命斗争的进程来设计完成的情节结构模式,即革命势力由"小"不断转化为"大"并最终胜利,反动势力不断由"大"衰弱成"小"并最终被消灭。因此,在革命传奇的情节结构当中,革命事业与个人行为往往成为一"大"一"小"两个

---

① 陈平原:《中国小说叙事模式的转变》,上海人民出版社1988年版,第91页。

常常具有对立意味的基本要素。革命的本质是反抗,形式是斗争,哪里有压迫,哪里就有反抗;压迫愈深,反抗愈烈。在革命传奇里,所有主人公都是因被压迫而走上革命道路的,而所有主人公的"职业"也都是对压迫者或反动派的革命斗争。而革命作为一种对于整个社会政治、经济以及思想、文化体系的全面变革,其宏大意味是具有决定性的,尤其是对于个人的独立性存在而言,无论这种革命本身的特质是否被革命者充分了解并理解,它都是一种特定的拆解和必然的牺牲。因此,革命者都是首先在个人意义上走上革命道路,但总是会在革命时代的宏大背景之下被改变着,以至最终走向与时代意识共融的存在。

按照革命的主题要求,既然在可以席卷一切的革命进程这个"宏大"的动态存在当中,所有的事件与人物都是一种"微观"的存在,那么革命的事业作为一种巨大的故事框架,便彻底决定着人物这个故事当中的行动元,即任何个人所完成的革命行为,最终都只是整体革命事业当中的一种具体体现,其意义也只在这种"大"与"小"的对立体现当中。所以,革命叙事当中个人行为与共同事业之间的对立,也始终按照革命意识的要求被放置在一种由"小"向"大"不断转化的过程当中了。

从个人行为角度来看,反抗者走上革命道路虽往往都是个人的"复仇"行为,但在革命传奇当中被充分改造了,即在反抗压迫和剥削、抵御外侮和拯救民族危亡以及争取全人类的自由和解放的"革命行为"的意义上,"阶级复仇"或"民族复仇"的意义完全取代了"个体复仇"的意义。再从个人追求来看,当革命者的革命事业与其个人爱情生活对立起来的时候,即在革命斗争的牺牲要求与个人生活的情感渴望之间形成某种对立冲突时,"革命+恋爱"的模式成为一种有效的转化,正如茅盾所说,在这一"公式"的背后,实际上要么是"为了革命而牺牲恋爱",要么是"革命决定了恋爱",

要么是"革命产生了恋爱"①，个人的情感生活是彻底被革命化的意识要求所决定的。而从个人形象塑造来看，革命者的形象也经历了一个不断转化的过程：20年代主体是知识分子，往往以个人奋斗的姿态从事革命，甚至像夏瑜一样；30年代主体往往是保家卫国的抗日战士，在民族大义面前始终体现出英雄的色彩；40年代解放区文学中主体是革命英雄，有正确的指导思想，有自己的精神武装，还有团结的战斗集体，因此集体英雄主义以及英雄群像的塑造取代了个人英雄主义。最后从革命进程角度来看，从20年代到40年代，随着革命者的角色发生变化，革命的手段和历程也发生了变化，当然，革命的结果也发生了变化。作为对于一系列革命事件的发生、发展的过程性的描绘，革命叙事在对立中的转化往往也有特定指向：20年代多是革命者的悲剧，几乎每部作品都有感伤色彩；30年代的革命结局往往不确定，革命只是一个过程，还不是结果；40年代的革命斗争多以胜利为结果，作品本身也呈现明快的风格，强化着解放区生活特有的欢快和明朗。因此，革命传奇作为一个特定时代的产物，并没有因为时代的改变很快丧失它特有的十分积极和光辉的革命意义与文学价值，而是进一步在中华人民共和国成立之后，转化为一脉相承的一种新的"革命传奇"——"红色经典"。

第二节 "红色经典"——"十七年"文学与"文革"小说

按照约定俗成的文学史理解，1919年新文学诞生到1949年新中国成立

---

① 茅盾：《"革命"与"恋爱"的公式》，见《茅盾全集》第20卷，人民文学出版社1990年版，第337—339页。

的三十年间的文学发展进程是"现代文学","当代文学"则是指新中国成立以来一直延续至今的文学发展进程。两个历史时期的划分,甚至鲜明地形成了两个科学研究的领域。不过这种分法虽指称便利,但也有着对历史的人为割裂。所以自20世纪80年代以来,学界便不断提出"20世纪中国文学""百年中国文学"以及用"现代文学"来涵盖整个"五四"以来中国文学等概念和说法。如钱理群、黄子平和陈平原等人便提出"20世纪中国文学"的概念,强调把"20世纪中国文学"视为一个"由古代中国文学向现代中国文学转变、过渡并最终完成"的进程:一个方面是从研究的对象出发,从各自具体的研究课题出发,寻求能够更好地说明这些课题的理论框架,先后发现了一些总体特征,然后上升到总体性质;另一个方面,就是从方法论的角度,寻求一种历史感、现实感和未来感的统一,意识到文学史、文学批评、文学理论三者的不可分割,这样就有可能使文学史的研究成为一门具有"当代性"和"实践性"的学科。[①]这种分期和定位,使中国文学自"五四"以来发展演变的研究和理解,获得了更大的"阶段完整性"即"整体意识",以及更为广阔的思考空间和学术可能。因此我们在理解和支持"20世纪中国文学"概念的同时,还进一步强调任何"整体"都必须依存于"个别",而"个别"的意义则又必然体现在"整体"的存在当中,而我们关于每一个特殊历史阶段的认识,都是这样一种"整体意识"下的"阶段性"认识。

一、规范的政治话语及大众化方向

新中国成立,宣告在中国共产党的领导下,中国人民终于取得了新民主

---

① 参见黄子平、陈平原、钱理群:《论"二十世纪中国文学"》,《文学评论》1985年第5期。

主义革命的伟大胜利,从此进入了一个新的国家建设阶段。这个时间点标志着中国历史的一个新纪元的开始,仿佛时间都是重新开始了的。因此,"时代颂歌"便成为那个时代文学背景的主色调,中国文学也跨入了一个新的历史时期即"颂歌时代"。不过,任何文学都是一定时空内的存在,并被这个时空中的经济、政治、文化体制所左右,因此,当新中国的成立通过构建一个全新的国家政治体制从而为社会主义政治、经济和文化建设开辟了一条全新的道路之后,其文学的道路和空间,便和建国后的文艺政策联系起来并受其制约,所以在新中国文学最初的近30年里,文学的发展首先还是在延安时期已经基本形成的方向上,迈出了更加坚实的脚步。

如众所知,自"五四"新文学以来,作为中西融合、古今交汇产物的现代文学,尽管打破了中国古代文学旧的规范和秩序,但新的、更加规范的标准和秩序实际上并没有建立起来。即便是后来成为新中国文学源流的无产阶级文学,虽然萌芽于20世纪20年代,并借"左翼文学"有了很好发展,但在相当长的时间里并没有获得真正属于自己并符合自己发展需要的规范和秩序。直到20世纪40年代的"延安时期",才在中国共产党属于自己的"独立"时空中,有了新的起点。"不得不承认,延安文学创建了现代中国文学的新秩序,并成为当代文学构造的雏形。它对新文学进行了重新设计,制定了新的文学政策,整合文化队伍,创办非同人化的文学社团,出版文学刊物,改造作家思想,提升文学批评的政治功能等,这一切都或多或少地延续到了1949年以后中国文学制度的生成。"[①]或者说,本质上新中国文学的秩序与延安文学的秩序是一致的,因为在这两种秩序的背后,是同一个纲领性文件即同一个文艺政策在起作用,这个文件就是毛泽东于1942年发表的《在延

---

① 王本朝:《中国当代文学制度研究》,新星出版社2007年版,第1页。

安文艺座谈会上的讲话》。

《讲话》从发表之日起,作为"国家意识形态的主要资源之一",就是一个具有划时代意义的"国家文艺纲领"①。《讲话》的内容和目的都很明确,即以最权威的方式来解决革命文艺所面对的现实选择和未来走向,因此,毛泽东围绕着"文艺为什么人"这个革命文艺的中心问题,确定了一系列的原则和标准。他首先强调,"我们的问题基本上是一个为群众的问题和一个如何为群众的问题",而"为什么人的问题,是一个根本的问题,原则的问题。这个根本问题不解决,其他许多问题也就不易解决"。所以他一再申明,"我们的文艺必须是为人民大众的,首先是为工农兵的"②,这就是中国文学其后几十年不变的最基本的"为工农兵服务"的方针,并由此形成一系列力求保证这一方针得以落实的文艺观念和要求。比如用工农兵所熟悉并喜闻乐见的方式来"写"工农兵并"写好"工农兵;只能用工农兵的思想和方式而不是知识分子的思想和方式来创作,因此要不断加强知识分子的思想改造;所有文艺工作者要到工农兵当中去,到群众中去,要在火热的工农兵的生活当中去了解工农兵,表现工农兵。为此,毛泽东还进一步强调人民生活是文艺的源泉,"作为观念形态的文艺作品,都是一定的社会生活在人类头脑中的反映的产物","人民生活中本来存在着文学艺术原料的矿藏,这是自然形态的东西,是粗糙的东西,但也是最生动、最丰富、最基本的东西;在这点上说,它们使一切文学艺术相形见绌,它们是一切文学艺术的取之不尽、用之不竭的唯一的源泉"③。由此,按照周扬的理解,《讲话》的中

---

① 李洁非、杨劼:《共和国文学生产方式》,社会科学文献出版社2011年版,第24页。
② 毛泽东:《在延安文艺座谈会上的讲话》,见《毛泽东选集》第3卷,人民出版社1991年版,第863页。
③ 毛泽东:《在延安文艺座谈会上的讲话》,见《毛泽东选集》第3卷,人民出版社1991年版,第860页。

心问题和中心思想就是"文艺自群众中来，必须到群众中去"①。

不过还要注意到，《讲话》实际上更具有核心意味的思想是"文艺服从于政治""文艺从属于政治"，所谓文艺与群众的关系，也是要实现文艺与政治的关系，所以连文学批评也成了一种政治性的批评。"我们的要求则是政治和艺术的统一，内容和形式的统一，革命的政治内容和尽可能完美的艺术形式的统一。"②在这里，毛泽东其实是重新定义了文学，即把文学艺术看作是意识形态的载体和工具，确立了文学"工具论"的理论基石，导引了中国文学后来长期服从、服务于政治甚至成为政治斗争工具的走向。所以在这个意义上，当毛泽东把文艺和政治、文艺和群众的关系厘清之后，实际就为新中国文学的发展规划出了十分明确的方向和十分规范的空间。因此，在1949年7月召开的第一次文代会上，依据《讲话》的精神以及延安时期的文学经验，周恩来、周扬、郭沫若等人的几个报告便"确立了当代文学所要遵循的'路线'，规定了'当代文学'的性质，以及题材、主题，甚至具体的艺术方法"③。

首先是建立全国性的文艺机构，实现党对文学艺术工作的统一领导。"文学机构是文学领导的中介和载体，文学领导是文学机构的目的，它们是相互统一的"④，所以在第一次文代会上成立了"中华全国文学艺术界联合会"（简称"全国文联"）以及"中华全国文学工作者协会"（1949年10月更名为中国作家协会，简称"作协"）等组织，并明确规定了它们的宗旨、

---

① 周扬编：《马克思主义与文艺——〈马克思主义与文艺〉序言》。
② 毛泽东：《在延安文艺座谈会上的讲话》，见《毛泽东选集》第3卷，人民出版社1991年版，第869—870页。
③ 洪子诚：《问题与方法：中国当代文学史讲稿》，生活·读书·新知三联书店2002年版，第186页。
④ 王本朝：《中国当代文学制度研究》，新星出版社2007年版，第51页。

功能、制度和工作内容等。这种机构的建立及其对作家艺术家的统一管理，使文学艺术活动被纳入了规范的体制，从而在一定程度上规定了写什么与不写什么，甚至怎样写或不怎样写等，即组织机构通过党对文艺工作的领导和指导，为文学艺术的发展制造着标准、原则和规范，使文学也始终运行和发展于固定的轨道。其次是文化生产资料"国有化"，实现党对文学报刊和出版的统一监管。即要求文学的出版和报刊的发行服务于国家政治要求，成为宣传党的思想的"阵地""喉舌"乃至开展思想斗争的"武器"。"基本上结束了晚清以来以杂志和报纸副刊为中心的文学流派、文学社团的组织方式"，使"现代意义的文学社团和文学流派，随着期刊性质的改变，基本上结束了"①，进而影响甚至制约了文学创作和文学批评的发展和空间。在一种意识形态化的发展当中，"作家思想被改造，刊物、出版被规束，作品意义被文学批评所监督，文学读者被教育，文学的整个生产环节都被纳入政治意志，它有效地实现对文学生产的控制和约束"②。第三是通过知识分子的思想改造和身份转变，实现其"存在方式"的社会化、政治化和体制化。通过一系列文艺运动及其政治话语的影响，文艺思想的话语权统一了，完成了文学工作者的筛选和改造。由于党的统一领导和专业机构的建立，1949年后作家成为一种专门的"工作"及特殊的"身份"，有单位、级别和薪水，有相关的福利待遇和较高的社会地位等，但要获得这种工作和身份的知识分子，必须完成思想的改造和身份的转变。

换个角度看，在某种意义上来说，1949年后作家队伍的状况对"革命传奇"的创作实际是有好处的。按照已有的结论来看，20世纪40年代后期的中

---

① 洪子诚：《问题与方法：中国当代文学史讲稿》，生活·读书·新知三联书店2002年版，第198页。
② 王本朝：《中国当代文学制度研究》，新星出版社2007年版，第113页。

国文学界原本有四类作家和作家群:一是具有国民党御用文人性质的作家,如陶希圣、戴季陶等;二是被称为"自由主义作家"的,如沈从文、朱光潜、萧乾等;三是被称为"进步作家"或"广泛的中间阶层作家"的,如老舍、叶圣陶、巴金、曹禺、朱自清等;四是"左翼"的革命作家,如马烽、周立波等。第一类1949年后销声匿迹了,第二类被边缘化了,第三类虽然同第四类作家一起进入了新中国,并始终一起欢呼和支持新社会,但实际比第四类要尴尬得多,因为他们大都和"五四"联系密切,有的甚至是"五四"运动的亲历者和领导者,但并没有直接走上革命道路,所以思想、观念和人生信条还保持着"五四"知识分子的方式,尤其在对文学的理解上,还希望可以摆脱激进的功利主义即在一定程度上保持自身的独立性。所以,虽然他们像巴金和刚回国的老舍等自觉而努力地向新生的政权靠拢,但在特殊的政治环境中,他们原有的文学思想与新中国文学"新"的规范之间总还是有那么一些差距和距离。

  第四类作家占据着新中国文坛的中心地位,他们主要来自解放区和"左翼"文学阵线,不仅有着胜利者的喜悦,也有着对新生活热烈的渴望和憧憬,以及更大的创作激情。但他们队伍的主体上有一个特点,即好多作家没有接受过良好的教育,更谈不上留学的经历,甚至像《高玉宝》的作者那样,是从革命队伍中的战士成长起来的。他们极力歌颂新政权、批判旧社会,但还不会特别深入地思考文学的创作规律,只会轻车熟路地用民间的形式、朴素的大众语言甚至是方言口语即完全属于自己的经验来讲述一个个新鲜生动的故事,这些人、事许多就是他们亲身经历过的。实际上,新中国成立后"革命传奇"这一类创作的主体基本上都来自解放区,一部分是抗战时期就参加了革命队伍的,如周立波、马烽、刘白羽、吴强、杜鹏程、曲波等,另一部分则是新中国成立前后刚刚参军入伍的年轻战士，如王愿坚、陈登科等。

还要注意到的是，为贯彻落实《讲话》所确立的文学批评标准，新中国成立后的文学现实通过以政治批评代替文学批评、政治斗争代替文学论争的方式，建立起了一个规范严密的文学秩序。《讲话》中虽然讲的是文学批评要达到"政治和艺术的统一"，但又强调"文艺界的主要的斗争方法之一，是文艺批评"，由此就为文学批评进行了重新定义，使之成为"党实现文艺政策的主要手段之一"①，成为"实现文艺工作中党的领导的重要工具"②。于是，文学批评这块磨刀石与文学创作这把刀子之间本来共生共存的关系，开始被政治话语所改变。比如早在第一次文代会开过不久的1949年8月，上海《文汇报》文艺副刊便以"可不可以写小资产阶级"为题，开展了长达四个月的论争，其中的"写什么"和"怎么写"的问题，在1951年底文艺界开始"整风"之后，便以政治批评的方式和结论对所谓的"应该与不应该"问题进行了重新检讨，由此打开了一个以政治批评替代文学批评的窗口。此后，我们熟知的对电影《武训传》的批判，对《红楼梦》研究的批判，对胡风"反革命集团"的批判，以及对萧也牧的批判等，文学批评的思维都被政治斗争的逻辑取代了，及至反右运动尤其是到了"文革"期间，在"四人帮"等"根本任务论""题材决定论"和"主题先行论"等紧箍咒下，当代文学的空间便更加被封闭在一个狭小的圈子里了。1966年2月江青主持召开"部队文艺工作座谈会"，随后《林彪同志

---

① 周扬：《在中国共产党第二次全国宣传工作会议上的发言》，见《周扬文集》第2卷，人民文学出版社1985年版，第294页。
② 周扬：《坚决贯彻毛泽东文艺路线》，见《周扬文集》第2卷，人民文学出版社1985年版，第64页。

委托江青同志召开的部队文艺工作座谈会纪要》（以下简称《纪要》）出笼，标志着"文革"时期极端政治文艺时空全面成形。虽然看起来"文革"时的文艺政策依旧以毛泽东的《讲话》为根本指导思想，但在以极左方式对《讲话》精神给予重新阐释并获得毛泽东的"同意"之后，《纪要》便成为"文革"时期文艺工作最基本的指导文件，取代了此前的一系列文艺政策。

《纪要》所提出的"问题和建议"共十点，但其核心观点是"文艺黑线专政论"，并将之作为整个《纪要》思想的逻辑起点，形成了对新中国成立以来文艺工作的全面否定，进而对当时的文艺工作提出了全面的"问题和意见"，以所谓"大破大立"的原则和意见，形成了一整套关于文学艺术的"理论"，包括文学的任务、创作的原则以及批评的标准等，尤其是其"根本任务论""主题先行论"和"三突出"创作原则等的出现，彻底改变了文学的面貌。再如《纪要》进一步把"革命的现实主义和革命的浪漫主义相结合"明确为"两结合"的创作方法，进而使之成为具有绝对性的贯穿"文革"始终的创作方法和原则。它强调："作品中一定要表现我们的艰苦奋斗、英勇牺牲，但是，也一定要表现革命的英雄主义和革命的乐观主义。不要在描写战争的残酷性时，去渲染或颂扬战争的恐怖；不要在描写革命斗争的艰苦性时，去渲染或颂扬苦难。革命战争的残酷性和革命的英雄主义，革命斗争的艰苦性和革命的乐观主义，都是对立的统一，但一定要弄清楚什么是矛盾的主要方面。"① 所以，按照"根本任务论"及其"三突出"原则等要求，"革命的浪漫主义"不仅高于甚至逐渐取代了"革命的现实主义"。

---

① 《林彪同志委托江青同志召开的部队文艺工作座谈会纪要》，《人民日报》1967年5月29日。

这也就意味着，本来"十七年"文学从模仿苏联文学的"社会主义现实主义"，到为了寻求突破这种模式而提出并在第三次文代会上正式确立的"两结合"文艺思想，"现实主义"创作原则还都是一直被文艺界领导支持和鼓励，并为广大文艺工作者所坚持和追求的。但及至"文革"时期，《纪要》所谓坚持"两结合"，实际上是"领导出思想，群众出生活，作家出技巧"的"三结合"的文艺创作模式。于是，"根本任务论"规定了只能写工农兵英雄，"主题先行论"使作家完全服从于文艺界的领导和权威，"三结合"使文学完全脱离自身的规律和道路，"三突出"又成为所有作家唯一可选的创作方法……现实主义已经名不符实。因此，一直蓬勃发展的"革命传奇"，便十分遗憾地走上了衰落的道路。

二、从"社会主义现实主义"到"两结合""三突出"

如洪子诚所说，实际上，有关当代文学的诸多理念和规范的内容，都是在第一次文代会上便已形成了的，即是由那次会议"确立了当代文学所要遵循的'路线'，规定了'当代文学'的性质，以及题材、主题，甚至具体的艺术方法"[①]，并在后来得到了坚持和落实。"20世纪五六十年代那些长篇小说作品有着非常一致的特征，虽然具体故事不同，出自不同作者之手，但它们从主题到基本内容，到创作手法，却可以说完全来自于同一个模式。换言之，看上去它们是不同的作品，实际上却严格地遵守着同样一个标准写成，那就是社会主义文学的有关理念和规定。"[②]早在延安时期之前的20世纪30年代，周扬便作为现实主义以及社会主义现实主义创作方法的积极支持者和

[①] 洪子诚：《问题与方法：中国当代文学史研究讲稿》，生活·读书·新知三联书店2002年版，第186页。
[②] 李洁非、杨劼：《共和国文学生产方式》，社会科学文献出版社2011年版，第146页。

倡导者曾反复申说，"中国的新文学运动一开始就是一个现实主义的文学运动"，"现实主义给'五四'以来的文学造出了一个新的传统，形成了中国文学主导的方向"，"现实主义的文学是说真话的文学，对人生社会的批评是现实主义不能少的要素"。①同时也强调现实主义和浪漫主义必然的联系和结合，即"进步的应该继承现实主义精神，把两脚牢牢地立在现实上，这是毫无疑义的。不过同时必须踏过旧现实主义的界限，把浪漫主义当作它的艺术创作的必然的一面。在这里，浪漫主义只是现实主义的一个构成部分，而并不是作为一种趋势和现实主义对立的。浪漫的要素，呈现在真实的人生中"②。当苏联提出社会主义现实主义创作方法后不久，周扬发表了《关于"社会主义的现实主义和革命的浪漫主义"》一文，积极地对其进行了详尽阐释和大力推介，并强调这种创作方法不仅是真实的、典型化的，而且是大众的，是"文学理论向更高的阶段的发展，我们应该从这里面学习许多新的东西"。

　　周扬作为新中国相当长一段时间党对文艺工作的直接领导人和毛泽东文艺思想的系统阐述者、代言人之一，他对现实主义、社会主义现实主义的关注和推崇，以及他紧密结合毛泽东文艺思想的现实运用，对社会主义现实主义创作方法在中国的传播，以及后来革命现实主义和革命浪漫主义相结合创作方法的形成等，有着巨大的甚至是决定性的作用。1952年12月，周扬的《社会主义现实主义——中国文学前进的道路》一文在苏联《红旗》杂志发表，随后《人民日报》进行了转载。然后在1953年9月召开的第二次文代会，

---

① 周扬：《现实主义和民主主义》，见《周扬文集》第1卷，人民文学出版社1984年版，第226、228页。
② 周扬：《现实的和浪漫的》，见《周扬文集》第1卷，人民文学出版社1984年版，第155页。

周扬在题为《为创造更多的优秀的文学艺术作品而奋斗》的报告中明确指出:"我们把社会主义现实主义方法作为我们整个文学艺术创作和批评的最高准则,工人阶级的作家应当努力把自己的作品提高到社会主义现实主义的水平,同时积极地耐心地帮助一切爱国的、愿意进步的作家都转到社会主义现实主义的轨道来。"① 至此,社会主义现实主义的创作原则,便作为一个官方的文学规定正式确立了。

其实早在延安时期,毛泽东便就"怎么写"有过有关"两结合"的说法。他1939年给延安鲁迅艺术文学院的题词便是把"抗日的现实主义,革命的浪漫主义"合而并论的。周恩来在1953年第二次文代会上的政治报告中,也曾说"我们的理想主义,应该是现实主义的理想主义;我们的现实主义,是理想主义的现实主义。革命的现实主义和革命的理想主义结合起来,就是社会主义现实主义"②。毛泽东1958年3月在一次会议上提出诗歌的内容"应该是现实主义和浪漫主义对立的统一",郭沫若很快加以应用,说毛主席的诗词就是"革命的现实主义和革命的浪漫主义的典型的结合"③,于是这一文艺口号被迅速发扬光大。随后1958年《红旗》杂志创刊号上,周扬发表《新民歌开拓了诗歌的新道路》一文,对于"两结合"的创作方法进行了具体阐述,并将之视为社会主义现实主义的思想基础;然后又在1960年的第三次文代会上,以题为《我国社会主义文学艺术的道路》的报告,更加强化了"两结合"的根本要求:"……我们今天所提倡的革命现实主义和革命浪漫主义的结合,批判地继承和综合了过去文学艺术中现实主义和浪漫主义的优良传

---

① 周扬:《为创造更多的优秀的文学艺术作品而奋斗》,见《周扬文集》第2卷,人民文学出版社1985年版,第249页。
② 周恩来:《为总路线而奋斗的文艺工作者的任务》,《周恩来论文艺》,人民文学出版社1979年版,第53页。
③ 郭沫若:《郭沫若同志答〈文艺报〉问》,《文艺报》1958年第7期。

统,在新的历史条件下,在马克思主义世界观的基础上将两者最完满地结合起来,形成为一种完全新的艺术方法。我们正处在社会主义、共产主义胜利的时代,正在从'必然的王国'向'自由的王国'飞跃。解放了的我国人民已开始成为自己命运的主人;他们具有远大的理想,又具有丰富的革命斗争和生产斗争的经验,他们认识和变革现实的能力是无穷无尽的。这就为革命现实主义和革命浪漫主义的结合提供了最肥沃的现实的土壤"①,正式用"两结合"取代了"社会主义现实主义"。就这样,来自苏联的社会主义现实主义的提法在20世纪50年代末的特殊的国际国内形势当中得到了有中国特色的改造,"革命现实主义和革命浪漫主义相结合的艺术方法"被正式命名并写进了第三次全国文代会的会议决议,成为全国文艺工作者必须遵循的创作方法。②由此,不仅使"十七年"文学中"革命浪漫主义"特殊张扬,尤其使作为特殊的"革命传奇"的"红色经典"始大行其道。

因此,不管相关艺术创作手法要求的表述如何改变,但只要是"文艺为政治服务""为工农兵服务"的总的方针路线没有变,文艺作为思想斗争乃至政治斗争的"工具"的角色便没有变。在文学艺术被确定了"写什么"的空间之后,"怎么写"的道路实际上也被封闭起来了。等到"文革"的到来,随着政治形势沿着极左的道路不断向前走向"极端化",出现了"革命叙事""极端化"的取向和实践。尤其是在"根本任务论"、"三突出"原则、"两结合"原则以及"主题先行"等违背艺术规律的创作原则不断出台并形成统摄之后,文学创作的道路便进入了更加逼仄的窘境,作品内容政治化,表达程式化,形式纯粹化,文学审美严重缺失。所以,如果从艺术表现

---

① 周扬:《我国社会主义文学艺术的道路》,见《建国以来重要文献选编》第13册,中央文献出版社1996年版,第463—473页。
② 《中国文学艺术工作者第三次代表大会决议》,《文艺报》1960年第15、16期。

的角度来看,"文革"期间的小说创作在某种程度上体现"革命传奇"的意味便当属必然。

如众所知,"文革文学"作品是出于现实政治需要而"编写"创作的,因而其宣传和政治说教的目的往往是通过"呐喊"或"口号"式的机械书写来完成的,其政治的意义远远大于文学价值,其政治效能也远高于文学影响。同时为了最大化地使政治思想得以顺利传播,即让人民群众有更大的接受可能并更易于接受宣传,"文革文学"也当然会主动向"工农兵"、向"民间"甚至向"通俗"靠拢,从而具有某种"大众化"的特点。尤其是大部分专业作家在"文革"开始后陆续被"打倒"了,业余作者成为文学创作的主体,而文学艺术服务的对象即工农兵的知识文化水平也不高,所以一直以来被工农兵所熟悉并喜闻乐见的一些民间艺术形式便成为必然选择。因此,从具体的文学样式来看,"文革"初期的小说创作基本停滞,"革命样板戏"成为公开文学中最引人注目的一种艺术样式,其实它就是用最具有群众基础的传统艺术样式来表现最极端的政治思想,而其京剧的所谓"现代",也不外乎是借部分唱腔、做派的改变来使传统的艺术表现手法有了新鲜的颜色而已,其艺术表现的外在形式并未真正改变,真正发生改变的是其内部的题材结构、主题意蕴和英雄话语。

此外,"文革"时期公开出版的其他文学体裁如诗歌等也大多口语化,为了更大的宣传效果,甚至为了易于口口相传,不少作品还利用快板书、数来宝、三句半等民间传统艺术形式进行重新加工。《人民日报》1972年5月23日的一篇社论是这样评价"文革"以来的文学现状的:"特别是经过无产阶级文化大革命,包括文艺在内的整个文化领域,发生了深刻的变革。革命样板戏空前普及,群众性的社会主义文艺创作运动正在兴起,戏剧(包括地方戏曲)、电影、音乐、文学以及其他艺术领域,正在涌现出一批好的或较好的作品。"①其中"群众性的社会主义文艺创作运动"即说明了"文革"期间文学向"民间"靠拢的"大众化"方向。及至小说创作在"文革"后期兴起，不论是军事题材还是农业题材，其关于阶级斗争和敌我斗争时的表现形式，便有许多是属于民间艺术形式的。

所以似乎可以这样归纳理解：一方面由于在创作中必须遵循"两结合"的创作方法、"三突出"的表现原则、以"高大全"的英雄人物塑造来打造社会主义文学的"典型"，另一方面也由于"为工农兵服务"的基本方针从而形成了以工农兵为受众主体的基本格局，因此在政治叙事的要求下，长期以来在民间广为流行并为广大人民群众所喜闻乐见的民间艺术形式便有了"优先权"，从而在小说创作上，也使"文革文学"必然选择传奇叙事，以使之成为可被经典化的政治话语。

从文学样式看，"文革"时期最能体现文学创作实绩的是样板戏、诗歌和小说。以1971年为分界线，"文革"前期文学的创作，是以政治诗歌和革命样板戏为主的。而实际上，尽管样板戏的鼓吹者们说是要"去创造无愧于我们伟大的国家、伟大的党、伟大的人民、伟大的军队的社会主义的革命新文艺。这是开创人类历史新纪元的、最光辉灿烂的新文艺"②，但实则是为了确立和维护"四人帮"等对文学艺术的绝对垄断地位。所以自1970年以后，样板戏逐渐式微，小说作为传达政治话语的另一重要的，也被视为更有效的宣传载体开始受到了重视。尤其是1971年后，随着国内政治力量和形势发展发生重大变化，文学环境与文学创作的各项限制有所松动，小说才开始大量

---

① 参见《纪念毛主席的光辉著作〈在延安文艺座谈会上的讲话〉发表三十周年》，《人民日报》1972年5月23日。
② 谢冕、洪子诚主编：《中国当代文学史料选（1948—1975）》，北京大学出版社1995年版，第637页。

发表。

三、共性传承：英雄的传奇与史诗的意味

如前所述，作为最富有生命力的"体裁"传统和"叙事"模式之一的传奇，始终都是与时代脚步"亦步亦趋"的，在小说史的不同时段上以各种方式凸显着自己的影响和承袭。在中国小说20世纪的发展进程中，它不仅不会消亡，而且还一定会在各个阶段中国小说的创作实践当中延续下去。20世纪五六十年代中国当代文坛出现的一大批后来被称为"红色经典"的"革命传奇"即如是。

"红色经典"原只是一个约定俗成的说法，是因为人民文学出版社在1997年以"红色经典丛书"为总题重新出版了20世纪五六十年代的一批长篇小说，使这一说法成为一种可纳入文学史体系中的文学话语。当时人民文学出版社出版的只是10部反映重大革命历史题材的长篇小说，然后在不断扩大的文学史视野中，20世纪五六十年代间以及一些1949年前创作的具有较大影响的革命历史题材作品也都被视为或称为"红色经典"。"红色经典"的作品目录少则十几部，多则几十部，若参考当初人民文学出版社的说法，我们是以其中一批"反映重大革命历史题材"的长篇小说为研究对象的，主要包括《红日》（吴强，1954）、《红旗谱》（梁斌，1957）、《红岩》（罗广斌、杨益言，1961）、《创业史》（柳青，1960）、《青春之歌》（杨沫，1958）、《保卫延安》（杜鹏程，1954）、《林海雪原》（曲波，1957）、《暴风骤雨》（周立波，1948）、《新儿女英雄传》（袁静、孔厥，1949）、《铁道游击队》（知侠，1954）、《野火春风斗古城》（李英儒，1958）、《烈火金刚》（刘流，1958）、《敌后武工队》（冯志，1958）、《平原枪声》（李晓明、韩安庆，1959）等十余部作品。这些作品，"具有

民族风格的某些特点，故事性强而且有吸引力，语言通俗、群众化，极少有知识分子或翻译作品式的洋腔调，又能生动准确地描绘出人民斗争生活的风貌，它们的普及性也很大，读者面更广，能够深入到许多文学作品不能深入到的读者层去"。①

自20世纪20年代"革命文学"以来，经"左翼文学"在"解放区文学"中逐渐形成的"革命叙事"及其"传奇叙事"，始终都是与中国小说的传奇叙事传统分不开的。当然一般而言，《三国演义》是历史演义，《水浒传》属于英雄传奇，二者取材、用意等均有所区别，但实际上，传奇的英雄往往都是历史的人物，而再真实的历史叙述也不可能离开艺术的想象，所以，二者往往便会成为某种具有"史诗"意味的"英雄传奇"。"战争情况中的冲突提供最适宜的史诗情境，因为在战争中整个民族都被动员起来，在集体情况中经历着一种新鲜的激情和活动，因为这里的动因是全民族作为整体去保卫自己，这个原则适用于绝大多数史诗……"②所以说，战争就是史诗最好的题材和主题。于是无论是解放区的革命叙事，还是当代文学中的"红色经典"，便都不仅是一种革命历史的传奇，同时也是一种革命英雄的传奇，统一构成了既充满浪漫色彩，又具有鲜明政治倾向与现实指向的革命传奇。

如果说解放区文学中的革命传奇并不以长篇小说见长的话，那么在"红色经典"中，长篇小说却是这种革命传奇的主体，并更加体现出某种史诗的意味。在巴赫金看来，长篇小说的世界与接受者之间并不存在价值上的差距，因为它总是与世界的新活动、新文化以及新的创作思路相联系即与现实生活发生联系。史诗叙事的对象，往往是一个民族值得传诵的往事，因而这

---

① 侯金镜：《一部引人入胜的长篇小说——读〈林海雪原〉》，见《侯金镜文艺评论选集》，人民文学出版社1979年版，第106页。
② [德] 黑格尔：《美学》第3卷（下），商务印书馆2009年版，第126页。

种史诗性的世界，往往也是英雄们的世界，在史诗与长篇小说之间，便可以把"我"的时代作为英雄的时代加以歌颂，可以把"我"这个时代的价值作为后世景仰的目标。①革命和战争在"革命"的叙事者的眼中，代表了永恒的价值和正义，代表了历史的主体与未来的趋势，于是史诗的真实性与长篇小说的真实性便联系起来，形成了一种崇高的正史心态以及严肃的"史传"艺术追求。如周立波在谈及自己创作《暴风骤雨》的经验时所说，"毛主席在延安文艺座谈会上讲话以后，新文艺的方向确定了，文艺的源泉明确的给指出来了，我早想写一点东西，可是因为对工农兵的生活和语言不熟不懂，想写也写不出来"，直到后来赴东北参加了轰轰烈烈的土改运动之后，"天天跟农民和工农出身的干部一块生活和工作"，"跟他们学到各种各样的知识和活的语言"，才创作出了《暴风骤雨》。②当代文学家们都是如此，因为社会主义现实主义的创作方法，首先要求的便是一种"现实可能和历史必然"之间的关系的辩证法，即把再现历史的责任与传达理想的义务紧密结合，把"反映生活"与"宣传政策"深刻统一起来。

所以，如果说当初解放区文学家们追求的还是一种自然的现实和历史的写作的话，那么在《讲话》之后，他们便有了一种具有高度自觉性的政治心态，这种心态延续到新中国成立后，便又在不断规范起来的空间和道路上进一步落实在作家们的行动中。"自古以来崇拜英雄的思想，不断造就着人们自己心目中的英雄。如果说在神话传说中这种'创造'还是无意识的话，那么在小说中则完全是一种自觉的清醒的行为。"③在直接源于解放区"革命

---

① [苏]米·巴赫金：《史诗与长篇小说》，见吕同六主编：《20世纪世界小说理论经典》（上），华夏出版社1995年版，第305—306页。
② 参见周立波：《〈暴风骤雨〉是怎么写的？》，《东北日报》1948年5月29日。
③ 宁宗一主编：《中国小说学通论》，安徽教育出版社1995年版，第478页。

英雄传奇"的一类"红色经典"当中,一系列革命人物——杨子荣、史更新、周大勇以及江姐、许云峰等等——组成的传奇的"红色英雄"系列,实际上都是"红色"作家们以"为工农兵服务"为前提的主动追求和自觉写作。"铁道游击队的英雄人物,都具有热情豪爽、行侠仗义的性格,多少还带点江湖好汉的风格。他们经常深入敌穴,以便衣短枪去完成战斗任务。经常和敌人短兵相接,出奇制胜。因此,他们所创造的战斗事迹都带有传奇的色彩。他们在铁路上的战斗,曲折生动,都可以当故事来讲。如'血染洋行'、'飞车搞机枪'、'票车上的战斗'、'搞布车'、'打冈村'以及'微山湖化装突围'等。由于他们的豪侠的性格和神奇的战斗,我准备用群众所喜闻乐见的民族文学形式来写,也就是用章回体来表现铁道游击队的战斗事迹。"[1]同时,在社会主义现实主义创作原则的指导下,传奇当然不仅是虚构,而是往往出自真人真事。就像冯德英自述的:"《苦菜花》这本书,就是以这些真实的生活素材为基础写成的,有不少情节几乎完全是真实情况的写照。作为艺术形象,书中的人物是根据现实生活集中概括而成的,但几乎所有的人物都有一定的模特儿为蓝本。"[2]也正因有真实的生活作为基础,所以"红色经典"才作为政治话语的表现形式之一,始终有着强烈的意识形态性,并由此体现为一种十分特殊的"历史叙事"。

这主要表现在两个方面。

其一,和小说作者们的战争亲历分不开,"红色经典"对革命历史的记述,有一种纪实的品格。这些作者大部分都曾在自己小说的场景中工作、生活和战斗过,即便有的没有亲身经历过小说的情节,但也和当事人联系紧

---

[1] 知侠:《铁道游击队》,中国青年出版社2012年版,第542页。
[2] 冯德英:《苦菜花》,解放军文艺出版社1978年版,第522页。

密。如《铁道游击队》是作者知侠"以真人真事为基础写出的","直到现在,我和其中几个主要干部还有联系"①;其他像《林海雪原》的作者曲波,就曾亲自带领一支小分队,在1946年冬天,深入东北的林海雪原进行过激烈的战斗;而《野火春风斗古城》的作者李英儒也曾于1942年在河北省保定深入敌伪军内部开展地下工作;《敌后武工队》的作者冯志也说过:"书中的人物,都是我最熟悉的人物;有的是我的上级,有的是我的战友,有的是我的'堡垒户';书中的事件,又多是我亲自参加的。在党的关怀,同志们的帮助下,现在总算完成了我多年的宿愿,把它写出来了。"②

这些真人真事和作者的亲身经历,给"红色经典"带来了书写"史实"的便利,但也使小说由此易丧失文学虚构特征,所以作者们反复强调确有其事和确有其人,实际上是在为历史叙事施加文学之外的影响,即政治意识形态的文本落实。比如曲波在《林海雪原》后记中写道:"这几年来,每到冬天,风刮雪落的季节,我便本能地记起当年战斗在林海雪原上的艰苦岁月,想起一九四六年的冬天。"③为什么呢?因为作者自己正身处新中国和平安定的生活之中,而正是那些牺牲了的革命战友,才用生命换来了如今幸福的生活,所以他时刻提醒自己:"而今天,祖国已空前强大,在各个建设战线上都获得了辉煌的成就,人民生活也正在迅速提高。我的宿舍是这样的温暖舒适,家庭生活又是如此的美满,这一切,杨子荣、高波等同志没有看到,也没有享受到。但正是为了美好的今天和更美好的将来,在最艰苦的年月里他们献出了自己最宝贵的生命"④。这就让我们体会到,作为一种胜利者的记忆

---

① 知侠:《铁道游击队》,中国青年出版社2012年版,第531页。
② 冯志:《敌后武工队》,解放军文艺出版社1958年版,第2页。
③ 曲波:《林海雪原》,人民文学出版社1964年版,第520页。
④ 曲波:《林海雪原》,人民文学出版社1964年版,第524页。

和回顾，"红色经典"的作者们首先是在用文字来抒发他们对于革命战友的怀念和对自己经历的骄傲；同时，颂歌时代的政治氛围也需要文学作品来表现刚刚过去的历史，以及现实政权的强大和巩固，这与作家自身的想法又是不谋而合的。此外，长期的战争刚刚结束不久，广大人民群众还对那样一个与日常生活经验迥异的世界充满想象甚至向往。于是，对革命历史的书写便自然处于文学的主流地位，并演化成"传奇"类型的"历史叙事"。①

其二，革命历史进入"红色经典"时一定会受到内外交集的政治话语影响，所以它的纪实性品格也被"人为"地典型化了，由此形成的历史叙事又是一种"整合"的历史。

马克思主义文学理论中关于现实主义创作的重要原则是"真实地再现典型环境中的典型人物"，毛泽东在《讲话》中据此指出："文艺作品中反映出来的生活却可以而且应该比普通的实际生活更高，更强烈，更有集中性，更典型，更理想，因此就更带普遍性。"②这也成为新中国成立后文学创作的一个核心原则。"红色经典"中的革命历史，便都是经过人为的、典型化了的历史生活。比如杨益言、罗广斌在《红岩》的创作中便大量使用了这种"典型化"的方法。两位作者作为"中美合作所"的亲历者，新中国成立后经常给青年讲述狱中的革命斗争事迹，积累了大量材料后，于1956年写成了革命回忆录《在烈火中永生》，后于1958年开始在此基础上写作长篇小说《红岩》。从回忆录到小说，他们用了很多典型化的方式，比如说许云峰的形象，先以生活中的许建业为原型，后来"吸收了许晓轩烈士的事迹，为成

---

① 李晓磊、张文东：《革命历史的传播与认知——论"十七年"革命历史小说的读者接受》，《文艺争鸣》2017年第5期。
② 毛泽东：《在延安文艺座谈会上的讲话》，见《毛泽东选集》第3卷，人民出版社1991年版，第861页。

功地塑造许云峰的形象,提供了更加充足和丰富的生活依据"。在经过北京学习之后,作者又意识到"不能光写狱中斗争的本身,还要扩展开来,不仅要写配合解放战争的第二条战线的国民党统治区的斗争,还要写出解放战争对第二条战线的影响"①,于是在书中增加了许多情节,比如把许云峰作为一个贯穿全书的主线,为了表现他"无比勇敢,无比坚强,强于牺牲自己,对党无比忠诚的老战士的形象",还把原本别人做的事情特意移花接木安到了他身上。所以,"红色经典"通过典型化来"整合"历史,实际上是使历史记述变成了一种关于历史的"政治想象",于是"红色经典"通过这种规范和整合所完成的,并不是历史真实的"还原",而仍然是一个浪漫主义的政治叙事。

"红色经典"大致分为两类:"第一类作品本身并不提供更深刻的思想内容,但情节迂回曲折,人物与故事神奇而引人入胜,像《林海雪原》《烈火金刚》《红色交通线》等即是这方面的代表;第二类的情况相对复杂一些,作品既表现了社会的主流思想,又极力将这主流思想与个人的情感和生活体验,以及富于传奇的故事描写结为一体,构成一种新意念的通俗小说蓝本,像《红旗谱》《青春之歌》《苦菜花》等可作为第二类代表。"②虽然第一类作品思想内容看似简单,但实际上还是有其深刻之处。因为它首先是艺术上更加成熟的表现,是承袭于传统、演变于现代、定型于解放区文学的革命传奇叙事在走进当代之后的发展和创新,其革命英雄传奇与革命历史传奇的有机结合,形成了"类型化"意义上的特殊成熟和完善。

---

① 王维玲:《走向成功之路——记成名之作〈红岩〉的诞生》,《〈红岩〉·罗广斌·中美合作所》,重庆出版社1990年版,第215页。
② 董之林:《"新"英雄与"老"故事——关于五十年代革命传奇小说》,《当代作家评论》1999年第5期。

《林海雪原》向来被认为是一部典型的传奇作品，题材和人物，故事和背景，都充满传奇的意味。作品所描写的自然环境，首先便是一种十分"新奇"乃至"特异"的背景：莽莽林海之中，白山黑水之间，凶险、寒冷的恶劣自然环境，壮丽、粗犷的关外风情……而发生在这个"特殊环境中的特殊战斗"，如奇袭许大马棒、智取威虎山、绥芬草原大周旋和大战四方台等，亦无不令人拍案称奇和荡气回肠，都在一种特殊的"情调和效果"中，塑造出一个个如杨子荣般的革命英雄，有着种种扣人心弦甚至惊心动魄的魅力。不过更值得注意的是，从某种意义上来说，《林海雪原》里传奇情节的设计和英雄人物的塑造，虽表面看并未与解放区文学的传奇叙事有本质差别，但在这种情节和人物背后的时空设计及其所体现出来的叙事功能上，还是发生了不可忽视的变化，并产生了不同的艺术功用。"《林海雪原》虽因对'历史事实'的修改受到批评，但它的文本结构、叙事方式、人物设计却明显发生了向中国民间武侠、传奇小说传统审美口味上的倾斜与仿制。读者关于《水浒传》《三国演义》《荡寇志》等古典小说的'阅读记忆'，与《林海雪原》之间发生了一种奇妙的叠合与认同。在作品文本的意义上，与其说是《林海雪原》的崇高革命精神征服了当代读者，毋宁说征服读者的还有它的英雄传奇。"[①]

从整体的艺术表现形式来看，作为"英雄传奇"的《林海雪原》这一类"红色经典"的基本特征大致如下：

首先，"红色经典"的思想与艺术的融合已经达到了成熟的水平。大部分解放区时期的英雄传奇当中，因为现实革命斗争仍是"进行时"，所以文学的宣传和鼓动作用便比较突出，进而小说对于"革命者"在战

---

① 程光炜：《〈林海雪原〉的现代传奇与写真》，《南开学报》2003年第6期。

斗中成长的经历（如《新儿女英雄传》中青年农民牛大水的成长）、借现实斗争来宣传党的方针政策（如《暴风骤雨》中的土改斗争描写）等也比较看重，从而使作品本身的思想内容与叙事艺术的结合往往不够好，"思想性"大于"艺术性"，没能达到更加成熟的"叙事艺术"。换句话说，传奇有时仅仅是作为某种艺术表现的"套子"，在这些革命的叙事中，被套在了一个个现实的事件和人物身上。但到了《林海雪原》这样的"红色经典"中，因为英雄人物塑造和斗争历程描写都完成于革命已经全面胜利之后，作家有机会并有能力对原本熟悉的生活进行更加细致的艺术加工，于是也可能在更阔大的时空背景之下，用更大的典型性，更成熟的叙事手段，来完成某种革命的现实主义与浪漫主义的有机结合，从而使"红色经典"有了真正的"传奇"艺术表现和创造。

其次，"红色经典"的革命英雄人物，更有浪漫色彩，更有典型意义，也更具深入人心的效果。"'红色经典'最重要也最有特色的浪漫化书写是绘制革命英雄形象，尤其是在那些普罗米修斯式的革命殉道者如江姐、许云峰身上，创作者调动了多方位的叙事视角，在他们身上凸现的气质、意志、激情和理想信念充分展示了其精神崇高和人格魅力，使这些人物在叙事的建构中获得高度象征化的'神授魅力'效果。"[①]显然，时代的热烈的气氛和颂歌的要求，使这种"象征化"的背景和用意都是十分明确的，甚至达到了某种"神奇"的程度。因此，按照社会主义现实主义的要求，尤其是不断明确的革命的浪漫主义的要求，使"红色经典"与此前的革命文学以及解放区文学中的传奇叙事不同，始终有着独特的浪漫主义色彩。尤其是在革命已经彻

[①] 杨经建、郭君：《"革命"与"经典"》，《求索》2006年第3期。

底胜利、新时代已经到来的历史背景下,革命叙事的完美主义倾向、人物塑造的英雄主义模式,便完全被确定并极端化了。

第三,更应看到的是,以社会主义现实主义为前提,以响应时代要求为主题,所谓纪实性和传奇性相统一即历史与想象相结合,"红色经典"亦必然承袭着与"革命英雄传奇"完全一致的叙事模式。同时为了更好地完成政治宣传任务,"红色经典"也体现出了与"革命英雄传奇"完全一致的民间化形式取向。甚至可以说,"红色经典"最基本的形式要求之一,就是以工农兵即大众"喜闻乐见"的方式来讲述"革命传奇",而"红色经典"能在当时获得巨大流行的原因,实际也就在于这种通俗化的叙事追求。

这一类"红色经典"的民间化或通俗化的叙事风格,其实是和解放区文学中的革命传奇相一致的。比如,其一是也都采用了章回体的小说体式。如前所述,"十七年"里的"红色经典"与解放区文学相比大多是长篇小说,有些甚至还分出了上下卷如《山呼海啸》《万山红遍》等,其所描述的革命斗争复杂,敌我矛盾交错,各类人物众多……又主动承担着"为工农兵服务"的政治宣传任务,所以它们便大量采用了章回体的小说叙事样式,比如《吕梁英雄传》《林海雪原》《铁道游击队》《敌后武工队》《野火春风斗古城》《平原枪声》《烈火金刚》等等都是。其二是也都大量使用了来自民间的通俗化、大众化的语言,包括按照古典小说模式插入一些仿制的山歌民谣,以及来自于民间地域生活的方言俗语。

与前一类相比,第二类"红色经典"可能更注重个人情感与生活体验,也许显得英雄传奇的意味少了些,但其历史传奇的效果却因此更强了一点,而且无论如何,它们依旧是革命的现实与浪漫结合而成的"革命传奇"。如《青春之歌》《创业史》以及《红旗谱》等,从某种意义上说其实就是一个"人"即"革命者"的成长史,是一种精神力量不断发展壮大的历程。它们所着力表现的，并不是在一场战争或一次战斗中消灭多少敌人，而是我们在革命斗争以及革命事业中所形成的"特定"的思想转变和情感体验。所以，作为原本在解放区的革命传奇中较少出现这一类"红色经典"。以《青春之歌》等为代表，便形成革命传奇现实发展的另一方向，即以某种革命及革命者的"精神成长"的传奇经历来表现一个时代和民族的历史必然。如杨沫自己所说："我塑造林道静这个人物形象，目的和动机不是颂扬小资产阶级的革命性，和她的罗曼蒂克式的情感，或是对小资产阶级的自我欣赏。而是想通过她——林道静这个人物，从一个个人主义者的知识分子变为无产阶级革命战士的历程，来表现党的伟大、党的深入人心、党对于中国革命的领导作用。"[①]是苦闷的时代造就了苦闷的青年，在人生的道路上他们饱受打击、屡逢挫折，不知何去何从，就像林道静一样，她从一个年轻、美丽、毫无社会经验的女学生，通过与共产党人、与革命事业的接触，并历经了种种个人感情与思想意识的选择与阵痛之后，才终于"成为革命队伍中的一员"，而且，"当时千千万万的青年知识分子（尤其是女同志）都和她有着大致相同的生活遭遇，大致相同的思想、感情，大致相同地从寻找个人出路而走上了革命道路"[②]。

当然，一部以知识分子为主人公的"红色经典"，其传奇的背后实际是并不传奇的现实用心乃至政治用意，因此这类作品作为传奇的阅读效果可能不如第一类，但其所引发的关于"红色经典"创作的可能性与必然性的思考，却十分巨大。和杨子荣（《林海雪原》）、刘洪（《铁道游击队》）乃

[①] 杨沫：《谈谈林道静的形象》，见牛运清：《长篇小说研究专集》（中），山东大学出版社1990年版，第143页。
[②] 杨沫：《青春之歌·再版后记》，见《青春之歌》，中国青年出版社2000年版，第643页。

至丁尚武(《烈火金刚》)等人作为个性的人物或个人的革命英雄传奇不同,林道静作为小资产阶级知识女性形象的内在规定性,导致了其革命叙事的诸多困境。不过也许正是这种并不传奇的背景,才使《青春之歌》反倒因特殊的主人公及经历的特殊阐释,有了不同于其他文本的创作以及接受上的传奇意味。换句话说,林道静的道路并不仅仅属于杨沫自己或其他某个人,也不仅仅属于某种意识规定之外的个人叙事,于是她的成长及道路选择必然有着一种情节的规定性,使文本内在结构处于一种特殊的"对立共构"当中,即把原本"对立"的个人情感欲望与革命政治要求用某种特殊的叙事方式使之达到个人经历与时代历史之间的"共构",完成一种特殊又有效的"革命叙事"。其个人成长的传奇经历在被历史叙事的故事性包装之后,"红色"意义的革命传奇便得以形成。就像人们已经意识到的:"与萧也牧式的徘徊犹豫的知识分子视角和当时充斥文坛的充满说教的概念化政治小说不同,《青春之歌》已经找到了一种全新的修辞方式,它将超验的'政治'叙事与世俗的情爱故事巧妙地缝合在一起,使女青年林道静的情爱历险与'知识分子'和'民族国家'的成长统一起来。这一编码方式标志着'社会主义现实主义'已经开始形成了一套成熟的基本叙事成规。"[1]这也就意味着,在这种以个人"情爱历险"的传奇外形来包裹时代政治主题的叙事中,如林道静等知识女性,已经在某种政治叙事的可靠性前提下,获得了与《红旗谱》中的朱老忠乃至《创业史》中的梁生宝一样的历史意义,形成了一个全新的叙事空间和接受空间,从而成为一种具有"红色经典"叙事逻辑意义的经典文本。

---

[1] 李杨:《成长·政治·性——对"十七年文学"经典作品〈青春之歌〉的一种阅读方式》,《黄河》2000年第2期。

如果说一般的"红色经典"大多属于"十七年文学"的话，那么"文革小说"作为"文革"时期出现的小说作品，不仅具有与"红色经典"相一致的品格和特色，同时还因特殊的现实历史时空，有着自己更加独特的样貌和价值。

"文革小说"既包括当时获得公开发表的主流小说，也包括当时并不见容于主流的"地下"创作。前者的代表有《金光大道》《大刀记》《虹南作战史》等，后者的代表有《波动》《第二次握手》等。不过按照本书讨论范围的设计，我们在这里讨论的"文革小说"主要是指前者。

如众所知，"文革"开始后，原来在"十七年文学"中形成的英雄传奇作家们纷纷被打倒，包括像曲波这样的作家。而即便还有为数不多的可正常创作，由于当时政治局势的影响，作家也不得不向政治靠拢，甚至是自觉地把文学创作和主流政治思想直接联系在一起。如在《剑》的"后记"中作者就说，这部小说的初稿在十年前即已完成，但是一直没有修改好，等到"文革"中参照"主流"创作原则重写之后，才觉得可以发表："感谢宜春地区有关领导和江西人民出版社同志们的督促和支持，帮助我下定决心拿起笔来，对这部小说进行重写，并使重写的过程，成为帮助我学习革命样板戏的创作经验，学习'三突出'创作原则的过程，成为帮助我进一步改造世界观的过程。"[①]有意味的是，既然现实政治需要形成了"二元对立斗争"及"革命"的话语形式，那么"文革小说"对某种特殊叙事方式即传奇叙事的自觉选择就成为必然。

从某种意义上说，在同样明确而统一的政治话语规范下，文学话语的表述也必然是共通而整一的，因而"文革小说"在传奇叙事上呈现出与"十七

[①] 杨佩瑾：《剑》，江西人民出版社1974年版，第379页。

年文学"及"红色经典"相同的一面便不足为奇了。不管"文革小说"如何因题材的不同而呈现出各自的特点,比如以革命斗争为题材的小说往往通过英雄人物传奇的经历展开故事的讲述,以农村和工业建设为题材的小说则主要通过阶级斗争的描写来铺陈,但是在基本的叙事模式上,都有着鲜明的"革命传奇"叙事取向①。

首先,"文革小说"承袭了"革命"及其叙事的文学传统,大多都是关于"革命英雄"的传奇叙事。就像英雄崇拜是人类的天性一样,"英雄情结"始终出现在各个历史时期的各种文学作品当中。"在任何时代,任何怀疑的逻辑或一般琐事、不虔诚和枯燥无味的东西及其影响都摧毁不了人心中的这种高尚的天生的忠诚和崇拜"②。而如前面一直所梳理的,新中国成立后,以延安文学为代表的解放区文学作为新的方向,使革命英雄的塑造有了更为严格和细致的规范,即英雄人物必须突出,榜样必须树立。于是"十七年文学"期间才涌现出了一大批"红色经典"即革命英雄传奇小说,也才塑造出了一大批传奇色彩颇浓的革命英雄,他们既有传统小说中英雄侠客的高超武艺和过人智慧,又都是接受了毛泽东思想教育、在战斗中成长起来的时代英雄。所以它们既符合文学规范的要求,又能满足民间大众的审美需求,进而成为最重要的时代资源和记忆。等到"文革"开始后,虽然文学创作有所荒芜,但工农兵方向的确定,以及文学宣传工具性的强化,小说创作的民间化、大众化的方向则不仅得到了保留,甚至还得到了强化。并因此使其长篇小说创作远及民间传统和新文学大众化方向、近接解放区文学和"十七年文学"革命传奇,有了直接走向革命英雄传奇的可能背景和现实选择。

---

① 张文东:《"文革小说":政治叙事中的英雄传奇》,《北方论丛》2014年第5期。
② [英]卡莱尔:《英雄和英雄崇拜——卡莱尔讲演集》,张峰、吕霞译,上海三联书店1988年版,第24页。

同样需要强调的是，与"十七年文学"中的"红色经典"相比，作为革命英雄传奇的"文革小说"的形象主体有较大变化，他们不仅全都是属于"工农兵"的，且大多是"高大全"式的，甚至时常有着"孤胆英雄"的意味。"十七年文学"及此前的革命英雄传奇里，英雄大多是集体的，即往往是一个个性格迥异的英雄所组成的英雄群体。比如在《林海雪原》中运筹帷幄的少剑波、机智勇敢的杨子荣、孔武有力的刘勋苍等，都令人印象深刻；《铁道游击队》中勇猛干练的刘洪、沉着冷静的李正、鲁莽急躁的鲁汉等，也让人念念不忘，实际上都是英雄群体。但英雄群像的塑造显然在"三突出"的创作原则下是达不到其"典型"塑造要求的，"文革小说"中"单个"的革命英雄形象，是达到"三突出"后的"典型化"，有了"高大全"的概念化和公式化。如《万山红遍》中的郝大成、《桐柏英雄》中的赵永生、《大刀记》中的梁永生、《将军河》中的古佩雄等，就都是这样一类意志坚强、人格完美、战无不胜的英雄人物。

"高大全"式的人物既要符合现实政治的话语要求，同时也要迎合人民大众阅读期待中的英雄崇拜心理，并且按照"两结合"辅之以"三突出"的创作方法和创作原则，便导致了"文革小说"创作上的唯浪漫化、唯理想化的机械化倾向，即不仅突出地写英雄人物，而且只写英雄人物的永远正确、勇敢顽强、高大光辉，对英雄人物形象加以"神化"，使作为中心人物的革命英雄被作家通过"革命"的叙事手段，塑造成了无所不能的"神人"。因此，"文革小说"中的英雄人物不仅戴上了"神性"的光环，而且正因这种"神性"的发掘，使得小说具有了某种超越政治话语的"革命传奇"特性，并由此获得了更大的吸引力。[1]比如《大刀记》中文武双全的梁永生，他先学

---

[1] 张文东：《"文革小说"：政治叙事中的英雄传奇》，《北方论丛》2014年第5期。

刀法大闹黄家镇,走上革命道路后成立大刀队,居然能带领只有5个人的小分队深入敌人"心脏"挑掉鬼子据点而安然返回,后来又巧夺黄家镇据点,夜战水泊洼,全歼敌人的增援部队,刀劈日本鬼子头目石黑,勇猛无敌、威震敌胆,有着非凡的"能耐"。其他如《万山红遍》中的郝大成、《剑》中的侦察队长梁寒光等也一样,经历和战绩都充满了神话般的传奇色彩。

在"三突出""三陪衬"等原则的指导下,既然确定了革命英雄人物的"样貌",那么对其描写的方式便也基本确定了,要么是特写式的表现方式,要么是陪衬式的描写手法,即都是在极力渲染革命英雄人物的"高大全"。就前者而言,和"文革"时期"革命样板戏"的流行相一致,许多作为革命传奇的"文革小说",往往主动或被动地借用了"革命样板戏"的手法来实现小说创作上的"三突出",从"亮相"到"定格",都是对英雄人物进行"特写"式描绘。比如《大刀记》中梁永生带领大刀队去打鬼子据点时的出场描写:"你瞧!我们的队伍多威武呀!每个战士的前腰带上,都斜插着一支匣子枪,匣枪张着大机头;每个战士的脊梁后头,都背着一口大砍刀,大刀片儿被白雪一映闪着威风凛凛的寒光!大刀队队长梁永生,一马当先,走在队伍的前头。他,昂首挺胸,风风火火地大步走着。风雪仿佛正在故意跟他开玩笑似的,时而偷偷地掀动他的衣襟,时而又撒娇地扑打他的面颊。这时,永生那张被风雪扑打成紫红色的脸上,是坦然、平静的,是春风拂动、笑意荡漾的。这笑意,是共产党人在即将投入战斗时所特有的。"① 作者先从队员的精神面貌写起,最后落笔在细致刻画主人公的飒爽英姿上,主要人物始终居于最重要的地位上,此前的描写和旁边的人物都是陪衬和铺垫,从而使梁永生的革命英雄形象在"三突出"中变得极为高大。而除了这

---

① 郭澄清:《大刀记》第1卷,人民文学出版社1975年版,第535页。

些用特写方式和夸张语言直接描绘英雄形象外,"文革小说"的传奇叙事,还以陪衬的方式即通过敌人或次要人物的视角来凸显英雄人物的光辉形象。比如作者会遵循"三突出"创作原则,在小说中设计若干个次要一点但仍是正面的人物形象,作为被"弱化"的英雄人物,总是或多或少有着这样或那样的毛病和缺点,目的就是为了陪衬和烘托主要的英雄人物,即通过次要人物的观察和感受,营造出主人公即主要人物身上的某种典型性甚至神秘性。显然,这种写法及用意来自于中国民间传统文学的传奇叙事,像关云长、鲁智深等"侠义英雄"以及诸葛亮、刘伯温等"智慧型"人物一样,即便是以工农兵主人公代替了"帝王将相",实际上也是在这个意义上成为革命英雄的特殊传奇的。

四、"二元对立"与"有机统一"

如众所知,"启蒙与救亡"的核心主题,自"五四"以来始终制约着现代中国文学与文化的走向,至新中国成立后,表面上看这一主题似已转变为"为工农兵服务"的大方向,但其本质上贯穿的"为政治服务"的基本方针,仍有着基本相同的艺术要求。所以,刚刚从战争时代走过来的"红色经典"(这个"红色经典",是包含着"十七年文学"和"文革文学"两个阶段中的"革命传奇"的,后面的阐述中不再一一注明)的思维模式和叙事套路,便沿袭了现代以来的革命文学规范,在新的革命历史阶段上,形成了与解放区文学"革命传奇"基本一致的叙事模式。因此,在"红色经典"中,在《讲话》所规范的空间里,在社会主义现实主义方法规划的道路上,这些以革命斗争为主要内容、以革命时代为整体背景的作品,无论是表现革命斗争历程,还是刻画革命人物形象,其"革命叙事"中所突出的,都已不再是精英知识分子意识,而是以"工农大众"的利益与意识为主题,在"革命"

的意义上绝对化地强调着无产阶级革命斗争的正义性和革命者的英雄品格，及其革命事业的丰功伟绩，从而在政治与文学的共同选择当中，形成了十分强烈甚至极端的浪漫与理想色彩，进而直接成为一种"革命传奇"。①

"红色经典"最重要的叙事特征，首先体现在离奇曲折的情节模式上，或者说，这也是作为传奇叙事的"红色经典"最核心的叙事特征。以情节为结构中心是中国小说的叙事传统，传奇尤其如此，所谓的"无奇不传，无传不奇"，实际就是以离奇曲折的故事情节来吸引读者，即总是在关键位置上设置悬念和伏笔，再以奇人奇事等"奇迹"般的"突转"来推动情节，使叙事波澜起伏，曲折动人。"红色经典"就很好地继承了这一传统，尤其是它们所写的本来就是具有传奇性的革命事迹，"在激烈的革命斗争中常常出现一些出乎意料的事件、异常勇敢的人物和异常的出奇制胜的行为等等。就是当事人也往往事后吃惊，非在平常的日子里所能想象"②，再加以有意识的强化，通过"把几个主要人物都放在重大冲突和惊险情节中去表现，并且适度夸大了他们的行动"，所以"在这些人身上，就必然显出了传奇色彩"。③尤其是这些用曲折、惊险甚至离奇的故事来讲述的"革命历史"，本身也是革命浪漫主义艺术技巧的特殊表现。"它比普通的英雄传奇故事要有更多的现实性，直接来源于现实的革命斗争；其次，它又比一般的反映革命斗争的小说更富于传奇性，使革命英雄行为更理想地富于英雄色彩。"④

当然，作为"革命"传奇叙事的"红色经典"，情节不管有多么不同多

---

① 参见张文东：《"文革小说"：政治叙事中的英雄传奇》，《北方论丛》2014年第5期。
② 王燎荧：《我的印象和感想》，《〈林海雪原〉评介》，作家出版社1958年版，第31页。
③ 何其芳：《谈"林海雪原"》，《〈林海雪原〉评介》，作家出版社1958年版，第16页。
④ 王燎荧：《我的印象和感想》，《〈林海雪原〉评介》，作家出版社1958年版，第32页。

么离奇曲折，但最终结局都是无一例外的辉煌胜利，因为这就是时代话语规范出来的"光明叙事"要求。所以，既然结局是已经完全确定的，那么其叙事的结构模式也常常是被确定的了。如果说传统"传奇"所强调和追求的是与"日常"不同的奇异性乃至个人化的体验和奇遇的话，那么"红色经典"的"革命传奇"则更多表现为宏大的历史或英雄叙事，即在"革命"背景下，群体性的共性选择往往就取代了个人化的、独立性的奇遇，或者说是把个人的社会性极端放大，个人的欲望被社会群体的需求所替代。因此，在当年"革命传奇"所形成并规范了的"大"与"小"两个叙事要素的辩证统一上，"红色经典"的革命传奇叙事与解放区文学的"革命传奇"几乎是完全一样的，也形成了一种"大"与"小"的双重叙事维度，在所谓"对立者可以共构，互殊者可以相通"的意义上，使"红色经典"的革命传奇叙事，以"大"与"小"的"对立共构"，形成了它具有整体意味的特殊叙事模式。

  首先，与解放区文学的"革命传奇"一脉相承。"红色经典"的题材和内容也都是重大的革命历史题材，即这种革命的历史进程以及革命者的成长过程时间长，空间相对广阔。比如《红旗谱》，以1926年前后十年多中国农村的变化为背景，写了三代农民探索反抗道路的几十年的斗争历史；而《红日》虽是以不到一年里的三场战役为题材，但描写了人民解放军从苏北转战到鲁南的空间转移。所以"红色经典"同样因其更加深刻的历史诉求，以及典型化的英雄成长模式，始终呈现着一种"叙事"的"似真性"，故如解放区文学的革命传奇一样，也把一个完整事件或人物成长历程的叙事时间和空间设计在一个精确的"刻度"上。比如《吕梁英雄传》一开场，便交代时间起点是"一九三七年七月七日"；而《红日》则标明时间是从1946年深秋到1947年5月，地点就是苏北涟水、鲁南莱芜和孟良崮地区；《保卫延安》是从1947年的3月到9月以延安为中心的陕甘宁一带。其次，"红色经典"的叙事空间作为展开事件及人物关系的处所存在,也有一"大"一"小"两种空间模式。比如《林海雪原》里小分队的战斗足迹踏遍了大小兴安岭整个的林海雪原,《青春之歌》中林道静也是几次进出北平,而《铁道游击队》中的刘洪和王强,则先在鲁南山区开展斗争,后回到故乡枣庄进行游击战,不仅战斗在临枣铁路沿线,还开辟了微山湖根据地,空间的转换和流动都是比较大或比较频繁的。当然,在流动的空间形式中,这些作品还保持了一个具有某种规范性的有限空间或载体。如少剑波率领的小分队始终是小说叙事的载体,不管多么阔大的时空转换,都是始终受小分队的行动为线索制约的;如《铁道游击队》的叙事始终依托于"铁路"这一特殊载体;《红岩》中完全是以"渣滓洞""白公馆"这样的封闭空间为载体展开革命叙事的;等等。因此,"红色经典"借大的开放空间营造出了宏大历史叙事的取向及可能,而其小的空间载体则使思想性以及典型性的表现达到了一个新的高度。

第三,与"传奇"叙事传统尤其是解放区文学的"革命传奇"相一致,"非聚焦型视角"也是"红色经典"的常用视角。在《林海雪原》《保卫延安》《红日》等"红色经典"中,无论战斗规模大小,或是指挥员职位高低,始终都是一个英雄的群体在起作用。此外,"革命"斗争的暴力本质,还决定了"红色经典"的"革命叙事"与解放区文学的"革命传奇"一样,有着以"大""小"两种"敌对"力量的对比与转化为核心的"二元对立"的情节模式,同时按照已定型的社会主义现实主义的创作要求,作为"红色经典"叙事动因的也已不是外在的情节而是内在的意识形态,因此其外在的情节模式又被内在的结构要素所决定,即"大"的革命事业决定着"小"的个人行为。文学的个人创作主体被有意消解,工农大众的生活和战斗以其广阔的生活内容和叙事要求,将文学的视角重新扩展为一种"全能"的形式。

需要强调的是,尽管我们没有在"文革小说"与"十七年文学"的意义上去区分作为"文革"的或是"十七年"的"红色经典",尽管它们都是在演绎"二元对立"模式下的革命斗争传奇,但是作为相对极端或者绝对化了的"红色经典","文革小说"有着一些自身的特色和意义。比如,按照新中国成立后文学发展的基本思路,即便到了"文革"时期,革命英雄传奇创作的主体也依旧是部队文艺工作者,他们所营造的同样是一个黑白分明、正邪不两立的对立世界,呈现并不断强化着"二元对立"的艺术模式。尤其是"文革"狂热政治氛围笼罩下,人们几乎完全忽视了现实生活本身的复杂性,只相信非此即彼、非敌即我的对立关系,而当阶级斗争的假设被无限夸大之后,关于革命英雄的传奇叙事,便只讲述一种特殊的斗争故事。如从人物的设置来看,主体是正面人物的工农兵,对立的反面人物便是地、富、反、坏、右等"黑五类"分子;正面人物浓眉大眼、高大威猛、没有私欲,反面人物是贼眉鼠眼、阴险狡诈、自私贪婪;正面人物永远做好事,反面人物永远做坏事;正面人物几乎不仅不会死亡且必定取得最后胜利,反面人物从来没有好下场且最后注定要失败,两者之间没有"中间人物",也不允许有"中间人物"。同理,"文革小说"作为政治话语表达载体,其"二元对立"艺术模式的确定,也就使其表现的首要内容得到了明确,即革命斗争。如"文革"本身即被定义为一场"文化战线上的社会主义大革命"一样,"文革"期间政治以及文学的中心话语始终是所谓"革命"和"阶级斗争"。"革命"既指战争又不仅仅指战争,而是指一切斗争、改造,而文学创作就是要承担起反映阶级斗争这一重要政治任务:"无产阶级的文学艺术,如果不描写无产阶级居于主导地位的阶级斗争、路线斗争的实际,又怎么能使人们感奋起来,同敌人作斗争,为明天作更好的战斗?"①

---

① 参见高信:《文学是战斗的》,《朝霞》1974年第5期。

所以，如果说"文革小说"在英雄人物塑造和情节结构设计上较之"十七年文学"等更加模式化的话，那么在叙事视角以及叙事语言等方面，它也同样更加切近时代政治需求而走向宏大的叙事，并因此更深地陷入政治话语窠臼而失去了艺术个性。从整体上来看，因为所表现的内容都是宏大而复杂的阶级斗争，"文革小说"作为主流意识形态的代言人，是要把政治话语和政治理念通过简单的艺术加工传达给读者，即追求讲述历史的严肃性和表达的权威性。因此，在"三突出"等创作原则的规范之下，"文革小说"既要围绕主人公设置宏大而复杂的斗争情节，又要在这些臆造的斗争中传达某种政治理念，就面对着一种因图解政治理念而带来的文本"文学性"缺失。为了增强可读性和吸引力，大多采用全知全能的叙事视角，以权威者的姿态出现，随时掌控故事的进展，甚至不在故事发生的时间段内留下任何空白。就像《大刀记》里，即使是与故事并无紧密联系的时间段，作者也总是留下一句应交代的内容："时光在战火中匆匆溜走。秋天，又一个秋天——庄户人家的黄金季节来到了。……前一段时间，大刀队根据上级的命令一直在外地作战。"[①]这种与传统说书人事事都要交代清楚的风格极相似的一丝不落的叙事特点，就是为了保证事件在其发生的时间段内没有模糊和空白，进而切实保证其叙述的可靠性。不过，"文革小说"与传统说书人的"小我"的个性化叙事不同，其叙事最突出的特点是讲求宏大叙事，主角不再是"我"，"我们"才是故事的中心。就像我们前面说过的，"文革小说"这种宏大的集体叙事还时常表现为许多作品的创作是由创作组集体合作完成的，如《虹南作战史》《三探红鱼洞》《牛田洋》《桐柏英雄》等一大批小说以及样板戏的创作等均如是。这种集体创作的后果就是完全消解掉了能体

---

① 郭澄清：《大刀记》第1卷，人民文学出版社1975年版，第1307页。

现文学丰富多彩的个人话语，取而代之以集体的"和声"即"共名"，文学的叙事成为表现官方政治话语的时代叙述。①表面看来，"文革小说"这种集体和声是回到中国叙事传统上去了，但其实不然，因为"文革小说"在构建革命斗争宏大叙事的过程中，一切斗争都与现实的政治背景直接关联，都是对现实社会语境的直接反映，所以"革命现实主义"在全知全能的叙事视角下成为国家权力意志下的政治解读，而"革命浪漫主义"则属于"乌托邦"式的政治理想的虚构。当"文革小说"将两者结合起来时，便是在刻意设置的"复杂"阶级斗争中由集政治理念与理想品质于一身的英雄人物来完成"救世主"的角色任务。所以，"文革小说"中的革命英雄传奇，其许多通俗化的叙事语言乃至评书体风格，与解放区文学以及"十七年文学"中的"红色经典"相一致，从这一点上也就不难理解了。

---

① 张文东：《"文革小说"：政治叙事中的英雄传奇》，《北方论丛》2014年第5期。

第五章　人生传奇：
　　　新时期的文学复归与生命回响

　　学界一般把1976年10月粉碎"四人帮"之后差不多十年左右时间里的文学称为"新时期文学",它也常作为"80年代文学"的代名词,与"90年代文学"区分开来。但我们很有必要重新思考,不论我们如何强调文学在90年代以来走向市场化或被商品化的趋势,但仍不能断定以"新时期文学"为代表重建或新生的文学的传统和创新已经中断或消失了。所以尽管已经有了"新世纪文学"的概念,但还是有很多人将自粉碎"四人帮"以来的三十几年的文学视为"新时期文学"。比如在一篇"重读新时期"的文章中,贺绍俊便是用"70年代:《晚霞消失的时候》""80年代:《没有纽扣的红衬衫》""90年代:《黄金时代》"和"21世纪:《玉米》"四篇小说,把"新时期文学"的二十几年发展整个儿串了起来,试图发现或者澄明许多人一直想要用"世纪"来区分的"新时期文学"的某种内在的东西。①

　　在这里,我们是按照文学之所以为文学的某种重建、新生和发展的意义

----

　　① 贺绍俊:《重读新时期:四个时段四篇作品》,《小说评论》2005年第4期。

来思考"新时期文学"的,所以要比十年的时间限定更宽泛些,更多一点儿"整体观照"的意味。

第一节 现实主义的"人性传奇"——文学与人的复归

以1976年10月"四人帮"垮台这一政治事件为标志,中国社会进入了一个新的历史阶段。其后经过一段时间的恢复之后,中国文学也迎来了她的"新时期"。1977年底,由《人民文学》编辑部出面,召开"向文艺黑线专政论开火大会"。1978年下半年,先是中国作家协会于10月20日至25日在远东饭店召开了所属《人民文学》《诗刊》和《文艺报》三个刊物的联合编委会,讨论文艺刊物的办刊方针;后是《文艺报》和《文学评论》两家期刊于12月5日联合在新侨饭店礼堂召开"作家作品落实政策座谈会",为杜鹏程的《保卫延安》、李建彤的《刘志丹》、周立波的《山乡巨变》、赵树理的《三里湾》和《锻炼锻炼》、西戎的《赖大嫂》、王蒙的《组织部新来的年轻人》,以及吴晗的《海瑞罢官》和孟超的《李慧娘》等一百多部作品平反;接着广东省于12月下旬召开文学创作座谈会,周扬、夏衍、张光年、林默涵、冯牧等都参加会议并讲了话,批判了"四人帮"制造的"文艺黑线专政"论和"凡是派"制造的"文艺黑线"论,对开启一个时代的"新时期文学"作了初步的阐述。[①]至此,历史重新改写,新的文学道路创建。

一、现实主义的重新思考与人的重新发现

文学的春天是伴随着党的指导思想的及时调整而到来的。

---

① 参见刘锡诚:《"新时期文学"词语考释》,《文艺报》2005年3月5日。

《光明日报》于1978年5月11日发表署名"本报特约评论员"的文章《实践是检验真理的唯一标准》，由此引发了一场关于"真理标准"的全国大讨论。不仅一下子使"全国人民的思想活跃起来了"①，并为后来彻底清除"两个凡是"等"左"的思想奠定了理论基础。1978年12月，党的十一届三中全会召开，彻底清除一系列"左"的思想，以经济建设为中心成为党的工作重点，"改革开放"等一系列影响深远的方针、路线得以确定，历史真正掀开了崭新的一页，文学思潮和文学创作的新的历史阶段随之到来。从1979年开始，中国文学便"真正叩响了通往'八十年代'的大门"，"就像一座界碑，1979年将当代文学史划分为'过去'和'未来'两个部分"。②

　　1979年3月，陈恭敏《工具论还是反映论——关于文艺与政治的关系》一文在《戏剧艺术》发表，明确批判"工具论"作为"对文艺为政治服务的一种简单化、机械化的理解"，是"不符合艺术的规律的"，以对艺术规律的强调，拉开了"反思"的序幕。4月，李子云、周介人执笔的评论员文章《为文艺正名——驳"文艺是阶级斗争的工具"说》在《上海文学》发表，从正面否定和批判了"工具论"，认为"工具论"是造成我国文学艺术长期以来公式化、概念化的重要原因，"是创作者忽略了文学艺术自身的特征，而仅仅把文艺作为阶级斗争的一个简单的工具"，并由此导致了人们对文艺与生活、文艺与政治等一系列问题的错误认识。同时，文章在清算"文革"以及"四人帮"的文艺理论的同时，还把"反思"向前延伸到了"十七年"，对当年"写真实""干预生活"等理论要求重新给予了肯定。③

---

① 马立诚、凌志军：《交锋：当代中国三次思想解放实录》，今日中国出版社1998年版，第57页。
② 李洁非、杨劼：《共和国文学生产方式》，社会科学文献出版社2011年版，第153页。
③ 李子云、周介人：《为文艺正名——驳"文艺是阶级斗争的工具"说》，《上海文学》1979年第4期。

1979年10月，第四次文代会召开，党的文艺政策开始全面拨乱反正。《人民日报》于1980年7月26日发表题为《文艺为人民服务 为社会主义服务》的社论，正式提出党的"二为"文艺方针。紧接着邓小平、胡乔木等分别对其进行了强调和阐释，终于使文艺从政治的附属地位中解脱出来，进入了一个良性发展的轨道。与此同时，"文学是人学"这一命题也得到了讨论和明确。1978年，朱光潜发表文章，重提对"人道主义"和"人性论"的思考，很快得到哲学和文学界的广泛回应。1980年，钱谷融再次提起"文学是人学"的命题，"人的发现"和"人的觉醒"开始成为一个时代潮流。钱谷融强调，"文学既然是以人为对象（即使写的是动物，是自然界，也必是人化了的动物，人化了的自然界），当然非以人性为基础不可，离开了人性，不但很难引起人的兴趣，而且也是人所无法理解的。不同时代、不同民族、不同阶级所产生的伟大作品之所以能为全人类所爱好，其原因就是由于有普遍人性作为共同的基础。……文学既以人为对象，既以影响人、教育人为目的，就应该发扬人性、提高人性，就应该以合于人道主义的精神为原则。"①虽然潮流中依旧有着各种声音和争论，但是随着思想的解放、理论探讨的深入以及对马克思主义学说的认识发展，在这一时期最终还是基本明晰了对"人道主义"和"异化"等问题的认识。周扬在1983年中央党校纪念马克思逝世100周年纪念大会上的报告中，集中对"人道主义"和"异化"的问题进行了论述，指出"马克思主义是包含着人道主义的。当然，这是马克思主义的人道主义"，同时又是"现实的人道主义"，马克思所理解的人，"是现实的、社会的、历史发展的"，马克思的"人道主义思想"也是基于一个"更科学的基础上"的；而所谓"异化"，"就是主体在发展的过程中，由

---

① 钱谷融：《〈论"文学是人学"〉一文的自我批判提纲》，《文艺研究》1980年第3期。

于自己的活动而生产出自己的对立面,然后这个对立面又作为一种外在的、异己的力量而转过来反对或支配主体本身",但是"异化"是一个"辩证的概念",而不是"唯心的概念","掌握马克思关于'异化'的思想,对于推动和指导当前的改革,具有重大的意义",所以周扬明确强调,"人的尊严,人的价值,理应受到重视"。[①]这就不仅"对于中国文艺的发展有着重要的理论意义和现实意义",而且"它在开拓了当代文学表现领域的同时,也为研究者重新评价30年代左翼作家与新月派、'自由人'、'第三种人'的论争提供了契机"。[②]

在概念得到厘清、理论得以澄明的基础上,关于"现实主义""浪漫主义"等创作方法的思考也更加深入并产生了更加丰富的内容。"1980—1984年之间,以突破'政治工具论'为背景,破除长期的有关光明/黑暗、歌颂/暴露的教条,勇闯'写真实'禁区,初步恢复了与批判现实主义传统的对话。同时,将被排除在文艺话语之外达40年之久的人性、人道主义思想,重新引为基本价值观,从而重建一度被阻断了的与'五四'新文学传统的联系。"[③]众所周知,一直以来中国文学都是以"现实主义"为主流的,尤其是新中国成立后的文学,更是在以"社会主义现实主义"进行"革命"叙述。所以,新时期伊始反拨"文学政治工具论",恢复"人道主义"和"人性",其实就解决了"文学与政治"即"文学与生活"的关系问题,即恢复现实主义传统问题。换句话说,既是因为长期现实主义文学主流传统的影响,也是因为文学现实强烈的"写真实"的内涵要求,"与批判现实主义传统的对话"便成为新时期文学初期的一种基本选择。"人"与"人性"的表现,以恢复

---

① 周扬:《关于马克思主义的几个理论问题的探讨》,《人民日报》1983年3月16日。
② 李扬:《中国当代文学思潮史》,上海社会科学院出版社2005年版,第93页。
③ 李洁非、杨劼:《共和国文学生产方式》,社会科学文献出版社2011年版,第175页。

"五四"新文学传统为前提,在现实人生的表现上,达到了一个新的深度和高度。比如新时期文学以"伤痕文学"为发端,一开始便以恢复现实主义的优秀传统为使命,真正找回了现实主义"写真实"的传统,大胆地把身体内外的"伤痕"、革命历史的"真相"乃至政治斗争的"丑恶"等"真实"暴露于文坛之上,同时还以强烈的批判精神,思考、否定和批判着刚刚过去的历史中的种种现实黑暗,进而逐渐走上了"反思"的道路。

显然,新时期文学对于现实主义的选择与回归,早已成为一种文学史的共识,不过从传奇叙事角度看,文学史研究对于这一时期浪漫主义的思考似乎还没有给予应有的关注。其实,新时期文学初起,浪漫主义的理论探讨和现实文学创作,便都已经有了充分追求和表现。在理论探讨上,龚济民的《还浪漫主义以本来面目》一文早在1978年,便借高尔基的积极浪漫主义和消极浪漫主义之分,强调"四人帮"所谓"源于生活,高于生活"的说法,与真正的"革命浪漫主义"精神"毫无相通之处","不过是个道道地地的骗人的口号"而已。[①]而到20世纪80年代初,所谓"积极"与"消极"之分已不再是浪漫主义理论思考的话题了,对其美学特征的认识开始逐步形成,如叶易的《关于浪漫主义》等文章就强调,"浪漫主义创作方法的基本特征是强烈地表现理想和愿望,描绘人们'应有'的生活图景",所以"它的想象就很丰富,很奇特",并往往有着"奇异的环境和情节""丰富的感情色彩"和"奇特的幻想和虚构等表现方式",不断地恢复了浪漫主义的原貌。[②]在文学创作上,从"伤痕文学"开始,一直到"反思文学"及至"改革文学",新时期文学里一直都有一大批文本在回归现实主义"写生活""写真

[①] 龚济民:《还浪漫主义以本来面目》,《破与立》(现《齐鲁学刊》)1978年第6期。
[②] 叶易:《关于浪漫主义》,《上海文学》1980年第3期。

实"的前提下，既回望个人和民族的苦难，但更加展望社会和时代的前行，通过"受难者""思想者"和"改革家"形象的塑造，把个人的、革命的历史进程看作一个"涅槃"，生成了强烈的理想主义精神和英雄主义模式。就像早在1985年景国劲便已经总结到的，新时期中短篇小说创作中一直有一股浪漫主义思潮，70年代与80年代之交由从维熙、叶蔚林、王蒙等中年作家发出信号，80年代以后由梁晓声、张承志、冯苓植、邓刚、陈放等青年作家将之推向高潮。这些创作常常通过人与自然关系的表现，以人的心灵和情感来曲折地折射现实世界，表达作家对于未来的憧憬和对理想的追求；多以抒情的叙事方式来抒发强烈的革命激情，小说具有诗与音乐的气质；人物有着奇特而强烈的个性，男子汉气质粗犷豪放，并由此呈现出英雄主义和理想主义的色彩；作家赋予自己笔下的大自然和自然的形象以灵性，使其具有美的意境；有着崇高美和阳刚风格……①这也就意味着，新时期文学在被现实主义的"主潮"决定着的同时，也并没有缺失浪漫主义的色彩及其理想性的叙事。

当这一历史时期从封闭走向开放、从僵化走向解放、从个人走向时代、从传统走向新生的特殊时空背景和现实文学选择生成之后，新时期文学中便有了一种既现实又浪漫、既传统又现代、既写实又传奇的文学叙事特质，从而使关于这一时期传奇叙事的检视成为一种可能和必然。

二、走出"伤痕"——"殉道者"与"改革者"的传奇

"新时期"之初的"伤痕文学"，是在政治的话语框架中，讲述着自己亲历"十年动乱"的痛苦遭遇，以此来批判"四人帮"、歌颂新的"解放"出现。时代的狂欢裹挟着文学的主题，现实的倾诉也左右着艺术的表现，虽

---

① 景国劲：《新时期小说与浪漫主义》，《当代文艺探索》1985年第3期。

然人物和事件真实,但历史的叙述却充满"主题先行"的味道,呈现出一种令人悲喜难辨的传奇意味。"'伤痕'小说的历史叙事同建国初期小说的历史叙事一样,显示出了强烈的历史理性信仰:这种历史理性由于是以乐观的历史唯物主义为核心的,因而它们倾向于将'文革'十年的黑暗历史理解成光明莅临前的暂时过渡,它们对于历史的叙述也因此总是充满着传奇性和喜剧性。由'伤痕'小说主人公针对历史所作的动人思考以及坚贞信仰来看,'伤痕'小说之于历史叙事的'情节模式',同建国初期小说'前途是光明的,道路是曲折的'传奇式历史'光明叙述'并无不同;在手法上多是现实主义的,而气质上却多为浪漫主义的。"①这也就意味着,长期以来的社会主义现实主义和"革命的现实主义与革命的浪漫主义相结合"的创作方法,在新时期文学初起时还有着某种规范性,使新时期文学首先不得不具有着"十七年"传统下的"革命传奇"的叙事意味。

因为"伤痕文学"在整体上是回归现实主义传统的,加之长期以来"政治工具论"的影响还没有完全消除,所以这一时期具有传奇性的浪漫主义叙事,还是先在地被蕴含了过多的理想色彩。传奇的故事尽管是富于浪漫色彩的,但浪漫的并不一定都是传奇,当某种政治化模式仍对情节叙事有所规范的时候,传奇的故事便在一种缺少个性的集体叙事中反倒失去了传奇叙事的艺术功能。所以在"伤痕小说"里,不仅小说主人公们"历尽艰辛而痴心不改",无论承受了多大苦难都还保持着胜利的信心,就连小说的作者们,也都是在"当代"模式中把个人命运与革命事业紧密结合起来,用政治抒情的方式来完成小说叙事。就像后来李扬所说的,这一时期的文学还没有真正摆

---

① 路文彬:《公共痛苦中的历史信赖——论"伤痕文学"时期的小说历史叙事》,《广东社会科学》2000年第5期。

脱文学"工具论"的影响:"作为新时期文学的报春花的《班主任》也是一种政策指导下的产物,尚谈不上历史的反思,只不过是由一种领袖崇拜转移到另一种领袖崇拜,由遵从一种政治转移到另一种政治,不同的是标语口号,相同的却是文学的职能。"①在这些作品中,现实的功用性以及政治性仍然左右着文学的艺术性,文学的成功是依靠一种与时代精神的密切结合,以及小说人物命运与人们现实人生的高度相似。即如许子东所说的,"伤痕文学"便以一种"契合大众审美趣味与宣泄需求的'灾难故事'",与现实生活中人们的"歌颂"和"怀念"心态轻松地达成了共识。②因此,这些创作是以某种苦难生活的回顾而反映出了现实主义创作的取向,在叙事艺术上并没有多么如人意。它还是更多地承袭了"十七年"以来的"主题"叙事模式,尽管有浪漫主义的传奇取向,但传奇的并不是情节,而是最后的结局,其所体现的并不是作者的艺术想象,而是作者的现实政治结论,甚至还比不上"红色经典",更少见具有"故事性"乃至更"有意味"的形式追求。

继"伤痕小说"之后,"反思小说"作为新时期文学在现实主义创作道路上的深化发展,一方面对"伤痕小说"的批判思路和"写实"态度有承接,但同时也改变了"伤痕小说"过度关注和描写"十年"创伤的方向,开始把批判直接指向造成这种创伤的背后动因,追溯新中国成立以来极左思潮的流变及其所造成的恶果,即探究更为深远的政治、经济、文化的原因。同时,经过前面一段时间的尝试和铺垫,新时期文学不仅在思想上走向了"反思",艺术表现上也有了一些个性和自我的追求。比如说1979年《清明》创刊号上发表的《天云山传奇》,便是一部颇有意味的作品。这是一部十分

---

① 李扬:《中国当代文学思潮史》,上海社会科学院出版社2005年版,第130页。
② 许子东:《契合大众审美趣味与宣泄需求的"灾难故事"——"文革小说"叙事研究之一》,《文艺理论研究》1999年第4期。

典型并具有开创意义的"反思小说",也是不多的以"传奇"来命名的"反思文学"作品。那么,一部"政治反思"的小说,为什么会以具有某种通俗意味的"传奇"来命名呢?同时,"传奇"这一名字是否会消解其政治叙事并使其进入通俗的"传奇叙事"呢?答案当然是否定的,因为这部紧紧连接着"伤痕"与"反思"的小说,实际上意味着"反思文学"的"传奇叙事"与"伤痕文学"几乎是完全一致的。就像当年围绕着《天云山传奇》(小说与电影)所展开的热闹不已的评论中几乎没有人注意到其"传奇"的叙事意义一样,小说本身的用意及其首要要求也不在于此。而且,尽管作品(包括小说和电影)的出发点比"伤痕"作品要深刻一些,但其艺术表现的逻辑和方式与"伤痕"作品却是一脉相承的,即同样是那种百折不挠的理想主义精神、"历尽苦难而痴心不改"的类英雄人物,以及"曲折的道路,光明的前途"的"光明叙述",甚至因此也回到了与"伤痕小说"基本一致的"手法是现实主义的,气质是浪漫主义的""两结合"的叙事模式上。

"在文学走出'伤痕'之后,几乎在'反思文学'的同时,被称为'改革文学'的思潮勃然兴起,1983—1984年间描写社会改革的作品大量涌现,形成了一个小小的创作高峰。如果从文学观念和文学精神来看,'改革文学'的范围相当广泛:凡是反映这一时期各个领域的改革进程以及由此而引起的社会变化、人的心理和命运变化的文学作品,都在此列,读者从中可以看出改革开放以后中国社会各阶层精神风貌的急剧变化,体味其新旧历史交替中的痛苦和欢乐。"[1]借这种可能并不规范的"改革文学"的定义,我们是可以体会到这一思潮与时代之间的紧密联系的。换句话说,整个"新时期",文学的发展与时代的前进亦步亦趋。当刚刚奏响"改革开放"的时代

---

[1] 陈思和主编:《中国当代文学史教程》,复旦大学出版社2008年版,第231页。

旋律之后，文学便从痛苦的"伤痕"与"反思"中自拔出来，与时代一起为"改革"和"改革者"高唱"颂歌"，进而形成了一种显而易见的浪漫主义文学叙事，亦即英雄传奇。其代表便是蒋子龙的《乔厂长上任记》和《开拓者》、张锲的《改革者》、水运宪的《祸起萧墙》、张洁的《沉重的翅膀》、柯云路的《新星》，以及贺国甫等人的《血，总是热的》等等。

"改革文学"中兴起英雄传奇的叙事具有历史的和现实的、强大的社会文化基础和文学发展背景。就历史的角度看，"五四"新文学尤其是无产阶级文学诞生以来，"革命叙事"便创建了英雄传奇的道路，从"革命文学"到"左翼文学"，从解放区文学到新中国成立后文学，始终以不同的方式演绎着革命的英雄传奇，已成为一种具有巨大影响力的主流文学叙事传统；从现实的角度来说，自20世纪80年代初中国社会开始走上改革开放的道路，人们在深刻的反思中逐渐抚平历史的"伤痕"，开始精神昂扬、热情饱满地走上开拓进取的改革之路，一大批改革家作为新时代现实中的"英雄"也走上历史舞台并成为人们赞颂的对象，使文学既有了新的表现对象，也有了更加"光明"的色彩。因此，基于源远流长的民族文化心理积淀的英雄崇拜，借助"英雄叙事"传统和模式，着眼改革现实的时代弄潮儿，文学便选择了一种"英雄传奇"的叙事，为时代唱起了高亢激昂的颂歌，即如人们所说的，"80年代文学是充满理想主义和英雄主义的文学。英雄叙事在80年代文学中占据了相当重要的位置"①。

从整体的意义上看，新时期文学的"英雄传奇"，首先创造了一大批具有全新时代意义的英雄人物。如乔光朴（蒋子龙《乔厂长上任记》）、车篷宽（蒋子龙《开拓者》）、徐枫（张锲《改革者》）、傅连山（水运宪《祸

---

① 朱德发等：《现代中国文学英雄叙事论稿》，山东教育出版社2006年版，第433页。

起萧墙》)、郑子云和陈咏明(张洁《沉重的翅膀》)、李向南(柯云路《新星》)等。他们作为现实的改革者,有着许多相同的时代品质和个性追求,以及特殊的英雄品格,主要体现在以下几个方面:

其一,这些英雄都是生活的强者。他们对时代使命先知先觉,主宰着自己的生命追求,大胆地开拓着各种改革事业,他们身上有着敢为人先、奋不顾身和一往无前的大无畏精神,尤其是面对集体、国家乃至民族的危难和挑战,他们总会主动地、义无反顾地站出来,揽天下重任于一身,竭力为党和国家人民排忧解难。就像《乔厂长上任记》一开篇,便让乔光朴慷慨"发言",把时代所赋予的挑战和任务交代得十分清楚。于是,以乔光朴为代表的这一批改革的开拓者,就是在紧迫的时代要求和历史重任背景下出场的,以一种为民族振兴而冲锋陷阵的"战士"精神踏上改革征途的。

其二,这些英雄既是具有特殊地位的,又是特殊材料制成的。他们既是当时一方改革事业的领导者、决策者或开拓者,同时很多还是在"文革"前便担任重要职务并曾经有过卓越贡献的领导者(如《开拓者》中的老革命、省委书记车篷宽),或是有着特殊的成熟乃至强有力的背景(如《新星》中的年轻县委书记李向南),所以年老的他们历经磨难之后,不但没有消沉,反倒有了"雪压青松"后的"挺直",变得更加坚强和成熟,而年轻点的他们则意气风发,大有"乘长风破万里浪"之势。他们面对各种各样的复杂情况,以及各种各样的阻力,不但始终信仰坚定,百折不回,一往无前,有的甚至会像傅连山(水运宪《祸起萧墙》)那样,不惜牺牲自己的名誉和地位,只要是能换来人们对改革的理解和支持,便无怨无悔。

其三,这些改革的英雄胆识过人、才智过人,不但有勇气、有魄力面对艰难的一切,而且有能力成就改革的事业。他们既有着官僚主义者所不具备的事业心,也有着一般干部所缺少的超强的发现问题、解决问题的能力,以及决策水平,因此他们不但敢于创新、锐意改革,而且能在各种艰苦的环境克服常人难以克服的困难,最终取得改革事业的胜利或局部的胜利。比如年仅32岁的李向南这样年轻的县委书记,具有和他年龄似乎并不相符的智慧、铁腕和成熟,按照现实的改革需求来看,这些改革的开拓者已接近完美,所以这些现实改革浪潮中的英雄,便成为"改革文学"中的传奇式英雄。

回到整体的观察上来,首先,"改革文学"中的"英雄传奇"还有着超越并改造着现实生活常态的特殊情节模式,而这一点,实际来自于"改革文学"与现实改革要求之间的对接:"中国大陆的所谓改革文学,是蒋子龙在1979年发表《乔厂长上任记》肇始的。改革文学实际上是先于社会的改革腾飞起来的。当社会的改革尚在泥淖中艰难地爬行时,改革文学因它投合了读者强烈要求社会改革的愿望而在一片泥淖的上空翱翔。"[①]

其次,正因现实的改革道路尚处于"开拓"当中,而这时的文学又自觉承担着为时代"呐喊"的使命,所以用传奇的方式来塑造改革的英雄,既是手段,也是目的,其传奇故事也就有了强烈的理想主义色彩。按一般生活逻辑,英雄之所以为英雄,就是因为他们能想常人所不能想、做常人所不能做、达常人所不能达,而改革的英雄们也与一般生活英雄一样,所以,改革文学超越社会现实的改革而腾飞起来之后,它们对英雄的创造乃至对英雄事迹的书写,便成为一种具有强烈理想主义色彩的浪漫主义政治叙事,即作家们始终是以自己的大胆的想象来迎合着时代改革的要求,总是试图回答并解决某种现实问题,从而在改革文学叙事情节模式的营造上有了强烈的传奇性。

改革既挑战着既有的、僵化的生产方式、管理体制乃至政治体制,也挑战着某些人或集团的既得利益,并且深刻地破坏着保守的社会文化和陈旧的

[①] 张贤亮:《中国大陆的改革文学》,《文艺报》1988年3月5日。

思想习惯，因此，几乎所有的改革都会阻力极大，甚至磨难巨大。"改革"和"革命"在某种意义上说有着相似的性质和特征，因此，"改革的英雄"与"革命的英雄"的特质和表征也相对一致，而"改革文学"便也像"革命文学"一样有着某种具有"斗争性"的情节结构模式，只不过它是和平时期"改革"中前进与倒退、创新与保守、进步与落后之间的斗争，从而使得这些"传奇"始终都有着磨难的意味和艰难的性质。改革的"英雄"总是被置于复杂的"斗争场"里，并最终以"斗争"的形式取得改革胜利，小说叙事便有了"革命英雄"叙事的味道。

　　整体把握的第三点是，在"改革小说"具有政治叙事意味的浪漫主义表现中，还形成了一种风格上的"乌托邦"色彩。"客观地说，改革文学的诞生与其说是由于作家对社会生活和经济改革研究有素，毋宁说是由于一种感情和责任的驱使。情感体验使作家们认识到了生活危机，而责任使他表现乃至解决这种危机，正如救落水人的英雄往往不是因为他多么善于游泳，而是源于一种信念，改革文学家们也是如此。"[1]在李扬看来，正是这种信念导致了改革小说家们对改革者形象塑造的"一厢情愿"，即依据一种"乌托邦"狂想来无限夸大改革者的人格力量。而实际上，这种"乌托邦"狂想并不仅仅是属于小说中的改革者的，而是属于整个"改革小说"的。即如任何改革都是某种理想的"实验"一样，在改革小说家们的心里，改革小说便是他们干预生活乃至规划生活的"实验"之一。如蒋子龙所说的："党培养我那么多年，我看出了问题，写进了小说，多少会对厂长们有一定启发，我也算尽了一个党员的责任。"[2]因此，"英雄传奇"式的人物和情节的选择，也规

---

[1] 李扬：《中国当代文学思潮史》，上海社会科学院出版社2005年版，第144页。
[2] 蒋子龙：《〈乔厂长上任记〉的生活账》，《新时期获奖小说创作经验谈》，湖南人民出版社1985年版，第176页。

范了改革叙事的"乌托邦"式的"光明"结局。或者说，既然改革具有革命的意味，那么从它出现的那一刻起，便已经有了和"革命叙事"一样的"光明"的叙事模式，即无论如何艰难困苦，改革最终都会胜利。所以我们才会看到，"改革小说"尽管一直打着现实主义的旗号，但实际上它并没有真正地回到现实生活本身，其叙事逻辑是始终按照某种改革的"理想"来结构的，即生活逻辑被政治逻辑代替了，以强烈的浪漫主义色彩给了种种艰难的改革以统一的"大团圆"结局。

三、重返浪漫传统的"知青传奇"

"知青文学"始终是新时期文学的记忆中最令人难忘的。一代经历"文革"的青年，在理想的张扬和炼狱般的回望中寻找并构筑着自己的精神家园，用生命的礼赞和青春的歌哭，完成了一种充满激情的"浪漫性写作"[①]。而实际上，如果不是仅仅把"知青文学"视为某种"80年代文学"的潮流，而是同时视其为文学传统的一种特殊流变，那么其浪漫主义的背后，其实还深刻地有着对中国小说传奇叙事浪漫传统的一种借取与再续。

当然，"知青文学"的概念不仅仅是在新时期文学的"现场"之中[②]。毛泽东于1968年12月22日"知识青年到农村去"的指示发表后，全国性的"知识青年上山下乡"运动随之掀起，一代人开始了他们艰辛但不乏传奇的生命

[①] 张文东、刘芳坤：《"重返"浪漫传统："知青小说"中的传奇叙事》，《学术交流》2012年第7期。

[②] "知青"是"知识青年"的简称，尽管据定宜庄《中国知青史·初澜（1953—1968）》和杨健《中国知青文学史》等记录，上山下乡知青运动的萌芽应该是1953年起的小规模学生返乡，而众所周知的"广阔天地，大有作为"则起源于1955年毛泽东对大李庄乡材料的一段批复，而实际现在通行的"知青"概念主要指的还是1968年夏上山下乡已经作为毕业生分配的主要方案后开始上山下乡的城市青年。另，因"知青文学"的主体可谓是"知青小说"，所以在本书中两个概念不再进行区分。

历程和文学历程。其实,"文革"期间的知青始终是有着许多文学创作的,当时上海人民出版社还曾出版过一套"上山下乡知识青年创作丛书",①而1972年到1976年间,如郭先红的《征途》(1973)、张抗抗的《分界线》(1975)、王士美的《铁旋风》(1975)等一批长篇小说,也有一定影响。所以,虽然可以在新时期文学的意义上定位知青写作,但"知青文学"先在地与"文革文学"有着某种共通或共同的历史规定性,在小说的叙事上也与"文革文学"有着某种对接与延伸,甚至承袭着某种"十七年文学"的叙事策略和模式。

黄子平在谈到"十七年"革命历史题材小说时曾指出:"'革命'的浪漫特质在其经典化的过程中,不可避免地需要转换并维持在一种'崇高'的僵硬姿式上……'革命历史小说'以排斥'爱情生活'来维持'革命'的清教徒式的纯洁和崇高,对'革命'的经典化论述最终臻于至境时,'革命'已经僵化,'革命'已不再浪漫。"②这里有两层意思:一是"革命"的主题和"两结合"的创作方法贯穿"十七年文学"始终,使某种"浪漫化"也贯穿于"十七年文学"被经典化成"红色经典"的过程中;二是"被革命化"始终是这种"浪漫化"的本质,进而在某种"革命模式"的规约下成为"僵硬化"。其实"文革"以及其后相当一段时间也一样,革命历史叙事在"文革"意识形态控制下也同样不是真正的浪漫,而只是一个僵硬的理想主义传声筒,所以像那种排除爱情生活来维持革命的清教徒式的纯洁的情节模式,在"文革"时代的知青小说中也同样存在。如《剑河浪》讲述上海女知青柳竹慧和"战友"葛辉在剑河公社红霞村插队落户的"斗争生活",主人公柳

---

① 这套丛书1974年由上海人民出版社出版,包括汪雷的《剑河浪》、朱以凡等的《农场的春天》等。
② 黄子平:《"灰阑"中的叙述》,上海文艺出版社2001年版,第14页。

竹慧在小说中便是完全被中性化了的，如果没有特意提起的"辫子"，在其形象的描绘中人们是根本无法辨别她的性别特征的。

当然，"知青"无论是作为对象还是主体，首先是寄植于"伤痕文学"思潮正式进入新时期文学的。"知青"可以说是当时最常用的"青年""一代人"的指称，尤其是当大批知青回城并逐渐从刚回城的兴奋中冷却下来后，他们便希望"立足于现实回味旧梦"，试图从失落的青春中找回岁月的"珍贵馈赠"，并能再次成为生活的"强者"，重新写出自己激扬奋发的生命追求①，如梁晓声的《这是一片神奇的土地》等一批北大荒知青创作即是如此。对过去的回望已不再只是发现满目疮痍或遍地荒芜，对知青岁月也不再是单一的"苦难叙述"，而是将其视为珍贵的生命体验甚至是生命的"涅槃"，更加深沉地以一种特殊的浪漫情怀去体味那种"出奇的艰苦，出奇的悲壮，出奇的崇高"②，进而使知青们的"英雄悲歌"有了鲜明的浪漫传奇色彩。

实际上，在带有"伤痕"的"英雄悲歌"潮流之外，知青心态及其写作中还有回忆乡村生活的"美好"的，是"知青文学"的另一源起。郭小东在1983年初总结当时知青创作时便认为，知青小说这一时期的主题已经"在物质和精神废墟上重建生活的信仰，寻找新路"，与此前的伤痕型相比，"知青小说发展到现阶段，呈现了一种成熟的状态"③。换句话说，当在物质的城市已经无法找到心中的理想时，知青们再次回到那个曾经"战斗"过的地方，也许还可以实现某种精神的重建。所以，尽管这种美好回忆的描写在当

---

① 仲呈祥：《奋进青年的奋进之作——评长篇小说〈蹉跎岁月〉》，《光明日报》1981年5月19日。
② 吴宗蕙：《壮美人生的深情礼赞——梁晓声小说创作漫评》，《人民日报》1984年4月9日。
③ 郭小东：《论知青小说》，《作品》1983年第3期。

时甚至遭到所谓"太浪漫,太理想化"①的质疑,却揭示了知青们面向现实境遇的复杂心态。由此,"归乡"便在激扬奋进与艰难困苦的精神与物质的交织之中,作为"想象性"解决方式,不仅成为知青作家的文学预案之一,也直接生成了不乏浪漫想象和美好记忆的"乡土书写"。如在1983—1984年之后,以史铁生《我的遥远的清平湾》《插队的故事》和张承志的草原系列小说为代表,知青对当年那块乡土的深情回望和眷恋都得到了更多展示,对乡土风情的赞美和浪漫化的描绘,使这类小说具有了浪漫传奇的品格。

如吉利恩·比尔所言,即便是在小说"现代化"的意义上:"所有优秀的小说都必须带有传奇的一些特质……就最普遍和持久的层次而言,也许这样理解现实主义小说更为准确,它是传奇的变种而不是取代了传奇。"②因此,"知青小说"本质上的浪漫性,在它有着强烈现实主义旨归的起源语境中,便生成了现实主义与传奇双向、同归的现象。首先,"知青传奇"的关系结构是人与自然之间的特殊对应。与那些现实人生和冒险传奇所不同,知青作家们浪漫化的回归或归乡,大多是回首往昔品味岁月的遗赠,因为当年他们响应号召"上山下乡",就是要在实在的土地上演绎"神奇"的故事,但同时他们又无奈地演绎了"离开—归来"的鲁迅式的知识分子归乡模式,所以这两种内在规定性复杂地交融在一起,即形成了"知青传奇"独特的人与自然交流模式。

就"知青小说"而言,因为当年远离城市、现在回城或在城市之中回望乡村,本身的时空结构便有传奇因子,再加上当时下的乡多是老少边穷地区,于是知青眼中乃至心中的大自然,便首先有着异乡异俗乃至诡秘神奇的

---

① 孔捷生:《旧梦与新岸——并非创作的创作谈》,《十月》1982年第5期。
② [英]吉利恩·比尔:《传奇》,肖遥、邹孜彦译,昆仑出版社1993年版,第70页。

风韵。因此在人与自然所构成的特殊关系中,无论是辽阔的大草原,还是原始的北大荒,都是一种独特的传奇叙事。像《这是一片神奇的土地》就是将情节设置于离奇诡异的地理环境之中,赋予自然以人的生命律动,追求"人化的自然",并以此结构出一种艺术象征:"鬼沼"无情地吞噬了知青的生命,成为知青们的理想和热情的考验,而"土地"则无疑成了知青们那段艰难岁月的象征,所以从"满盖荒原"的遗骸中挖出的,便是一种为理想主义而献身的精神力量。

  张承志的"知青小说"草原系列也以"人化的自然"为传奇的叙事载体,笔下的那片片草海甚至整个草原,都在神秘的传说当中被"长调牧歌"笼罩,"草原如同注入了血液,万物都有了新的内容",不过自然之于人,并不是对立状态的存在,而是可以依恋和归融的大地母亲。再如孔捷生的"知青小说"虽以"伤痕"命名,但并不只是简单的控诉和失落,"一次次死难都更新了涵义",每一位知青"都得到了超生"(《大林莽》);而张曼菱等女作家则陶醉于明丽背景下的异族异乡,产生"田野上的风吹着我的后颈,像一块轻柔的绸子,轻轻地抚弄着我"的感觉(《有一个美丽的地方》)。当然,这些人与自然的传奇叙事,并不仅仅构成了"知青小说"中浪漫的故事背景,其实同时也在预示着一个深刻的问题:"这是一个只可想象而不可实现的乌托邦。但作为虚设的情感家园,在情怀上与之保持联系,又可能有效地抑制城市现代病的无限蔓延,文学终要为人类守护一片想象的净土,提供一块宁静的空间,这也是乡村乌托邦不经意中的一个收获。它不可兑现,它的功用仅止于对精神焦虑的一种拯救、抚慰和疗治。"[①]

  "英雄"与"归去"是生成"知青传奇"的另一个重要关系结构。"知

[①] 孟繁华:《1978:激情岁月》,山东教育出版社1998年版,第127页。

青小说"很多是在人化自然的背景下传达某种乌托邦信念，植入了具有崇高感的英雄姿态，都对"屯垦戍边""大有作为"充满信仰，所以他们的叙述视角较为暧昧，以第三人称落笔却有着第一人称的抒情性与宣泄之感，带着为时代立言的使命感，借作品主人公形象来表达自我并为时代人物"树立丰碑"。因此，当年下乡时的披荆斩棘也好，如今回城后的挣扎奋斗也罢，文本中始终要凸显出来的，总是一个超越时代的成熟的英雄传奇故事。如赵园所指出的，在创作中他们所使用的就是一个与时代复杂交织的话语系统，"知青式的英雄主义正是借诸'时期性话语'表达的。阅读中你首先注意到的，也是这种英雄主义的话语形式，比如'占领'、'征服'之类流行语词。它们被用以表达'革命时代'最激动人心的渴望，最崇高神圣、最革命化的情欲，其间弥漫着准战争状态的气氛。"①不过，知青作家使用"时期性话语"并不是在反省，其英雄传奇也不是一种形式反讽，而是有着创作主体的充分融入和投射。因此，知青传奇中的"英雄形象"如裴晓云（梁晓声《今夜有暴风雪》）、李晓燕（梁晓声《这是一片神奇的土地》）、易杰（孔捷生《南方的岸》）甚至是王一生（阿城《棋王》），一个个的"我"几乎都有传奇性的"征服"的一面。

如前所述，20世纪中国小说一直以来的"革命传奇"叙事传统先在地成为一批成长于"红色经典"文学背景下的知青作家们深深的烙印，成为他们最直接的阅读经验，而"革命传奇"的种种要素和欲求，后来也成为这些知青作家不仅面对而且认同的要素和欲求，然后再通过非政治的运作，以大众传奇作为载体获得了读者阅读的合法性。除此之外，知青一代的主要教育背景也是"浪漫乌托邦"式的教育，比如20世纪50年代以来的相当长时期

---

① 赵园：《地之子：乡村小说与农民文化》，北京十月文艺出版社1993年版，第288页。

里,从毛泽东的革命浪漫主义诗词,到整个青少年时期的革命话语,都对知青一代的文学观念以及创作思想形成产生了重大影响。尤其是在经历了"伤痕""反思""寻根"的洗礼后,与革命有关的传奇叙事的经验和资源被悄然保留下来,虽然也被包裹上了另外一层"浪漫"的外衣。所以既是"知青小说"倡导者同时也是知青作家之一的郭小东,才在对知青文学的最初的界定与分析中始终强调这一点:"如果说现实生活中的知青回归(包括行动、试探和情绪),是出于不可抗拒的命运的召唤,那么知青文学中的回归正表达了文学主潮崇高的现实使命和革命理想主义色彩的有机结合——革命现实主义,比较曲折地反映了这一代从患难幻灭中重新站立起来的青年们追求理想之高远与艰难,从这一点上看,回归就与当初坚持扎根的知青们殊途同归了"。①这种亲历者的直接总结,为我们提供了很好的研究思路,即新时期之前的和之后的"知青小说"间的内在关联性是必然存在的。而在我们看来,这种关联性的"底子"恰恰就是传奇叙事的内在机理:一方面,这些知青创作抽离了政治意识形态,将那种"向死而生"的英雄转化成积极向上的生活奋斗者形象,使其成为在回城岁月中努力追求成功的精神符号;而另一方面,那种被誉为乡村寄托的回归与"文革"时期的青春奋斗传奇同样具有相似性,即精神家园的书写同样是一个回望或者回忆中的传奇情结。②

四、"寻根"与地域、市井的传奇

从新时期伊始,我们便一直在"寻根",政治主流向马克思主义的真相中去"寻根",社会文化向人的存在的合法性去"寻根",文学也向其一直

---

① 郭小东:《知青文学主潮断论》,《当代文艺思潮》1984年第2期。
② 张文东、刘芳坤:《"重返"浪漫传统:"知青小说"中的传奇叙事》,《学术交流》2012年第7期。

被遗忘了的所谓"本质"去"寻根"。所以,即便仅就文学而言,"伤痕文学"中的批判是在向时代的本源"寻根","反思文学"是在向政治的本源"寻根","改革文学"是在向现实的走向"寻根",而所有这些的终点,其实都是在向某种文化进行着"寻根",进而终于在1984年左右形成了一个自觉的"寻根文学"创作流派和思潮。

"寻根文学"是一个流派,但更是一个思潮,自20世纪80年代初期便开始酝酿,至80年代中期达到高潮。差不多与"伤痕文学"同步,早在1980年汪曾祺便发表小说《受戒》,在"平淡见真"中回归传统审美文化,虽尚谈不到是文化"寻根"的自觉,但激发了人们对传统文化精神的关注和反思。[①]1981年后,诗人杨炼在他的《半坡》《西藏》《诺日朗》《敦煌》和《自在者说》等诗作当中,"或者在对历史遗迹的吟赞中探询历史的深层内涵,或者借用民俗题材歌颂远古文明的生命力,或者通过对传统文化的想象来构筑人生和宇宙融为一体的理念世界"[②],体现了文化寻根意识。1982年贾平凹发表创作谈《"卧虎"说》,直接说自己要"以中国传统的美的表现方法,真实地表达现代中国人的生活和情绪"的美学理想,其后他的"商州系列"小说接连问世,展示了传统秦汉文化流传至今的特殊风貌。至1984年以后,随着张承志的《北方的河》、阿城的《棋王》、李杭育的《最后一个渔佬儿》等一大批作品出现,"文化寻根"思潮逐步形成并渐成主流。1984年12月《上海文学》与《西湖》等杂志在杭州举办题为"新时期文学:回顾与预测"座谈会,与会者正式提出"文化寻根"的问题,会后不久韩少功发表《文学的根》,随之郑万隆、阿城、郑义、李杭育等人的文章集中发表,标

[①] 汪曾祺:《受戒》,《北京文学》1980年第10期。
[②] 陈思和主编:《中国当代文学史教程》,复旦大学出版社2008年版,第279页。

志"寻根文学"思潮正式兴起。

韩少功是自觉倡导"寻根文学"小说家中呼喊最力,影响也最大的,他的《文学的根》是"寻根文学"兴起的标志,最早正式提出并阐明了"寻根文学"的口号和立场。在他看来:"文学有根,文学之根应深植于民族传统文化的土壤里,根不深,则叶难茂。"①所谓"寻根",就是作家们把"目光投向更深的层次,希望在立足现实的同时又对现实世界进行超越,去揭示一些决定民族发展和人类生存的谜",而说他们找到了"根",则是形成了"一种对民族的重新认识,一种审美意识中潜在历史因素的苏醒,一种追求和把握人世无限感和永恒感的对象化表现"②,所以,重寻民族传统中的文化与文学实是"寻根文学"的最初立意。

"寻根文学"的另一篇重要宣言是阿城的《文化制约着人类》,强调"中国文学尚没有建立在一个广泛深厚的文化开掘之中。没有一个强大的、独特的文化限制,大约是不好达到文学先进水平这种自由的,同样也是与世界文化对不起话的"。所以说,"文化是一个绝大的命题。文学不认真对待这个高于自己的命题,不会有出息"。③而李杭育的《理一理我们的"根"》也和他们观点一致,"理一理我们的'根',也选一选人家的'枝',将西方现代文明的茁壮新芽,嫁接在我们的古老、健康、深植于沃土的活根上,倒是有希望开出奇异的花,结出肥硕的果"。④不过他不以为中国文化长期以来主流的"根"是好"根",而是认为以儒学为本的中国文化形态"重实际而黜玄想的传统,与艺术的境界相去甚远",即"这个传统对文学的理解是

---

① 韩少功:《文学的根》,《作家》1985年第4期。
② 韩少功:《文学的根》,《作家》1985年第4期。
③ 阿城:《文化制约着人类》,《文艺报》1985年7月6日。
④ 李杭育:《理一理我们的"根"》,《作家》1985年第6期。

肤浅的、狭隘的、急功近利的"。所以他希望向"规范的"汉民族之外寻找那些更有浪漫的想象的少数民族的"根",因为那才是"一种真实的文化,质朴的文化,生气勃勃的文化"①。于是以李杭育为代表,文化的"寻根"便有了"寻根文学"侧重少数民族地域文化的取向。郑万隆也在他的《现代小说中的历史意识》中指出,当代文学"寻根"作家就是要"面对着时代的变革,面对着社会生活错综复杂的内在矛盾,面对着文明与野蛮的交叉对立",来不断地开掘自己脚下的"文化岩层",即"艺术地把握世界方式的变化"和"现代小说中的历史意识",力求"从各种不同文化背景的人物身上,揭示我们整个民族在历史生活积淀的深层结构上的心理素质",进而"从中找出推动历史前进和文化更新的内在力量"。②

应该说,"寻根文学"不仅是在20世纪80年代中期占一时主流,即便到今天,也还都有着或隐或显的影响。首先,"寻根文学"自觉地向传统文化寻求立足和发展的资源,标志着中国当代文学努力向更深、更广层面上的开掘,以及其后文学面貌的巨大变化。正是这种集体性的"寻根"行为,使中国当代文学开发出了更丰富的写作资源和更巨大的思维空间,精髓和底蕴意义上的传统民族文化不断被现实文学关注和发现,各种各样的地方风俗与民情、民间神话和传说、民族宗教与文化等不断被发掘、整理,并成为文学的叙事内容和思想载体,使中国当代文学有了多元性的文化质素,形成多元的"新景观",且加速了现代化的"新历程",形成走向世界文学的新的可能。其次,"寻根文学"关于"根"或"寻根"的探索始终是把"文化寻根"作为一种"文学回归"来思考的,其历史回望始终有着现实指归。所以

---

① 李杭育:《理一理我们的"根"》,《作家》1985年第6期。
② 郑万隆:《现代小说中的历史意识》,《小说潮》1985年第7期。

"寻根文学"不是简单地向民族传统和地域生活进行"文化寻绎"并充填在自己的文学世界里,而是试图接续民族传统即文化重构来重启今天的文学"程序"。同时作家们这种"寻根"行为也是找寻自我的一种手段,是追求并塑造自我文学个性的一种创新实践,即选择不同的地域生活、民族文化和历史背景,在不同的艺术表现当中发现并重构新的文学的"自我"以及当代中国文学的"自我"。第三,"寻根文学"的回归还包含了一种表现民族文化传统和重新塑造自我的艺术形式意义上的深刻思考,在以小说为主的创作中,呈现出了一种向传统叙事形式和方法的回归。现实中所受到的魔幻现实主义成功的刺激,使寻根作家们试图与世界接轨时,尤其在寻找和确保民族的"根"的意义上看到了中国文学民间传统的独特魅力,所以在"拿来"的同时,又努力以传统的传奇叙事来打造"当代传奇"。换句话说,散落在偏远地域和民间的民族传统文化本身便是"传奇"或都有"传奇性",而传统的传奇叙事方式,既是"传奇"最直接有效的表现方式和手段,同时也是中国文学走向世界的"民族性",甚至与当时被视为样本的魔幻现实主义有着天然契合,因此自觉地融以传奇叙事,便成为许多"寻根文学"的选择和实践。文化的"寻根"带来文学的"寻根",寻根文学家们关于"传统"与"回归"的重新理解,便使传统、民间意义的"传奇",成为一种可能和必要的艺术表现及叙事资源。

(一)文学寻根与"寻根小说"中的"地域传奇"

向地域文化与民间文化去发掘中华传统文化精神、寻绎中华民族文化之"根"、重塑中华民族精神与形象是"寻根文学"的主流。所以"寻根文学"作家中如韩少功、阿城、郑义、李陀、李杭育、李庆西、郑万隆等首先便自觉把目光投向了民间文化、边远地域文化以及少数民族文化,在野性、原始甚至神秘的文化中找寻那些被遗忘了的地域风情、传统习俗和民族记忆，创造有鲜明地域色彩的传奇。换句话说，"寻根小说"家们或许正是因为意识的自觉以及指向的"狭义"，开始回避现实关注和政治叙事，在原始的边地或自然的乡村观照民族文化，向其中寻找"根"的所在及其价值。于是，韩少功借湘西追逐楚文化，李杭育在葛川江上访问吴越文化，郑万隆深入东北乡村发掘山林文化，贾平凹用"商州系列"来寻绎秦汉遗风，郑义则书写太行山村以体会晋地文化……不过，因为这种"寻根"的行为本身是由这些作家的"启蒙意识"所导引出的，所以他们笔下传统的地域文化和民间风情便往往扮演着被发现亦被埋葬、被解读亦被解构、被正视亦被批判的双重角色，从而暴露了"寻根文学"中无处不在的现实关注和矛盾意识。

所以，韩少功才在他的《爸爸爸》中，既描摹了一幅原始状态的荒村远景以引发对民族文化底蕴的深入思考，同时也通过对这种荒诞怪异的文化内部的揭示，表现出对其负面价值的否定和批判。其用意就是，回望传统并不是一定要恢复传统，书写民间也不是仅要驻足民间，发掘民族文化的"根"的最终目的还是要"重铸和镀亮"当代意义上的"自我"。于是，"寻根文学"的作家们便在自觉的发掘中找到了某些原始风习、神话传说、浪漫风情或者野性人生之后，既写出了它的瑰丽与神奇，又看到了它的落后与荒谬，骨子里便成为一种"反思文学"。他们对传统的"重构"，一开始便有"解构"传统的意味。如果说题材的意义已经在主题的规范下得到确认的话，那么在"寻根文学"的世界里，作为"传统"的某种文学表现的比如说传奇叙事的形式，反倒有了更丰富的意义。换句话说，以特殊的想象力力图展示原始、神奇乃至怪诞的世界的"寻根文学"，在忽视了某种历史真实的深刻内涵的基础上，直接成为一种"重构"历史意义的传奇叙事。

有意味的是，尽管"寻根文学"在主题诉求上是模糊或多元的，但它们在形式的表现上却有许多相通甚至一致的地方，即借用更具有民间意味的传统叙事方式来展示极具地域色彩的神奇、神秘的原始文化和景象。比如郑万隆以"异乡异闻"来标识自己的系列小说,小说以"志怪"为笔法,以"奇异"为特色,描写了那些天崩地裂的"倒开江"、遮天蔽日的黑松林、落日熔金的天阶湖、濡湿滴水的弥天大雾等特异的东北风光,刻画了那些带着各自文化烙印来"闯关东"的伐木工、淘金者等与鄂伦春土著狩猎文化之间的交集混杂形态,用各种具有原始意味的图腾禁忌、神灵崇拜营造了一种十分神秘而奇异的文化氛围,即便在严格意义上也是一种传奇。

韩少功的创作是"寻根文学"中具有代表性的,他用《爸爸爸》《女女女》《归去来》《史遗三录》等小说给我们展示了一个神秘怪诞、原始蛮荒、充满着落后巫术文化甚至十分荒诞的湘西世界,彻底颠覆了湘西经由沈从文留给人们的美丽形象。小说所呈现的时空超越现实而又神秘,人事荒诞不经而又奇异,让我们体会到,作家对鸡头寨原始生存方式的细致描摹并不是在"重现"某种生活,而是以深蕴的文化隐喻为基来试图"新建"一个世界,即以传奇的世界来隐喻某种现实的人生。所以与沈从文是用自己的传奇来书写湘西的传奇不一样,韩少功《爸爸爸》等作品中的湘西世界,完全是依靠"寻根"的想象虚构出来的世界。这个原始荆楚的神话世界,闭塞幽暗、蛮荒怪诞,瀑飞森冷,浓雾弥漫,村民们不知秦汉魏晋,石壁上刻着鸟兽图形和蝌蚪文线条……一切都带着太古洪荒的气息,一切都具有神奇的意味。与世隔绝的鸡头寨里,时间静止,空间凝固,生命绝对自然,寨子里面的人完全自然地生存和生活着,并与自然万物间建立起了神奇的感应和依存关系,并借此派生出种种迷信禁忌,弥漫着一种原始初民社会怪异荒诞的气氛,直接就是一个"传奇"。

在虚构了一个神奇的世界之后,作家还为了某种象征或隐喻的需要,虚构了一个更加怪诞的主人公,鸡头寨里一个叫丙崽的怪物。这个"类传说"

的人物，真实性无可考但象征性强大，给文本带来了巨大的传奇性质。传奇不仅属于英雄，也不仅属于浪漫，其实丑陋的现实和人生中都不缺少传奇，尤其是当这种丑陋超越人的理性判断时。所以对人们来说丙崽的存在是荒诞而荒谬的，但却有着十分强大的文学叙事的"元动力"，因为世界是因他荒诞而荒谬的存在，才出现了种种的荒唐和可笑的不可理喻，而当他在混沌中把世界带向毁灭时，便不是日常的荒唐和可笑，而是超现实的诡异甚至恐怖。

李杭育对吴越文化中生命强力和自由自在精神的发掘，集中在他的"葛川江"系列小说呈现出来。他说，"大作家不只属于一个时代，他的情感和智慧应能超越时代，不仅有感于今人，也能与古人和后人沟通。他眼前过往着现世景象，耳边常有'时代的呼唤'，而冥冥之中，他又必定感受到另一个更深沉、更浑厚因而也更迷人的呼唤——他的民族文化的呼唤。这呼唤是那么低沉、神秘、悠远，带着几千年的孤独和痛苦、污秽和圣洁、死亡和复活，也亢奋也静穆，隐隐约约，破破碎碎，在那里招魂似的时时作祟……"①对李杭育来说，这种"民族文化的召唤"既不抽象也不虚幻，而是深入心底并实实在在的。所以在《土地与神》《人间一隅》《沙灶遗风》《最后一个渔佬儿》《船长》等作品中，一方面李杭育尽情表现葛川江巨大而神奇的自然魅力，一方面细腻地描摹葛川江地区的人文特色、历史风貌和民族传统，即通过葛川江几百年来的兴衰历史的展现，刻画着这"一方水土一方人"的虽缓慢但执着的向前的足迹。他不仅将葛川江畔村镇的故事传说、历史掌故、民习风俗娓娓道来，还把吴越文化特有的"自由自在"当成一种独具魅力的生命形态，给人们展现某种"自然"的生活方式，令人们更加深刻地感

---

① 李杭育：《理一理我们的"根"》，《作家》1985年第6期。

受到某种地域文化的传奇内涵。换句话说，李杭育在宏观的意义上，给我们描摹着一幅气势雄伟的大自然的传奇图景，在细腻的生活意义上，则给我们展示了一种豁达洒脱的吴越的风情传奇……在现代的生活之外，给了我们一种久违的生命感觉，即在某种"作意好奇"的观照中，营造了一个关于生命的更具有地域文化色彩的传奇。

贾平凹表现陕南山区独特的文化风貌的"商州系列"，是对秦楚文化的另一种传奇书写。他以《商州初录》拉开序幕的"商州系列"小说创作，始终是用一种讲述传奇故事的方式，淋漓尽致地把商州这块古老土地上的文化特质表现出来。诚如他自己所说的，他的文学思考和书写都是来自于商州文化，这里的民俗古迹、地理风情、民间艺术，以及遗存的汉代石雕和瓦罐等等，都使他感到刺激和受到启发，并在文学自觉中得到不断强化，所以他不仅下功夫读《史记》，体会司马迁的叙事笔法和史家风骨，而且借用"史记笔法"使《腊月·正月》等作品具有了特殊的历史感。其长篇《浮躁》也一样，其中不仅包含了他对民俗民风、历史文化、时代生命等多方面的深刻思考，而且也以"重整体，重气韵，具体而单一，抽象而丰富"的境界，形成了具有历史纵深感的艺术结构[1]，显示出他向中国传统艺术表现方式汲取营养的用意。从"志怪小说"中他学会了以平实的神秘感抓住读者的向往心，从《世说新语》中学会了简练、隽永和传神，从《山海经》《水经注》等地方志中学会了对大、小空间的鸟瞰和统摄，从《浮生六记》中悟出了叙事抒情的高超本领。[2]当然同时他也向中国现当代文学以及外国文学中的优秀作家们学习，比如学孙犁、沈从文，学马尔克斯、略萨等，从而使他在商

---

[1] 贾平凹：《"卧虎"说》，《当代文艺思潮》1982年第2期。
[2] 费秉勋：《论贾平凹》，《当代作家评论》1985年第1期。

州底层文化的背景下找到了充满生活质感的人物和题材,从中西方叙事艺术的比较学习中,摸索出了自己的写作模型,这其中实际上就包含着传奇叙事的模式和方法。"由于贾平凹心理图式中包含着较强的神秘性基因,作品中的神秘因素要比浑厚性来得快,来得强烈,乃至后来过多地描写神秘事物而冲淡了作品的现实感,甚或有神秘主义之嫌。"[①]尤其是到《太白山记》以后,贾平凹甚至是直接使用"巫化"了的有着原始思维特色的思维方法,以完全是"志异"的笔法写出了山民们虔信神巫文化的"魔幻"了的心态,以及他们恍惚、混沌的生活面貌,因而被称为"新志怪小说"即现代传奇。

越是地域的,便越是传奇的,因为在地域之外的任何一种眼光看来,地域的叙事都是一种另类和奇迹。所以有一些少数民族作家的地域性作品,也是"寻根文学"中的传奇叙事,比如说扎西达娃。他作为一个土生土长的藏族作家,小说《西藏,系在皮绳结上的魂》《西藏,隐秘岁月》等,都在描写藏区人民的生活和故事,让人们看到藏区宗教地域文化的同时,令人感受到了一种特殊的高原雪域上的生命传奇。

在文学史里,因为总是用不同的幻象叙述把人们带到某种奇异的境地当中,所以扎西达娃的小说往往被定义为魔幻现实主义。他的第一篇也是其代表性的作品《西藏,系在皮绳结上的魂》即如此,里面出现了两个世界,一千年后的未来,以及神与人、与现实之间的种种幻象。不过从另一个角度看来,正如古老的西藏所孕育的古老的文化以及同样古老的文学一样,"历史与其说是历史,不如说是小说。在这些叙事文里,现实被取消了,变成了幻想、传说,披上了一件华丽的外衣;而幻象又给其中的现实成分添枝加

[①] 崔志远:《贾平凹的商州文化濡染》,《河北学刊》1998年第3期。

叶,从而再创造出一种现实……"①,所以他这种魔幻现实主义的手法其实与传奇之间有着同质的意义。小说里首先由桑杰达普活佛来讲述"现实"的故事,但同时还有一个"我"在一部未曾发表的小说中"虚构"故事,线索完全一样,其根本不同则在于,活佛的故事里的主人公知道自己寻找的是一条"通往人间净土的生存之路",而"我"笔下的人物却并不知道自己要去哪里。所以文本中实际出现了两个故事,一个是神话的传说,一个是人间的传奇;同时有两条路,一条是通往天国的路,一条是通往人间的路;两个故事里存在着两种不同的文化形态,而两条路上则体现着两种不同的生命理念。最后,作为小说叙事者的"我"走进小说,发现并代替了塔贝,"时间又从头算起",两个故事、两条路最终交会在一起,在交会中宗教文化与世俗生活、历史与现实形成了一个完整的"现代神话",结构出了一个具有魔幻色彩的传奇叙事。

(二)文化寻根与走进人生底层的"市井传奇"

实际上,所谓"文化寻根"或"寻根文化",在"知青文学""反思文学"以及自觉向民间文化"寻根"的"市井小说"中都有。同时还因为"市井"强调的是现代城市的民间日常生活的风俗画,所以小说的向度不是向地域文化发掘、寻找遗忘或丢失了的某种精神以"重铸"现代自我,而是从现代都市生活所独有的民间风俗中去发掘其中三教九流的通俗人生价值和意义,尤其是在艺术表现上强调文学叙事的娱乐性、趣味性和通俗性,因此往往有了"寻根"之外的"文化传奇"的意味。

按照黄伟林的说法,有一种"右派"小说家们创作的"风俗小说",并可分为三类:"比较而言,'右派'小说家的风俗小说大致可分三类:一类

---

① 陈庆:《扎西达娃的小说:一种魔幻现实主义?》,《民族文学研究》2007年第2期。

是汪曾祺的诗化风俗小说；二类是邓友梅、林希的市井风俗小说；三类是刘绍棠的乡土风俗小说。不过，如果仅就审美风格而言，就可以简单地分为两类：一类是汪曾祺的风俗诗，二类是邓友梅、林希、刘绍棠的风俗传奇。"①不过，尽管他说的邓友梅、林希和刘绍棠等都不乏传奇风格，但实际冯骥才的"津味小说"才更具有代表性，因为冯骥才是个始终愿意把小说写得有点文化味道的小说家，尤其是他对自己所熟悉的天津市井文化风味情有独钟，曾以"怪事奇谈""俗世奇人"系列等市井人生小说为代表，创作了一批表现天津地域风情、民间生活及其奇人异事的"津味小说"，形成了自己独特的叙事趣味和文学风格，并在这种趣味和风格中，鲜明地体现出一种化自中国古典小说叙事传统的"传奇"叙事品格。②

就中国现代社会的城市特征而言，市井是最能体现传统文化与现代文明错杂交汇的放大镜和万花筒。这些"下层市民生存居住的小街小巷小市"，"一头连着传统文明，一头连着现代文明……从一定意义上，可以说'市井'代表着城市的底层，是中国城市的根。抓住了市井，也就捕捉住了中国城市的'魂'"③。就像所谓的"天津卫"，"本是水陆码头，居民五方杂处，性格迥然相异。然燕赵故地，血气方刚；水咸路碱，风习强悍。近百余年来，举凡中华大灾大难，无不首当其冲，因生出各种怪异人物，既在显耀上层，更在市井民间④"。所以，冯骥才在写过"伤痕"、看过"乡土"之后，主动选择天津及其市井文化，向传统文化以及民族精神更深层的地方开掘："写'俗世奇人'系列小说，都是从文化层面进行考虑的。天津最具魅

---

① 黄伟林：《中国当代小说家群论》，中央编译出版社2004年版，第146页。
② 佟雪、张文东：《试论冯骥才市井人生小说中的传奇叙事》，《当代文坛》2012年第1期。
③ 肖佩华：《中国现代小说的市井叙事》，学苑出版社2008年版，第1页。
④ 冯骥才：《关于〈俗世奇人〉》，《文学自由谈》2000年第5期。

力是在清末民初,那是个城市的转型期,随着租界的开辟,现代商业进入天津跟本土的文化相碰撞,三教九流都聚集在天津,人物的地域性格非常鲜明和凸显。当然,我主要是通过写地域的集体性格,来写地域的文化特征。"①他这一类市井人生小说,反倒在细致刻画津门市井细民的众生相、深刻体察民族文化心理的变异或新生的同时,具有了更大的有意味的形式创新。

写市井生活以及风俗文化的用意离不开雅俗共赏的写法,照传统文化的镜子也不是非得放下传统艺术的架势。冯骥才说他首先用的是取自冯梦龙"家传"的"传奇"之法,"古小说无奇不传,无奇也无法传。传奇主要靠一个绝妙的故事。把故事写绝了是古人的第一能耐。故而我始终盯住故事。"②中国古代小说的"家法"即"无奇不传,无传不奇"的传奇叙事是以情节即故事为核心的,冯骥才首先就是要求自己有所创新:"别人用过的手法都是死的,你给它生命,它就有了生命力。我要说的是,除去作品的内容要给它全新的生命外,还要看你对这'老手法'是否有了新感觉,是否能给它一种创造性的因素。成功地运用古典——看起来似曾相识,其实是你创造的。"③冯骥才总是自觉地对中国古代小说叙事传统进行现代性改造。

冯骥才总是选取一些"文化人"作为主人公,不过这些"文化人"并不是"有文化的人",而是具有"特有的文化铸成的特有的文化性格"的人,"这种性格放在小说人物身上是一种个性,放在小说之外是一种集体性格。当一种文化进入某地域的集体的性格心理中,就具有顽固和不可逆的性质"。④因此,他们虽因行业与职业不同而各有独特个性和人生,但却因天

---

① 冯骥才、周立民:《冯骥才周立民对话录》,苏州大学出版社2003年版,第203页。
② 冯骥才:《关于〈俗世奇人〉》,《文学自由谈》2000年第5期。
③ 冯骥才、周立民:《冯骥才周立民对话录》,苏州大学出版社2003年版,第215页。
④ 冯骥才:《手下留情:现代都市文化的忧患》,学林出版社2001年版,第121页。

津卫码头的地域与文化而彰显着迥异于其他的共同的性格，使他们也因这种日常与传奇、个性与共性的"对立共构"的本质结构，成为"奇人"即传奇人物。映入冯骥才观察市井人生独特视野的，首先是那些手艺人，尤其是那些有特异技能的特色手艺人，其看取人物避"常"取"奇"的方式，也是他讲述传奇的首要叙事策略。所谓"手艺人"，就是以某种手工技能为谋生手段的人，手艺的好坏不仅决定他们的生存境况，也使他们自觉精益求精，用长期实践和磨炼以求最终达到炉火纯青。"码头上的人，全是硬碰硬。手艺人靠的是手，手上就必得有绝活。有绝活的，吃荤，亮堂，站在大街中央；没能耐的，吃素，发蔫，靠边呆着。"①手艺人们作为晚清天津的城市底层小生产者，必须有着超乎常人的技艺才能立足于此，不仅改善生存境况，甚或赢得别人的尊重。因此冯骥才笔下的手艺人们，几乎都有神乎其神的技艺：像蓝眼江在棠，看假画双眼无神，看真画一道蓝光，火眼金睛，令人称绝；而苏七块给人接骨，甚至让病人还来不及感到疼痛便以迅雷不及掩耳之势完成；泥人张则更有无人能敌的捏泥人技巧，"人家台下一边看戏，一边手在袖子里捏泥人。捏完拿出来一瞧，台上的嘛样，他捏的嘛样"②。

不过天津卫码头手艺人的传奇，不仅来自于他们超乎常人的技能，也来自于他们不平凡的个性品格，即这些普通人在拥有高超技能后普遍于日常生活中表现的自立、自信和自尊。每个人都有"绝活"，他们在现实生活中不需要看别人的脸色生活，始终都在一份日常生活中坚守着具有某种超越性的独立和自由。所以他们在乱世里的城市的底层依旧活得有滋味，有尊严，用自己的特立独行演绎着一个个现实的人生传奇。

---

① 冯骥才：《俗世奇人》，作家出版社2008年版，第10页。
② 冯骥才：《俗世奇人》，作家出版社2008年版，第103页。

冯骥才的"市井小说",与当时的主流思潮不大一致,是试图借用几种题材和故事类型来表现不同层次的文化批判。他曾将自己"怪世奇谈"的作品分成三个部分,其第一个就是"写民族文化劣根的顽根性",即"写民族文化劣根的顽根性,不是写劣根的内容,不是国民性批判,而是文化批判,但是写这种抽象的对象,必须找一个象征,就选中了辫子"。①他有意避开了"反思"乃至"寻根"等主流写法,把严肃的文学架势颇显流俗地换以一种传统的讲故事的方式,试图在文化的"变"与"不变"之中找到某种逻辑,用市井的人生展现传统文化的"变"与"不变",以"俗世奇人"的故事讲述历史人生的"常"与"非常",从而使这类小说成为一种向平凡地方发掘不平凡意蕴的传奇叙事。比如写辫子的《神鞭》,取材于20世纪初叶的天津码头,采用特殊的"津味"语言,用传统的通俗章回小说手法,把当时天津卫码头底层老百姓的生活场景,全面而又细致地展现了出来。甚至当它显现出精髓并不在于是有一条鞭子还是有一杆枪而是在于是否懂得了"进化论"的生存真理时,原本属于乡土民间的传奇故事,便有了一种类似于"革命传奇"的理性色彩,更加深刻地呈现出了市井人生本身深蕴的文化内涵。

"文化批判"其二针对的是中国文化的自我封闭系统。在冯骥才看来,这个系统的可怕之处就在于它是把人为的、变态的、畸形的东西强加给你,纳入金科玉律甚至使其成为一种"美",使人很难背反。所以在《三寸金莲》里,围绕着缠足放脚这件事,整个天津卫都跟"犯邪"一样,出了"一大串真正千奇百怪邪乎事"。其中有"津门四绝"混星子们的江湖恶行,有"八大家"的比阔斗势,也有陆达夫等痴于莲癖的怪异之举,而保莲派与放足派比脚的盛会,更是令人忍俊不禁而又拍案称奇,等等,这些津门世风与

---

① 冯骥才、周立民:《冯骥才周立民对话录》,苏州大学出版社2003年版,第215页。

民俗中的怪事奇人，都已是传奇。

冯骥才批判的第三部分是文化黑箱。他在《阴阳八卦》中围绕着一个具有象征意义的祖传金匣子展开故事，同样是用一系列千奇百怪的人与事来写他的传奇。落魄画家尹瘦石技惊津门的丈长而不顿的一道值千金的细线；风水大师蓝眼看宅，挥剑斩金蛇，垫土砍树，神乎其神；黄家大院深夜闹鬼阴长阳消，令人毛骨悚然；金家花园更有常人闻所未闻的禅师居士月夜讲禅论道。冯骥才夹杂着诡异的气氛乃至神秘的民俗讲述这一个个离奇的故事，便使这些市井人间的故事都有了另一层奇诡怪诞色彩，有了一种向现实人事发掘传奇的特殊意味。

冯骥才始终强调，"文学是一种绝对不允许重复的艺术，包括使用过的一个聪明的比喻和巧妙的细节"，并一直主张这一类市井人生小说不应是风物指南，不应是婚丧嫁娶素材的铺陈，不应是民俗大展览大罗列大渲染，而是既要钻入浓厚的地域文化，又要能跳出来做深邃宽广的历史和人生的思考。①所以他笔下市井人生中的奇人奇事，既是潜隐在天津卫这个特殊地域中的文化景点，又是彰显这一特殊地域文化内涵的文学形象，既经过了长期的"津味"浸泡熏染，又引发了对这种"津味"的反省和批判。这一方水土的奇异人事，原本只是特殊时空的人生传奇，但经过这般如唐人传奇的特殊演义，便成为一种积淀着厚重传统的历史文化传奇。②

---

① 冯骥才：《发扬津味小说》，《天津文学》1988年第4期。
② 佟雪、张文东：《试论冯骥才市井人生小说中的传奇叙事》，《当代文坛》2012年第1期。

第二节　新的历史人生传奇——民间的"再现"与历史的"重现"

谈民间似乎总是得从乡村或乡土谈起。而乡村叙事可以算作是现代以来中国文学最基本的内容之一，并在整个20世纪文学当中形成了一个具有强大精神力量和叙事功能的"乡村叙事场"。"如果放在一个更为广阔些的背景上来看，以农村生活为创作题材的文学作品，不仅仅和一个国家的经济兴衰、政体沿革、伦理流变、社会发展密切相关，也常常和一个民族的人民的文化生态、文化心态有关，和一个民族的精神的飞升、心灵的丰盈、情感的和谐、人格的完善有关。可以说，在农村题材的文学作品中常常蕴含着一个民族最潜在深沉、最充实雄浑的东西。"[①]

从某种意义上说，在以鲁迅作品为代表的现代以来的中国文学中，乡村叙事作为一个特殊的创作类型，早就以其最为广泛的写作实践，成为20世纪中国文学发生与发展的最为重要的内容之一。新时期以来，随着"寻根热""文化热"的兴起，文学走向地域特色与民俗风情的集中展现，韩少功、莫言、贾平凹、王安忆和阿城等都从各自不同的角度对古老乡村进行重新叙述，使乡村叙事也一时在地域文化的意义上有了热闹的场面。20世纪90年代以来，随着时代的多元化语境的形成，以及各类文化思潮的冲击，乡村叙事也出现了多向度、多层面的发展：既有像余华那种"客观还原"式的写作，也有像陈忠实的"文化回归"式写作；既有如张炜的"道德理想"式写作，也有像莫言的"民间传奇"式写作，以及像阎连科那种"苦难温情"式写作等。其中，从新时期以来就一直坚守在那片高粱地里的莫言，始终都是

[①] 鲁枢元：《〈理性的消长——中国乡土小说综论〉·序》，中原农民出版社1989年版，第2页。

这些乡村叙事中最有个性、最为执着的一个。

一、民间的"再现"——莫言的"红高粱传奇"

文学意义上的乡土小说当然是可以与乡村叙事互指的一种写作，或者说乡村叙事最核心的一种形式即乡土小说。不过如丁帆所指出的，许多乡土小说已经脱离了乡村，极力虚化乡村背景，偏执于形式及故事的讲述，偏执于自我中心、个人历史主义的表达，"逐渐放弃和远离了'三画'特别是'风俗'、'风景'的描摹，而热衷于'故事'的营造、'历史'的解构或'叙述迷宫'的设置，也许他们认为自己抛弃了幼稚的浪漫情怀和过时的写作文体，将之作为乡土小说的一种进步，但这却是乡土小说一种可悲的退化。从某种意义上说，消灭风俗画、风景画、风情画描写就是消灭了乡土小说的立命之本"①。从这个意义上看，莫言便显得与众不同了。

莫言小说创作中始终有着两个最重要的关键词：故乡和传奇。这在他的自述中是有清晰表现的："一个作家难以逃脱自己的经历，而最难逃脱的是故乡经历。有时候，即便是非故乡的经历，也被移植到故乡的经历中。……故乡之所以会成为我创作的不竭的源泉，是因为随着我年龄、阅历的增长，会不断地重塑故乡的人物、环境等。这就意味着一个作家可以在他一生的全部创作中不断地吸收他的童年经验的永不枯竭的资源。"②同时他还说："《红高粱家族》好像是讲述抗日战争，实际上讲的是我的那些乡亲讲述过的民间传奇，当然还有我对美好爱情、自由生活的渴望。在我的心中，没有什么历史，只有传奇。……我看过一些美国的评论家写的关于《红高粱家族》的文章，他们把这本书理解成一部民间的传奇，真是说到我的心坎里去

---

① 丁帆：《中国乡土小说史》，北京大学出版社2007年版，第367页。
② 莫言：《超越故乡》，《小说的气味》，春风文艺出版社2003年版，第466—468页。

了。我用最旧的方式讲述的故事，竟然被中国的评论家认为是最大的创新，我得意地笑了，我想，如果这就是创新，那创新实在是太容易了。"①所以莫言始终致力于将故乡的乡土民间通过一种传统而又开放的传奇方式展现给读者。他的小说，从《透明的红萝卜》到《红高粱家族》，从《食草家族》到《丰乳肥臀》，从《檀香刑》到《四十一炮》，从《生死疲劳》到《蛙》等，始终都没有真正离开那个生于兹、长于兹的"高密东北乡"，也始终没有远离那种既传统又现代的民间传奇的审美经验。

在《红高粱》里，莫言曾这样说他的故乡："高密东北乡无疑是地球上最美丽最丑陋、最超脱最世俗、最圣洁最龌龊、最英雄好汉最王八蛋、最能喝酒最能爱的地方"，而实际他的创作中也随处可见故乡的传说故事和民间文化。历史上的山东高密地处齐文化腹地，盛行"怪力乱神"，"异端邪说"泛滥，自小便感染了莫言，他的"老乡兼前辈"蒲松龄的《聊斋志异》则更是对他影响深远，"它培养了我对大自然的敬畏，它影响了我感受世界的方式"②。因此，莫言总是有意识地在小说创作中将故乡的生活和历史"传奇化"，以故乡的传奇为叙事资源，以传奇经验为叙事笔法，在记忆与想象、古老与现代以及故事与叙事之间搭建起了一座可以自由往来的桥梁，使原本孤立的乡村有了与外部世界的立体多维的联系。

乡村是民间的所在，而民间则是传统的栖息地，所以关于乡村的叙事，便总是和某些传统的沉淀分不开，或是借用传统手法来讲故事或说书，或是描写传统积习而成的风土民情，"民间"的存在及其意义始终是乡村叙事的基本资源。所以，在莫言心里始终保持着一种警惕，即提醒自己是普通的

---

① 莫言：《我在美国出版的三本书》，《小说的气味》，春风文艺出版社2003年版，第228页。
② 莫言：《超越故乡》，《小说的气味》，春风文艺出版社2003年版，第470页。

"老百姓",生怕自己弄错了角色,搞丢了民间意识和立场。在写作理念中,他试图走出一条属于自己的"作为老百姓写作"的道路。①对他而言,民间不仅是资源,还是目的,即在还原或再现乡村的意义上构建或创造一个真正的民间。

按照莫言的理解,"作为老百姓的写作"即"民间"的写作不是知识分子的写作,更不是启蒙者的写作,而是老百姓自己的写作,是一种用老百姓的思维来思维的"写自我的自我写作"②。这就意味着,作为一种意识和立场的民间,与写作之间首先不是写作的关系,而是以什么方式去发现的关系,即作家在与民间"平视"的角度上去发现民间的问题。民间的存在在莫言的眼里是一种自然,其本身便是一个说不完的传奇,所以他发现的首先就是这样一个充满传奇的民间。因此,故乡的制约与故乡给予的资源相统一,在故乡和传奇的双重资源背景下,莫言一方面借高密东北乡的创造来搭建了一个上演人生传奇的舞台,同时又"作意好奇"地讲述着种种真正属于民间的传奇故事。

对于民间的发现直接牵涉到对于民间的"再现"问题,所谓作家的民间立场和意识,也都来自于他对民间的表现方式,而如果说"创造"意味着作家一定要赋予民间什么的话,那么"再现"则只是作家用民间自身所独有的方式使民间呈现出来,所以莫言的小说里始终都有一种气味,即强烈的来自民间叙事传统的传奇味道。比如他有许多小说的名字本身便在强调其奇异的故事,比如《奇死》《蝗虫奇谈》《奇遇》等。莫言和沈从文等人一样,也极爱讲故事同时又极善于讲故事,故事始终都是第一位的,而讲述故事的方

---

① 莫言:《作为老百姓写作》,《小说的气味》,春风文艺出版社2003年版,第151页。
② 莫言:《作为老百姓写作》,《小说的气味》,春风文艺出版社2003年版,第154页。

式也始终都是传奇性的。

仅以《红高粱家族》为例：从历史传奇的角度看，莫言笔下的历史首先应该从两种关系上来求解，一是历史与民间的关系，一是历史与叙事的关系。就前者而言，莫言笔下的历史是民间的历史，其书写历史的用意也只是还原民间曾经具有的原貌以及这种原貌不得已发生变化的历程。莫言说并不喜欢人们给他的所谓的"新历史主义"的标签，因为在他看来写作就像"小母鸡下蛋"一样，"母鸡在下蛋时并不知道自己将要下个什么样子的蛋，等到蛋下出来时，它才会看到自己下了个软皮蛋或是双黄蛋，甚至下了个有着北斗七星图案的天文蛋"。所以，"鸡蛋评论家们对这些鸡蛋进行这样那样的分析研究，甚至进一步地研究下蛋的母鸡，研究母鸡的饮食构成，研究鸡舍的光线温度，然后很可能总结出一个双黄蛋思潮或是软皮蛋运动，但这一切与母鸡没有什么关系"。历史并不是一个可以确定的存在，尤其是"写在书里的历史"，多半是谎话连篇不说，即便有那么点事件的影子，也被夸张、美化得不成模样。所以他不想也没有相信写在书里的历史，而是"宁肯去读野史，宁可去听民间口碑流传的东西"。[①]因此，莫言说他在写作的时候，"没有想到要用小说来揭露什么，来鞭挞什么……就是要求你去掉你的知识分子立场，你要用老百姓的思维来思维。否则，你出来的民间就是粉刷过的民间，就是伪民间"[②]，莫言的历史观与主流的历史观差异鲜明，所关注的不是历史的全部，而仅仅是历史属于民间的那种意味。就后者来说，当历史不再纠结于作为社会政治进程的表现后，叙事的历史传统便显得重要

[①] 莫言：《我与新历史主义文学思潮》，《小说的气味》，春风文艺出版社2003年版，第249—251页。

[②] 莫言：《文学创作的民间资源——在苏州大学"小说家讲坛"上的讲演》，《当代作家评论》2002年第1期。

起来，唐人以来传奇是历史寓言的叙事传统也得到了重视和新生。莫言便借传奇的形式，再现了一个瑰丽而又真实的民间时空，正如他所言，"在民间口述的历史中，没有阶级观念，也没有阶级斗争，但充满了英雄崇拜和命运感，只有那些有非凡意志和非凡体力的人才能进入民间口述历史并被不断地传诵，而且在流传的过程中被不断地加工提高。在他们的历史传奇故事里，甚至没有明确的是非观念，……而讲述者在讲述这些坏人的故事时，总是使用着赞赏的语气，脸上总是洋溢着心驰神往的神情。"①所以，《红高粱家族》既是一个家族的生存的历史，也是一个家族生存背后的民间精神建构的历史。

  从英雄传奇的角度看，既然民间的发现和再现才是历史叙事的意义，那么"我爷爷""我奶奶"等英雄便是民间意义上的英雄。就像敢打敢杀、敢爱敢恨、充满血性和野性的余占鳌这个抗日英雄一样，从来没有以正统的方式被记载在抗日英雄谱中，但却以传奇的方式留在高密东北乡的民间记忆当中。在中国当代文学史人物画廊中，余占鳌是最有传奇性的人物之一。这个像高粱一样野生野长起来的庄稼汉身上充满野性、血性以及生命的原始激情，他并不属于某种战争或革命的历史，却在文学的空间里谱写了一种乡村民间的英雄传奇，以及一种来自底层的雄浑的民族精神。可以说，莫言是把关于生命和生命的意义、人和人的价值、历史以及民族的生存等诸多的思考都寄植于余占鳌独特而张扬的生命历程中，让他作为原始生命力量的代表，表现出强劲的强者性格和生命激情。"我奶奶"也同样是个传奇。她原本也有着一般乡村女子逃不开的悲剧性命运，但在遇到"我爷爷"之后，却传奇般地改变了这种命运。不过"我爷爷"的出现只是"我奶奶"的传奇的激发和诱因，真正的传奇还是她自己，因为她本来便和"我爷爷"一样有着敢爱

---

① 莫言：《用耳朵阅读》，《小说的气味》，春风文艺出版社2003年版，第106页。

敢恨、狂放不羁的性格底蕴。所以她的出现让"我爷爷"成为真正的男人，也让一堆散沙成为一支真正的队伍，而她则是用自己的选择，用爱、勇气和生命向世界表明了一个女人所能够达到的奇迹。正如莫言自己所强调的，《红高粱》里有"强烈的个人宣泄、精神上的解放，极度的个性张扬"[①]，而在"我爷爷"和"我奶奶"身上所体现出来的，实际就是作家通过他笔下人物所呈现出来的形、意结合的生命传奇。

当然，从爱情传奇的角度也可见这种"强烈的个人宣泄、精神上的解放，极度的个性张扬"。爱情在民间和庙堂上的位置不一样，在民间的意义上，对激情的渴望便是对生命的重视，对礼法的背叛意味着对自由的渴望，对秩序的破坏就是对人性的张扬，所以"奶奶和爷爷在生机勃勃的高粱地里相亲相爱，两颗蔑视人间法规的不羁心灵，比他们彼此愉悦的肉体贴得还要紧"[②]。民间传奇中的爱情始终有着呈现民间生存及其自由精神的意味，甚至超出民间的时空而隐喻着民族生机。

如果说莫言的传奇世界是按照"约克纳帕塔法县"模式创建的"高密东北乡"的话，那么这个世界最大的特点就是它成了莫言心中理想化了的"民间"，其中所发生的所有传奇，也就是这个民间理想的艺术载体。正如莫言自己所说，他并未像福克纳一样被"约克纳帕塔法县"限制住，而是比福克纳更加"狂妄大胆"地将自己的"高密东北乡"用浓墨，用重彩，用巨大的想象，用狂放的夸张，甚至用世界各地的山水林沼，建立起了一个属于自己的"故乡"王国。而这个王国所具有的民间的含义，及其所谓的"开放"，实际上更多还是在作家本人的故乡记忆的基础上。所以在文学意义上，莫言

---

① 周罡、莫言：《发现故乡与表现自我——莫言访谈录》，《小说评论》2002年第6期。
② 莫言：《红高粱家族》，山东文艺出版社2002年版，第63页。

竭尽一切构想，让"高密东北乡"既成为自己笔下的民间，也成为自己理想中的民间，从而也就成为一个关于乡村、家族乃至民族的"寓言"。

还要看到的是，人们一般都以为莫言总是在向他所景仰的马尔克斯和福克纳等人学习，但实际上他始终有着一种属于中国小说传统也就是属于自己的东西。"如果我要成为一个好的作家，我必须借助于他们的作品，解放自己的思想，搞出自己的玩意儿。"①所谓"自己的玩意儿"，显然是和同样作为民间意义上的中国小说传奇叙事传统分不开的。当然，站在民间立场进行民间叙事，本身就是一种"传奇"叙事传统，所以莫言才会既把"传奇"视作一种所谓"陈旧的手法"，但又沾沾自喜地试图让自己的创作在这种"陈旧的手法"的创新中形成一些"自己的玩意儿"。这样一来，也就使得《红高粱》的传奇作为一种新的民间叙事的最重要的内容之一，甚至有了超过种种现代主义手法的意义。所以，如果说在某种意义上莫言的创作资源很多是来自于他的故乡以及故乡民间传说的话，那么这种先天便属于他的"自己的玩意儿"，便成为他自觉的传奇叙事的背景意识。莫言不仅是在讲故事，而且是讲述"充满趣味的有悬念"的故事，其讲述故事的方式，就是属于自己的具有民间品格的传奇叙事。因此他才一再强调，编一个曲折的故事对一个作家来说并不太难，关键是在"处理故事的方式"，而我们可以甚至也应该向西方或向马尔克斯学习，但绝不应该跟在人家后面爬行，即不是去模仿一些人家表面的、技术性的东西——像当时福克纳的《喧嚣与骚动》出来之后，中国出现了大量不加标点符号的小说——而是"学人家的思想，学他的方法"，就像他的《红高粱》虽也受到《百年孤独》的一点影响，但却是在

---

① 莫言：《翻译家功德无量》，《小说的气味》，春风文艺出版社2003年版，第15页。

"激发了我的创作灵感意义上的"。①我们可以鲜明地看到,在莫言所创造的"高密东北乡"这个传奇时空里,本土性的民间结构与其开放性的传奇叙事得到了完美的结合,他不仅是在打开一个奇闻奇事的陈列馆,而且把故事和传奇、传统和民间,以及生命和历史等都串联起来,用他特有的"瑰丽神奇"的语言,融历史、英雄及爱情传奇为一体的叙事模式,以及以大胆充沛的想象力为底子的"创造性重组",让旧有的战争题材在民间传奇的意义上成为一个历史哲学和生命哲学的"寓言"。

二、历史的"重现"——苏童的"新历史传奇"

与以往的以真实历史时间、人物和事件为框架来写小说不同,"新历史小说"打破了传统历史小说的思维形式和文本形式,虽然构造的是过去的历史背景,但叙述的却是"现时"的想象话语,于是历史不再是历史事实,而只是一种历史话语,个人话语的叙述变成了个人话语的历史性存在,体现的是作家对于历史的个人性的认识与体验。从南方小镇走来的苏童即如此,并在刻意营造出来的南方所特有的阴沉、潮湿和神秘莫测的氛围中,任想象力在历史的空间里恣意飞翔,描写出一个又一个人性残酷斗杀的传奇故事。

苏童小说主要有三大类意象群(或者算是三大类怀旧作品):一是昨日的顽童(以城市为背景,从旧城香椿树街延续到都市),二是还乡者(以乡村为背景,以枫杨树为主体),三是红粉(以城市为背景,以女性命运为主体)。②

不过这三大"意象群落"都是历史记忆中的意象体,比如昨日的顽童是旧城少年记忆,还乡者蕴含着祖先记忆,红粉蕴含着历史事件记忆。所以苏

---

① 周罡、莫言:《发现故乡与表现自我——莫言访谈录》,《小说评论》2002年第6期。
② 王干:《苏童意象》,《城北地带·后序》,今日中国出版社1994年版,第4页。

童小说的内在动力便是对历史记忆的不断挖掘和想象,并由此构成了他诗性的意象表达,以及传奇化的叙事技巧,进而以巨大的颠覆和解构手法拆解了历史。

从主题意蕴的氛围看,苏童虽然始终对历史记忆做出种种解构,但他一直不愿放弃对历史记忆的追寻,即在不遗余力地拆解历史的同时也在重建历史。这种内在的取向早在苏童的处女作《桑园留念》中便可见端倪,文本结构中苏童一开始就有中意的叙述视角,即两个叙述人称的不断转换:一个是成年叙述者的"我",既是聚焦者又是观看者,通过他回忆一幕幕少年往事;少年叙述者的"我",则只是聚焦者,通过他看到的只是少年眼中的人和事。成年人的叙事带有回忆性、客观性的特点,而少年人的叙述则重在体验个人感觉,两种视角的交替运用,赋予《桑园留念》中的人和事一种悠远的历史感。后来苏童把思绪和笔触伸向了对于故乡和家族史的描述,在《一九三四年的逃亡》《罂粟之家》《米》等作品里,执着地反复地建构着他的"枫杨树"故乡,顽强地虚拟着他的自我家族史。《飞越我的枫杨树故乡》中那片罂粟的原野成了死亡、欲望的田地,鼓荡着的红色波浪和神秘的幽蓝吞噬着人们的生命;《罂粟之家》则从头到尾充满了罂粟那绚丽、糜烂、死亡的气息。尤其是故乡枫杨树成为一个散发着神秘、腐烂、溃败气息的场所,用它的神秘气息,诱使人们不断地走进并深陷其中不能自拔,于是在不断的逃亡中不断地回忆,在不断的回忆之中不断追寻,形成了难解的"还乡"情结。比如《米》把这种逃亡、还乡情结有机统一起来,在诗意的描绘中讨论了种族的永远的生存之梦:米和故乡。苏童在把笔触伸向遥远的祖先记忆之后,发现了历史事件中蕴含的巨大能量,开始不满足于书写自己的记忆和祖先史、家族史,而是开始尝试触及广阔的历史事件和细节,以更大更广阔的想象来"虚构",于是,《妻妾成群》《红粉》就这样出生了①。"我选择了一个在中国文学史上屡见不鲜的题材,一个封建家庭里的姨太太们的悲剧故事。这个故事的成功也许得益于从《红楼梦》《金瓶梅》至《家》《春》《秋》的文学营养。而我的创造也许只在于一种完全虚构的创作方式,我没见过妻妾成群的封建家庭,我不认识颂莲、梅珊、陈佐仟,我有的只是'白纸上好画画'的信心和描绘旧时代的古怪的激情。"②这也就意味着,随着写作题材进入纯历史范畴,写作技巧及结构文本的方式也发生转移,大量运用白描语言、全知人称的叙述视角,更具有传统意味的传奇叙事方式取代具有魔幻色彩的手法,似乎真的在重建历史,即使这种重建依旧是一种"故事化"的拼凑。所以当历史的记忆只能成为某种"故事"的存在时,所有关于精神家园的构建,便都回到了一个如何以传奇的方式来"讲述"甚至"虚构"历史的问题上来了。

苏童同样是一个对故事特别有兴趣,特别愿意并特别善于讲故事的作家,既讲了许多与众不同的故事,又用着有别于"时尚"或他人的方式,具有传统意味的传奇就是一种。更为重要的是,苏童总是有着对故事的敏感或者对故事的热情,在讲故事的时候总能让自己的灵魂参与到故事当中,即以全部的热情来讲故事,从而使他的故事始终有着旺盛的生命力和传奇般的魔力。

苏童对故事的喜欢有着自己独特的类型兴趣。"'三言''二拍'是我比较喜欢的类型,它市井生活的气息很浓,呈现出万花筒般的人生,对此我很感兴趣。"③而这完全来自于在阅读故事时所体会到的新奇感觉,"我们顺从地被他们牵引,常常忘记牵引我们的是一种个人的创造力,我们进入的其

---

① 张文东、杜若松:《颠覆与重建:苏童小说中的历史记忆》,《吉林师范大学学报》(人文社会科学版)2006年第2期。
② 苏童、林舟:《永远的寻找——苏童访谈录》,《苏童散文》,浙江文艺出版社2000年版,第54页。
③ 苏童、王宏图:《苏童王宏图对话录》,苏州大学出版社2003年版,第53页。

实是一个虚构的天地,世界在这里处于营造和模拟之间,亦真亦幻"①。他自己来讲故事时,便反复强调虚构的至关重要性,"虚构必须成为他认知事物的一种重要的手段",而想象往往能够泯灭真与假、现实与幻想的界限,在想象中才能构造出一个逼真的虚构世界。所以,"虚构不仅是一种写作技巧,它更多的是一种热情,这种热情导致你对于世界和人群产生无限的欲望"②。他也愿意使用虚构的方式,在人世间创造一种具有"非常"意味的生活样态,"我觉得世俗生活力量很大,充满了富矿,那么去表达这种世俗生活的时候,讲故事似乎是唯一可选择的创作方式"③。

于是,苏童自觉地以"讲故事"为生亦为乐,并在"香椿树街"之后,把对故事的讲述逐渐从"随意"转向了"刻意",即有意识地"摆脱以往惯用的形式圈套","以一种古典精神生活原貌填塞小说空间",并"尝试了细腻的写实手法,写人物、人物关系和与之相应的故事,结果发现这同样是一种令人愉悦的写作过程"。④于是,他便用超凡的想象力和虚构的热情,把自己对故事的兴趣都融入在他所讲述的故事当中,讲述一个又一个传奇的故事。

和沈从文很像的一点是,苏童所讲述的故事本身往往都具有某种特殊的传奇意味,仿佛唐人传奇一样,作者本身并不出现,而是让故事自己来"撼动"读者。比如《樱桃》就是作者把古典的"外壳"套在现代人生上的一个人鬼相恋的具有"三言""二拍"意味的离奇故事。邮递员尹树有许多奇怪的习惯,被同事们视为怪物,但他从来不在乎,因为只有他自己知道,"心

---

① 苏童:《虚构的热情》,江苏人民出版社2003年版,第219页。
② 苏童:《虚构的热情》,江苏人民出版社2003年版,第219页。
③ 苏童、王宏图:《苏童王宏图对话录》,苏州大学出版社2003年版,第55页。
④ 苏童:《虚构的热情》,江苏人民出版社2003年版,第214页。

里的那个怪物不是别的,只是报纸上常常探讨的孤独或者寂寞而已",所以在一直没有爱情之后,他喜欢上了和他一样孤独而又不甘寂寞的鬼魂白樱桃,而且这份恋情竟像温泉一样化开了他心中沉积成冰的冷血,甚至让所有人都感到了他的变化并断定他一定是有了女人。简直就是一个现代的"新聊斋志异"。

  当然,苏童小说的传奇意味还来自于他讲述故事时的不寻常的叙述方式和语言。王德威曾说:"苏童天生是个说故事的好手。从《妻妾成群》到《城北地带》,从《一九三四年的逃亡》到《我的帝王生涯》,苏童营造阴森瑰丽的世界,叙说颓靡感伤的传奇。笔锋尽处,不仅开拓了当代文学想象的视野,也唤出了影视媒体的绝大兴趣。"[①]而洪子诚则看到了苏童讲故事时的传统手法:"苏童的小说,既注重现代叙述技巧的实验,同时也不放弃'古典'的故事性,在故事讲述的流畅、可读,与叙事技巧的实验中寻求和谐。"[②]即便是对日常平淡生活的叙述,苏童也同样会把这些"平常"的故事讲出许多"不平常"来。比如《红粉》,原本是一个有某种社会历史叙事意味的故事,但苏童却有效地消解掉了其原本可能的历史意蕴,把一个关于妓女改造运动的故事,完全改编成了"两个女人和一个男人"的故事,在叙事的意义上,使之成了一个典型到了俗气的奇异的"三角"故事即传奇。

  按照苏童自己说的,他对语言早在20世纪80年代中期,便有了一种特殊的感知,"意识到语言在小说中的价值,大概是1986年左右或者更早一些,那时有一种非常强烈的意识,就是感觉到小说的叙述,一个故事,一种想

[①] 王德威:《南方的诱惑与堕落》,汪政、何平编:《苏童研究资料》,天津人民出版社2007年版,第408页。

[②] 洪子诚:《中国当代文学史》,北京大学出版社1999年版,第342页。

法，找到了一种语言方式后可以使它更加酣畅淋漓，出奇制胜"①。他找到的无疑是一种具有古典气息的"诗性"的语言方式，不仅带着他开始了由当下向过去的故事选材的转化，还使他的叙述方式从"先锋"的"语言习惯和形式圈套"中走出来，"拾起传统的旧衣裳"，回归到中国传统小说的"作法"上来，并以其独特的诗性语言，形成了独特的叙事能力。实际上，诗性语言的含蓄所带给读者的是一种神秘的感受，而这种神秘感也就是传奇感。因此，当苏童把这种含蓄而传奇的叙事技术发挥得淋漓尽致之时，其小说便产生浓浓的诗意，并成为一种传奇。

一系列富有传奇色彩的人物，也是苏童的传奇区别于"五四"以及新时期以来主流的启蒙作家以人物造像来发掘民族或文化的"根"的地方，无论是帝王，还是平民，都在他的笔下有着某种奇异的色彩，以他们那些特异而又极端的情感气质和生活方式演绎着一个个的传奇故事。比如《我的帝王生涯》和《武则天》是关于帝王的传奇，前者完全虚构，后者则有真实历史人物和事件的影子。《我的帝王生涯》以"纯属虚构"的手法写了南方小国（燮国）君王"我"（端白）的一生。这是一个关于帝王的传奇，但也是一个关于人的传奇，同时还是一个关于历史的传奇，如果不纠缠于所谓"新历史主义"的话，那么作者在这里实际上就是要讲一个故事，并且仅仅是一个故事，以及每个传奇里都会有的关于生活的"寓言"。"《我的帝王生涯》是我随意搭建的宫廷，是我按自己喜欢的配方勾兑的历史故事，年代总是处于不详状态，人物似真似幻，一个不应该做皇帝的人做了皇帝，一个做了皇帝的人最终又成了杂耍艺人。我迷恋于人物的峰回路转的命运，只是因为我

---

① 苏童、林舟：《永远的寻找——苏童访谈录》，《苏童散文》，浙江文艺出版社2000年版，第97页。

常常为人生无常历史无情所惊慑。"①《武则天》对待历史的态度稳重得多,但由于武则天这个真实历史人物本身有巨大的传奇性,同时作者依靠大胆想象来重新讲述历史故事,极端放大了人物的奇异色彩,所以作品有了更加强烈的传奇意味。

不过,毕竟"帝王"的形象是属于"特异"的存在,所以苏童笔下大多还是"个人"历史意义上平民百姓们的传奇。比如《米》写的是一个男人即平民五龙波澜起伏的人生经历,从一个逃荒的乡下男人开始往上爬,种种机缘巧遇并历经千辛万苦,终于爬进了城市并成为可以在这个城市里呼风唤雨的"大人物"。不过苏童始终中意的还是人生的无常或历史的无情,所以在衣锦还乡的路上五龙的人生就被终结在自己迷恋一生的"米"中了!五龙这种平民人生的极端甚至无端的变化将历史的无常和无情展露无遗,从而使平民的传奇显示了历史以及历史叙事的力量。

苏童笔下写得多一点的还有"少年",不过他对少年的感觉一样与众不同。"一条狭窄的南方老街,一群处于青春发育期的南方少年,不安定的情感因素,突然降临于黑暗街头的血腥气味,一些在潮湿的空气中发芽溃烂的年轻生命,一些徘徊在青石板路上的扭曲的灵魂。"②也许苏童过早地体会过死亡的威胁、生命的脆弱和人生的无常,所以他笔下的"我"的少年生活,总是显得有些消极、怪异,甚至还有些暴力、疯癫,让少年这个本来纯真的形象在变异中成为某种"无情"或"无常"的历史话语。比如说小拐(《刺青时代》)就是"变异"少年中典型的一个。他的成长始终都是一个奇妙与怪异的过程。童年时一场飞来的横祸,不仅让他只剩下一条腿,也让他从一

---

① 苏童:《后宫自序》,汪政、何平编:《苏童研究资料》,天津人民出版社2007年版,第41页。
② 苏童:《苏童散文》,浙江文艺出版社2000年版,第246页。

个"文静腼腆的男孩"变得"阴郁而古怪起来",并在"心里生长着许多谵妄阴暗的念头"。到后来他终于有了可以使用暴力的资本,于是这个残疾的男孩子的世界发生了"奇迹"般的变化。而当一个建立在谎言上的暴力"政权"猛然崛起又轰然倒塌,少年小拐的人生便就此瓦解,小说叙事的传奇却由此而生。

在传奇的意义上,苏童也为自己的叙事营造出了更多具有"特异"性质和功能的时空。就时间的角度来说,因为苏童的兴趣并不在历史的真实性,而是在历史的符号性,所以时间对他来说只是一个符号,一种氛围,他小说中的时间始终与惯常历史叙事的时间不同,或模糊,或跳跃,总是一些"过去时"意义上的具有特异性质的叙事时间。所以他说,"我小说中偶尔出现历史符号式的东西,如果将它们放到具体的历史背景中,就可能会破绽百出"[①]。甚至和张爱玲一样,苏童小说中的时间似乎也永远都是一种"模糊的过去",所有的故事和故事中的人都是在这样一种"陈旧而模糊"的时间中生活,从来都不同政治、时代以及民族等有什么关联。故事虽不同,但故事里的人事却并不因时代生活或社会思想的变化而发生实质性的改变,相反,在这种"非常态的时间"中,显露出来的始终都是某种"底子"上的不变的人性。尽管如《红粉》《罂粟之家》等作品也有明确的故事时间背景提示,但这个特定历史时间也并不具备它原有的时代意义,即时间不过是使故事可以进入某种情境的工具,对小说本身的旨趣、意味几乎是没什么影响的,甚至只作为小说的一种氛围而存在,而这种时间既模糊又随意,可以在过去和现实中来回穿梭。就空间的角度而言,如王德威所说,苏童小说的视角和故事都来自南方,有着一种特殊的南方情致和韵味。所以与时间的模糊

[①] 苏童、王宏图:《苏童王宏图对话录》,苏州大学出版社2003年版,第52—53页。

相统一，其空间也同样模糊，即以某种"浮动的空间"，来营造同样模糊的背景，就像《米》就是在乡村和城市间"浮动"的空间结构，并有着代表性的意义：五龙生命历程的开始是坐火车从乡村来到城市，而在生命将走到尽头时，他又是坐火车从城市重回乡村，这种"离开"和"归来"具有某种轮回的意义。在乡村和城市作为现实并存的两个空间之间，就造成了浮动的、模糊的第三个空间即五龙始终漂泊着的"路上"。这个"路上"的空间十分模糊，若有若无而又浮动不居，不仅让我们看到了五龙精神上的疲惫和迷惘——乡村与城市都不是他的寄托和家园，他只能始终无依无靠地漂泊在"路上"——同时也带来乡村与城市、历史与现实之间的对立交错，增强了故事的新奇感，从而使这些"陈旧而模糊"的故事无一不成为传奇。

第六章　大众传奇：
20世纪90年代以来的文学转型、消费与映像

  这里之所以采用"20世纪90年代以来"这样一个相对模糊的时间概念，主要基于两方面的原因。一方面，从时间延展上看，它是以1990年前后为开端，但同时又不能把1999年前后作为研究对象的时间截止。另一方面，在当下已蔚为大观的大众文化形态在中国也是基本成形于20世纪90年代，特别是中期，这就使得一种延伸至今的文学形式与现实形态被包含到我们的话题之中。

  进入20世纪90年代伊始，为这个特殊的时代定位成为中国当代文学的一种需要，所谓的"后新时期"是其中影响较大的说法之一。但是不同于"后现代主义"等来自于思想性与文化意识的界定，"后新时期"的概念"并不是一个政治的概念，而是一个专用于中国当代文学分期的文化概念"。王宁所主张的"后新时期"概念是用来指代20世纪90年代以来的文学创作的，这样的划分具体为：文学发展的1976—1979年被称作"前新时期"、文学发展的1979—1989年被称为"盛新时期"。他的划分依据主要是，在1976年到1979年间，文学依旧没有摆脱"文革"意识的影响，作品普遍还具有"文革"色彩；之后的思想解放大潮催生了"盛新时期"与其中的文学，在

主题上以"现代性"为主,虽然政治属性依然浓重,"但它作为一个独立的自足体已完全在当代各艺术门类和思想表现领域内确定了自己应有的地位和独立品格",这也是其文学性回归的积极一面。之后的所谓"后新时期"则是产生了与"盛新文学"的异质性,"从文学自身的运作轨迹以及文学文体内部的代码之更替来看,它实际上在某种程度上构成了对新时期文学主旨的挑战"。这种异质性被王宁归纳为三个方面:首先是"人"的主体被大幅淡化,取而代之的是对形式技巧的关注,这就带来了深层结构的缺失,"不仅反对传统的美学原则,同时也嘲弄或戏拟具有'现代性'的美学原则……文学的反功能主义已达到了某种极致";其次,新写实小说等创作思潮的出现代表着传统现实主义的没落,在一定程度上可以看作是对"平民意识"的妥协,"实现了精英文学和通俗文学之鸿沟的缩小";第三,通俗文学、商业文学借助传媒力量的强势崛起,构成了一个多元的图景,使得"文学创作和理论批评进入了一个多声部的、没有主流的时代"。[①]尽管上述观点对文学阶段的划分存在一定的争议,但其中对于文学在20世纪90年代开始的众多的变化的发现,是值得批评界细加探讨的。

第一节 大众传奇——消费文化背景下的文学转型

20世纪90年代可以说是一个难以界定的时代,特别是对于文学来讲,创作、传播、接受等方面都发生了巨大的变化。但必须承认的是,这种变化对于文学来讲并不一定可喜。如果说20世纪80年代确实可以称得上是文学的

---

① 王宁:《"后新时期":一种理论描述》,《花城》1995年第3期。

"黄金时期",那么在进入20世纪90年代之后,并没出现所谓的"白银时代"或者"青铜时代",而更应该定义为商品化的"铜钱时代"。尽管这种提法或许有些激烈,但不争的事实是,文学确实在令人遗憾的方向上不断发展。更令人失望的是,新世纪的到来并不意味着这种发展趋势的终结,反而使文学走向了更深的窘境。如潮水般的商品经济,过度泛滥的大众文化,新的传媒技术的普遍应用,"读图"成为文学接受的重要方式,网络写作的日盛一日,"微博"构建的新的话语方式与话语权结构,精英意识的"失语",这些新的变化都在极大地消解着文学的生存。尽管不乏一部分人继续坚守,但整体趋势还是令人失望,文学已经真切地被大众文化所吞噬,甚至是被大众文化中一些几乎不能被称作"文化"的东西所吞噬,更加可悲的还在于,人们几乎找不出挽救文学的可能性。

一、主体失落——文学的市场与市场化的文学

自十一届三中全会确立改革开放以来,中国的社会组织结构和经济体制都发生了巨大的变化,中国当代文学也在80年代中经历着与之前文学方式的急剧断裂与全新重组,而另一个重要的变化出现于大众文化在20世纪90年代的确立,文学在这种文化背景下再度转型,呈现出多元共生的态势。文学的商品属性与娱乐功能凸显,传统意义的"纯文学"①作品的传播范围几乎无法超出所谓的"圈内人"之间。而曾经被边缘化的、被认为不具有文学性的诸如畅销通俗小说、商业电影、电视剧、网络文学甚至是各种形式的广告等新文

---

① 20世纪80年代以来,汉语场域中的"纯文学"是当时文化精英群体将"文学性"标准移置我国文学批评领域而新造的一个文学批评术语。"纯文学"至少有两种内涵:其一,所谓的"纯文学"作品,主要指实现了语言的"陌生化"的文学文本,"纯文学"作品以语言形式的标新立异为要务;其二体现在文本的思想意识层面的"纯粹"。参见黄永健:《从纯文学到大文学》,《晋阳学刊》2012年第1期。

学样式，逐渐占据了文学的主流位置。"可以说，文学与大众文化的影响与反影响、渗透与反渗透，已不仅仅成为当代文学发展的直接动力，也内在性地决定了这个时代大众文化的发展方向。"①

在这些新文学或者说是"杂文学"兴起的过程中，一个起到重要促进作用的事实是，在进入20世纪90年代之后，中国市场经济与城市化快速推进，都市文化更为普遍地占据着文化领域，这些都为文学的生存空间确立了市场化的特征，也改变着文学的样貌，多元化与市场化成为文学最为重要的改变，这也是思考20世纪90年代文学的重要切入点。

所谓"多元"的特征首先是新的经济体制带来的社会阶层文化的体现，由于这种分化在社会文化中也带来分层效应，曾经在计划经济时代文化的"单一"并"统一"的结构被打破，主流意识形态的"一元化"绝对优势地位被消解。第一，在新的政治、经济、文化格局之下，不同阶层与团体都获得了一定的话语权和关注度，与之相伴的是，主流之外的次生的、大众的、弱势的文化形式与利益诉求多元存在。第二，在"市场面前人人平等"的经济体制面前，原本被主流文化所统一的关于地域的、职业的、年龄的以及性别的具有差别性的文化意识也凸现出来，它们所代表的文化主张与审美意识具有明显的差别，必然会形成不同的商品化的文化形式。第三，所谓的大众文化与主流文化、精英文化的"三足鼎立"态势是多元文化的基本特征，它们之间相互分享权力话语与展开交流互渗。第四，在"全球化"的时代背景下，外来文化的影响不可忽视，甚至在一定程度上，本土与外来的文化界限十分模糊。

不过，这种所谓的多元并不是真正意义上的多元，甚至可以说，在进入

---

① 孙桂荣：《泛文学时代："大众化"文学的学术境遇》，《文艺评论》2006年第6期。

20世纪90年代之后形成了新的"一元化"即"商品化"。在快速、稳定发展格局中，市场机制几乎成为左右一切的本质性要素，所有的行为都要在市场机制中完成。对于文化来说，"文化产业"迅速而极端地兴起是重要的新变化，文化并不完全是精神活动，而是可以被投资、生产、买卖、消费的经济活动，最重要的是无关于精神价值的商业利润。无论什么形式的文化，传统的、现代的，都可用来交换，贴上标签出售，这就产生了文化是否还可称为文化的疑问，"问题也许发展到了这样一种地步：不是非商品的文化行为是否存在，而是还有多少文化行为能够不以商品意识为其唯一的意识"①。事实上这种说法毫不夸张，因为我们已经不止一次地看到文化被消费着，当诸如"孙悟空出生地""西门庆故里"等商业炒作策略都成为一种地方的"官方"的文化行为时，似乎说文化具有商品性已经显得欲盖弥彰，而说文化就是商品则更是恰如其分。

在这种商品化的"一元"的背景下，文学也必须接受一种几乎全新的同时又令人颇为失望的秩序和规则。我们难以对文化与文学的商品化做出对与错的判断，因为这是一个不仅属于文化与文学的时代性的话题。"市场是社会结构和文化相互交汇的地方。整个文化的变革，特别是新生活方式的出现之所以成为可能，不但因为人的感觉方式发生了变化，而且因为社会结构本身也有所改变。"②

"市场化"作为一种左右一切行为的价值机制，极大地改变了作家及其作品的创作与存在方式。如果说在计划经济时代中，体制将作家规范在意识形态框架中，那么市场经济大潮袭来之后，绝大多数的作家彻底被推到体制

---

① 李洁非、杨劼：《共和国文学生产方式》，社会科学文献出版社2011年版，第197页。
② ［英］丹尼尔·贝尔：《资本主义文化矛盾》，赵一凡、蒲隆、任晓晋译，生活·读书·新知三联书店1989年版，第136页。

之外，进入了市场机制的框架，进行创作的目的性都是与市场有关，而与文学性关系不甚密切，原有的体制在文学活动中作用有限，或仅是充当试水市场失败的退路。我们可以看到作协的活动依然存在，但影响力难比昔日，原本专属于作协进行体制内创作的作家们，"选择了背靠体制、面向市场的保险策略，但也有少数作家做出了'完全奔向市场'的冒险行动。2000年以后，与新经济同步崛起的新生代作家和市场化写作达成了空前的融合，纯文学作家与大众文化作家在市场中分割着属于自己的生存空间，并进行着两个经济世界的对话。"①在这种趋势下，作家的成功不在于体制的奖励评介，而是资本市场的消费反映，体质内的奖金不是生计的主要来源，更重要的是版税与市场利润的分红。作家不是忐忑于体质内的评奖标准，而是消费者的审美标准。"市场经济条件下，不仅作家的文化中心地位走向衰落，而且作家的经济条件也开始大幅度下滑。因为在计划经济体制内，作家作为国家干部，是体制内'单位'人，他们不仅享有固定的薪俸，而且还有作品发表、出版的稿酬收入，其整体的经济收入和生活水准处在'中上'以上的水平。可是，20世纪90年代以后，作家的工资以及从'纯文学'刊物和出版社所能得到的稿费，与社会的其他阶层相比，不仅没有过去那样丰厚优越，而且出现了捉襟见肘的尴尬情状。面对切身的生存难题，知识分子内部出现了商业化倾向。有的作家主动放弃自己的岗位和使命，而把'生存'放在第一位，出现了作家'下海'的现象，更多的作家则参与一些有丰厚报酬的'亚文学'写作，如影视剧作、纪实文学、通俗文学、广告小说等。"②可以说，在市场经济的时代中，作家可以摆脱，或者说必然要摆脱对体制内的意识形态

---

① 曾念长：《中国文学场：商业统治时代的文化游戏》，上海三联书店2011年版，第57页。
② 刘文辉：《20世纪90年代文学的经济性》，《江淮论坛》2011年第4期。

的依附，而是依附于大众阅读趣味，开始向大众进行迎合与妥协，意识形态不再能绝对性地主导文学，相反，大众的意志倒是成为主导文学的最有效的力量。其中典型的如王朔，他以反文化、反理性的姿态登场，玩世不恭地去消解理性与权威，但同时他又十分理性，十分重视文化的商业性，成为中国商业化写作较早的成功者。

  传媒业的剧变也参与了文学的重构，同样是伴随着市场经济，传统媒体如同文学一样面临着巨大的危机，特别是文学所依赖的书籍这一传统媒体形式，受到了报纸、电视、网络等现代传媒手段的合力围剿。曾经炙热一时的文学刊物影响力十分微弱，特别是体制改革对部分文学刊物的市场化经营决策，这就使得这些刊物要么靠"化缘"度日，要么靠"卖文"谋生，最终结果是大部分文学期刊相继停刊或改版。曾有研究对于这一现象进行过数据考察，在1993—2004年间，《漓江》《小说》《昆仑》《峨眉》等相继停刊于1998年前后，仅有《收获》《当代》《十月》《中国作家》《花城》《小说月报》等少数老牌文学期刊依然坚守纯文学阵地，其他刊物几乎都以更名、改版、扩版等方式转变为"泛文学"刊物和通俗刊物。[①]而且，媒体也在一定程度上介入甚至是干预着文学创作的发生，文学创作"不再是作家的个人创作，而是与策划、出版、评奖和流通等所有环节共谋的结果，是权力和市场的集体创造"[②]。已经身兼文字商人身份的作家面对市场的需要与图书制售环境的变化，无论如何知名，都不可能无视出版商的建议。特别是传媒业与作家合作的成功案例，如20世纪90年代"布老虎"丛书、"跨世纪文丛"、留学生小说，还有配合爱国主义教育的"红色经典"，以及以余秋雨为代表的

---

  ① 参见楼岚岚、张光芒：《期刊改版与九十年代以来的文学转型》，《南京师范大学文学院学报》2005年第3期。
  ② 孟繁华、程光炜：《中国当代文学发展史》（修订版），北京大学出版社2011年版，第337页。

文化散文等，都表明在消费文化的主导效力面前，文学必须要与大众元素紧密合作。

再来说在重构文学过程中发挥决定性作用的大众文化，它普遍被认为兴起于20世纪90年代。"大众文化的兴起是改革开放，尤其是90年代以来当代中国的一种引人注目的文化现象。在经济发达地区尤其是在城市里，大众文化相当程度上已成为人们文化生活的主要消费内容。而且从大众文化的发展态势来看，随着我国市场经济的发展、城市化程度的进一步提高以及闲暇时间的大量增加，社会对于大众文化的需求将会有更大的增长。"[1]这种判断在今天已经成为现实，大众文化成为当前中国最为普遍存在的文化形式，影响力日益强大。一般来说，大众文化有着一些基本的特征，比如说商业性、娱乐性、世俗性、流行性等，它如同市场规律一样，成为左右文化与文学的看不见的手。文学在当下必须要成为商品，而成为商品的前提便是成功地面向大众，遵循大众文化的市场法则。其中世俗性尤为重要，大众文化本身就是一种世俗文化，这就决定了文学要把世俗生活作为创作的题材，甚至可以说是直接滑落为更有吸金能力的"媚俗"题材；就流行性而言，大众文化不会像精英文化那样追求永恒的价值，它重视"时尚"与"即兴"，而非真理的永恒，这使得文学也要做同样的追求，放弃传统文学始终孜孜以求的"道"或"理"，制造轰动，而不是探究永恒；就娱乐性来说，大众文化既然是一种来自于市民日常生活的文化，便要求文学必须具有消遣和娱乐功能，成为大众的休闲品，需要制造更多的刺激，这就使文学不再是进行教化，而是在为大众进行表演，成为某种具有消遣功能的景观，这几乎是大众文化背景下，文学最普遍的可能性。

---

[1] 邹广文：《当代中国大众文化及其生成背景》，《清华大学学报》（哲学社会科学版）2001年第2期。

另外需要注意的是，科技始终伴随社会经济发展而不断进步，在技术层面上，中国社会已经迎来了新的传媒时代，特别是媒体与科技的结合尤为紧密，很多新技术在传媒业中得以应用。这就为文学带来了一个新的变化，即文学的书写载体与传播载体都更加多元，最显著的影响莫过于网络的出现。德国哲学家本雅明（Walter Benjamin）早在1935年便曾论述过新的媒体技术对文学的影响，他指出，以平版印刷、摄影和电影为代表的新的媒介所采用的"机械复制"技术无疑会极大程度上改变文学，而这一观点置于今天也同样适用，"复制技术使复制品脱离了传统的领域。通过制造出许许多多的复制品，它以一种摹本的众多性取代了一个独一无二的存在。复制品能在持有者或听众的特殊环境中供人欣赏，在此，它复活了被复制出来的对象。这两种进程导致了一场传统的分崩离析，而这正与当代的危机和人类的更新相对应。这两种进程都与当前的种种大众运动密切相关。"[①]时至今日，一个已经出现的事实是，网络以及网络文学是当前文学最大的变化之一，深刻地影响着文学的写作、存在、流通、阅读、评价等等各个环节，这无疑在大众文化背景下给文学制造了一系列自己无法解决但同时也无法回避的挑战和所面对的新的可能。市场化的时代以及文学的市场化，从根本上将绝大多数的文学变成了"大众化"存在。从宏观上看，电影、电视等影像视频产业的迅速壮大，意味着属于大众文化的"读图"时代的真正到来，同时也决定了"文本"意义上的传统文学必须艰难地寻找解救自身的出路；从文学内部来看，它已经被迫改造为了一种产业化的生产模式，渴望着被消费，其消费价值维系着作品与读者之间的关系。"大众化"的读者的兴奋点和审美趣味，是作家不可忽视的创作基础。

---

① ［德］瓦·本雅明：《机械复制时代的艺术作品》，《世界电影》1990年第1期。

在这样一种技术理性规范已经足够操纵我们的判断和审美的语境中，在中国颇有传统的传奇叙事作为一种文学创作方式以及大众化的叙事模式，因其叙事富于冲突性与情绪调遣功能等特征，非但在市场化的大潮中没有被削弱，反而在客观上获得了增强。满足大众读者们求新、求异的阅读心理需求在新的创作背景下成为文学的必需特征，而从素材层面上看，全球化、信息化的时代使得人们获得的信息日新月异，这些都丰富了传奇得以产生的必要内容与条件。

比如，依靠"新写实小说"在20世纪80年代后期精英写作中异军突起的池莉，从20世纪90年代中期开始向一个畅销作家转型。虽然池莉与张爱玲都是在看似平常的都市生活中尝试书写都市女性的人生传奇与女性传奇，但她们在叙事方法乃至文本意蕴等方面的差别甚为明显。张爱玲是在传统与现代之间构建"奇异的感觉"，由此表达出人生"荒凉"的"底子"，而"中性"体味则是池莉的都市生活的情感特色，富于世俗情怀。事实上，不难发现，对传奇叙事技巧的使用是当下许多媚俗的作家的共有特征，他们在现代都市的环境中，去书写那些"都市传奇"与"女性传奇"，虚构他们对于都市物质生活的想象。比如池莉的《来来往往》就是一个关于"欺骗性"情感和生存的都市传奇，"好多男人的实际人生是从有女人开始的，康伟业就是这种男人"[1]，奇异的都市情感，大起大落的奇幻人生，"少男少女的故事转成了成年人的童话，平平常常的日子有了挡不住的诱惑，女人的梦在男性的世界里做了又醒，醒了又做，男人的心在女性的柔情和激情中破了又补，补了又破……"[2]它体现的恰是大众读者最为需要的情感补偿功能。由此再回

---

[1] 池莉：《来来往往：一夜盛开如玫瑰》，古吴轩出版社2005年版，第9页。
[2] 张文东、王东：《论文学阅读中的审美心理需要》，《东北师大学报》（哲学社会科学版）2003年第3期。

到"背景"与文学的关系上,文学的大众化与市场化就更值得思考了。因为在当下,文学被市场与大众审美决定已经成为谁也无法否认的事实,文学面临着本质性的动摇或是改变。在过去,特别是漫长的古典时期,文学几乎始终是作为一种艺术品而存在,也因此具有某种"精英"式的权力和地位。而在当今的大众文化语境当中,这种所谓"精英"式的文学,却陷入了尴尬之中。"当代社会文化正经历着一场深刻的转向,转向的标志就是大众文化的兴起。大众文化将审美的文化转向消费的文化,将神圣的文化转向世俗的文化,将批判的文化转向娱乐的文化,将灵性的文化转向技术的文化,将传统的文化转向时尚的文化。大众文化颠覆了经典文化的观念,改变了以往的生活和文化结构。"①

不管我们是否愿意承认,自20世纪90年代以来,中国大众文化已经成为一种强大的文化形式。检视大众文化的概念界说②,一个显见的事实是,文学自现代以来的"精英"式存在方式正在遭遇着强烈的挑战与消解,而民间色彩浓厚的大众文学则拥有了更为阔大的发展空间。因此,通俗化以及流行性,成为在大众文化背景下文学以及文化的现实选择,"文化从来就不是哲学性的,文化其实是讲故事。观念的东西能取得的效果是很弱的,而文化中的叙事却具有很重要的作用和影响。"③作为传奇的重要功能与特征,以大

---

① 贾明:《文化转向:大众文化时代的来临》,《上海师范大学学报》(哲学社会科学版)2005年第1期。
② 关于大众文化的概念,一般有两种界说引人关注:一说为Mass Culture。它带有贬义,让我们对大众文化产生一种否定性的判断,即大众文化是伴随着工业革命的进程、借助于大众传播媒介、被文化工业生产出来的标准化的文化产品,其中渗透着"宰制的意识形态"(dominant ideology),也是政治与商业联手对大众进行欺骗的工具。另一说为Popular Culture。在此层面上的思考,大众文化则成了一个中性词,甚至有了某种褒义色彩,即大众文化来自于民间,与民间存在着千丝万缕的联系。它甚至是"为普通民众所拥有,为普通民众所享用,为普通民众所钟爱的文化"。参见赵一凡、张中载、李德恩主编:《西方文论关键词》,外语教学与研究出版社2006年版,第23页。
③ [美]弗·杰姆逊:《后现代主义与文化理论》,北京大学出版社1997年版,第66页。

众喜闻乐见的通俗形式来讲述符合大众审美趣味的"新异"故事就成为当下的大众化文学所乐于接受的写作方式，即便是某种"主流"小说创作，也通常借助传奇来获得广泛的认同。从20世纪90年代开始，我们可以发现，种种现（当）代传奇小说，都被屡次改编为影视作品，包括了沈从文、张爱玲、解放区传奇以及池莉、梁凤仪、李碧华等的当代传奇，几乎都成为影视剧中的"传奇"故事；特别是张爱玲的《倾城之恋》《红玫瑰与白玫瑰》和《半生缘》等一大批作品，作为传奇样本不断地被演绎，再加之李安导演的《色戒》所产生的轰动效应，让我们进一步体会到当今社会的大众消费与娱乐性本质。①进入新世纪以来，被搬上影视剧的"红色经典"也多是具有鲜明的传奇特征的，如《吕梁英雄传》《青春之歌》《刘胡兰》《红灯记》《敌后武工队》《烈火金刚》等，甚至掀起了经典改编的热潮。上述的文学与文化案例都在说明，图像文化已经成为当代大众文化最主要的载体，它一方面消解着精英文学的关于文学本身的"传奇"，另一方面又生产着满足大众趣味的"传奇"文学。有学者这样总结道："精英文化以印刷文化为代表，走向哲学，而大众文化则以影视文化为代表，走向生活。"②事实上，在现实的都市生活当中，众多以简单而虚幻的方式满足大众消闲需求的电视综艺节目、网络视频等，其本身无疑也是一种传奇性的"流行"，是一种都市的商业与休闲生活中的"传奇"。因此，我们暂时走出"纯文学"对文学边界的限制，从大众文化性质的文本出发，去思考文学特别是传奇叙事的存在方式与存在

---

① 参见王东、王寒松：《大众文化诉求与文本改造"套路"生成——以张爱玲小说的影视剧改编为例》，《当代文坛》2011年第2期。
② 朱效梅：《大众文化研究——一个文化与经济互动发展的视角》，清华大学出版社2003年版，第5页。

原因，也许是一种更为可行的选择。①

二、从传统走进现代——新都市生活中的"情感传奇"

情感是自从文学诞生以来从来没有停顿过的主题样式，如果将言情小说纳入爱情小说（Romance novels）的范围，那么它既是指主题类型，即爱情题材，同时也指一种技法类型，即对于爱情描写的特殊的浪漫手法。基于这种文学传统，可以说当代的言情小说尽管是以大众传媒作为主要载体，并且以满足大众的情感消费为书写目的，但其还是有着悠远的历史和传统的。"传统爱情，这不单是延续种属的本能，不单是性欲，而且是融合了各种成分的一个体系，是男女之间社会交往的一种形式，是完整的生物、心理、美感和道德体验。只有人才具有复杂而完备的爱的感情。"②

言情小说作为一种类型，也存在着广义和狭义之分。广义的是指将爱情生活作为主体故事的小说，但是几乎所有的小说创作都涉及爱情话题，因此这种广义的界定事实上不足以将言情小说与其他小说有效地区分开来；狭义的言情小说则是指把恋爱过程作为主要描写对象，通过浪漫的手法加以表现的通俗小说。因此所谓言情，既是内容上以情感为题材，同时又体现为表现手法上的唯情化、浪漫化，以男女爱情为中心来编织"罗曼史"。而这种表现特征也就注定了言情小说从一开始便与传奇结下了不解之缘。

"言情"在中国的文学传统中，始终都是一个历久弥新的主题，特别是在自唐人传奇以来的小说中多有表现。鲁迅曾在《中国小说史略》中谈到这种文学现象："唐人登科之后，多作冶游，习俗相沿，以为佳话，故伎家故

---

① 张文东、刘芳坤：《"梦"与"非梦"之间——"韩剧"叙事模式解读一种》，《当代文坛》2007年第2期。
② [保加利亚] 瓦西列夫：《情爱论》，赵永穆等译，当代世界出版社2003年版，第31页。

事,文人间亦著之篇章,今尚存者有崔令钦《教坊记》及孙棨《北里志》。自明及清,作者尤夥,明梅鼎祚之《青泥莲花记》,清余怀之《板桥杂记》尤有名。是后则扬州、吴门、珠江、上海诸艳迹,皆有录载;且伎人小传,亦渐侵入志异书类中,然大率杂事琐闻,并无条贯,不过偶弄笔墨,聊遣绮怀而已。若以狭邪中人物事故为全书主干,且组织成长篇至数十回者,盖始见于《品花宝鉴》,惟所记则为伶人。"①而随着近代以来中国社会的都市化发展,以"鸳鸯蝴蝶派"为代表的通俗言情小说极度兴盛,其"卅六鸳鸯同命鸟,一双蝴蝶可怜虫"的模式体现出了对传奇传统的承接,在言情小说中自成一派,深远地影响了之后的海派文学。

但在强调文学的启蒙功用的"五四"新文学兴起之后,以"鸳鸯蝴蝶派"等为代表的通俗的言情小说自然受到了新文学作家与批评家们的口诛笔伐,发展受到了一定的影响,直到上海沦陷区文学时期,逐渐开拓了一些新的创作空间。张爱玲和"后期浪漫派"等作家的海派小说创作,便体现出了言情小说创作又一热潮。当然关于张爱玲的小说创作是否可以划归言情小说创作是有争议的,毕竟其情感故事的背后都有着关于人生的"苍凉"或"荒凉"的"底子"。另外一脉以情感题材见长的20世纪40年代"海派小说"如果可以称为言情小说的话,那么其中的代表性作家应当算是徐訏和无名氏等人。在大众消费这一点上,20世纪三四十年代的上海和我们今天有着诸多的类似,物质诱惑与物质欲望被小说极度渲染。考虑到"沦陷区的作家大部分必须以稿费和版税为生,读者的反应对于他们而言即是生计的来源,米珠薪桂是任怎样超然的人也不可能超脱的现实"②。因此,当年"海派小说"中

---

① 鲁迅:《中国小说史略·附录·中国小说的历史的变迁》,《鲁迅全集》第9卷,人民文学出版社1996年版,第338页。
② 范智红:《世变缘常——四十年代小说论》,人民文学出版社2002年版,第48页。

的徐訏、无名氏等人不得不去迎合读者的阅读口味，美其名曰"浪漫派"，事实上是迎合读者的"媚俗"写作，而这种"媚俗"就决定了言情成为他们创作的重要题材。不过，"文以载道"始终是中国文学的传统，即便是言情题材也要在这条文学道路上行走，这就使得当我们回顾古代小说时，不难发现或多或少的社会政治内容被掺杂在言情故事当中。可以说，中国古代的言情小说就像是一部《醒世恒言》，既告诉了我们爱情的自由，又训导我们要遵从"三从四德"。即便是到了"五四"时期，"言情"的内容依然要被追求个性解放的外衣所包裹。但徐訏、无名氏面向市民的小说则放下"文以载道"传统，书写让人心驰神往的爱情体验，这就恰好符合了大众的审美需要，可以说是大众通俗文化导致真正的言情小说的出现。

同样的言情与政治的结合在中国当代文学走进"新时期"的过程中依旧存在，很多作品大胆地打破题材禁区，描写爱情故事，但是这些作品关于爱情的描写也带有明显的现实主义的精神轨迹。毕竟"新时期文学"承接了太多时代所赋予的社会性任务，这也就造成了文学性本体重回正轨的延缓。可以说，在几乎整个的"新时期文学"中，时代政治色彩浓重的现实文学观始终没有给言情小说留下太多的创作空间，这也就造成了当代中国言情小说的复归需要借助港台言情小说方才得以完成。或许可以说，中国在改革开放之初文化基础的薄弱与意识形态的规范，造成了大陆言情小说的发展受到了种种的限制，只能借助对外开放的顺风车，所以打开新时期言情小说之门的并非大陆作家，而是以琼瑶、亦舒、岑凯伦等为代表的港台作家。他们的小说在大陆几乎掀起了"忽如一夜春风来"之势，不但成为言情小说的代表，甚至也占据着整体的小说传播的高地。

到20世纪90年代以后，特别是进入新世纪以来，借助于传播方式的变化，言情小说得到了较迅速的发展，网络开始成为言情小说的最重要的载体。伴随着众多网络写手在不断的创作中技法的进步，都市情感的宣泄与想象成为大众文化背景下的热门题材，特别是网络言情小说的阅读与购买的便利性也促成了其迅速发展，可以说，网络写作成为言情小说发展的主流。

不过令人遗憾的是，网络言情小说继承于港台言情小说的阅读与写作经验，立足于良莠不齐的互联网平台，因此发展实际并不乐观，不但没有脱离对港台言情小说的粗糙模仿，而且在文学意义上也没有获得真正的成熟，这也就决定了，对于当前大陆言情小说的探讨需要从港台言情小说开始。也可以说，只有厘清了港台言情小说的传奇性，才能对仿习港台言情小说的大陆内地言情小说进行厘清。

从根本上讲，言情小说就是通俗流行小说，是为大众的阅读习惯量身定制的，充当着大众读者的心理慰藉和情感补偿工具，表现着大众的各种需求和渴望，这也是言情小说能获得长久的流行性的原因所在。它的题材选择与传奇特征是能够吸引读者的关键所在，这种创作与接受机制已经在读者对港台言情小说的接受中得到了明证。从题材上说，作为人类普遍存在的感情形式，爱情是小说最重要的题材之一。其中情感达成的喜悦，或是苦苦相思的精神折磨，以及关于爱情的一系列转折奇迹，都会极大地满足读者的心理需求，用动人的故事去俘获人们脆弱不堪的心灵，建立起情感上的共鸣，使得他们压抑已久的情绪得到宣泄与释放，这些都决定了言情小说可以成为一种极有效的情感补偿和心理慰藉工具。而且言情小说在新时期的文化背景下，又契合了人性解放与女性觉醒的思潮，它们大胆地书写人的本能欲望，冲击各种文化禁忌，而且在小说中成为情感化的个体，打破了现实中"异化"的进程，让心灵在想象中重获完整。可以说，正是上述原因促成了言情小说的出现与兴盛。

台湾言情小说是随着20世纪六七十年代以来台湾经济的高速发展而兴盛

起来的。生活节奏的加快，竞争环境的日渐严酷，生活压力的加大，不仅带来文学素材的变化，同时更是文学外部环境的变化。这就使得台湾作家更多地开始关注人生与社会痛楚之外的生活之变，作品主题上轻松取代了沉重，都市的五光十色开始取代过去的灰色故事。巨大的生活压力之下的青年人开始放弃文学对人生的思考，而是希望文学成为为自己提供慰藉与情感补偿的避难所与幻想空间，而言情小说作为一种带有麻醉色彩的创作样式开始流行。琼瑶是台湾最有代表性的作家，以其创作掀起了台湾最早的一股言情小说创作热潮，在海峡两岸暨香港的言情小说文学中也有着重要地位，其作品大量地被改编为影视剧，保持着持久的热度。

琼瑶的言情小说在20世纪80年代初进入大陆以后，如同在台湾的阅读热潮，大陆青年读者也对其喜爱有加，改编自其作品的电视剧《还珠格格》系列在90年代末创下了惊人的收视率。即便在近年来所做的"全国国民阅读调查"当中，"读者最喜爱的十大作家"榜单始终包括琼瑶，而其他流行作家如三毛、韩寒、郭敬明等也未能保证常年居于榜单之中，由此可见，琼瑶确实算得上是一棵流行文学的常青树。琼瑶的言情小说主要包括两类题材，一类是取材于古代的民间爱情传奇，另一类是反映当代台湾生活的爱情故事。琼瑶的创作大致可分为三个阶段：第一阶段是20世纪六七十年代，主要是古代的爱情故事；中期的代表作为《海鸥飞处》到《燃烧吧！火鸟》等20世纪70年代创作的作品，大多是反映当代台湾生活；后期从20世纪80年代开始，故事背景回归到古代，人物塑造更为复杂。整体来看，琼瑶言情小说主要的故事结构就是理想化的人生与爱情，配之以曲折离奇、波澜起伏的情节，语言上具有浓郁的诗意，可以说是雅俗共赏。虽然作品多有古代的背景，但也淡化着历史性的内容，主要的人物形象都是专注于爱情，具有世外桃源般的纯粹品格，故事中的人物完全与金钱名利相隔绝，人生最主要的目的便是寻觅爱情，甚至是极端的爱。这种脱离现实的爱情书写空间具有浓重的"童话"色彩，大众读者从中获得了轻松感与美好的畅想。"琼瑶言情小说是和旧的人文精神联系着的，为鸳鸯蝴蝶派续命的琼瑶言情小说，是复活中国古代小说中最粉饰生活、最背离人生、主体人格最屠弱、艺术构造上最模式化的品种——佳人才子小说。"①

中国文学自现代文学开始，甚至也可以说整个的中国文学史，占比重最大的无疑是关于社会与人生等沉重话题的深刻思考。在大众文化兴起之后，这种包含着深刻的理性与挣扎的作品显然不再有太多的市场价值，文学在产品化之后必须要接受市场规则的重新选择。琼瑶小说突出的市场价值构成就在这里，她为大众的阅读想象提供了一个远离现实痛楚的梦幻空间，这正是读者在现实中所缺少的部分，而这也不单是琼瑶小说的意义与特征，而是几乎所有的言情小说所共有的。琼瑶的言情小说中所描绘的世外桃源正是现实社会中的读者所需要而又不可及的，在她的故事中，没有经济的困顿，没有现实的烦扰，没有被物质异化的情感，而是充满诗意的世界，纯净自由的空间，人们可以依照真实情感来选择自己的生活方式，这些都是现实中所不可能具备的，因此也就成为对现实生活的有效补偿与心灵慰藉。就如同《一帘幽梦》中的紫菱在拒绝父母为她安排的工作时，竟然反问："为什么要去上班？"这显然是脱离现实的，可以说琼瑶所塑造的恰恰是与现实相反的世界。琼瑶的世外桃源中也不是没有痛苦，但都是爱情层面上的痛苦，每个人在至善至美的爱情中放纵自己，或是接受爱情无休止的折磨，但这些都无关于现实中的利益，男女主人公对爱情忠贞不渝，渴望天长地久。虽然这逃离了现实，但却是对病态现实的一种警示。

---

① 何满子：《为旧文化续命的言情小说与武侠小说》，《文艺理论与批评》1999年第6期。

同时需要看到的是,琼瑶的言情小说不只有唯美的爱情故事这一在读者市场中的制胜法宝,被她用来构建世外桃源的传奇叙事也是琼瑶得以成功的关键,她的小说能有如此长久的生命力,很大程度上便是基于此。在琼瑶的小说中,既有古典的才子佳人传奇,也有现代童话般爱情的现代传奇,相恋者漫长的爱情长跑过程也符合传奇的"好事多磨""作意好奇"的情节设置传统。以她的成名作《窗外》来看,"师生恋"的故事本身就很有传奇性。女主人公江雁容就是一个超然世外的角色,她喜欢舞文弄墨,并且怜爱与仰慕她的老师康南,但世俗不会认同他们的爱情,投之以无尽的非议,即便是江雁容之后的丈夫也不能容忍。在经历了众多的情感折磨之后,爱情与年华已经付诸流水。

　　与其他题材的小说一样,言情小说的基础也是讲故事,它通过引人入胜的方式把人生与爱情的本质及经验传达给读者。有人认为所谓的叙事便是"把可感事物安排成序的一种表达"[①],可以说,能够把"所感之物"安排得如此令人心驰神往,是琼瑶小说能够广受欢迎的重要原因,也使其在商业化与世俗化的背景下,仍然包含着深刻的艺术内涵。琼瑶的小说有着明确的情节模式,每种模式都具有传奇的特征,如"灰姑娘"的故事套路。这种模式在西方文学中有着久远的传统,是一种童话般的爱情故事,出身低微的善良女孩,感动了不计较门第差别的王子,收获了甜美的爱情,但是其中又伴随着种种磨难与考验。故事被一系列的传奇性所填充,偶然相遇的王子、几经波折的爱情、大团圆式的结局,这些都是传奇叙事的重要特征,也是琼瑶的言情小说脍炙人口的原因。尽管人们对于生活的体验互不相同,但总是会

---

① [法]让·米特里:《现代电影的剧作艺术》,转引自卢蓉:《电视剧叙事艺术》,中国广播电视出版社2004年版,第2页。

形成类型化的叙事方式与人物塑造方式。琼瑶笔下的女主人公普遍具有"灰姑娘"的特征,她们具有美丽的外貌,善良的品格,最终美好的情感结局,并多具有强烈的情节冲突。这种叙事模式体现了日常女性对于生活与爱情的普遍期待,偶遇喜欢自己的白马王子,由此嫁入豪门,迅速地改变命运,这无疑就是现实社会中女性经久不衰的愿望,于是"灰姑娘"的故事满足了她们对于现实的美好想象。而且琼瑶对于深刻爱情心理与严肃的现实磨难的描写并没有采用沉重的笔触,而是较为轻松时而带有几分幽默地去加以展示,使得故事更显梦幻的色彩,成为一种"白日梦",而且是关于"灰姑娘"的"白日梦",可谓是"双重幻梦",大众在其中颇为轻松地暂时卸去了现实重压,获得了巨大的审美享受。此外,言情小说还体现出了一定的女性生存关怀,但同时又包含着对男权的潜意识认同,如"灰姑娘"的美好爱情便是建立在男性的眷顾之上的。传奇中的故事情节与人物形象都是理想化的,它在现实生活中几乎不可能得到复制,而仅是作为大众尤其是女性读者的阅读期待,同时男性读者在其中也可以找到心理慰藉,如"英雄救美"中强大的男主人公,同样实现了情绪补偿。

香港的言情小说在兴起时间上晚于台湾,但其热度与成就丝毫不亚于台湾,"作为中国言情小说发展的一个阶段,辗转进入不断转型的现代都市中的香港言情小说,带有社会发展的时间刻痕与地方特色"[①]。岑凯伦、亦舒以及梁凤仪等都是香港言情小说作家中的佼佼者。香港言情小说的兴起与台湾有着类似的时代背景,香港经济的高速发展制造着相同的情绪宣泄渴望,需要言情小说来填补这一叙事空白。岑凯伦共完成了八十余部的言情小说作品,前后风格有一定的变化。前期作品的故事具有很强的曲折性,风格较为

---

① 刘登翰编:《香港文学史》,人民文学出版社1999年版,第283页。

深沉；后期更加贴近现实，语言上轻松幽默了许多。她的作品可以说是社会言情小说，将对社会生活的揭示放到爱情故事当中，情节上较为工整，同样追求大团圆的结局。亦舒的作品也类似于此，她的《喜宝》讲述的就是一个漂亮的女孩在金钱与权力中最终沉沦的故事，其间经过一系列的曲折，也包括感情上的挫折，其中折射了众多的社会性问题。梁凤仪习惯在都市商业活动之中讲述爱情故事，她自身与商业关系密切，描写了很多女强人的情感经历，因此，她的言情小说也被称为"财经小说"。

总的来看，这几位香港言情小说女作家的琼瑶印记还是十分明显的，都承接一个相近的故事套路，但这不意味着香港没有独树一帜的言情小说作家，同样是利用传奇叙事进行创作的李碧华便是其中一位，无论是艺术风格，还是作品的接受度，李碧华在香港言情小说创作中都是一个传奇。例如《胭脂扣》将惊心动魄的情感力量与人生思考放到了一个看似非常俗套、非常香艳的"鬼"故事当中，传达一种苍凉与对社会中伦理关系的深切体悟，可以说是一段关于永恒的传奇。"对八十年代后期的读者和观众来说，这种鸳鸯蝴蝶派式的故事之所以引人入胜，重要的原因也是因为它的社会背景。李碧华显然为写这篇小说，做了不少历史调查，搜罗了二十世纪初各个方面有关香港娼妓这门职业的有趣资料。小说《胭脂扣》因此也可看作是某个历史时代的重构，透过这个时代的习俗、礼仪、言语、服饰、建筑，以至以卖淫为基础的畸形人际关系，这个时代得以重现眼前。"①李碧华小说中的现实与虚构既有着距离，又存在着联系，尽管言情是其中的一个主题，但李碧华也很关注现实变迁对爱情的影响，这些也就注定了李碧华小说在言情通俗小说中不凡的深刻之处。无论是《胭脂扣》中的人鬼之恋，《秦俑》中的穿

---

① 周蕾：《写在家国以外》，转引自刘登翰编：《香港文学史》，人民文学出版社1999年版，第496页。

越之恋，乃至《潘金莲之前世今生》里的跨越时空的爱情，都是与特定的时代背景紧密联系，可以说是时代的浪漫传奇。在李碧华的作品中，我们可以看到现代都市中男女情感的无奈，她不像琼瑶那样描述世外桃源中的爱情，她笔下的爱情也要承受着现实与物质的逼迫，并且又在其中注入了坚定的理想，这在港台言情通俗小说中是较为罕见的。对于传奇技法的应用，李碧华也有着独到的风格，形成了诡异而浪漫的特征。

三、从现实走向梦想——跨越时空的浪漫传奇

尽管港台的言情小说创作不代表该题材创作的全部，但不可否认的是，琼瑶、李碧华、岑凯伦、亦舒、梁凤仪、风弄、典心、单飞雪、四月等的港台言情小说确实在大陆掀起了文学与市场的高潮。而与这种火热的文学现象相比，研究界却对之关注较少，"尽管通俗文学研究自20世纪90年代以来大有成果，而港台言情小说研究仍然处于被冷落的边缘地带"[①]。事实上，无论是命名为小说还是传奇，这种写作方式本身都是一种迎合市民接受取向的创作，娱乐化与市场化在其中起到了决定性的作用。特别是港台社会的快节奏生活，使得人们需要一个缓解巨大身心压力的宣泄工具，满足私人化的体验，而不是去承受现实主义文学带来的深刻思考。可以说通俗小说本来就是一种被大众读者决定的文学方式，它必然会体现出机械复制的特征，比如"灰姑娘""才子佳人"等的固定叙事模式，这些都是作品赢得市场的关键。通俗小说的叙事模式也随着时尚的变化而变化，例如在"穿越"盛行的时期，通俗小说也普遍采用了"穿越"的叙事方式。

"穿越"即是对时空背景的穿越，常见于科幻小说之中，但是随着互联

---

① 关士礼、魏建：《大陆地区近十年港台言情小说研究述评》，《华文文学》2004年第4期。

网的普及,"穿越"成为通俗小说的重要叙事方式。在这些作品里,情感与生存便有了超越性与永恒性,具有强烈的传奇意味。港台的言情小说家是较早利用"穿越"进行写作的群体,并且形成了独特的古装传奇。他们在古代的叙事时空中讲述现实意味的爱情故事,时空的交错模糊了现实背景,创设了超脱现实的传奇空间,使得读者津津乐道于其中。比如席绢以1993年创作《交错时光的爱恋》一炮走红,这部作品现在仍然可以作为"穿越"的经典样本。故事描写的是,20世纪的女子杨意柳为救一位过马路的老太太而遭车祸身亡,她的母亲朱丽蓉是一位通灵者,借助法力让她在宋代前世苏幻儿的身上借尸还魂,并在回到宋代后如约嫁给石无忌为妻,目的是按照父亲的计划偷得石无忌家里的账本。但是在同石无忌一起回北方的途中,她的聪明、勇敢使得石无忌深深地爱上了她,经历了一系列的误会和谅解之后,他们终于幸福地生活在一起。首先可以显见的是,这一文本具有流行言情小说最典型的结构模式:完美超群的男女主人公,悬念和阴谋层出不穷的曲折情节,大众共同渴望的极端爱情体验以及最终得以完满实现的喜剧性结局……尤其是女主人公苏幻儿,简直就是一个玩转古代的现代精灵,她虽然身处古代,却有着现代人的思维,因为十分幸运地遇到了一个没有完全被时代束缚住的丈夫,所以成就了她跨越时空的传奇。显然,这种经典的"言情"模式,保证了小说在文本类型以及阅读期待上的确定性。但这部小说更大的成功也许并不在于此,而是在其具有创新意义的"穿越时空"的特殊叙事形式。这种创新不仅让席绢成为新一代港台言情小说的当家花旦,也开创了一个目前已经相当流行的新的言情传奇叙事模式。①

---

① 张文东、王东:《港台言情小说"穿越时空"的创新叙事——以席绢的〈交错时光的爱恋〉为例》,《当代文坛》2008年第2期。

按照考维尔蒂的观点，通俗文学中的"程式"与"形式"这对概念可以作为研究路径，"所有的文化产品都混合着两种因素：因袭与创新。因袭是这样一些因素，它们是创造者及其观众都预先知道的——由诸如大众钟爱的情节、老套的人物、公认的观念、众所周知的譬喻，以及其他语言手段等等组成。另一方面，创新因素则是创造者匠心独运的产物，诸如新型的人物、观念或语言形式。""由此，我们可给'程式'下一个初步的定义：程式是构造文化产品的传统体系。程式与'形式'（form）是有区别的，形式是作品结构的新创体系。正如因袭与创新一样，程式与形式之间的区别也可被设想为两极间的连续统一体，一极是传统因素的传统化构造——如'孤独的冒险者'或者'泰山'的故事就最靠近这一极；另一极则是对新创东西作完全创造性的安排。"①按照这一说法，"言情"作为一种通过故事承载的大众文化，在古代时空中书写现代生活，无疑可算是形式上创新，叙事可以摆脱时空真实，从而接受情感真实的支配，制造更多的审美新奇，夸张情感的力量，使得故事进入到一个物质化的世界当中，补偿大众读者在现实中不可能拥有的生活体验。如果以一种非文学的而是文化的视角来看待这些言情通俗小说，这代表了较之文学叙事更为复杂丰富的关系，特别是我们可以注意到，这些小说的创作者多为女性，而接受读者也多为女性。这就说明了故事之所以能够受到青睐，是因为它契合了女性的关于人物形象、情感经验的想象，通过故事可以看到女性社会心理的状态。由于它的写作立场都是女性视角的，所以现实中的性别关系便被叙事中的"穿越"部分悬置了，于是主体变为了女性，而客体变为了男性，女性的独立意识得以确立。但事实上，在

---

① [美] J. G. 考维尔蒂：《通俗文学研究中的"程式"概念》，周宪等译：《当代西方艺术文化学》，北京大学出版社1988年版，第428—429页。

确立女性独立意识与主体形象的同时，男性的实际控制依然是一种强大的、无法挣脱的客体存在。尽管故事的时空是不确定的，但现代都市女性的权利，特别是职场权利与政治权利在"穿越"部分中却损失殆尽，她们回到家庭的男权格局当中，不追求任何的个人成就，男性仍然是这里的终极抚养者与审判者，女性只有通过男性的认可方才获得生存。更有意思的是，在这种古今交错的爱情故事中，女性缺失现代性品格回归到传统的家庭女性形象中，相反男性形象则都具有现代性的品格，他们按照现代的男女平等观念尊重女性，他们对于女性有着现代式的宽容，并不是封建性的家庭权力关系。在这种叙事的深层结构中，实际上蕴含了女性意识对于男权不切实际的幻想。

显然，这种在穿越时空的历史性对比中试图为自己（以及读者）创造的一种情感上的补偿和自慰，还可以进一步外化为同质异构的"古装体"，仅仅发生在古代的爱情故事也许并未形成与现实时空的交错，但其实质，却仍然是穿着古代的服饰演绎着现代的爱情故事，仍然是用一种创新的叙事表现着现代的女性意识，即女主人公凭借具有充分现代意义的知识、胆识以及全新魅力，在爱情的战场上纵横捭阖，所向披靡，直至令男主人公最后无求无怨地生死相许。但值得注意的是，如果我们把前述玩转古代的传奇的内容重新审视一番的话，便不难发现，女主人公那些特立独行的举动、敢于抗争的性格乃至不时耍点小聪明的个性等等，事实上都是来自于女性在古代具有知识、能力和独立思想这一假定。这一假定由现代意识所源发，目的也在营造一种区别于传统言情小说的现代女性前所未有的优越感，以及对现代女性的阅读吸引。这也就意味着，传统言情小说中像琼瑶所描写的那种每天心里只有一件事情——爱情——的女性形象已经过时了，而传统女性的性格设定如温柔、贤惠、善良等品质虽然仍然得到人们的认可，但像聪明、勇敢、独立、坚强等"男性"特征却已渐渐成为女性更受欢迎的特质。这是一种在获得了独立的人格和相对自由的生存方式之后所形成的女性价值取向，而这种新的价值取向不仅在《交错时光的爱恋》中得到了充分反映，也在这部小说风靡东南亚的"流行"过程中得到了市场的印证。

不过，还必须看到，因为这种小说差不多都是从女性的视角来写的，所以，现实意义上的性别体验及其矛盾便在小说这种特殊的叙事中被部分"虚伪"地倒置了。如果我们可以超越这种表面上女性意识的独立以及女性主体自身的认可，便会更清醒地发现，在强化女性主体地位的同时，男性的客体存在实际上已经被转化成一种更大的甚至无法摆脱的诱惑和压力。在这种奇幻的交错时空的生活之中，现代女性的各种"现代性"品质——职业权利与政治权利——几乎全部丧失，重新回到家庭及生育本位的生存当中，诸多现代文明的成果并未导致女性获得个人的成就，而只是成为她获得男性更多爱恋的筹码，或是在与情敌较量中获胜的法宝。而男性则依然是这一切价值确认的评判者，无论女性在现代意义上获得多少知识、能力以及多大的进步，她仍然必须通过男性的认可才能实现自我。

可以说，女性在男权世界中长期以来都处于"被看"的位置，而这种从属性的地位在女性言情小说中却被无意识地强化了，其中的女性形象渴望着"被看"，仰慕着超越时空的完美的男主人公，作为女性消费的文本，女性在其中成为被男权消费的对象。言情小说通过浪漫的笔法与传奇的情节，使得女性读者置身于一种"虚幻"之中，甚至可以说，无论时空如何变化，女性"被看"的从属位置没有发生改变。尽管小说中的爱情故事本身就是一场自欺欺人的幻梦，但是在幻梦之后的潜意识层面上又接受这种从属地位，所谓的男女平等只能是镜中花、水中月，在超越时空的幻梦结束后，还是要面对物质化的现实中的巨大压力。①

第二节 传奇映像——泛文学语境中的"大众的梦"

中国社会在20世纪发生了巨大的变化,其中又以辛亥革命、新中国成立与改革开放的影响最为显著。基于我们通常对于中国文学发展阶段的思考,政治是主导1980年前的中国社会的重要因素,到了改革开放之后,经济便发挥了同样巨大的作用。而科学技术在改革开放的大潮中又成为可以相对具化的参照物,当前社会的大众化,在很大程度上便是依赖于互联网的普及。应该说,网络的强势崛起超出了任何人的想象,形成一个超乎一切容载量的空间。换个角度可以说,网络技术对于中国社会的最大影响不在于技术层面,而是文化层面上,它以令人瞠目结舌的效率推进着大众文化的发展,在当代中国构筑出一个新的生存空间与叙事载体。

从外在形式上看,网络空间有着空前的承载量,同时又极为开放与自由,虽具有虚拟性,但又代表了现实,成为大众普遍依赖的生存空间。从媒体技术的革新上说,网络相对于传统媒体,在信息容量、交互性及全球化方面取得了长足的进步,其信息的传播能力与承载能力都是前所未有的。但是在上述特征中,最应当引起人们注意的是网络的交互性,它改变了传统媒体的单向输出模式,原本是属于信息接受方的受众也可以轻松地成为信息的制作者与传播者,这就形成了一个更为自由的表达环境,可以相对随意地发表

---

① 张文东、王东:《港台言情小说"穿越时空"的创新叙事——以席绢的〈交错时光的爱恋〉为例》,《当代文坛》2008年第2期。

个人意愿。而这里也成为文学写作的新的平台，一些渴望创作而又找不到传播路径的人有了发表阵地，同时也创造了一些文学商机，可以说网络的普及对20世纪90年代以来中国文学有着最直接的影响。

一、大众狂欢——网络时空与"虚拟传奇"

对于网络文学的质疑可以说是与网络文学的诞生相同步的，多数的研究者指出，网络文学存在着过于随意与良莠不齐的特征，这种写作方式与传统意义上的文学似乎有着较大的差异。但有一点是毋庸置疑的，那就是网络文学与传统的文学一样，都是用文字构筑一个虚拟的空间，只不过载体不是书籍，而是互联网平台。这个虚拟的空间也会带有现实社会的痕迹，就像南派三叔《盗墓笔记》中的盗墓团伙的行事规则在现实中便可以找到，这便是网络文学与传统意义上的文学的类似之处。尽管社会性的创作动机被网络文学极大地消解，但它同样也表达着作家的情感。因此，尽管网络文学确实存在着诸多异于传统文学的特征，但我们还是有足够的理由将其定义为文学。"在这种情形下，我们不妨给网络文学作一个比较宽泛的定义：所谓网络文学，是指由网民在电脑上创作，通过互联网发表，供网络用户欣赏或参与的新型文学样式，它是伴随现代计算机特别是数字化网络技术发展而来的一种新的文学形态。这一定义包含几层意思：第一，网络文学是借助计算机网络形成的一种新的文学形态，它可以写网络生活、体现人与赛博空间（cyberspace）的虚拟审美关系，也可以写日常的其他生活，但无论写什么，都必须是借助电脑完成的原创之作；第二，网络文学应该是在互联网上首次发表，'印刷文学电子化'不能算是网络文学；第三，网络文学应该是为网络受众即广大网民创作的，读者需在网上浏览或欣赏，并可能形成网民之间的互动，网络就是这种文学生动鲜活的空间。这样的界定基本上可以囊括目前互联网上广泛流行的网络文学,也能够为更多的人所接受。"①

这种趋势可能不利于文学的发展,但不可否认的是一个崭新的文学时代已经到来,这就是大众文化背景下的"泛文学"时代,曾经的专属于精英的文学被急剧边缘化,大众狂欢成为新的写作热潮。这种文学的泛化趋势一方面是由于市场经济带来的文学生产环境的变化,另一方面则是由于以互联网为代表的大众媒体的兴起。大众媒体大举侵占着传统媒体的传播覆盖面,而依赖于传统媒体的传统文学自然地面临着危机,"文学失去轰动效应而走向边缘化,快餐文化抢占了文学市场,视听霸权对文字媒介的接受性挤压,使得世纪之交的中国文学宿命般地走进了一个特殊的历史时期,迫使文学在新的选择面前寻找新的活法。"②但是文学面对着危机所找的"新的活法"并不尽如人意,大众化带来了"去精英化",这在一定程度上变为"去文学化",传统文学的处境如"阳春白雪"的曲高和寡,受众锐减,很多纯文学刊物也陆续停刊,而那些具有传奇性的网络文学则收获了越来越多的大众读者,占据更多的市场。

网络平台现在成为网络文学作家扬名立万的场所,过去那种依靠纯文学发表阵地一举成名的机会越来越小,例如当年在青年读者中影响甚广的《鬼吹灯》便是发表于起点中文网,连续多月高居网络小说搜索榜第一位,这说明了大众化是当前网络文学的核心特征,且不但是内容的大众化,还有书写平台的大众化,以及创作群体的大众化。可以说,越是现代化的社会里,大众"倾诉"的欲望会越强烈,想方设法寻找一个可以倾诉与宣泄的平台,而互联网无疑符合这一要求,特别是网络文学创作的"低门槛"乃至"无门

---

① 欧阳友权:《网络文学概论》,北京大学出版社2008年版,第4页。
② 欧阳友权:《网络文学论纲》,人民文学出版社2003年版,第22—25页。

槛"特征确保了大众可以轻松地参与到创作当中,在自由散漫的空间中尽情挥洒,而大众读者在网络平台上可以自由地选择题材进行阅读,甚至与作者互动,文学的创作与接受在这种模式下成为一种大众的狂欢。

从创作主体看,网络文学的创作者中既有专业性的职业写手,又有业余的写手。职业写手有些类似于传统意义上的作家,只不过创作的目的与方式有所不同,包括很多对文学具有浓厚兴趣的学生、教师、公务员等,他们或许同时还有着其他固定职业,但文学也是收入的重要来源之一,而且始终热爱文学写作。业余的创作群体文化水平相对不高,也没有太多的写作经验,但一样热衷于文学,尽管作品的文学性难以得到肯定,但他们是事实上的网络文学作者的重要组成部分。无论是上述哪种类型,都意味着文学的话语权从精英向大众的转移,使得作家成为一个相对模糊的概念。而且这些网络写手也常具有某种非文学性的经历,比如创作《第一次的亲密接触》的痞子蔡(原名蔡智恒)原是台湾成功大学水利系的一名博士生,另外一个知名网络写手宁财神(原名陈万宁)则是毕业于华东理工大学国际金融专业,他们显然带有更多业余性。

网络写手还呈现低龄化的特征,当然这与网民的低龄化相关。中国互联网络信息中心(CNNIC)第44次中国互联网络发展调查结果显示,"截至2019年6月,我国手机网民规模达8.47亿,网民中使用手机上网人群的占比由2018年底的98.6%提升至99.1%;我国网民以 10—39 岁群体为主。截至 2019 年6月,10—39岁群体占整体网民的 65.1%。其中 20—29 岁年龄段的网民占比最高,达 24.6%[①]"。网络文学在起初以35岁以下的写手为创作主体,而这一年龄均值在近来呈现出下降趋势,甚至有不少中学生参与到网络文学创

---

① http://www.cac.gov.cn/2019-08/30/c_1124938750.htm.

作当中。可以说，网络文学的创作群体有以下两个特征，即年轻化与非专业化，这也都是大众化写作的特征。他们当中的大多数没有接受过传统的文学理论的学习，在青春之际，以不羁的姿态登上文坛，其想象力也不会接受任何形式的束缚。

写作主体的大众化也决定了题材上的大众化，对于他们所依赖的网络平台来说，意识形态的规范是较为薄弱的，题材上的限制不多，题材类型主要就是大众所乐于接受的，如言情、玄幻、武侠、恐怖等，这也就不难理解网络文学的广泛流行性。一些写手也会基于其自身经历进行写作，甚至包括一些私密性的话题。

写作群体与写作题材的大众化必须要建立在传播方式的大众化之上，这也是网络成为当下最时兴的文学载体的原因之一。互联网使得文学不再仅是依赖于传统的纸质媒体，在电脑、手机上借助网络就可以写作与发表，形成"泛文学"的文学转型，甚至可以在文字中安插图片与视频。而网络阅读也具有便捷与成本低廉的优势，特别是网络文学中很大一部分为免费的分享，或网站阅读费用低廉，这些比起纸质书籍无疑要经济许多，这也就不难解释网络文学巨大的吸引力与传播范围。

之所以如此铺陈网络文学的大众化特征，就是为了阐明网络小说叙事模式的一个作为背景的重要元素，也就是说网络文学大众化的特征必然会带来网络小说在叙事上的大众化。既然是大众化的文学，就要用大众化的方式进行书写，用人们喜闻乐见的方式讲述故事，这也就决定了带有新异特征的传奇叙事会成为网络文学普遍采用的叙事模式。尽管网络文学在表面上形式各异，比如众多平台同时存在，其内部也各有特色，篇幅长度差别也十分明显，但其中一个共同的特征便是，作品都会采用具有强烈吸引力的传奇故事来满足大众读者的心理期待。读者在阅读不同的网络文学作品时也会存在不同的期待，但对传奇故事的渴望却是相通的，这些都决定了传奇性在网络文学叙事中的重要意义。

  网络文学不只是依存于互联网平台，我们可以看到，当前越来越多的网络文学作品也采取了纸质版的发行方式，特别是一些在网络上获得了极高人气的作品，在实体书店中均可见到，如《盗墓笔记》《明朝那些事儿》的纸质版图书都取得了销售佳绩。除了纸质发行之外，影视剧改编也是网络文学跨界发展的重要路径之一，如网络小说《后宫·甄嬛传》《步步惊心》等都被改编为了电视剧，此外，还有以《东北往事之黑道风云20年》《鬼吹灯》等为代表的有声读物也在手机平台上收获了良好的点击效果。综观这些具有较高人气而获得跨平台传播的网络文学，其一个基本特征便是传奇叙事的印记明显，这也就再次证明了传奇对于大众阅读趣味的适应性。《盗墓笔记》《鬼吹灯》《后宫·甄嬛传》《步步惊心》《东北往事之黑道风云20年》所描写的都是关于现实或是穿越的传奇，甚至可以说，《甄嬛传》电视剧的热播很大程度上便是因其传奇性的叙事结构，这也是几乎所有的热点网络小说的共有特征。"认为'网络文学=网络爱情故事+网络侠客传奇'的观点有其内在的根源：网络文学的作者大都是青年人，爱情和侠义本就是青年生活中重要的主题。以网为伴的人们又多属于单身贵族，在虚幻的网络世界里遇到一位红颜知己就和古代书生们期待美女从工笔画里走出来一样充满诱惑；而在网络这个出身平等、不究根源的地方装作自己身怀绝技、行侠仗义更是轻而易举。许多人在网络上扮演着与生活不同的角色，就像我们读小说的时候不知不觉会拿自己和小说的主人公比照一样，网络文学在成就梦想方面比传统文学更有力。"[①]

[①] 许苗苗、许文郁：《网络文学的定义》，《北京市政法管理干部学院学报》2002年第1期。

网络文学普遍具有的"虚拟时空"为传奇叙事提供了更为广阔的施展空间，这也是网络文学与传统文学的重要区别之一。众所周知，传统文学观中现实主义的根基强大，"文章合为时而著，歌诗合为事而作"一直以来都是传统的文学创作者的创作动机，要求作品具有社会意识与使命感。但是多媒体平台上的文学则呈现了一种彻底释放自我的大众狂欢，并由此追求着某种重新建构自我的"虚幻性"满足，这就带来了对传统文学观的强烈消解与重构。网络文学可以说是主动放弃了文学的社会意义，这种传统意义上的文学性的淡化也意味着可以参与文学的群体的扩大，创作不再是职业作家的专属，几乎所有人都可以成为网络平台上的作家，不受年龄、行业、文化知识水平的限制，也不受传统的文学观的限制，他们的创作不是针对社会的，而是实现个人的发现与宣泄，并不是探究现实的社会，而是表达彻底的个人。这就形成一种两极间的文学特征，在社会价值上看，这些作品不关注政治与时势，是超功利性的；而从个人的角度上看，这种彻底的个体化又是无比地功利，这也是网络文学与传统文学观的根本性对立。①

　　也正因如此，这种虚拟性与个人化色彩浓重的文学形式就带来了文学价值观的深刻变化。严肃文学所秉承的"文以载道"被网络文学的"大众狂欢"所替代，文学的价值不在于生存与思想层面上的启示，而是作为一个可以狂欢的场所提供给读者，建立起了一种娱乐性的文学价值观，"把神圣化作笑谈，将崇高降格为游戏，用喜剧冲淡悲愤，以笑料对抗沉重，这便是网络写手渎圣化思维的常见套路。网络文学天然地隶属俗物，所以从不装扮高尚和伟大，它拒绝高尚和责任，结果必然与传统的价值理念格格不入。"②网

---

① 张文东：《社会转型与文学传统——以大众文化背景下的网络传奇为例》，《当代文坛》2015年第1期。
② 欧阳友权：《网络文学本体论》，中国文联出版社2004年版，第202—203页。

络文学不是对于社会价值的追求,而是关于个人的"自娱与娱人",属性是充满诱惑的想象性空间。有人认为这是失去主体承担意识的一种困顿:"我想每个人都很迷茫,到底自己在网络里寻求些什么呢?寻求心灵的安慰?寻求情感的寄托?寻求一刹那的刺激?寻求不变的承诺?或许是孤独时想上网找个人消磨自己的寂寞;或许是悲伤时想上网找个人发泄自己的痛苦;或许是失意时想上网找个人倾诉自己的落魄。大家都在这个虚幻的网络里寻找各自永不凋零的塑胶花。"[①]既然是一种娱乐性与个人化的文学价值观,那么文字的诱人就成为这些作品的制胜之道,通过构思新奇、悬念迭出,同时又富有笑料的叙事技巧来构建符合大众接受意愿的虚拟空间,这无疑就是传奇传统的一种延续。但网络小说中的传奇技法与传统文学中的传奇传统也是有所不同的,传统文学中传奇依然重视"载道"与"言志",几乎每一个传奇故事都要讲述一个道理,或是蕴含作家的某种思想,虚构的故事中都有现实性的创作动机。但在网络小说当中,娱乐性与经济功利性的文学观决定了故事远离现实,而成为彻头彻尾的虚构,或者说某种意义上的真正的传奇,大众读者对网络小说中的传奇的接受就像是一场"虚幻的满足"。因此,网络小说中爱情不是传统的才子佳人、郎才女貌的相对合理的爱情故事,而是"灰姑娘"式的历尽曲折的奇迹般的爱情,在这里,网络小说倒是与"新历史主义"具有了契合之处,但不再遵循所谓的传统历史叙事,而是对历史人物与事件的"戏说""歪说""反说",形成一种戏仿的文本样式。如问天所著的《无奈三国》、南派三叔的《大漠苍狼》等便都是通过"戏说"历史来满足大众的猎奇心理。

[①] 颖都墨人:《我们为什么来到网络》,《网上江湖》,湖南人民出版社2002年版,第115页。

二、消费传奇——个体民间与娱乐写作

传奇在中国的小说史上是一种叙事传统,但同时在历代的小说中传奇又不是完全地一成不变,它在网络文学的时代里,经历着改造与创新,那么这种改造与创新的具体形式就十分值得关注了。

首先,网络传奇具有独特的时空虚拟性。互联网媒体本身就是一种虚拟性的媒体形式,尼葛洛庞帝关于此曾举例说:"假如我从我波士顿起居室的电子窗口(电脑屏幕)一眼望出去,能看到阿尔卑斯山(Alps),听到牛铃声声,闻到(数字化的)夏日牛粪味儿,那么在某种意义上我几乎已经身在瑞士了。假如我不是驾驶着原子(构成的汽车)进城上班,而是直接从家里进入办公室的电脑,以电子的形式办公,那么,我确切的办公地点到底在哪儿呢?"[①]这种虚拟性也意味着作者身份的虚拟,这就淡化了传统文学中作者身份对创作内容与方式的限制,网络文学的创造者可以更多凭借自己的意愿在互联网上发布作品,作家陈村曾如此描绘网络文学创作中作者身份的虚拟性:"谁知道你是谁呢?你知道网上的对方又是谁呢?轻装上阵,一种如鱼得水的感觉成为网络文学最大的诱惑,即便是千万双眼睛同时注视着你的一言一行,这又有什么大不了的呢?又不是观众在电视中看你的表演?"[②]特别是在非实名认证的网络空间里,写手们的作品不必签署自己的真实姓名,只需要注册虚拟的ID账号即可,一个网络作家可以变换甚至是同时拥有多个账号用来发表作品,而且这种虚拟的网络身份与现实身份没有必然的重合。这种虚拟性就为"奇异""奇幻"乃至"虚幻"故事的创作提供了极为广阔的空间。当然这也就带来另一种现象,那就是网络文学中的传奇小说出现了越

---

① [美]尼古拉斯·尼葛洛庞帝:《数字化生存》,胡泳、范海燕译,海南出版社1997年版,第194页。
② 金华:《陈村眼中的网络文学》,《芳草》2000年第7期。

来越明显的"类型化"特征,"穿越小说""玄幻小说""架空小说""网游小说"等成为几种基本的故事形式,创作者在这些既定的框架内增添故事的传奇性。"穿越小说"是一个时空跳跃到另一个时空的故事,"网游小说"几乎都是游戏空间中的爱恨情仇,而"架空小说"的背景比较独特,它一方面有着相对具体的历史时空设定,一方面所讲述的又是这个时空中的虚拟故事,例如《倾世皇妃》《后宫·甄嬛传》都是典型的"架空小说"。它们具有实际存在过的历史背景,但又使用了"大亓王朝"和"皇帝玄凌"等历史上并没出现过的朝代和人物,人物与情节也没有任何的原型,这就回避了现实的限制,作者的想象力可以自由驰骋,使得作品成为一种"作意好奇"的当代网络传奇。

《鬼吹灯》则是一部将真实与虚拟进行结合的作品,它以历史上真实存在过的盗墓行为作为背景,来承载悬疑、惊悚、冒险、武侠等引人入胜的传奇元素。随着《鬼吹灯》的成功,引发了相关的跟风创作,甚至在"架空小说"的内部又形成了独特的"盗墓小说"派别。传奇的人物与传奇的情节相辅相成也是网络文学的传奇叙事的重要构建技法之一,像《鬼吹灯》中的人物便具有鲜明的个性与奇特的经历,他们来自各行各业,精神气质互不相同,在盗墓的过程中经历了一系列的离奇神秘的事件,这些都增添了小说的传奇色彩。

但需要看到的是,无论是"玄幻",还是"架空",与一切的文学虚构一样,它依然不能完全脱离现实,网络文学中的想象空间依旧不可能是彻头彻尾的"虚幻"空间。网络传奇中的所谓"尽设幻语"与"作意好奇"都要归到一个现实的底子之上,那就是现实中的大众阅读趣味。例如《第一次的亲密接触》,尽管讲述的是两个ID间的虚拟爱情,但它俘获大众情感的手法却是来自于现实经验。只不过我们对于网络文学的了解相对于传统文学无疑是少了很多，这就使得我们下意识地认为其空间更具有虚拟性，其中几乎一切的场景都显得奇幻而神秘。所以《第一次的亲密接触》虽然是一部典型的制造虚拟空间的网络小说，但它的这种在现实世界与虚幻世界之间的"游走"，却使得文本在一定程度上对于生命的本质有了更为深刻的探索。甚至可以说，网络文学蕴含着这样的一种价值，即现实社会中的进步给予了人们太多的理性，虚幻的网络空间却带来了一个感性得以张扬的场域，使得一切的理性力量回归到原始与本能之上，触碰到了人生的本质。"虚拟的世界里，我成为我想的人，思想可以放松，描绘属于自己的空间，漫步在网络中的我，犹如江湖。可以放声笑，面对滔滔沧桑。可以独步江湖，穿行于朗朗乾坤。我可以在品茗之时，放松自己，弹指一瞬间。我可以在静静时拥有丰富的动感，感受音乐的震撼。在游戏的王国里，我可以称王，可以颠覆对面的黑暗，我可以成为一个国王，迎接光明的到来，在对话的顷刻间，我可以倾吐我的思绪，我可以成为一个学士，娓娓道来。我可以诉说阿拉伯的故事，在互动的时空，我们可以进入自己的领地。"①

　　正是由于网络世界的虚拟性，网络小说便具有作为大众"狂欢"的核心流行元素，可以说网络小说在某种程度上就是一种"狂欢化"的文学。而对于传奇叙事来说，其对传统文学的"去经典化"，对传统的现实主义文学观的解构，都是"狂欢"精神的体现。网络小说仿佛就是借助网络这一虚拟性的舞台，举办着一场各自遮掩面目的狂欢舞会。根据巴赫金对于狂欢活动及其文学影响的定义，狂欢现象不仅存在于社会生活之中，同样也显现于文学领域，人类的狂欢精神是决定狂欢性文学的本质原因。虽然在狂欢当中也有着众多的仪式与程序，但最重要的是在这些仪式当中，参与者间没有太多等

---

① 飞侠：《武林时代》，http://blog.sina.com.cn/s/blog_8e16cd9c01015sqd.html。

级之分，人与人之间的关系跨越了种族、宗教、等级的界限，重新变成一种自由、平等的关系，因此，狂欢也才体现出了对于现实的颠覆性。①巴赫金关于狂欢的理解无疑就是对于网络文学精神本质的一种描述，可以说，"全民狂欢"就是网络文学中传奇叙事的生成背景。就其空间来说，网络的虚拟特征无疑就使其成为一个适合于狂欢活动的场域，它有着"不知有汉，无论魏晋"的时空模糊，但巨大的信息量又保证了眼观六路、耳听八方的受众之间可以有效地交流互通。没有现实中身份之别的约束，同时也没有沟通的障碍，类似于狂欢节中，每个人都有自由的话语权，可以做参与者，可以做旁观者，一切的传统与规则都烟消云散，网络文学中的传奇事实上就是一种叙事层面上构建起来的大众狂欢。"网络文学的父亲是网络，母亲是文学……网络文学最有价值的东西来自于'网络父亲'的精神内涵：自由，不仅是写作的自由，而且是自由的写作；平等，网络不相信权威，也没有权威，每个人都有平等地表达自己的权利；非功利，写作的目的是纯粹表达而没有经济或名利的目的；真实，没有特定目的的自由写作会更接近生活和情感的真实等。"②而网络文学为大众所提供的狂欢最重要的莫过于宣泄着现实中压抑已久的情绪。由于网络文学的超现实性，它为读者们创设了想象力自由穿梭的平台，使得一切情绪得以彻底地释放。传统文学与现实社会所规定的一切原则在此均被打破，崇高价值被颠覆，就像巴赫金所说的是"把一切崇高的、精神性的、理想的和抽象的东西转移到整个不可分割的物质和肉体层次，即（大地）和身体层次"③，通过对规则的"贬低"，实现了文学的"狂欢"

---

① ［苏］巴赫金：《巴赫金全集》第6卷，晓河、白春仁、李辉凡等译，河北教育出版社1998年版，第250页。
② 李寻欢：《新的春天就要来临》，《文学报》2000年2月17日。
③ ［苏］巴赫金：《巴赫金文论选》，佟景韩译，中国社会科学出版社1996年版，第118页。

的目的。"那些要求网络文学负起社会责任和更有良心的说法,实在是良好的一厢情愿。你根本不能再要求他们像老舍一样去关心三轮车夫的命运,或者像鲁迅一样去关心民众的前途。……我们没有文化优越感,但是我们有足够的生存困境,有足够的热情和机智,有足够的困惑和愤怒,有足够坚强的神经,有足够的敏感去咬合这个时代,有'泛爱'和'调侃'这两把顺手的大刀。"[1]也是由于这种颠覆性,网络文学的语言方式也不同于传统文学,表现出了一种对待文字的游戏心态,网络文学创作本身就是一种制造大众传奇的游戏。

但是网络文学最根本的狂欢性与游戏性并不在于创作价值观与创作方式、文字形式等方面的自由,而是它在一个交互性极强的平台所获得的强烈的互动功能,是一种相互间联动的传奇创作。例如网络作家当年明月创作《明朝那些事儿》时,便是因为在网络互动当中发现了偏离历史较大的小说对于大众史观的重要影响,于是他决定用流行小说的方式书写真实的历史。当年明月创作《明朝那些事儿》的过程开始之后,没有任何网络写作经验的他遇到了诸多的难题与不自信,于是决定通过互联网了解一下读者的意愿,正如当年他自己所说的,"想看看人家的评价,看看自己的这种写法行不行得通"[2],而最终网民的肯定激发了当年明月的创作意志,成就了一段关于作者与读者互动的佳话。此外,个人化的传奇是网络文学中传奇叙事的一个重要特征,它对于主流与传统采用一种阻绝的策略,是将个人置于故事的中心,营造的都是个人的话语与意指,完全是一种个人化的传奇。在这种个人

---

[1] 尚爱兰:《网络文学中的"新新情感"》,榕树下图书工作室,《'99中国年度最佳网络文学》,漓江出版社2000年版,第305—306页。

[2] 《当年明月叫板易中天:我才是草根》,汉网,http://www.cnhan.com/gb/content/2006-08/18/content_650386.htm。

化的写作与接受状态下,作家不是高高在上的教化者,而是与读者进行着平等的交流,这种身份差异的淡化也更决定了作家对于传统文学观所要求的社会责任感的放弃,自我状态的呈现成为文学的中心。这与年轻人的心理状态相一致,可以说,网络文学更多是属于年轻人的文学,包括当年网络文学的写手主要是"80后"一代。"写手"一词本身就具有相对于主流意识形态与传统文学观的异质性。这些"80后"的青年人诞生于商品经济高速发展的时代里,在其中建立了迥异于前辈们的思维模式,独生子女的客观环境助长了他们在家庭内部的话语权力,这间接带来了网络空间中的自由书写与网络文学的极端繁荣。不过这些年纪轻轻的自由倾向强烈的作家在走上文学场域之后,也面临着众多的短板与不足。他们普遍缺乏社会阅历与必要的文学知识,这就使得他们的思考空间较为狭窄与浅薄,而且其文学观比较单一,多是将文学作为娱乐与宣泄的手段,题材也是局限于爱情为主,少有新意,都是反复咀嚼着个人的生活经验与情感经验。他们笔下的故事都是以个人为中心的传奇故事,"我努力营造一种精致而宁静的生活,我基本吃素:早晨我在铺着果绿色餐布的桌上放着满满一盆水果:葡萄、西瓜、生梨代替了早饭……而在夜的清风里,我在蓝色的煤气灶上用百合、莲心和银耳、冰糖熬制饮料;几天我就会跪在地板上用抹布将褪色的红漆地板擦得锃亮;其他的时候我不停地看小说,好像活在梦中"[①]。这些个人化传奇的奇特之处就在于,它一方面将个人与现实社会隔绝,将之闭锁在一个超现实的空间,另一方面又在这个闭锁空间中获得了无限制的自由,如郭敬明备受质疑的《幻城》便是这种传奇模式的典型例证。

---

① 晴曦:《冬天、芳邻、爱情》,起点中文网, http://www.rongshuxia.com/book/short/bookid-1633902-page-10.html。

需要看到的是，个人化传奇并不是作家个人随心所欲的产物，在大众文化与消费主义的背景下，作家个人的生活与情感经验是需要接受大众读者审阅的，作品中书写的不一定是自身的情绪，而是大众喜闻乐见的情绪，可以说，这种传奇事实上并不属于作家个人，而是一种大众化的传奇。曾经赢取了较高关注度的《东北往事之黑道风云20年》便是这方面的例证之一，作品的故事背景虽然是现代，但其传奇性的情节与逻辑显然不属于现代的时空范围，尽管被命名为"黑道风云"，但亦正亦邪才是人物真正的性格特征。主人公以第一人称介入故事，制造了一种真假难辨的氛围，但却不是作家的个人经历，如其自己所说的："本人从没混过一天黑社会，既没混黑社会的能力更没混黑社会的胆子，出生在市区人口不足百万的中国东北某市，现在混迹于上海，做个小白领，勉强温饱。虽然从没混过黑社会，但我的家庭却与某位20年来的公认'大哥'有着很深的渊源，二十几年来的风风雨雨我确定见过不少。幼年时，文中主角赵红兵的父亲和我父亲是上下级关系，因此单位分房时就把两家分在同一个院子里，当时赵红兵刚从老山前线复员回家，闲来无事就负责照顾年幼的侄子晓波，由于二狗和晓波一般大，而二狗的父母都工作繁忙，无法照顾二狗，所以二狗的妈妈秉着一只羊是赶，两只羊也是放的根本原则，把二狗也派给了赵红兵照顾。于是，我亲身经历了很多不为人知的野蛮生活。这里我将以几个20世纪80年代的年轻人为主线讲述这个故事。这个故事中，有欢欣也有哀伤，有相聚亦有分离，但正是因为有这些，才构成了我们的生活，不是吗？接下来的故事里，二狗就是我，我就是二狗。"[1]由此可见，这段所谓黑社会亲身经历并不是真实的，而是被大众阅读所决定的"重口味"通俗叙事，一系列残酷而富有悬疑的黑道故事无疑是

---

[1] 孔二狗：《东北往事之黑道风云20年》，重庆出版社2009年版，第1页。

对流行多年的"古惑仔"系列影片的仿制和改编,成为一段发生于现代东北的黑帮传奇。这种传奇的叙事方式是《东北往事之黑道风云20年》得以成功的关键所在,其中既有仗义而残暴的古典式的黑社会,又呈现出现代的拜金心理,同时以对黑社会行事方式的夸张书写,刻意制造了众多曲折离奇的情节,引人入胜,并且多次申明故事的90%内容为真事,这就更加增强了作品的传奇性。

整体而言,互联网的普及给文学带来巨大的变化与难以应对的挑战,高高在上的传统文学在大众文化的冲击下失去了文坛的主导位置,取而代之的是网络与文学联姻的新的文学形式。尽管网络文学一再宣称或是被认为与传统文学有巨大的互异性,但它在事实上仍然需要遵守一种极为传统的叙事方式,即传奇叙事。可以说,互联网构成了新的文学平台,而这种平台之上出现了新的网络传奇。

三、影视镜像——大众传媒的审美消费

之前提到过,自20世纪90年代以来,大众文化已经成为当下中国的一种主流文化,特别是它作为一种工业化与消费化的产物,在市场经济的大潮中不断壮大。而文学身处这样的大众文化环境当中,开始出现了鲜明的通俗与产业化转向,流行小说、影视作品、网络写作以及广告艺术等新的文学样式不断出现,它们都依托于大众传媒的平台,在大众文化的语境中谋求生存,使得文学融入日常生活之后,或者说是在"日常生活审美化"[①]中获得了欢愉体验。而现代科技的不断进步极大地挑战着传统印刷媒介的地位,特别是视觉文化在大众文化的谱系中异军突起,易感性的特质决定了它会更加有效

---

① 这是一种借用的说法,只是想强调大众生活本身的审美属性可以在大众文化的体验中获得某种验证,并不具有这一说法原来的理论意义。

地融入大众的日常生活之中,几乎所有的人都无法抵抗这种视觉诱惑,文学的纸质载体被不断地边缘化,越来越多的作品都是通过被改编为影视作品方才走入大众视野,传统意义上的文学接受不断被改变,这种视觉文化的流行也为传奇叙事创造了新的机遇,它凭借自身的"通俗性"和"娱乐性",在"泛文学"的大众文化背景之中,可以更加便利地与影视镜像相结合,制造一个又一个的流行卖点,以更加易感的方式讲述"大众传奇"。

在这里可以再对大众文化进行一次梳理。自大众文化诞生之日起,对它的批判就没有停歇过,但不可否认的是,大众文化在当下已经覆盖了社会生活的方方面面,成为时代的特征。"大众文化"这一概念不同于"通俗文化"或是"民间文化",在一般意义上,它专指由西方引入的特定文化形态,而其在英语中的两种表述也代表着两种立场,"mass culture"显然是意指乌合之众的低俗文化,带有贬义,而"popular culture"则中性了许多,是指通俗与流行的文化形式。当下对大众文化的批判的激烈程度下降了许多,因此它的释义应该说更接近于"popular culture"。"当代大众文化是一种在现代工业社会背景下所产生的与市场经济发展相适应的市民文化,是在现代工业社会中产生的,以都市大众为消费对象和主体的,通过现代传媒传播的,按照市场规律批量生产的,集中满足人们的感性娱乐需求的文化形态。简单地说,当代大众文化具有市场化、世俗化、平面化、形象化、游戏化、批量复制等特征。"[①]可以说,无论关于大众文化有着怎样的认知立场,但对其中一些特征性的元素是形成共识的,即它是市场经济的产物,具有商品性、通俗性、娱乐性、流行性、类型性、媒介性、平面性等特征,并且在当下已成为了社会中最有影响力的文化形式。

---

① 邹广文、常晋芳:《当代大众文化的本质特征》,《新华文摘》2002年第2期。

在大众文化的迅速发展历程中，一个相当重要的推动因素便是大众媒介的迅速发展，就如同本雅明当年所指出的平版印刷、摄影和电影等技术对文学与文化的影响，不仅使"复制品""以一种摹本的众多性取代了一个独一无二的存在"，而且它还"能在持有者或听众的特殊环境中供人欣赏"，从而"复活了被复制出来的对象"，并由此导致了"传统"的分崩离析。①这不仅说明了大众媒介对大众文化的表现形式的深刻影响，更重要的是这种复制技术决定了大众文化的商品性，使得其核心要点在于商品交换。流行性是大众文化的另一个重要属性，可以说，任何一种成功的大众文化形式或是大众文化产品，都是能够在一定时间内制造流行话题的，而制造流行的关键一点在于成功的复制，与在复制中的创新。例如一直火热的类型化影视剧，言情、武侠、侦探等，作者需要根据固定的模式，创新性地添加制造卖点的元素，电视剧《神探狄仁杰》便是在悬疑剧的模式中进一步增添了扑朔迷离的剧情，在取得成功后又连续复制了多部续集。流行性使得大众文化如同水银泻地般轻松地占据了文化的主流地位，并且不断更新着自身，迎合着也在不断变化的大众心理与审美需求，并且与日渐成熟的大众媒介寻求合作，完成了对当代中国文化的一次彻底的重构。它摆脱了文学的教化性，开始看重受众的意志，补偿受众的审美心理。特别是文化产品的制造者们成功地捕捉到了大众的逆反心理，看到了他们渴望挣脱束缚的心态，典型的便是当年"王朔现象"，"在商品经济日趋发展的社会里，市民阶层如鱼得水，善于应变，务实求实。随着市民文化的蓬勃壮大，它理所当然地要求着自己的代言人——借之对它的价值观、道德观的表述并借此达到对精英文化的渗透和颠

---

① [德]瓦·本雅明：《机械复制时代的艺术作品》，《世界电影》1990年第1期。

覆。于是王朔应运而生,成为市民文化招标代言人活动中幸运的中标者。"①王朔被改编为影视作品的小说,如《顽主》《一点正经没有》《玩的就是心跳》等,塑造的都是北京方言中"痞子"的代名词"顽主",他们浪迹于体制外的社会底层,玩世不恭是其基本的性格特征。作品中对于传统话语体系的颠覆,淡化了精英与大众之间的界限。"猎奇"是大众审美心理的重要特征,好奇驱使着通俗文学的接受,"大众文化中,视觉兴趣特别明显地表现出'好奇'的特征。观众的兴趣就在于脱离开手边的实在而同远离自身的事物打交道,以获得超越实在的虚幻和陌生感"②。即便人们在当下愈发地现实,但"也摆脱不掉故事的诱惑",因为故事总是能展示"内心的秘密",③这也是猎奇心理的重要存在机制之一。

事实上,自现代的开端,文学便已经具有了消遣娱乐的功能,尽管这种功能常不被文学批评者与作家们所承认。20世纪90年代文坛的众多新潮,如"新市民""新历史""新体验""女性写作"等,它们能够在一定时间内形成创作潮流,其包含的对于大众消遣娱乐需求的满足是十分重要的。市场化的运营手段也在为文学进行经济意义上的增值,打造具有明星意味的作家作品,典型的如余秋雨和他的"文化散文"系列。之后的"80后"作家群也都得益于商业包装的增值效果,如郭敬明、韩寒等。这种商业包装的盛行也从侧面说明了文学的消费功能已经取代了传统意义上的教化与陶冶功能,大众的期待视野中需要刺激神经的"奇人""奇事"。类似于当年上海滩的新感觉派等新异的小说样式,大众文化在当今盛行也是因身处这样的文化背景与经济背景,"生活水平和质量的提高,不仅使人们获得更多的财富,而且

---

① 陈虹:《市井的狂欢——王朔的故事和精英文化的窘境》,《文艺评论》1993年第1期。
② 高小康:《大众的梦》,东方出版社1993年版,第70页。
③ 高小康:《大众的梦》,东方出版社1993年版,第121页。

获得比以前更多的闲暇时间，从而使人们参加丰富多彩的文化娱乐活动有了可能。同时社会竞争愈加激烈，人们生活在紧张的压力之中，闲暇时便渴望缓解自己的压力，使自己在娱乐消遣中得到暂时的安慰。不是为了寻求理想和真理，不是为了接受教育和陶冶，而是为了娱乐消遣，得到身心的愉悦和快乐"①。由于娱乐方式的日渐丰富，文学阅读已经被很多都市居民所放弃，反倒是基于文学改编的影视作品不断上演，在影视媒介上讲述着一段段新的传奇，如"奇侠""奇情""奇迹""奇人"，通过影视这一大众性特征更加突出的媒介形式来满足大众的娱乐心理。②

当然，我们不能因为这种"作意好奇"的文学观而对流行的传奇叙事做出彻底的否定，应当看到的是，很多传奇小说在追求情节引人入胜的同时也具有相当的社会意识。金庸的武侠小说在这方面就比较典型，它不但具有传奇性的叙事模式，同时又包含了大量的侠义与道义成分，作品中的正派武林高手都是"为国为民"的"侠之大者"，具有崇高的道德力量。而在近年来流行的众多的"红色革命传奇"当中，更是有着大量的爱国主义与集体主义的话语成分。因此，在消费文化已成主导力量的大背景下，"传奇性"为当代的文学艺术提供了得以继续的可能与空间，这也就必然包括了作为当代重要媒介形式之一的影视媒介。"我相信，当代文化正在变成一种视觉文化，而不是一种印刷文化，这是千真万确的事实。这一变革的起源与其说是作为大众传播媒介的电影和电视，不如说是人们在19世纪中叶开始经历的那种

---

① 贾明：《文化转向：大众文化时代的来临》，《上海师范大学学报》（哲学社会科学版）2005年第1期。
② 张文东、刘芳坤：《"梦"与"非梦"之间——"韩剧"叙事模式解读一种》，《当代文坛》2007年第2期。

地理和社会流动以及应运而生的一种新美学。"①可以说,图像与影像已经渗透到了我们日常生活的每一个角落,街道上、公交地铁上、楼体上皆是如此,这已经充分说明了现代科技的发展正在改变着社会文化的载体,视觉文化不断压缩了印刷文化的生存空间。而在中国,视觉文化的发展更为迅速,中国电影诞生不过百余年的时间,电视的普及也不过几十年,但却势如破竹地占据了其他媒介形式原有的阵地,影像艺术也因此成为当今的消费社会中最炙手可热的一件文化商品,也是传奇被消费的重要形式。"在消费文化影像中,以及在独特的,直接产生广泛的身体刺激与审美快感的消费场所中,情感快乐与梦想、欲望都是大众欢迎的。"②从文化的发展历程上看,由口传文化到读写文化,再到电子文化是一条基本的文化发展轨迹,几乎成为事实的是,能够继续坚持阅读纸质书籍的人越来越少,而以观看电视、看电影、看动画作为消遣方式的人越来越多,这就带来文化产品消费方式的转变。影像在表现效果上更为直观与具体,更易感知,接受起来也会轻松许多,因此成了一种经济价值巨大的生产性要素:"图像生产为不断发展的消费创造出新的对象、方式和需求。于是,图像就不只是一个可有可无的元素,而是极为重要、极具潜力的生产要素之一。图像既是被生产的对象,同时又是因此而生产出更多对特定生产的需求和欲望的手段。简单地说,图像不但使得商品成为现实的商品,同时也创造了对商品的现实需求和更多的欲望。"③影视艺术能够获得如此广泛地传播与接受,科学技术的进步起到了极为关键的作用,照相机、摄影机等设备的发明,一直推动着影像艺术的发展。以电影为

---

① [英] 丹尼尔·贝尔:《资本主义文化矛盾》,赵一凡、蒲隆、任晓晋译,生活·读书·新知三联书店1989年版,第156页。
② [英] 迈克·费瑟斯通:《消费文化与后现代主义》,刘精明译,译林出版社2000年版,第18页。
③ 周宪:《视觉文化的转向》,北京大学出版社2008年版,第193—194页。

例来看，数字摄影机、3D摄影机，以及3D MAX、CG等各种图像处理软件极大地丰富了影视剧的制作手段与成品效果，这些都是传统的文学形式难以媲美的地方。

尽管科技在影视艺术的发展中起到了关键的作用，但传统文学所发挥的作用同样不可轻视，例如文学就对电影能够确立自身的作为独立艺术门类的地位产生了重要的影响。起初电影的艺术性并不被人们所认可，被认为不过是一种"游戏"，因此必须借助文学经典来确立电影的艺术性，以此来吸引潜在的消费群体，如乔治·萨杜尔所言："当时的电影缺乏想象力……为了从不景气的情况中摆脱出来，为了把那些比光顾市集木棚的观众更有钱的人吸引到电影院里来，电影就必须在戏剧和文学方面寻找高尚的题材。"① 可以说电影正是借助于文学经典名著的艺术地位，才获得观众的认可，成为一种艺术门类。这也不难理解法国电影导演阿贝尔·冈斯对文学的溢美与重视："莎士比亚、伦勃朗、贝多芬将拍成电影……所有的传说、所有的神话和志怪故事、所有创立宗教的人和各种宗教本身……都期待着在水银灯下的复活，而主人公们在墓门前你推我搡。"② 也正是由于对传统文学的借助，影像艺术水平不断提升，成为文化消费的重要组成部分。在当代大众化与消费主义的背景下，一些文学创作甚至自觉地采取了"影像化叙事"的创作方式。这也就对传统文学提出新的要求，影视接受体系中的审美趣味是作家们不得不考虑的因素，并进入创作思维。而从现实来看，凡是被成功地改编为影视剧的文学作品，在纸质图书市场上也都收获了较好的销路。典型的像刘

---

① ［法］乔治·萨杜尔：《世界电影史》，徐昭、胡承伟译，中国电影出版社1982年版，第73—77页。
② ［法］阿贝尔·冈斯：《走向形象时代》，《电影艺术》（*L'Art cinématographique*）1927年第2卷，第94—96页。

震云的小说《手机》和《我叫刘跃进》等，都是通过影视热播而畅销于各个书店。

影像艺术不同于传统意义上的文学，它主要是通过影像与声音来传递故事的信息，这也就注定了其具有多元的审美特征。首先，由于影像艺术的大众文化属性，它必然要具有商品性与娱乐性，欢愉体验是人们接受影视艺术的最本质动机，特别是相比于文字阅读，影像的读取更为便捷，而这种接受又决定了影视艺术可以作为商品进行流通。"影视艺术的商品属性和娱乐功能，造就了它的接受主体永远都是那些想要在屏幕上'找乐儿'的人。从经济的意义上讲，观众是不能受责备的。因为他们是影视这种文化商品的消费者，是整个影视产业的服务对象。"[1]正是为了适应于休闲娱乐与读取简单化的受众接受心理，当下的影视作品经常是采取套路化的情节模式，制造戏谑调侃的叙事氛围，总要达到娱乐大众的目的。所以影视作品往往乐于选取最为传统、同样也是最有受众基础的线性叙事作为叙事手段，重视故事的完整性与连续性，在情节的推进中不断加入调遣受众接受心理的元素，制造种种"奇观"，刺激受众的感官体验。这些影视所提供给受众的绝非思辨精神的触发机制，而是感性且平面化的愉悦感受，所谓的观看仅是一种寻找快感的方式。

其次，影像较之文字阅读的便利性也是影像艺术能够更好地吸引受众的原因。在生活节奏空前加快的现代社会当中，人们身心俱疲，很少能够静下心来进行文字阅读，更何况文学阅读需要一定的文化基础，而影像艺术通过最为直观的动态呈现效果使得故事更加直观与可感。影像叙事通过镜头、画面、色彩、声音等多维的表现方式来完成故事讲述，接受者只需要目视屏幕即可完成对故事的读取，获得愉悦的方式显然更加适合快节奏的现代都市生

---

[1] 贾磊磊：《影像的传播》，广西师范大学出版社2005年版，第98—99页。

活。这种接受上的便利性更加决定了影像艺术的普及性,"曾经有专门研究收视行为的学者对一定范围内的城市居民做过一个调查:你回到家中第一件事情干什么?回答是千奇百怪的,但其中40%以上的人在第一个答案中选择了'打开电视';75%以上的人在前3个答案中选择了'打开电视'。由此可见,'看电视'已经成为人们尤其是城市里人们的一种日常生活习惯,是人们在家中的一个'标志性行为'。"①据此可以判断,电视机在20世纪90年代已经大幅填充了人们的休闲时间,电视剧以及依托电视频道播出的电影成为极为重要的文化消费品,即便是在聊天与做家务时,很多家庭也不会关闭电视机,这也使得影像艺术的消费在人们的日常生活中无处不在。

此外,关于消费社会中的艺术,我们应看到,它具有艺术性与商品性的双重属性,这两种属性缺一不可。在大众文化的背景下,对于艺术的生存而言,甚至可以说商品性的重要意义高于艺术性,影像艺术也必然包括叙事文本与商业文本。影像艺术的制作者,或者说是生产者,他们已经基于多年的经验,摸索出了一套成熟的商业文本书写方式,使得叙事能够容纳进更多刺激受众文化消费欲望的元素,这也就决定了影视镜像传奇的存在意义,它也是"泛文学"时代中文学形式的重要一种。在消费主义大潮的冲击下,许多意蕴深厚的文学文本被迫地让位于影像传达,不乏可悲地走上"被视觉化"的改编之路。不过似乎更为可悲的是文学与影视产业的主从关系,可以"被视觉化"的文学经典数不胜数,而文学又必须寻求可以改编自身的路径,这不仅是生存方式的妥协,同样也会带来文学意义的变更。正如布迪厄所说:"艺术品价值的生产者不是艺术家,而是作为信仰的空间的生产场,信仰的空间通过生产对艺术家创造能力的信仰,来生产作为偶像的艺术品的价

---

① 王一川:《大众文化导论》(第2版),高等教育出版社2009年版,第60页。

值。"①

关于文学我们一定要去关注作为"生产场"的大众文化的诉求,关于这种文学与"生产场"的关系,就像当年的张爱玲的小说一样,因为这种大众文化对艺术创作的影响事实上并非是出现于今日。尽管从经典的文学史意义上,"启蒙""救亡"及"革命"等与政治密切相关的文学思潮被视为现代文学的主潮,但在旧上海这个现代化的大都市中,大众文化的基础,即庞大的市民阶层早已形成,并催生了众多为市民阶层的审美意志而进行创作的文学形式,即较为发达的通俗文学创作热潮,而张爱玲无疑就是其中重要的一位作家。人类生活在张爱玲看来是永恒不变、无可奈何的悲剧状态,"苍凉"是她的人生观,也是美学观。张爱玲排斥"宏大"叙事中英雄式的、超人式的生活逻辑,而是倾心于"素朴地歌咏人生的安稳"的"私语"文学,"设法除去一般知书识字的人咬文嚼字的积习,从柴米油盐、肥皂、水与太阳之中去找寻实际的人生"②。这种与英雄、超人意识的隔绝,就使得张爱玲在小说中不自觉地体现出了对都市大众文化的体认,经济原则是她的小说中所有人物的生活逻辑。尽管旧上海张爱玲小说的大众读者与今天影像艺术的大众接受者尚有着一定的区别,但其文化消费的本质是共通的。市场标准与商业标准已经随着改革开放而成为当今中国社会最有效力的现实标准,自然也是艺术制作领域的标准。这事实上也是张爱玲的小说今天不断被影视改编的原因,我们在她的作品中看到的是一个个操劳于普通生活的个体,而在今天的标准来看,这也是最真实的个体。这或许也是张爱玲小说值得我们注意的地方,她所表达的不仅是大众的,更重要的是对世俗需要的哲学化,她虽

---

① [法]布迪厄:《艺术的法则:文学场的生成和结构》,刘晖译,中央编译出版社2001年版,第276页。
② 张爱玲:《张爱玲文集》第4卷,安徽文艺出版社1992年版,第51页。

然是都市中人，但又能将都市生活中浮于表面的事物与虚无、荒诞等联系在一起，她没有无条件地融入世俗生活当中，而是敏锐地看到了世俗生活的末日感，甚至连开错了水龙头发出的空洞的声响，也能唤起她的地老天荒的苍凉的感觉。①她没有迷醉于金钱当中，而是清醒地批判了金钱对人性的侵蚀，特别是金钱关系对于人际关系的占据，以及由此产生的隔绝于情感社会的孤独感。但是颇为遗憾同时又具有必然性的是，张爱玲作品中这些对于现代文明的深刻反思，也可以说是她作品中最富有价值的部分，在今天的影视改编中，都被消解与削弱了，使得这些本来意蕴深刻的作品"在不断的文化生产中一层层地被剥去丰富的内涵，塑造成了精致而易于消费的'精品'"②。尽管在不同的时空背景中"大众"的概念有所变化，但是有一点却是始终如一的，那就是他们都是世俗生活中的"饮食男女"，而相比于张爱玲进行创作的年代，今天的都市市民可以更为自由地选择娱乐方式，也具有更强烈的娱乐需求。根据威廉斯的观点，几乎所有的作家都不排斥做大众文化的弄潮儿，都渴望作品获得大众的接受，这也就使得传奇叙事成为满足读者阅读心理的重要手段，关于这一点，张爱玲当年也曾讲过现代读者"阅读"的唯一标准始终是"传奇化的情节，写实的细节"③，这也是她乐于讲述奇异的故事的重要原因，即便是深刻的哲学思考，也要用通俗的形式加以表现。

既然承认通俗的形式的重要性，那么如何构建这一形式无疑对于当下的文化消费产品来说就十分关键，费瑟斯通将"充斥于当代社会日常生活之经

---

① 张爱玲：《张爱玲文集》第4卷，安徽文艺出版社1992年版，第40页。
② 温儒敏：《近二十年来张爱玲在大陆的"接受史"》，刘绍铭等：《再读张爱玲》，山东画报出版社2004年版，第27页。
③ 张爱玲：《张爱玲文集》第4卷，安徽文艺出版社1992年版，第356页。

纬的迅捷的符号与影像之流"①,作为消费文化的中心。与张爱玲时代的文学读者不同,当下影视观众需要的是一种超限日常生活,但同时又是对日常生活进行了审美化的浪漫体验,即一场"视觉狂欢"。如勒庞所说:"给群体提供的无论是什么观念,只有当它们具有绝对的、毫不妥协的和简单明了的形式时,才能产生有效的影响。因此它们都会披上形象化的外衣,也只有以这种形式,它们才能为群众所接受……观念只有采取简单明了的形式,才能被群体所接受,因此它必须经过一番彻底的改造,才能变得通俗易懂。"②正是这种由"乌合之众"构建的文化背景,只有那种显见的艺术才能更好地制造瞬间性的快感体验,于是张爱玲的作品中,作为"奇异的故事"的部分得以保留,进入影视艺术的编辑体系当中,而那些深刻的,对立于即兴与快感的哲思部分则被抛弃。

这也就带来了一个在当下的影视艺术中常见的叙事套路问题,事实上,对于张爱玲作品的取舍本身就可看出这一点。根据卡维尔第的阐述,"套路"(formula)存在着两个主要特征:一是引人入胜的标准化的情节,二是它们在人物与场面中得以体现,使得复杂的问题易于理解。③几乎所有的文学作品改编都面临着制造套路的问题,依据套路所需来设计情节。由此可见,影视改编时制造套路首先是需要一个标准化的能够吸引人的情节,无论故事的发展有多么地凌乱,但它必须是紧张刺激的,甚至有一定暴力与情色元素。其次是需要浪漫化的言情故事,这一点就张爱玲的小说影视改编来说,

---

① [英]迈克·费瑟斯通:《消费文化与后现代主义》,刘精明译,译林出版社2000年版,第98页。
② [法]古斯塔夫·勒庞:《乌合之众:大众心理研究》,冯克利译,中央编译出版社2005年版,第44—45页。
③ [美]戴安娜·克兰:《文化生产:媒体与都市艺术》,赵国新译,译林出版社2001年版,第82页。

其作品中情感甚至是情色元素总是被影视制作方所捕捉，而不是苍凉意蕴本身，典型的如李安导演的《色戒》即如此，其中情色镜头所博取的关注度是作品悲剧意义的影响力远不能比拟的。然而事实上，这些煽情与挑逗并不是张爱玲小说的真正风格，她自己曾讲过易先生与王佳芝的故事是猎人与猎物的关系，所折射的是爱情的虚伪与残忍，但是经过影像改编后，被放大的却是关于性的话题。

这种由于套路所需而造成的对文学原著的取舍在影视改编中可谓是一种共性，即将原本含有较深意蕴的作品改造为适合大众接受的表意显见的传奇。特别是革命题材的传奇，曾经那个艰苦卓绝时代的革命斗争被改编为了曲折烂漫的革命传奇，如《亮剑》《历史的天空》《潜伏》《雪豹》以及《永不磨灭的番号》等等，都可以称为当代的影像革命传奇。其中《亮剑》的小说原著出版于2000年，而随着同名电视剧作品在2005年的火热收视，小说也成了图书市场的热销书，数次再版。从内容上看，小说本身就是一段关于革命英雄的传奇，讲述杰出的开国将领李云龙的传奇经历。故事可以以金门战役为界分为前后两个部分，李云龙在革命战争中的战斗经历为第一部分，其中包括了他所参与的大小战役，成功地塑造了一个既具有英雄品格，又有侠义气质的不拘小节的战斗英雄。故事的第二部分讲述的是李云龙在新中国成立后的学习经历与悲剧结局，其中包括解放后他在军事学校的学习生活，当然更为深刻的在于面对新中国成立后社会建设出现的一些问题，特别是三年困难时期和"文革"中他的思想活动。小说的传奇性在于它打破传统的革命叙事中的宏大叙事模式，而是将一系列的战役的经过描绘得曲折离奇，颇似古典章回体小说中的叙事技巧，真切感与代入感强烈。人物性格也是多元而饱满的，并不是庄严肃穆的传统小说中的革命英雄，他有着凡人的性情，故事更为世俗可感。电视剧对小说的改编主要是集中于作品的上半部分，而且进一步强化了这一英雄人物的光辉形象，删除了小说中长征期间李云龙抢掠藏民粮食和在金门战役中遭受失利的内容，这无疑是为了符合大众文化中对故事的表意简单化的要求，塑造了一个更近于英雄神话的革命将军。而且电视剧强化了战争的血腥与激烈程度，更加有效地刺激着观众们的视觉体验，对于李云龙与敌人斗智斗勇的过程也进行了夸张化的处理，让这个英雄形象更加神乎其神，也增加了故事的传奇色彩。特别是夸大了李云龙所指挥的各个战斗的意义，例如原著中山本一木特种部队的战斗计划仅是为摧毁李云龙的战斗部队，但是电视剧将之改编为了这支日本突击队志在突袭八路军的指挥部，而李云龙与日军误打误撞的交火使得他成为筱冢义男和山本一木的攻击目标，这就使得战斗具有了更多戏剧性，并且成为抗日战争中一段意义重大的传奇的组成部分。同时电视剧为了让观众获得更多的视觉冲击，违背现实逻辑地突出了战争的可观赏性，即浓浓硝烟中令人生畏的白刃战，即在伏击华北派遣军战地观摩团战斗胜负已定的时候，李云龙没有按照常规的战争模式，而是命令部队与日军展开白刃战。李云龙的个人英雄主义气概在这段白刃战情节中得到了充分而浪漫的展示，同时也制造了更为震撼的视觉效果，让小说文本在转换为影视叙事后更有通俗性、更加符合大众审美，以至于"观众们如此紧紧地跟踪着变换迅速的电视图像，以至于难以把那些形象的所指，连接成一个有意义的叙述，他（或她）仅仅陶醉于那些由众多画面迭连闪现的屏幕图像所造成的紧张与感官刺激"①。2011年重新制作的电视剧《新亮剑》，仍然是由原著作者都梁担任编剧，把"李云龙前传"增添到了原有的情节当中，包括了1936—1937年间，李云

---

① [英]迈克·费瑟斯通：《消费文化与后现代主义》，刘精明译，译林出版社2000年版，第8页。

龙在祁连山根据地的战斗经历,并且纳入了更多人物,当然最大的改动在于情感戏份的增加,女性角色数量大为增加,不仅有李云龙的伴侣,还设置了一位女记者刘诗吟伴随在楚云飞的身边,并且随之败退台湾。这种女性形象的增加无疑也有着鲜明的大众消费背景,是希望制造更多的卖点,特别是打破女性观众对于战争题材的芥蒂,力求获得更多的收视。而且战争场面也更为考究,战地场景、官兵着装、设备武器方面有了明显的提高,随着投资的加大,战场的烟火与搏斗情节更加震撼,使得作品更加符合"读图时代"中的大众群体对于文化产品接受体验的要求。当然,无论新旧版,《亮剑》能够在观众中保持如此收视热度,其根本的原因并非是对战争场面等视觉冲击元素的铺陈与夸张,而是"另类"的英雄人物的塑造,作品中的革命军队的正面角色并非是传统意义上的隔绝于世俗性情的超人,而是有血有肉的凡人,其中当然是以独立团团长李云龙为代表。如果将李云龙这种形象放在传统革命叙事所划定的"高大全"式的英雄界定标准之中,李云龙非但不能成为英雄,反而具有诸多有悖于革命精神的性格特征,例如他为人鲁莽专横,不能虚心学习,满口脏话,而且经常擅作主张,违抗上级的命令,不能贯彻组织的统一战线政策,这些都是严格的革命纪律所不允许存在的;而且他还具有凡人的无关于革命理想的情欲,这都与传统的革命英雄塑造大相径庭。同时,这个形象身上还有一些"匪气"式的侠义精神,带有浓重的民间气息。他与人交往看重义气,战斗中英勇无畏,身先士卒,具有绝不服输、无所畏惧的"亮剑"精神。对于战友毫无保留地庇护,甚至不惜违背组织的纪律,而对于敌人则是绝不留情,又甚至有几分残忍,是一个爱与憎的情绪都十分极端的革命战士。他在战斗中从不墨守成规,而是使用各种草根式的战术,是一个并非军事院校科班出身的指挥者。李云龙虽然没有接受过正规的文化教育,短于知识素养,甚至在电视剧里也没有体现他对马克思主义及革命理想的接受过程，不通晓任何的革命理论，但却是一个踏踏实实的革命者。与其说《亮剑》中的李云龙是一位革命者，倒不如说他更像是一位奔流于山林之中的绿林好汉，他的身上既有忠贞不渝的革命性，又有不羁的个性；既有"主流"的一面，又有"另类"的一面；既是一个革命队伍内的英雄，又是一个貌似游离于革命纪律之外的来自于民间的英雄。

而且《亮剑》中强调的亮剑精神本身也是一种民间的英雄主义情结，所谓的"亮剑"无关于革命战略的大局观与集体性的行为规则，而仅是革命战士个人的勇往直前品格的表现与载体："剑客与高手狭路相逢，对方是天下第一剑客，明知不敌又该做出怎样的举动？是转身逃遁还是跪地求饶？剑客最终的选择是，明知不敌，也要宝剑出鞘，毅然亮剑。两强相逢勇者胜！"① 关于"亮剑"精神的上述描写，我们几乎看不到任何的革命话语，而是简简单单的江湖侠士所看重的气节意识，"明知不敌，也要宝剑出鞘，毅然亮剑"不符合革命斗争中的理性策略，而是一种民间武侠决斗的感性的白刃相接。当然，无论在小说还是电视剧中，李云龙的"亮剑"精神都在特定故事范围之内与革命的整体性目标相一致，但是其精神实质还是属于民间的，是"崇勇尚武"的传统武侠精神在现代革命战争叙事背景中的转化。而且《亮剑》的持续热播或许可以给我们一个更加有益的启示，尽管当下的大众娱乐时代的艺术普遍被认为是一种"去英雄化"的艺术，甚至可以说这个时代也是一个"去英雄化"的时代，但英雄情结在中国既是一种文化传统，也形成了相关的文学传统，当然也是大众的审美接受传统，而《亮剑》的热播无疑有力地证明了这种传统依旧存在，特别是在当下这个越是否定英雄故事的

---

① 都梁：《亮剑》，人民文学出版社2007年版，封面。

真实性的时代，大众内心中对于英雄的呼唤其实越是强烈。《亮剑》的成功就在于它塑造了一个并非"高大全"式的传统意义上的革命英雄，而是一个带有民间侠义气质的英雄，并且把这个英雄放置于一个传奇的故事里加以塑造，它符合民间对于英雄的认识传统，也符合悠久的民间传奇叙事传统。李云龙类似于众多民间传说中智勇双全、粗中有细的英雄形象，他面对危难敢于挺身而出，这也符合传统民间的孤胆英雄的气质，并且故事中融入了"英雄惜英雄"的传统故事模式。例如在故事的开端，李云龙联手楚云飞闯入河源县城，尽管城中有日军重兵把守，敌我实力对比悬殊，但是二人成功地消灭了全部的守城日本官兵，上演了一幕以少胜多的好戏。而后来的李云龙面对楚云飞设下"鸿门宴"的劝降把戏，仅是带领两名全身绑满炸药的士兵赴宴，在这里可以很明晰地看到对古典小说《三国演义》中的"单刀赴会"与"舌战群儒"情节的仿写。在宴席上李云龙不但成功地"舌战"国民党群将，而且还举重若轻地吃饱喝足后扬长而去，智谋、胆略与乐观主义精神在这一情节中体现得淋漓尽致，也彻底满足了大众心里的英雄崇拜情结。

  在小说后半部分的处理上也可以看到影像艺术与传统文学的不同之处，尽管电视剧主要依据小说前半部分的革命战争时期展开故事讲述，但是对于新中国成立后的故事仍然有了一部分的延伸，包括李云龙在思想上的动摇。这种改编并非为了承接小说的后半部分即新中国成立后的情节，而是进一步确立了李云龙的民间英雄的形象，他不是"高大全"式的超人并具有完美无缺的品格，他有着凡人的情欲，也在生活作风问题上犯下过错误，这种处理本身就是对于作品大众化属性的强化。但是电视剧并没触及李云龙之后进一步"犯错误"的经历，有意地回避了悲剧性的结尾，而这正是影视改编的特殊性所在。大众文化与消费主义要求影视这一文化产品建立在"效果的愉悦性"的审美特征之上，电影、电视剧在这种模式下呈现给观众的并非历史的事实与沉重的思考,而是让受众感受到愉悦和轻松:"大众文化作品无论其结局是悲或喜,总是追求广义上的愉悦效果,使公众的消费、休闲或娱乐渴望获得轻松的满足。这种轻松的满足有时以牺牲历史使命感、理性精神和批判性为代价。"①尽管原著将李云龙塑造为一个因耿直无畏性格而最终走上末路的英雄的悲剧故事也可让作品成为一部销量不错的小说,但是在影视改编的套路中,更为大众化的审美需求决定了深刻的历史审视不会带来可观的收视效果,这就需要基于"套路"进行剪裁,甚至将名字由《末路英雄》改为《亮剑》。

通过上述的从文学原著到影视改编的案例,我们可以说,在消费主义社会的背景下,文化的大众化特征决定了,任何的影视镜像要在文化产品的意义上获得生存空间,都必须将自身改造成一种"泛文学"的形式,只有这样才能被大众更好地接受,扩张市场价值。尽管对于文学经典的"媚俗化"的改造与重构的种种批评在文学意义上甚至是社会意义、道德意义上都有着众多的合理性,但不可否认的是,这种改编在大众文化意义上的合理性也是不容忽视的。②换个角度来说,之前的论述并非要对大众文化以及文学的产业化、影像化做出一种肯定或是否定,只是确立这样一种共识性的观点,即"被视觉化"并不一定是对文学的亵渎,它也有可能成为表现文学价值与艺术价值的另一种方式。同样类似于之前所强调的,如果传奇可以作为对生活内容的想象性的加工,并且有着固定的叙事套路,那么大众文化背景下的影视镜像也一样,制作的也是包含着"套路"的传奇。"大众文化的艺术是'怎么样都行的艺术'(the art of making do)。人们的从属地位意味着他

---

① 王一川:《当代大众文化与中国大众文化学》,《艺术广角》2001年第2期。
② 张文东:《新媒体与新批评:网络文学批评的"诗性"理解》,《当代文坛》2015年第6期。

们不能创造大众文化的资源，但他们确实从那些资源中创造了他们的文化。商品为其生产者和销售者创造了经济效益，但其文化功能并没有被其经济功能充分阐明，不论它多么依赖于此。文化工业经常被认为是生产电影、音乐、电视、出版物等诸如此类东西的工业，但从一种更大或更小的程度上说所有的工业都是文化工业：一条牛仔裤或一件家具像一张流行乐唱片一样都是一种文化文本。像因其物质功能而被消费一样，所有的商品也因其具有的意义、特性和快乐而被消费。"[①]正是基于上述的探讨，不难发现，"被视觉化"的过程对于文学来说包含着两个相反的指向，首先它不是没能体现任何创造性的复制，相反是包含了相当多的根据影像艺术特殊性与接受特征而进行的重构与创新，使文学的内在价值得以借助影像这一优势的媒介进行传达；但同时又如吉利恩·比尔所指出的，"传奇，无论它的文字水平和道德性质如何高超，它首先是为了娱乐而写作的。它把读者吸引到除此之外便不能获得的经验里"[②]，文学在经过了"被视觉化"的过程后，所能表现的并非完整的文学的内在价值，而是以大众文化背景下的"娱乐"和"媚俗"为标准进行的剪裁与改编之后形成的影像传奇，或许可以称之为消费时代中的失落，但也是一种必然的文化现象。

[①] [美]约翰·菲斯克：《解读大众文化》，杨全强译，南京大学出版社2001年版，第5页。

[②] [英]吉利恩·比尔：《传奇》，肖遥、邹孜彦译，昆仑出版社1993年版，第5页。

结语　故事与批评的"诗性"

在上述有一定规模的梳理整合之后，初步完成了对20世纪中国小说传奇叙事的表现形式以及传奇传统承袭与创造的较为全面的研究，立足当下来回顾传奇叙事，我们甚至可以更加深刻地体会到文学传统在现实写作中所展示的力量。而正是在这种贯通传统与当下的研究视域中，我们可以清晰地发现，小说叙事在当代的大众文化背景之下，已经成为更为宽泛的文化载体，而作为中国小说创造经验与接受传统的重要一种，传奇叙事一直是大众文化在文学领域的重要表现形式，这也就决定了在当代的文化背景下，传奇叙事在小说叙事中的发展会具有更大的可能性。

弗莱带有原型批评理论意义的观点或许对我们当下的文学批评是一种启发，"在观赏一幅画时，我们可以站得近一些，对其笔触和调色的细节进行一番分析。这大致相当于文学中新批评派的修辞分析。如退后一点距离，我们就可更清楚见到整个构图，这时我们是在端详画中表现的内容了；……在文学批评中，我们也得经常与一首诗保持一点距离，以便能见到它的原型结构"①。我们如果能"退后一点"来到文学的本质性的视域看待当下"泛文学"甚至"非文学"现象,就会得到更多有意义的结论。

客观地讲,文学在当下面临极大的危机与挑战,进入了某种意义上的悲剧性时代,媒体的开放与自由让几乎所有人都拥有了成为作家的权利,写作从来没有像今天这样被普及被泛化,日常生活也从来没有像今天这样被赋予如此多的审美可能性,这些变化都使得文学的"疆界"在极度地拓展,但相对可悲的是,这种拓展日渐模糊了文学的本质属性,甚至使其陷入了被终结的困厄之中。尽管造成这种文学危机的原因十分复杂,难以一概而论,但是其中起码有一点至为关键,那就是文学的"诗性"与文学批评的"诗性"的共同缺失。"诗性"作为文学的本质属性,它是一个意指丰富当然又颇为模糊的概念,关于对"诗性"的理解,我们可以将维柯在《新科学》里提出的"诗性"以及"诗性的智慧"(poetic wisdom)等观点作为重要的参照。按照维柯的论述,在原始社会,"因为能凭想象来创造,他们就叫做'诗人','诗人'在希腊文里就是'创造者'",因此,所谓诗性的本质,应该是人类的"凭想象来创造"的思维能力和审美实践,而诗性的智慧则是原始人类的这种"凭想象来创造"的思维方式。维柯认为,人类"最初的智慧"便是一种"感觉到的想象出的玄学",而"这种玄学就是他们的诗",这种"粗糙的玄学"便是诗性智慧的起源:"从这种粗糙的玄学,就像从一个躯干派生出肢体一样,从一肢派生出逻辑学、伦理学、经济学和政治学,全是诗性的;从另一肢派生出物理学……这一切也全是诗性的。"②

通过关于诗性内涵的探讨,可以澄明的是:所谓的诗性既不是诗歌,也

---

① [加拿大]诺斯罗普·弗莱:《批评的解剖》,陈慧等译,百花文艺出版社2006年版,第198页。
② [意]维柯:《新科学》,朱光潜译,商务印书馆1989年版,第175—182页。

不是话语方式的诗化,而应该是一种创造,它不是某种具体的艺术样式或艺术手法,而是任何的艺术门类中都必然包括的审美品格,具有抽象的意味。在某种意义上,它类似于海德格尔所强调的"诗意",根据海德格尔的观点,艺术从本质上说都可算作是诗[①],"艺术是真理设入作品,是诗。不仅作品的创造是诗,而且这种作品的保存同样也是诗……艺术的本性是诗。诗的本性却是真理的建立"[②]。在此基础上,海德格尔还强调,艺术源于一种"存在之思",而"思"也是"原诗"[③]。由此可见,无论维柯还是海德格尔,都是将"诗性"作为了艺术的本质而非样式。

回到文学的意义来看这种"诗性",文学所面对与描述的对象,都是关于生命的感悟和体验。从中国的古代文论中就可以看到"人"与文学的密切关系,"文,心学也"[④],说"心生而言立,言立而文明,自然之道也"[⑤],谈"大道无形,惟在心心相印耳"[⑥],故无论是言志的还是缘情的,中国文学的主体始终是人的、心灵的存在,而其最高境界也在于"能表现人之内心情感,更贵能表达到细致深处"[⑦],以及钱锺书提出的"东海西海,心理攸同"。这样一来,文学领域中关于诗性的理解就可以相对明确起来,它是围绕着"人"而产生的"诗性"。这也就决定了文学应该具备以下几个特征:首先是对人的自身存在的深度思考,并将这种思考内化为语言的艺术;其

[①] [德] M. 海德格尔:《诗·语言·思》,彭富春译,文化艺术出版社1991年版,第74—75页。
[②] [德] M. 海德格尔:《诗·语言·思》,彭富春译,文化艺术出版社1991年版,第74—75页。
[③] [德] M. 海德格尔:《人,诗意地安居》,郜元宝译,广西师范大学出版社2000年版,第24页。
[④] (清) 刘熙载:《游艺约言》。
[⑤] (南北朝) 刘勰:《文心雕龙·原道》。
[⑥] (清) 袁枚:《随园诗话》。
[⑦] 钱穆:《中国文学论丛》,生活·读书·新知三联书店2002年版,第67页。

次，文学还应该来自于对心灵的细致体验；同时，它还必须体现出想象性与创造力，来自于现实，又不完全等同于现实。由此可见，判断一个作家或一部作品是否具有诗性，或者说是否属于文学时，最重要的考察标准并不是它的外在形式，而是看它能否与人的生存体验建立起一种具有创造性的审美结构，展示出人的"诗性存在"。

但是这里有可能将研究引入一个误区，即如此学理化地理解诗性这一概念，就很有可能损害诗性的本身。因为诗性的特征规定了其包含着很多只可意会而难以言传的隽永意蕴，典型的就如意象与意境，这些文学元素似乎都不适合以规范的理论去进行研究，比如前述李健吾对于沈从文小说的点评就是如此。所以说，理解所谓诗性并不难，因为它常常不过就是我们自己心中的某种感悟和体味而已，而真正难的，则是我们可能时常会遗忘这种本不可或缺的创造和追寻。

就当前来看，文学的诗性是在被不断地误读，或者说在逐渐淡化。大众文化的实质就是文化消费，这就导致了文学也形同普通商品，被纳入到消费的市场，接受市场规律对文学创作的支配作用，大众读者的审美趣味行之有效地介入文学。因此，文学在当下表面上愈加繁荣与丰富，但其已经开始由写作和欣赏行为向消费行为转变，承受着"物质化"的本质流变，固有诗性遭到消解。正如费瑟斯通所言："在此，有一种双向的运动过程。首先是对艺术作品的直接挑战，渴望消解艺术的灵气，击碎艺术的神圣光环，并挑战艺术作品在博物馆与学术界受人尊敬的地位。其次是与之相反的过程，即认为艺术可以出现在任何地方、任何事物上。"[①]因此，我们遗憾地看到，文学在物质化之后，便

---

① [英]迈克·费瑟斯通：《消费文化与后现代主义》，刘精明译，译林出版社2000年版，第96页。

失去对深刻思考或是永恒价值的追问,取而代之的是对日常生活的陶醉,文学的核心不是创造性地虚构,而是仿真现场的观看与接受。依据勒庞的观点,如果可以说大众心理特征是"感情的强化"与"理智的欠缺"的话①,那么这些特征也必然会成为大众化文学的特征,审美被消遣所取代,想象被读图所取代,创造被接受所取代……大众比以前更加需要文学,但遗憾的是,大众所需的是快餐式的文学,这必然带来诗性的缺失。

再回到文学批评的话题,文学始终需要批评,特别是在其面临困顿之际,但文学批评应当与文学的本质一样,采取一种"诗性的"批评。文学批评面对的是更具抽象性的文学作品,而非现实生活,这就决定了文学批评需要更丰富的诗意,用诗性的感悟而不是科学的逻辑来发现作品中的深刻意义。在如何建立诗性批评的问题上,中国古代的文学批评传统无疑是一个宝贵的资源,就像古人所讲的"观文者披文以入情……觇文辄见其心"②,在"天人合一"的观念映照下,去探寻文学中的诗性。我们在中国文学批评传统中可以看到诗性批评的普遍存在,庄子的"言意之辨"、刘勰的"物感之说"、司空图的"滋味"、严羽的"妙悟"、李白的"天然"、李卓吾的"童心"、王昌龄的"诗境"、王国维的"意境"、公安"三袁"的"性灵"、王士祯的"神韵"等等,他们所倡导的批判理念虽然与我们所谓的诗性批评略有出入,但批评方式的核心是相通的。但遗憾的是,这种批评传统在"五四"之后便被西式的学理化的研究方式所中断了。

文学批评在当前主要是一种科学化的批评,而不像是文学化的批评,是以逻辑思维取代了审美思维。例如关于小说,作家与批评家常是关注于"叙

---

① [法]古斯塔夫·勒庞:《乌合之众:大众心理研究》,冯克利译,中央编译出版社2005年版,第5页。
② (南北朝)刘勰:《文心雕龙·知音》。

事",小说固然是一种叙事文体,但其实质还是用"动人的方式"来讲述"动人的故事",是文字与感情、心灵的联系,它是来自于情的,而不是来自于理的,西式的学理化批评无疑是忽略了叙事的诗性本质。我们并非要否定所谓科学化的批评,只是觉得科学的方式和文学的方式在某种程度上的对立是应当被提出的,用自然科学式的客观、冷静的物性态度来解读人性的、心灵的即诗性的文学,必然会遮蔽文学中许多深刻与多元的言外之意。同样是西方批评理论,波德莱尔在这方面的观点是值得借鉴的:"最好的文学批评是那种既有趣又有诗意的批评,而不是那种冷冰冰的、代数式的批评,以解释一切为名,既没有恨,也没有爱。"①当前批评界存在的问题就是,面对一些用心灵创作的作品,批评家却放弃了"心灵性"的解读。

以麦家的《暗算》为例,这部"谍战小说"及后续的电视剧改编,引发了诸多的研究热点,但其中很少触及情感与诗性,事实上,这部小说并没有太多花哨的叙事技法值得堆砌许多的理论,它不过是在讲一个动人的故事。如果说《暗算》真的有那么多被批评家津津乐道的"解构"或"重构"的话,我们倒以为,被解构的正是被科学思维拆解的故事,而被重构的却是在某个时代里已经被无数次解构的心灵与精神,这或许就是诗性批评对传奇的理解。另外必须再度申明的是,我们之所以如此强调文学的诗性与诗性的批评,并非要否定当前的文学与批评方式,仅是想提醒作家与批评家不应该忽略文学的本质。作家用"心"去创作,批评家则用"心"去感悟文本,这才是文学与文学批评应走的路径。

当然,如此借一个试图回到文学及其批评本质的话题来作为关于传奇叙

---

① [法]波德莱尔:《波德莱尔美学论文选》,郭宏安译,人民文学出版社1987年版,第215页。

事传统与中国当代小说关系讨论的结语,也许并不十分恰切,但可能有意味的是,既然所有的"形式"与"程序"的承袭或发展都必将最终依附于某种内容上的本质规定性,那么,我们在这个问题上的基本阐释便可能仅仅是一个开始,甚或还会以某种更具有传奇意味的现实刺激,让我们可以持续不断地得到某些关于文学及其走向的更深刻的理解。比如,我们如果能够在中国文学叙事问题的研究中,真正关注到中国整个20世纪以来的小说叙事中富有的"文学精神"意味,尤其是承袭中国文学传奇叙事传统之"中国经验"的内容,无疑会使中国文学在全球化语境下走向世界、走进世界的追求与实践中,切实发现、把握并坚守一种自我的、自主的精神依托和现实资源。这当然也是我们在全球化的时代背景下,所能体会到的中国文学与自身传统、与世界文学的基于新语境的对接和对话的必要和必然,进而建构新的中国文学的民族特质和世界品格。

所以,在关于传奇传统与20世纪中国小说的关系的系统梳理和阐释之后,我们还想按照传统与发展、民族与世界始终是一种"对立共构"关系的理解,来进一步形成关于全球化时代里中国文学自身及其与世界文学的建构认识。我们坚持认为,中国文学的创新和发展既离不开对悠久的传奇叙事传统的确认和梳理,也离不开对其中"中国经验"的发现与发掘,当然更离不开全球化语境下对文学本质与品格的重新认识和判断,尤其是在走进新时代的中国文学如何讲好"中国故事"的意义上,这显然还是走进新时代的中国文学及其研究的价值和使命之所在。我们也更有理由相信,在今后的关于中国文学叙事经验与发展等研究中,如果我们还能进一步基于古今中外历时与共时的双重比较的视野,采用文化研究与文学研究相结合、历史分析与叙事分析相结合、理论阐释与经验阐释相结合的方法,通过对中国文学叙事传统形成及内容的整理,发掘传奇叙事传统作为中国文学特殊经验的实存与意义，以20世纪以来中国文学始终对传奇这一中国叙事经验不断承袭与发展的现实历程为依据，辅之以西方文学传奇叙事模式及传统的"中国化"历程考察，深刻把握中国文学如何建构世界文学并成为世界文学的经验资源、现实空间、可能路径和发展取向等，或许是能够为中国文学真正讲好"中国故事"提供更好的佐证和资源的。

主要参考文献

1. 马克思、恩格斯：《马克思恩格斯选集》，人民出版社1972年版。
2. 毛泽东：《毛泽东选集》，人民出版社1991年版。
3. 周恩来：《周恩来选集》，人民出版社1980年版。
4. 周恩来：《周恩来论文艺》，人民文学出版社1979年版。
5. 中共中央文献研究室：《建国以来重要文献选编》，中央文献出版社1992—1998年版。
6. 鲁迅：《鲁迅全集》，人民文学出版社1996年版。
7. 鲁迅博物馆：《鲁迅年谱》，人民文学出版社1983年版。
8. 鲁迅：《鲁迅小说全集》，新世纪出版社2010年版。
9. 郭沫若：《郭沫若全集》，人民文学出版社1989年版。
10. 茅盾：《茅盾全集》，人民文学出版社2001年版。
11. 巴金：《巴金全集》（1—26卷），人民文学出版社1986—1994年版。
12. 老舍：《老舍全集》（1—19卷），人民文学出版社2013年版。
13. 沈从文：《沈从文文集》（1—12卷），湖南人民出版社2013年版。
14. 沈从文：《沈从文批评文集》，珠海出版社1998年版。

15.沈从文：《从文自传》，重庆出版社1986年版。

16.张爱玲：《张爱玲文集》，安徽文艺出版社1992年版。

17.蒋光慈：《蒋光慈文集》，上海文艺出版社1988年版。

18.端木蕻良：《端木蕻良小说选》，湖南人民出版社1981年版。

19.穆时英：《穆时英小说全集》，时代文艺出版社1997年版。

20.刘呐鸥：《刘呐鸥小说全编》，学林出版社1997年版。

21.施蛰存：《沙上的脚迹》，辽宁教育出版社1995年版。

22.徐訏：《徐訏全集》，台北正中书局1967年版。

23.无名氏：《无名氏集》，汉语大词典出版社1996年版。

24.王国维：《王国维文选》，四川文艺出版社2009年版。

25.王国维：《王国维学术经典集》，江西人民出版社1997年版。

26.胡适等：《中国新文学大系》，上海文艺出版社1984年版。

27.黄霖、韩同文主编：《中国历代小说论著选》，江西人民出版社1982年版。

28.北京大学等：《文学运动史料选》，上海教育出版社1979年版。

29.中国社会科学院文学研究所：《革命文学论争资料选编》，人民文学出版社1981年版。

30.文振庭编：《文艺大众化问题讨论资料》，上海文艺出版社1987年版。

31.康濯主编：《中国解放区文学书系·小说编》，重庆出版社1992年版。

32.丁玲、孔厥等：《解放区短篇创作选》，解放军文艺出版社2000年版。

33.周扬：《周扬文集》，人民文学出版社1984年版。

34.吕同六主编：《20世纪世界小说理论经典》，华夏出版社1995年版。

35.谢冕、洪子诚主编：《中国当代文学史料选（1948—1975）》，北京大学出版社1995年版。

36.路文彬主编：《中国当代文学史料文论选1949—2000》，中国文联出版社2006年版。

37.吴义勤：《中国新时期小说研究资料》，山东文艺出版社2006年版。

38.蔡镇楚：《中国古代文学批评史》，岳麓书社1999年版。

39.杨子坚：《新编中国古代小说史》，南京大学出版社1990年版。

40.李剑国：《唐五代志怪传奇叙录》，南开大学出版社1993年版。

41.郭英德：《明清传奇史》，人民文学出版社2002年版。

42.薛洪勣：《传奇小说史》，浙江古籍出版社1998年版。

43.朱承朴、曾庆全编著：《明清传奇概说》，广东人民出版社1988年版。

44.严敦易：《水浒传的演变》，作家出版社1957年版。

45.胡士莹：《话本小说概论》，中华书局1980年版。

46.袁珂：《中国神话传说》，中国民间文艺出版社1984年版。

47.侯忠义：《隋唐五代小说史》，浙江古籍出版社1997年版。

48.钱穆：《中国文学论丛》，生活·读书·新知三联书店2002年版。

49.陈平原：《二十世纪中国小说史》，北京大学出版社1989年版。

50.陈平原：《陈平原小说史论集——中国小说史论》，河北人民出版社1997年版。

51.陈平原等：《二十世纪中国小说理论资料》，北京大学出版社1997年版。

52.陈平原：《小说史：理论与实践》，北京大学出版社1993年版。

53. 陈平原：《中国小说叙事模式的转变》，北京大学出版社2010年版。

54. 夏志清：《中国现代小说史》，复旦大学出版社2005年版。

55. 严家炎：《中国现代小说流派史》，人民文学出版社1989年版。

56. 王德威：《现代中国小说十讲》，复旦大学出版社2003年版。

57. 宁宗一主编：《中国小说学通论》，安徽教育出版社1995年版。

58. 杨义：《杨义文存》，人民出版社1997年版。

59. 杨义：《中国现代小说史》，人民文学出版社2005年版。

60. 杨义：《京派海派综论》（图志本），中国社会科学出版社2003年版。

61. 王晓明主编：《二十世纪中国文学史论集》，东方出版中心1998年版。

62. 王晓明：《批评空间的开创：二十世纪中国文学研究》，东方出版中心1998年版。

63. 王瑶：《中国现代文学史论集》，北京大学出版社1998年版。

64. 王瑶：《鲁迅作品论集》，人民文学出版社1984年版。

65. 于润琦主编：《插图本百年中国文学史》，四川人民出版社2002年版。

66. 司马长风：《中国新文学史》，香港昭明出版社1978年版。

67. 林庚：《中国文学简史》，北京大学出版社1995年版。

68. 尚礼、刘勇主编：《现代文学研究》，北京出版社2001年版。

69. 林之浩：《鲁迅传》，北京十月文艺出版社1981年版。

70. 曹聚仁：《鲁迅评传》，东方出版中心1999年版。

71. 王晓明：《无法直面的人生——鲁迅传》，上海文艺出版社2001年版。

72.许寿裳：《亡友鲁迅印象记》，人民文学出版社1953年版。

73.孙伏园：《鲁迅先生二三事：前期弟子忆鲁迅》，河北教育出版社2000年版。

74.乐黛云编：《国外鲁迅研究论集（1960—1981）》，北京大学出版社1981年版。

75.子通主编：《鲁迅评说八十年》，中国华侨出版社2005年版。

76.钱理群：《走进当代的鲁迅》，北京大学出版社1999年版。

77.钱理群：《心灵的探寻》，北京大学出版社1998年版。

78.张梦阳：《中国鲁迅学通史》，广东教育出版社2004年版。

79.郜元宝：《鲁迅六讲》（增订本），北京大学出版社2007年版。

80.张永泉：《在历史的转折点上：从周树人到鲁迅》，文化艺术出版社2001年版。

81.郑家建：《被照亮的世界——〈故事新编〉诗学研究》，福建教育出版社2001年版。

82.孟广来、韩日新编：《〈故事新编〉研究资料》，山东文艺出版社1984年版。

83.汪晖：《反抗绝望——鲁迅及其文学世界》，河北教育出版社2000年版。

84.朱光潜：《朱光潜美学文集》，上海文艺出版社1982年版。

85.李健吾：《李健吾文学评论选》，宁夏人民出版社1983年版。

86.李长之：《苦雾集》，商务印书馆1943年版。

87.凌宇：《看云者：从边城走向世界》，湖南文艺出版社2018年版。

88.凌宇：《沈从文传》，北京十月文艺出版社1988年版。

89.荒芜编：《我所认识的沈从文》，岳麓书社1986年版。

90. 金介甫：《凤凰之子·沈从文传》，中国友谊出版公司2000年版。

91. 王珞编：《沈从文评说八十年》，中国华侨出版社2004年版。

92. 李欧梵：《上海摩登——一种新都市文化在中国（1930—1945）》，北京大学出版社2002年版。

93. 李今：《海派小说与现代都市文化》，安徽教育出版社2000年版。

94. 唐振常主编：《近代上海繁华录》，商务印书馆国际有限公司1993年版。

95. 唐振常：《近代上海探索录》，上海书店出版社1994年版。

96. 魏绍昌编：《鸳鸯蝴蝶派研究资料》，上海文艺出版社1984年版。

97. 罗成琰：《现代中国的浪漫主义文学思潮》，湖南教育出版社1992年版。

98. 陈国恩：《浪漫主义与20世纪中国现代文学》，安徽教育出版社2000年版。

99. 张新颖：《20世纪上半期中国文学的现代意识》，生活·读书·新知三联书店2001年版。

100. 温儒敏：《新文学现实主义的流变》，北京大学出版社1988年版。

101. 郑振铎：《插图本中国文学史》，山东美术出版社2009年版。

102. 刘登翰：《香港文学史》，人民文学出版社1999年版。

103. 逄增玉：《现代性与中国现代文学》，东北师范大学出版社2001年版。

104. 逄增玉：《二十世纪中国文学的历史文化透视》，东北师范大学出版社1996年版。

105. 戴清：《历史与叙事》，学苑出版社2002年版。

106. 范智红：《世变缘常——四十年代小说论》，人民文学出版社2002

年版。

107.宋家宏：《走进荒凉》，花城出版社2000年版。

108.余斌：《张爱玲传》，广西师范大学出版社2001年版。

109.陈子善：《作别张爱玲》，文汇出版社1996年版。

110.子通、亦清主编：《张爱玲评说六十年》，中国华侨出版社2001年版。

111.金宏达主编：《昨夜月色》，文化艺术出版社2003年版。

112.邵迎建：《传奇文学与流言人生》，生活·读书·新知三联书店1998年版。

113.刘川鄂：《张爱玲传》，北京十月文艺出版社2000年版。

114.许子东等：《再读张爱玲》，山东画报出版社2004年版。

115.苏建新：《中国才子佳人小说演变史》，社会科学文献出版社2006年版。

116.陈思和：《中国新文学整体观》，上海文艺出版社2001年版。

117.谢冕：《中国现代诗人论》，重庆出版社1986年版。

118.吴福辉：《都市漩流中的海派小说》，湖南教育出版社1995年版。

119.王一川：《中国现代卡里斯马典型——二十世纪小说人物的修辞论阐释》，云南人民出版社1994年版。

120.王一川：《大众文化导论》，高等教育出版社2004年版。

121.洪子诚主编：《当代文学研究》，北京出版社2001年版。

122.洪子诚：《问题与方法：中国当代文学史研究讲稿》，生活·读书·新知三联书店2002年版。

123.程光炜：《文学想像与文学国家——中国当代文学研究（1949—1976）》，河南大学出版社2005年版。

124. 李洁非、杨劼:《共和国文学生产方式》,社会科学文献出版社2011年版。

125. 张均:《中国当代文学制度研究(1949—1976)》,北京大学出版社2011年版。

126. 王本朝:《中国当代文学制度研究》,新星出版社2007年版。

127. 陆贵山主编:《中国当代文艺思潮》,中国人民大学出版社2002年版。

128. 於可训:《当代文学建构与阐释》,武汉大学出版社2005年版。

129. 黄子平:《"灰阑"中的叙述》,上海文艺出版社2001年版。

130. 宋剑华:《百年文学与主流意识形态》,湖南教育出版社2002年版。

131. 吴秀明:《中国当代长篇历史小说的文化阐释》,文化艺术出版社2007年版。

132. 侯金镜:《侯金镜文艺评论选集》,人民文学出版社1979年版。

133. 陈晓明:《表意的焦虑——历史祛魅与当代文学变革》,中央编译出版社2003年版。

134. 梁斌:《笔耕余录》,中国青年出版社1984年版。

135. 朱德发等:《现代中国文学英雄叙事论稿》,山东教育出版社2006年版。

136. 定宜庄:《中国知青史·初澜(1953—1968)》,中国社会科学出版社1998年版。

137. 杨健:《中国知青文学史》,工人出版社2002年版。

138. 刘芳坤:《代际风景》,北岳文艺出版社2016年版。

139. 黄伟林:《中国当代小说家群论》,中央编译出版社2004年版。

140. 张学军:《中国当代小说流派史》,山东大学出版社1999年版。

141.韩颖琦：《中国传统小说叙事模式化的"红色经典"》，人民出版社2011年版。

142.牛运清：《长篇小说研究专集》，山东大学出版社1990年版。

143.李扬：《中国当代文学思潮史》，上海社会科学院出版社2005年版。

144.林建法、傅任选编：《中国当代作家面面观》，华东师范大学出版社2002年版。

145.姚文放：《当代性与文学传统的重建》，人民文学出版社2004年版。

146.吴炫：《穿越中国当代文学》，江苏教育出版社2007年版。

147.孟悦：《人·历史·家园——文化批评三调》，人民文学出版社2006年版。

148.范家进：《现代乡土小说三家论》，上海三联书店2002年版。

149.汤哲声：《中国当代通俗小说史论》，北京大学出版社2007年版。

150.汤哲声：《中国现代通俗小说流变史》，重庆出版社1999年版。

151.丁帆：《中国乡土小说史》，北京大学出版社2007年版。

152.摩罗：《自由的歌谣》，文化艺术出版社1999年版。

153.程文超、郭冰茹：《中国当代小说叙事演变史》，中国社会科学出版社2006年版。

154.金汉：《中国当代小说艺术演变史》，浙江大学出版社2000年版。

155.周克芹等：《新时期获奖小说创作经验谈》，湖南人民出版社1985年版。

156.孙先科：《颂祷与自诉：新时期小说的叙述特征及文化意识》，上海文艺出版社1997年版。

157. 肖佩华：《中国现代小说的市井叙事》，学苑出版社2008年版。

158. 冯骥才、周立民：《冯骥才周立民对话录》，苏州大学出版社2003年版。

159. 冯骥才：《手下留情：现代都市文化的忧患》，学林出版社2001年版。

160. 冯骥才：《冯骥才分类文集》，中州古籍出版社2005年版。

161. 梁晓声：《自白》，经济日报出版社1997年版。

162. 梁晓声：《我看 我想 我论——梁晓声答问集》，群言出版社2003年版。

163. 莫言：《小说的气味》，春风文艺出版社2003年版。

164. 莫言：《莫言对话新录》，文化艺术出版社2010年版。

165. 格非：《小说叙事研究》，清华大学出版社2002年版。

166. 苏童、王宏图：《苏童王宏图对话录》，苏州大学出版社2003年版。

167. 苏童：《虚构的热情》，江苏人民出版社2003年版。

168. 王安忆：《小说家的十三堂课》，上海文艺出版社、文汇出版社2005年版。

169. 贾平凹：《静虚村散叶》，陕西人民教育出版社1990年版。

170. 高行健：《现代小说技巧初探》，花城出版社1981年版。

171. 赵园：《地之子：乡村小说与农民文化》，北京十月文艺出版社1993年版。

172. 汪政、何平编：《苏童研究资料》，天津人民出版社2007年版。

173. 王又平：《新时期文学转型中的小说创作主流》，华中师范大学出版社2001年版。

174. 庞守英:《新时期小说文体论》,山东大学出版社2002年版。

175. 张文东、王东:《浪漫传统与现实想象:中国现代小说中的传奇叙事》,中国社会科学出版社2007年版。

176. 张文东、王东:《浪漫精神与现实梦想:中国当代小说中的传奇叙事》,人民出版社2014年版。

177. 张文东:《共和国文学的经典记忆》,江苏人民出版社2017年版。

178. 欧阳友权:《网络文学论纲》,人民文学出版社2003年版。

179. 欧阳友权:《网络文学本体论》,中国文联出版社2004年版。

180. 欧阳友权:《网络文学概论》,北京大学出版社2008年版。

181. 何学威、蓝爱国:《网络文学的民间视野》,中国文联出版社2004年版。

182. 戴锦华:《隐形书写——90年代中国文化研究》,江苏人民出版社1999年版。

183. 金民卿:《大众文化论——当代中国大众文化分析》,中共中央党校出版社2002年版。

184. 陈刚:《大众文化与当代乌托邦》,作家出版社1996年版。

185. 高小康:《大众的梦》,东方出版社1993年版。

186. 孟繁华:《众神狂欢:当代中国的文化冲突问题》,今日中国出版社1997年版。

187. 孟繁华:《1978:激情岁月》,山东教育出版社1998年版。

188. 张志忠:《1993:世纪末的喧哗》,山东教育出版社1998年版。

189. 朱效梅:《大众文化研究——一个文化与经济互动发展的视角》,清华大学出版社2003年版。

190. 李怡:《现代性:批判的批判》,人民文学出版社2006年版。

191.王光明等:《市场时代的文学》,安徽教育出版社2008年版。

192.王宏图:《深谷中的霓虹》,花山文艺出版社2002年版。

193.曾念长:《中国文学场:商业统治时代的文化游戏》,上海三联书店2011年版。

194.马立诚、凌志军:《交锋:当代中国三次思想解放实录》,今日中国出版社1998年版。

195.吴玉杰、宋玉书主编:《冲突与互动——新时期文学与大众传媒研究》,辽宁人民出版社2006年版。

196.常昌富、李依倩编选:《大众传播学:影响研究范式》,中国社会科学出版社2000年版。

197.周宪:《视觉文化的转向》,北京大学出版社2008年版。

198.贾磊磊:《影像的传播》,广西师范大学出版社2005年版。

199.卢蓉:《电视剧叙事艺术》,中国广播电视出版社2004年版。

200.徐巍:《视觉时代的小说空间——视觉文化与中国当代小说演变研究》,学林出版社2008年版。

201.曹文轩:《小说门》,作家出版社2002年版。

202.徐岱:《小说的叙事学》,中国社会科学出版社1992年版。

203.张寅德:《叙述学研究》,中国社会科学出版社1989年版。

204.胡亚敏:《叙事学》,华中师范大学出版社2004年版。

205.耿占春:《叙事美学:探索一种百科全书式的小说》,郑州大学出版社2002年版。

206.申丹:《叙述学与小说文体学研究》,北京大学出版社1998年版。

207.申丹、韩加明、王丽亚:《英美小说叙事理论研究》,北京大学出版社2005年版。

208.朱立元：《当代西方文艺理论》，华东师范大学出版社1997年版。

209.聂伟：《文学都市与影像民间》，广西师范大学出版社2008年版。

210.周宪等：《当代西方艺术文化学》，北京大学出版社1988年版。

211.南帆、刘小新、练暑生：《文学理论》，北京大学出版社2007年版。

212.赵一凡、张中载、李德恩主编：《西方文论关键词》，外语教学与研究出版社2006年版。

213.［英］利里安·弗斯特：《浪漫主义》，李今译，昆仑出版社1989年版。

214.［英］安德鲁·本尼特、尼古拉·罗伊尔：《关键词：文学、批评与理论导论》，汪正龙、李永新译，广西师范大学出版社2007年版。

215.［英］吉利恩·比尔：《传奇》，肖遥、邹孜彦译，昆仑出版社1993年版。

216.［英］艾伦·谢尔斯顿：《传记》，李永辉、尚伟译，昆仑出版社1993年版。

217.［英］卡莱尔：《卡莱尔演讲集》，张峰、吕霞译，上海文艺出版社1999年版。

218.［英］柯林武德：《历史的观念》，何兆武、张文杰译，中国社会科学出版社1996年版。

219.［英］丹尼尔·贝尔：《资本主义文化矛盾》，赵一凡、蒲隆、任晓晋译，生活·读书·新知三联书店1989年版。

220.［英］特雷·伊格尔顿：《二十世纪西方文学理论》，伍晓明译，陕西师范大学出版社1986年版。

221.［英］迈克·费瑟斯通：《消费文化与后现代主义》，刘精明译，译林出版社2000年版。

222. ［英］马·布雷德伯里、詹·麦克法兰编：《现代主义》，胡家峦等译，上海外语教育出版社1992年版。

223. ［英］雷蒙·威廉斯：《关键词：文学与社会的词汇》，生活·读书·新知三联书店2005年。

224. ［英］凯·贝尔西：《批评的实践》，胡亚敏译，中国社会科学出版社1993年版。

225. ［美］浦安迪：《中国叙事学》，陈珏整理，北京大学出版社1996年版。

226. ［美］林毓生：《中国意识的危机》，贵州人民出版社1988年版。

227. ［美］韦勒克、沃伦：《文学理论》，刘象愚等译，生活·读书·新知三联书店1984年版。

228. ［美］伊恩·P. 瓦特：《小说的兴起》，高原、董红钧译，生活·读书·新知三联书店1992年版。

229. ［英］爱·摩·福斯特：《小说面面观》，苏炳文译，花城出版社1984年版。

230. ［美］弗·杰姆逊：《后现代主义与文化理论》，唐小兵译，陕西师范大学出版社1986年版。

231. ［美］乔纳森·卡勒：《文学理论》，李平译，辽宁教育出版社、牛津大学出版社1998年版。

232. ［美］马丁·华莱士：《当代叙事学》，伍晓明译，北京大学出版社2005年版。

233. ［美］莫里斯·迪克斯坦：《伊甸园之门——六十年代美国文化》，方晓光译，上海外语教育出版社1985年版。

234．［美］尼古拉斯·尼葛洛庞帝：《数字化生存》，胡泳、范海燕译，海南出版社1997年版。

235．［美］托马斯·古德尔、杰弗瑞·戈比：《人类思想史中的休闲》，成素梅译，云南人民出版社2000年版。

236．［美］戴安娜·克兰：《文化生产：媒体与都市艺术》，赵国新译，译林出版社2001年版。

237．［法］古斯塔夫·勒庞：《乌合之众：大众心理研究》，冯克利译，中央编译出版社2005年版。

238．［美］约翰·菲斯克：《解读大众文化》，杨全强译，南京大学出版社2001年版。

239．［美］塞缪尔·亨廷顿：《变革社会中的政治秩序》，李盛平、杨玉生译，华夏出版社1988年版。

240．［美］罗兹·墨非：《上海——近代中国的钥匙》，上海社会科学院历史研究所译，上海人民出版社1990年版。

241．［美］W. C. 布斯：《小说修辞学》，华明等译，北京大学出版社1987年版。

242．［美］杰姆逊：《晚期资本主义的文化逻辑》，陈清侨等译，生活·读书·新知三联书店1997年版。

243．［美］乔治·瑞泽尔：《后现代社会理论》，谢立中译，华夏出版社2004年版。

244．［加拿大］诺斯罗普·弗莱：《批评的解剖》，陈慧等译，百花文艺出版社2006年版。

245．［荷］米克·巴尔：《叙述学：叙事理论导论》，谭君强译，中国社会科学出版社1995年版。

246. [德]黑格尔：《美学》第3卷，朱光潜译，商务印书馆1981年版。

247. [德]瓦·本雅明：《本雅明文选》，陈永国、马海良译，中国社会科学出版社1999年版。

248. [德]马克斯·霍克海默、西奥多·阿道尔诺：《启蒙辩证法：哲学断片》，渠敬东、曹卫东译，上海人民出版社2006年版。

249. [德]M.海德格尔：《诗·语言·思》，彭富春译，文化艺术出版社1991年版。

250. [德]M.海德格尔：《人，诗意地安居》，郜元宝译，广西师范大学出版社2000年版。

251. [苏]巴赫金：《小说理论》，白春仁、晓河译，河北教育出版社1998年版。

252. [苏]巴赫金：《巴赫金全集》，晓河、白春仁、李辉凡等译，河北教育出版社1998年版。

253. [苏]巴赫金：《巴赫金文论选》，佟景韩译，中国社会科学出版社1996年版。

254. [苏]莫萨·卡冈：《美学教程》，凌继尧等译，北京大学出版社1990年版。

255. [苏]谢·安东诺夫：《短篇小说写作技巧》，白春仁译，重庆出版社1985年版。

256. [俄]波兹得涅耶娃：《鲁迅评传》，吴兴勇、颜雄译，湖南教育出版社2000年版。

257. [保加利亚]瓦西列夫：《情爱论》，赵永穆等译，当代世界出版社2003年版。

258. [法]列维·斯特劳斯：《野性的思维》，李幼蒸译，商务印书馆

1987年版。

259. ［法］乔治·萨杜尔：《世界电影史》，徐昭、胡承伟译，中国电影出版社1982年版。

260. ［法］卢梭：《社会契约论》，李平沤译，商务印书馆2003年版。

261. ［法］布迪厄：《艺术的法则：文学场的生成和结构》，刘晖译，中央编译出版社2001年版。

262. ［法］波德莱尔：《波德莱尔美学论文选》，郭宏安译，人民文学出版社1987年版。

263. ［加］斯蒂文·托托西：《文学研究的合法化》，马瑞琦译，北京大学出版社1997年版。

264. ［荷］佛克马、易布思：《文学研究与文化参与》，俞国强译，北京大学出版社1996年版。

265. ［意］维柯：《新科学》，朱光潜译，商务印书馆1989年版。

266. ［希］亚里士多德：《诗学》，陈中梅译，商务印书馆1996年版。

注：单独出版发行的作品、报刊学术文章及学位论文等未予列入。

后　记

这是一个持久的话题。从2013年本课题获得国家社科基金立项到现在，匆匆差不多六年过去了，而要是从2000年前后开始就张爱玲的传奇叙事入手进行本话题的思考，差不多是更加漫长的20年过去了。这二十来年里，围绕着传奇传统的承袭与发展的总题，分别就中国现代小说和中国当代小说中的传奇叙事，先后出了两本书，陆陆续续也写了几十篇文章，不敢说有所收获，但也算是稍有心得了。于是更加觉得，似乎现在这本小书，非但不能给我们关于传奇叙事的思考画一个句号，或许还会将带着自己走进一个新时代的传奇时空呢。因为就像我们始终坚持以为的，传奇作为中国古代文学最核心的叙事表现模式，以及中国大众最习惯的小说接受模式，始终是中国古代文学叙事的主体精神和核心传统即中国文学最重要的"中国经验"之一，它必然会在从晚清到现代乃至整个20世纪的中国小说叙事模式的形成、发展与创新的历程中始终有着特殊的传承与转型，并由此结构出20世纪以来中国小说的基本特色和模式。所以，当我们越是在整个20世纪中国小说发展中发掘、梳理中国传奇叙事经验的传承和转型时，便越是会不由自主地将视野扩大到新世纪以来的中国乃至全球的大众化语境及新媒介时代上来，更加清晰地看到全媒体时代、视像化背景以及微文化消费等等内涵的更民族亦更世界的传奇品格与特质。因此说，假如说这本小书可算是为此前的爬梳做个小结的话，那么此后的关于传奇的理解或许就在这个基础上有了更加高远一点的可能了。

这是一份持久的感怀。关于学术的起步、思路乃至坚守，关于生活的体味、道路以及追求，关于人生的意趣、品格以及抉择，在我们心里，从来都有着对于身边人和事的太多的感动和感恩。在此前的几本书里，我们差不多每次都罗列出了要感激的人和事，其中有各位多年以来给予我们无数引领、帮扶的师长，有各位恰逢其时给予我们无数推动、助力的朋友，有各位任劳任怨给予我们无数激励、奉献的学生，还有各位毫无计较给予我们无数支撑、爱护的亲人……不过在这个后记里，我们不想再罗列一连串的名字，而只是想呈现一种心情和心境，让懂得我们的人即便没有看到自己的名字，但还是会感受到我们的心，感受到我们的充盈着感动与感恩的心！就像我们一直以为的，生活是在对生活的感动中更加丰富的，生命是在对生命的感恩中不断成长的，所以一直以来，无论是在一个什么样的新的起点上，我们都愿意并坚持带着一颗感恩的心重新上路。

这是一份持久的慰藉。似乎总是有那么一刹那，命运会让我们深沉地体会到，人生真的是有着太多的不可预见以及不可回避，也真的是有着太多的不可言说甚至不可触摸，所以，虽然生活给予我们的始终是各种偶然，但我们总是希望可以从中找到一种满足企盼的必然。从这本小书在今天的出版来说，学术是一种特殊的安慰，安慰着自己学术内外的艰难与坚守，而从五十而知天命的祈盼来说，生活是一种日常的慰藉，慰藉着自己生命里外的偷欢与执着。人生总是在路上，生命也总是在流逝中，既然学不来"子在川上曰"的从容，便总是希望能用一份更久的祈盼来扮作淡定，所以当这一篇篇学术的作业完成之后，虽不敢有什么陆机所谓大业与盛事的寄托，但就生命与生活本身的祈盼与慰藉而言，也便有了更加可以期待和守望的明天。

在此，还要为本书能在自己最心仪的出版社出版而专门感谢三联书店及其编辑殚精竭虑的工作，尤其还要感谢时代文艺出版社各位领导和编辑的大力举荐和前期审读。一切鼎力相助，都是巨大鼓励，再接再厉，唯进而已。

张文东　王　东

2019年12月于长春鸿城西域三东阁